Comunicación
CONFIABLE

Consejo acerca de
LA DEPRESION

Mejor
APARIENCIA

Apremiante
CAMBIAR A UN HOMBRE

Problemas de
DROGADICCION

Mujeres y el
ABUSO SEXUAL

Enfrentar
SER SOLTERA
hoy

PREGUNTAS QUE LAS MUJERES HACEN EN PRIVADO

H. NORMAN WRIGHT

EDITORIAL
UNILIT

Publicado por
Editorial **Unilit**
Miami, Fl. U.S.A.
© 1994 Derechos reservados

Primera edición 1994

Originalmente publicado en inglés con el título:
Questions Women Ask in Private
Por Regal Books, A Division of Gospel Light
Ventura, CA. U.S.A

Traducido al español por: Raquel de la Calle

Producto: 498568
ISBN 1-56063-478-2
Impreso en Colombia

Consejos confidenciales sobre los asuntos más delicados que enfrentan las mujeres hoy en día.

CONTENIDO

5

Sección dos

ASUNTOS
DEL MATRIMONIO

Sección cuatro

ASUNTOS DE PADRES

Sección cinco

DIVORCIO
Y RECASAMIENTO

INTRODUCCION

Suena el teléfono. Se concerta una cita. Miles de veces al día sucede eso a través de nuestro país. Podría ser su amigo, su hijo ya adulto, un pariente, o usted misma... A diario, una inmensa cantidad de llamadas son hechas por mujeres a consejeros profesionales o ministros con preguntas y problemas que han estado anidándose por meses o años. O llaman porque han estado sumergidas en una crísis severa e inmediata. Sea cual fuera la motivación, están buscando respuestas y soluciones.

Son mucho más las mujeres que hombres las que buscan la ayuda de un consejero. Ellas son mucho más propensas a buscar soluciones y están más dispuestas a admitir que necesitan la ayuda de alguien más. Veo esto todo el tiempo en mi propia práctica y en nuestra clínica. Escucho a mujeres debatir muchas cuestiones y preocupaciones; algunas son resueltas rápidamente mientras que otras toman varios meses. Y los temas cubren un amplio espectro.

Algunas mujeres se sienten sin esperanzas, sin propósito e insatisfechas en sus vidas. Oigo a otras que sólo quieren mejorar lo que parece ser un funcionamiento bastante bueno de la vida. Su apariencia externa es a veces engañosa. A menudo parecen saludables, fuertes, como si lo fueran todo junto. La mayoría tienen familias, carreras, hogares y asisten a iglesias evangélicas. Pero el interior de una mujer no siempre concuerda con lo que se ve en el exterior. A pesar de las apariencias, muchas se sienten vacías.

Recuerdo a una mujer de mediana edad que se sentó en mi oficina y me dijo: «Simplemente no lo entiendo. Siento como si Dios se ha olvidado de que existo. Si Dios está ahí, ¿por qué se despreocupa de mí? Todo lo que trato es basura. Nada es un éxito. Di y me entregué a mis hijos y no han salido buenos. Fracasé como madre, como esposa y como agente de bienes raíces. He trabajado duro, he tratado de vivir de acuerdo a las Escrituras, pero Dios no me dio lo que quería. ¡Y no trate de decirme que El me ama!» Otra mujer me dijo: «Me siento muy insatisfecha en mi matrimonio. No hay nada en él. No hay emoción ni comunicación. ¡En realidad a veces me pregunto si él esta conscientede que existo! Pensé que nos conocíamos uno al otro cuando nos casamos, pero ahora no sé... Eramos una de las pocas parejas que tenían una relación pura mientras éramos novios. Parecíamos la pareja cristiana ideal. Orábamos juntos, pero ahora nos cuesta. Incluso ni el sexo es frecuente. Supongo que nos hemos dado por vencidos. Estoy segura que Dios también. ¿Qué hago ahora?»

Estas mujeres están haciendo preguntas sinceras y están buscando la manera de llenar el vacío en sus vidas.

Y usted, ¿ha ido alguna vez a una consejería? ¿Ha querido alguna vez sentarse con alguien para encontrar ayuda para un problema? ¿Se ha preguntado alguna vez qué preguntan las mujeres en las sesiones de consejería? De vez en cuando las personas me preguntan de qué hablan otros y cómo podrían buscar y abrir sus vidas a alguien completamente extraño.

Como comienza este libro

¿Qué preguntan las mujeres en consejeria?

Planteamos esta pregunta en una encuesta por correo a 700 consejeros profesionales, ministros, consejeros laicos y trabajadores sociales en 1992. Asombrosamente, ¡recibimos más de 700 respuestas!, ciertamente una cantidad increíble.

Les preguntamos: «¿Cuáles son las cinco preguntas más comunes planteadas por sus pacientes femeninas, indicando el problema o la cuestión sentimental con la que están luchando en la consejería?»

Recibimos más de 3.500 preguntas. Pero recuerde, cada una de esas preguntas reflejaba a cientos de aconsejadas que las habían planteado a través de los años. Cada pregunta fue considerada cuidadosamente y las formuladas con más frecuencia fueron seleccionadas para que sirvieran como base para este libro. (Solicitamos que nos dijeran también lo que preguntan los hombres en consejería. El apéndice 1 de este libro le presentará algunas de las preguntas de los hombres.)

De los datos recolectados, ahora tenemos las preguntas más significativas y más formuladas que las mujeres hacen a aquellos que parecen ser capaces de ayudarlas. Las preguntas incluyen las cuestiones de la sumisión, abuso, divorcio, aventuras, autoestima, intimidad, sexo, romance, cómo cambiar al esposo, comunicación, paternidad, finanzas, hogar *versus* trabajo, tensiones, adicciones, tristeza, abandono, padrastro/madrastra y mucho más.

Para algunas de las que buscan consejería, los problemas que surgen no llegan a desesperarlas. Tratan de resolverlos por sí mismas por algún tiempo, pero cada vez que se enfrentan a un callejón sin salida se dan cuenta que alguien más necesita trabajar con ellas. Lo más probable es que muchas de ellas busquen ayuda en las primeras etapas de su preocupación, queriendo resolverlo antes de que llegue a la etapa de la desesperación.

Usted puede sentirse identificada con algunas de las preguntas formuladas en este libro. Puede que usted haya tenido algunas de esas mismas preocupaciones en el pasado o puede estar enfrentándolas ahora.

El consejero

Algunas veces las personas se preguntan qué ocurre realmente en la consejería. ¿Cómo trabaja esto? ¿Cuánto demora? ¿Quién habla todo el tiempo y quién hace todo el trabajo? ¿Qué debe esperar una mujer cuando se sienta y habla con un experto en consejería?

Usted debe saber que la persona que la entrevista está tratando de resolver el problema de fondo. En otras palabras, ellos quieren que usted crezca y mejore tan rápido como sea posible, y así usted no necesitará más de su pericia. La esperanza del consejero es que usted aprenda de la experiencia, para que a la ocasión de enfrentar otros problemas en su vida sea capaz de extraer los conocimientos y recursos nuevos que ha acumulado.

Su consejero, ya sea un sicólogo, un consejero matrimonial, un ministro o un consejero laico no hará todo el trabajo. Su papel es capacitarla para hacer decisiones saludables, descubrir la información que le faltaba y ponerla a funcionar en su vida. Un consejero funciona como un recurso, una guía, alguien que la ayuda a aplicar lo que usted ha aprendido. Un consejero es alguien que la anima y cree en usted como persona.

El consejero cristiano también la guía a descubrir las riquezas y abundancias que uno tiene a través de Jesucristo, buscando aplicar la Palabra de Dios a su vida y a las circunstancias de una forma nueva.

No espere que su consejero resuelva todas las dificultades por usted, o que le diga: «Ahora, esto y esto es lo que debe hacer exactamente». Algunas veces he oído a aconsejadas decir: «Si, sé que usted no me va a dar una respuesta directa. Va a decir: "¿Qué cree usted que pueda hacer en esta situación?", o "¿Cuáles son sus opciones?", o "¿Cuál es su opinión?"» A menudo esto es verdad. Pero otras veces un consejero dará directivas definidas, aunque quizás lo haga de una manera más indirecta, como por ejemplo «¿Ha considerado probar ésto...?»

Usted debe tomar la decisión que concurrir a algún consejero, así como del camino a seguir y los pasos que deberá dar. Su máximo recurso de autoridad, sabiduría y guía es Jesucristo. Los consejeros podrán ofrecer sugerencias, opiniones, guía, ayudarla a explorar opciones y recomendarle nuevos pasos para que los siga por sí misma o manteniendo la relación por cierto tiempo. Pero la decisión final tiene que ser suya.

Quizás una de las mayores frustraciones que un consejero experimenta es que tantas personas esperen tanto tiempo para buscar ayuda, o que vacilen por temor. Muchas mujeres se preguntan: «¿Qué pensarán los demás de mí si voy a consejería? ¿Me creerán menos? ¿Me verán como enferma? ¿Qué pensará mi consejero de mí después de escuchar tanta basura?»

Un consejero no esta sentado para juzgar. El está allí para ayudarla y ministrarla, y verdaderamente no importa lo que otros piensen de usted si va a consejería. Ellos no son «expertos en usted» ni sus jueces. La mayoría podrían aplaudirla por haber tenido el coraje de ir. Si usted piensa que necesita ayuda no permita que su temor la paralice.

Los beneficios de este libro

Guía de recursos

Este libro refleja las preguntas que miles de mujeres han hecho. Y como no estamos en una verdadera oficina de consejería con la cantidad de tiempo acostumbrada para analizar minuciosamente la cuestión y trabajar juntos para descubrir el problema y la solución, las respuestas serán un poco más directas de lo que usted pueda escuchar en una consejería. Intentaré ofrecer mi opinión y daré sugerencias basadas en lo que he aprendido en más de 25 años de aconsejar, enseñar, estudiar y de las aconsejadas. En algunas de las respuestas se dan recursos de ayuda adicionales para el autoestudio profundo. Uno de los beneficios de este libro es que es un recurso para guiarla en la búsqueda de soluciones a sus propias preguntas y problemas.

Este puede ser considerado similar a una agencia de empleos, sólo que en vez de ayudarla a encontrar la vocación apropiada para su habilidad, la orientará hacia el recurso correcto que la ayudará a descubrir un enfoque mucho más profundo a cada problema o situación.

Una perspectiva nueva

Este libro no contiene la respuesta final a ningún asunto. Más bién, está diseñado para ofrecerle sugerencias y ayudarla a descubrir una nueva perspectiva en un asunto, o nuevas alternativas. Considérelo como el punto de partida de su viaje. Puede descubrir una situación similar o idéntica a la suya y aplicar los principios y sugerencias. Usted puede encontrarse a sí misma respondiendo con el pensamiento: «¡Parece que no soy la única con esa preocupación o esa experiencia!» Una y otra vez en la oficina de consejería la persona exclamará: «¿Usted dice que eso no es insólito? ¿Otros han experimentado ésto? ¿No soy la única? ¡Entonces quizás esto significa que no estoy loca! ¡Que alivio!»

No se sorprenda si la respuesta al problema o a la pregunta que personalmente está buscando no la encuentra bajo la sección que originalmente supone que debe estar. Por la interrelación de los temas tratados puede descubrirla en cualquier lugar, por esto es importante que lea todas las preguntas y respuestas. Los capítulos contienen alguna coincidencia entre sí; tal vez la respuesta a cierta pregunta –de algo que no constituye un problema para usted– puede proporcionarle la ayuda que está buscando para otro problema. Puede que lo que descubra no se ajuste exactamente, pero sí llegue a encontrar un principio, una idea o un concepto que pueda ampliar, hacerlo suyo y aplicarlo en su área de preocupación. Lea atentamente; del proceso del pensamiento surgirá la creatividad.

Fuente de esperanza

Si algo se lograra con este libro, sin embargo, me gustaría que fuera una fuente de esperanza. Como hay respuestas, hay esperanza. Puede haber nuevos comienzos en la vida a pesar de lo que haya pasado o de la situación actual. Muchos de los que vienen por consejería se sienten atorados, atascados en el lodo. Todo el tiempo hablo con personas que están funcionando físicamente pero aparentan estar lisiados emocional y espiritualmente por experiencias pasadas.

Autoayuda

Podría ser difícil volver a contar la cantidad de personas que he aconsejado desde que comencé mi práctica en 1967. Muchas de mis aconsejadas adquirieron nuevas perspicacias e información, y son capaces de romper los efectos del pasado, liberarse de ellos y salir adelante en sus vidas. Usted puede ser capaz de hacerlo por si sola a través de su propio estudio. Otras no. Luchan y luchan y el progreso es limitado. Necesitan la asistencia de un consejero real que pueda caminar con ellas, dándoles la fe y la esperanza necesarias hasta que las suyas sean activadas. Si usted esta lidiando con problemas pasados que le preocupan espero que este libro le ayude.

¿Se siente atorada?

No sé por que usted está leyendo este libro o con qué problemas está luchando en este momento. Quizás necesite dejar ir los pesares que puede estar cargando de ocasiones o relaciones pasadas.

Quizás necesite soltar alguna culpa o resentimiento que guarde por heridas causadas por otros.

Quizás necesite dejar ir esos recuerdos enterrados que han sido reprimidos y marchitos por el dolor y experiencias dañinas. Recuerde, cuando los recuerdos han sido enterrados, han sido enterrados vivos. Algún día resucitarán y probablemente no podrá controlarlos cuando emerjan.

Cuando alguno de nosotros cargamos este equipaje innecesario estamos limitados y realmente atorados. ¿Comprende el sentimiento de sentirse atorado? Yo sí. Yo he estado así.

Mi episodio en el río Snake

Cierta vez que fuí a pescar con un amigo al río Snake. Llevábamos caminando por la orilla del río como una hora cuando encontramos un lugar donde convergían dos canales del río. Era un punto ideal para pescar. Como ambos teníamos botas altas, de las impermeables, podíamos caminar a través del agua para cualquier punto que escogiéramos. Mi amigo quiso pararse cerca de la orilla, mientras que yo me dirigí hacia un punto donde se juntaban los dos canales.

Al estar allí, echando la red en el agua espumosa, noté que mis pies estaban un poco hundidos en el fango y la arena. No pensé mucho en aquello, pero cada vez que echaba la red y me movía, me hundía un poco más en el lecho del río. Cuando decidí moverme hacia otro punto, no pude mover mis pies. Traté de levantar una pierna y después la otra, pero ambas parecían revestidas en cemento, y nada que trataba de hacer funcionaba. Estaba atorado, bien atorado. Mientras más trataba de sacar mis pies, más me hundía. Finalmente, desesperado, tuve la feliz idea de sacar los pies de las botas, para después sacarlas a estas del fango. Si no hubiera pensado en sacar primero mis pies de las botas, ¡todavía estaría allí atorado!

Medite sobre sus necesidades

Probablemente usted haya experimentado estar atorada, pero quizás de diferentes maneras. Puede estar sintiéndose así en su vida ahora, queriendo más pero incapaz de salir adelante. Cuando se está atascado en el pasado, el resto del mundo pasa por uno, y todo lo que uno puede hacer es agitarse. Uno no está en la corriente y no está siendo bendecido.

Antes de seguir leyendo, tome un minuto y medite en su propia vida personal. Hágase estas preguntas: «¿Qué quiero de este libro?» «¿Qué hay en mi vida que me gustaría cambiar?» «¿En qué área necesito ayuda?» «¿Qué quiero que sea diferente?» «¿Creo que la ayuda es posible y estoy dispuesta a someterme a las soluciones de Dios en vez de intentar forzar mis propios deseos?»

«¡Alto! –usted puede estar pensando–, ¿A qué viene esa pregunta?» Muy a menudo cuando buscamos soluciones para nuestras dificultades tenemos el resultado planeado. Es bueno tener una meta en mente, pero tenemos también que tener la buena voluntad de buscar el rostro de Dios y su solución para nuestras vidas. El resultado final y la coordinación pueden ser diferentes a lo que anticipemos.

Soluciones de Dios

Usted puede pensar que Dios «la ha dejado caer». Puede pensar que ha tratado todo lo posible y nada funciona o funcionará. Puede también pensar que, como es un hombre el que está escribiendo y recopilando este libro no tiene nada que decirle, ya que usted ha sido muy abusada por los hombres en la vida. Puede igualmente llegar a creer que lo que ha experimentado ha sido demasiado devastador, que muy poco cambio es posible. Puede pensar también que Dios no existe para usted.

Escucho sus declaraciones. Son pensamientos sinceros que describen dónde está una persona herida en ese momento. Me gustaría animarla con una sugerencia.

Cambie y crezca

Sea abierta al cambio y al crecimiento en su vida. Mientras más vivamos con un problema o situación intolerable más defectuosa se hará nuestra visión para los cambios. Vemos sólo nuestra situación actual y estamos arraigados a lugares, mientras que la vida a nuestro alrededor continúa hacia adelante. Nos encerramos en el pasado y en el presente en vez de mirar el futuro. Entre más ocurra esto, el futuro parecerá más un mundo de fantasías inalcanzables, etéreo, irreal.

Tenga visión

Uno de mis versículos bíblicos favoritos está en el libro de Joel: «Vuestros ancianos soñarán sueños, y vuestros jovenes verán visiones» (2:28). Cuando uno tiene una visión de lo que quiere ser, así como para el futuro, es capaz de moverse río arriba contra las dificultades de las corrientes que le golpean el rostro una y otra vez. Cuando uno ve las cosas como deben ser, no necesita dejar que los puntos de ventajas lo agobien. Reconocerá los obstáculos pero no insistirá en ellos.

¿Sabe que una de mis esperanzas y sueños es para cada uno de mis aconsejados? Espero que sean capaces de ver el potencial para su futuro, tal como Dios lo ve. Quiero que corran el riesgo de soñar. Sé que es espantoso seguir tratando y correr el riesgo de la angustia o la decepción. Pero ¡que potencial! Me encanta lo que dijo

Chuck Swindoll sobre la visión:

«Visión es la habilidad de ver la presencia de Dios, de percibir el poder de Dios, de enfocarnos en el plan de Dios a pesar de los obstáculos... Visión es la habilidad de ver por encima y más allá que la mayoría. Visión es percepción –sentir la presencia del poder de Dios en las circunstancias. Algunas veces pienso en la visión mientras miro la vida a través del lente de Dios, veo las situaciones como El las ve. Muy a menudo no vemos las cosas como son, sino como nosotros somos. Piense en eso. La visión tiene que estar mirando la vida con una perspectiva divina, leer las escenas enfocando a Dios claramente. Quien quiera vivir diferente en "el sistema" tiene que corregir su visión.»[1]

Una ilustración común de crear una visión de lo que uno quiere que ocurra es cuando la pareja va separada a la consejería. Sus problemas son los mismos. Sienten que no aman a su cónyuge y en algún lugar obtuvieron la falsa creencia de que es imposible aprender a amar a su pareja otra vez. Algunas incluso ni quieren probar. Otras lo hacen pero están confundidas de cómo llevarlo a cabo. Muchas veces les he sugerido: «Puede imaginar cómo sería si usted amara a su cónyuge. Descríbame como sería. Descríbame como se sentiría con él, cómo lo trataría, piense en él, apóyelo, anímelo, ore por él, háblele a otros de él, etc.» Hablamos sobre esto y lo perfeccionamos por eso es realista y alcanzable.

Mi sugerencia final es esta: «Por favor, tome lo que hemos hablado y escriba en detalle la visión que se haya creado sobre amar a su esposo. Léalo en voz alta varias veces al día y escríbalo varias veces también. Ore por cada faceta de esa visión en voz alta y pídale a Dios que haga que renazca ese amor en usted. Y después compórtese con su pareja como si verdaderamente lo amara. Haga esto por un mes y vamos a descubrir que sucede».

Quizás usted sepa el resto. Sí, ésto da trabajo, es un compromiso y un esfuerzo. Y sobre todo, hace falta voluntad para cambiar y permitir la dirección de Dios en nuestras vidas. ¿Puede imaginar lo que podría pasar si usted aplicara este mismo procedimiento a alguien con quien está resentida y a quien quiere perdonar? Puede suceder.

Tenga esperanza

Si usted utiliza las palabras «imposible», «no puedo», «nunca», o cualquier otra palabra limitante cuando confronta cualquier problema en su vida, ¿no le gustaría cambiar? Esto es una extraña mezcla, querer cambiar pero estar inmovilizada por palabras de derrota.

Conviértase en una persona de esperanza. Cuando mira una situación, ¿puede imaginar lo que sería si fuera diferente? ¿Ve diversas variaciones de cómo podría ser diferente? Podemos sorprendernos de los resultados. A veces lo que uno quiere y cree como «lo mejor» nunca resulta de esa manera, pero descubre que fue capaz de ganar perspicacia y fortaleza y que no sólo existe sino que vive abundantemente con la situación. Otras veces el resultado final era totalmente diferente de lo que uno quería o predecía y descubrió que asimismo logró estar satisfecha; aunque nunca pudiera haber estado convencida de antemano de que la felicidad vendría de esa forma.

Temor

Si usted viene a mí por consejería, una de las preguntas que probablemente me escuche hacerle es: «¿Cuál es su temor en la vida?» ¿Extraño? Quizás, especialmente si no ha dicho nada sobre sentir miedo. Pero a través de los años he descubierto una y otra vez que la mayoría de las personas están impulsadas más por el temor que por la esperanza. Piense en esto por un momento. ¿Qué la motiva a usted? Si ha pensado en consejería pero no ha dado ese paso, ¿qué la ha detenido? ¿Qué la ha paralizado en otras áreas en su vida? ¿Ha enumerado alguna vez sus temores? ¿Esta su vida, en este momento, caracterizada por fe más que por temor? Esto es algo para considerar.

Nuestros temores nos invalidan para salir adelante y terminamos caminando con muletas. El temor también nubla nuestra visión, dificultando el desarrollo de las relaciones y bloqueando la relación completa con Dios. Es un mecanismo protector para evitarnos dolor pero tiene sus propias consecuencias terribles que son incluso peores de las que intenta evitar. Realmente el temor limita nuestro vocabulario. Las frases tales como «puedo», «quiero», «soy capaz», «con la ayuda y guía de Dios podré...» se pierden por el temor. Aprender a vivir con fe y esperanza, sin embargo, puede desalojar los temores de nuestras vidas. Pero este es un proceso de aprendizaje lento. La fe está apretando el paso sin el conocimiento de eso que está parado firme frente a nosotros. Las personas evitan buscar consejería por temor. He escuchado a muchas decir: «Usted no sabe cuán espantoso fue llamar para hacer esta cita y venir aquí. Por poco llamo de nuevo y la cancelo ... por temor». Pero pronto se disipan sus temores y empiezan a crecer. Uno de los temores que pueden inmovilizarnos es el pensamiento que a pesar del deseo de cambiar nuestras vidas, el costo o el dolor serán demasiado o que todo nuestro esfuerzo será en vano. Su problema o el de su amiga puede parecer imposible. Me he sentido así mientras he estado sentado, escuchando algunas situaciones maritales o personales. De vez en cuando necesito leer la declaración de Oswald Chambers (*En pos de lo supremo*). Esto es lo que dice Chamber sobre nuestras imposibilidades:

> «(Ellos) proporcionan una exposición de su gracia y poder todopoderoso. El sólo no nos entregará, sino que lo hará; El nos dará una lección que nunca olvidaremos, y la cual devolveremos con una feliz reflexión. Nunca podremos agradecer a Dios lo suficiente por habernos dado exactamente lo que nos ha dado.»[2]

Tienda la mano

¿Está dudando en tender la mano a alguien para que la guíe y aconseje? ¿Está limitando su crecimiento y su futuro por temor o por resentimiento? Si ha estado haciendo eso por algún tiempo, usted sabe a dónde la llevará esa actitud. Entonces, ¿por qué no prueba algo diferente? Tienda la mano. Busque las respuestas en este libro. Utilícelas como el inicio de su proceso de sanidad. Uselas para compartir con otros y que vengan a ser una fuente de sanidad para sus vidas.

Para ayudarla a encaminarse hacia el futuro, me gustaría que considerara las palabras que me ayudaron durante 1991. Roger Palms escribió un penetrante libro devocional titulado, *Enjoying the Closeness of God* (Disfrutando la cercanía de Dios). El dijo:

«En Cristo soy libre para vivir, libre para ser flexible, libre para moverme, libre para fracasar, libre para triunfar. Puedo saber confidencialmente que hay cosas que haré bien y cosas que no seré capaz de hacerlas completas. No tengo que tratar de probarme a mí mismo o a otros que de algún modo yo pueda ser lo que no soy. Dios me hizo; Dios es mi dueño.

»Y mientras descanso en Cristo, empiezo a ver que siempre ha habido personas como yo. Esto refuerza mi seguridad. Encuentro personas en las Escrituras –personas como Abraham, Moisés, Esteban– quienes no se entendían completamente a sí mismos o sus propósitos, pero sabían que Dios los entendía a ellos. No siempre se sentían fuertes o saludables o sabios. Se maravillaban de los mandamientos de Dios como algunas veces yo lo hago. Incluso el discípulo que más amaba a Jesús no siempre entendía todo lo que El hacía o enseñaba. Darme cuenta de esto me permite tener momentos de depresión; esto me permite llorar y golpear mis puños en el pecho de Dios. Esto me permite ser la persona que soy porque

yo soy la persona de Dios. Puedo mirar a mi Creador porque yo soy suyo. Puedo mirar a mi Redentor; puedo mirar hacia delante para satisfacción y para liberación. Y puedo ser feliz incluso en mis "fracasos", esperando ver cómo esos tambien serán usados porque estoy seguro de Quién me hizo y de Quién es mi dueño.
»Yo sé que hay un mañana.»[3]

Ahora, déjeme considerar las preguntas formuladas más frecuentemente por las mujeres en la consejería y los problemas –y sus soluciones– que esas preguntas reflejan.

Nota de los editores para la presente la edición en español:

Se incluyen en esta obra las notas a la bibliografía en inglés que usó el autor para información y apoyo, a fin de ser usadas por quienes están familiarizados con ese idioma, lengua original del trabajo. El mismo criterio se ha seguido con las lecturas recomendadas que el lector podrá encontrar al final de cada capítulo.

Notas

1.- Chuck Swindoll, *Living Above the Level of Mediocrity* (Viviendo sobre el nivel de mediocridad) (Dallas, TX: WORD, Inc., 1987), pp. 94, 95.
2.- Lloyd John Ogilvie, *Lord of the Impossible* (El Señor de lo imposible) (Nashville, TN: Abingdon Press, 1984), pp. 17, 18.
3.- Roger C. Palms, *Enjoying the Closeness of God* (Disfutando la cercanía de Dios) (Minneapolis, MN: World Wide Publications, 1989). p. 246.

Capítulo 1

POR QUE
LOS HOMBRES
Y LAS MUJERES
SON DIFERENTES

En mi profesión he estado enfrentando preguntas sobre las diferencias entre los hombres y las mujeres todas las semanas a través de los últimos 25 años. Y no me cabe ninguna duda que estas preguntas serán hechas en el próximo siglo también. Para ilustrar el problema veremos algunos de los comentarios más comunes.

Una mujer compartió la lucha que estaba teniendo con su esposo de la siguiente manera: «No creo que los hombres comprendan la diferencia que hay entre *compartir* sus sentimientos y lo que ellos *piensan* acerca de esos sentimientos. Tienden a racionalizar la mayor parte del tiempo. ¿Por qué los hombres tienen que pensar sobre cómo ellos sienten? No tienen que responder como un libro de texto o "redactar" todo lo que comparten. Me pregunto si el lado emocional los amenaza. Por supuesto, uno no siempre puede controlar sus respuestas emocionales».

Este comentario puntualiza las diferencias entre los hombres y las mujeres, así como los tipos de personalidad. Recuerde usted que algunas diferencias de género son innatas, mientras que otras resultan de las condiciones culturales o las influencias del ambiente. El interés aquí no es «por qué los hombres son de esa manera», sino identificar las diferencias que tienen estos con las mujeres. Estas diferencias varían en intensidad, y algunos hombres reflejan lo que llamamos «características femeninas.»

Lea la siguiente declaración y piense si no se ha sentido alguna vez como esta esposa: «Quiero que él no piense que *siempre* tiene que definir las cosas. ¡Me siento como si hubiera hablado con un diccionario! Durante el año pasado, cada semana mi esposo decía: "¿Qué quieres decir con eso? No puedo hablar contigo si no comprendo tus palabras. Dame algo objetivo, no esos sentimientos". Bién, algunas veces no puedo darle algo objetivo ni definiciones».

Otra vez, tenemos diferencias masculinas/femeninas, pero también diferencias en los tipos de personalidad.

Otra mujer me dijo: «Mi esposo es ingeniero y uno debe retirarse cuando sus amigos ingenieros vienen. ¡La casa es como una conferencia intelectual cognoscitiva! Todo son datos lógicos. Entran con sus reglas de cálculos y calculadoras, y es como si la casa hubiera sido barrida de toda respuesta emocional. Hablan pero no revelan. Comparten pero sólo superficialmente».

Definitivamente esto es una combinación de las diferencias masculinas/femeninas y de los tipos de personalidades distintivos.

El estilo de la comunicación del hombre

—————— Pregunta: ——————
MI ESPOSO ES INSENSIBLE; NO COMPRENDE
MIS SENTIMIENTOS NI COMPARTE SUS SENTIMIENTOS
CONMIGO. ¿LA MAYORIA DE LOS HOMBRES SON ASI?

Respuesta:
Los hombres siguen un patrón distinto en su estilo de comunicación. Ante todo, reflexionan sobre el problema. Dejan que el tiempo

pase para ver cómo se desarrolla y si se resuelve por sí solo o con el menor esfuerzo posible. Durante esta etapa consistente en dejarlo evolucionar, quizás piensen que es innecesario hablar. Pero si el esperar que el problema madure no funciona, guardarlo en su interior será la próxima fase. Para muchos hombres, esta es la solución más fácil de todas. Pero otra vez, si esto no funciona, entonces recién allí hablarán al respecto. Puede ser que lo hagan con un suspiro de resignación o con una explosión. Esta es una distinción de género pero varía en la intensidad, dependiendo de la condición cultural y del tipo de personalidad.

Con frecuencia, los hombres dirán: «Ella espera que tenga todas esas reacciones al alcance de mi mano y que sea capaz de traerlas a la memoria en el momento. Bien, yo no actúo de la manera que ella lo hace. Necesito un poquito más de tiempo para pensar bien las cosas. Ella piensa que el querer tomar un tiempo para pensar es no ser sincero y franco con ella. ¡Esto es ridículo; no estoy tratando de esconder nada! Sólo estoy tratando de estar seguro en mi propia mente antes de hablarle del asunto. ¿Qué tiene eso de malo?»

¡Esto no es una diferencia masculina/femenina, sino un tipo de personalidad distinta!

Recuerde, los hombres tienden a comunicarse para resolver. Ellos quieren llegar a las conclusiones, de manera que puedan «arreglarlo». Algunas veces, quizás, usted no sabe si quiere resolver cierto asunto hasta que no haya hablado sobre eso. Muchas mujeres quieren expresarse porque esta es la forma de intercambiar con el mundo; disfrutan la autoexpresión.

También escucho a ciertos hombres decir: «Comprendo su necesidad de hablar sobre nosotros y sobre nuestra relación. Pienso que hay una forma acertada y una equivocada de hablar sobre esas cosas. Si uno no es cuidadoso, todo se puede ir de las manos. Es mejor ser lo mas racional posible. Si uno se emociona demasiado nunca puede hacer buenas decisiones, y si lo toma muy personal, alguien puede herirse. Un poquito de distancia ayuda a ir más lejos».

Esto es ambas cosas: diferencia masculina/femenina y diferente tipo de personalidad.[1]

La diferencia entre la parte derecha y la parte izquierda del cerebro

Pregunta:

¿COMO PUEDO LOGRAR QUE MI ESPOSO SE RELACIONE CONMIGO EMOCIONALMENTE? ¿POR QUE ES TAN MISTERIOSO?

Respuesta:

La biología juega su papel clave en el silencio de la comunicación con relación al genero. Algunas de las diferencias entre los hombres y las mujeres tienen una razón física. Es vital para usted (y para su esposo) comprender que los hombres no pueden cambiar su composición física.

Existe una diferencia genética entre la parte izquierda y derecha del cerebro entre los hombres y las mujeres. Esto es parte de la razón por la que los hombres son de la manera que son y por lo que usted tiene dificultad en la comunicación con ellos. Al nacer la persona, la corteza cerebral está más desarrollada en las mujeres que en los hombres. Como infantes, por ejemplo, las mujeres responden mejor al sonido de la voz humana que los hombres.

Las mujeres tienen orientación y tienden a ser más hábiles verbalmente. Los hombres no. La parte izquierda controla el lenguaje y la habilidad para la lectura. Recolecta los datos y los reune paso a paso.

La parte izquierda del cerebro de la mujer se desarrolla más rápido que la del hombre, lo que le da cierta ventaja en la lectura y la escritura. Es por eso que muchos niños pequeños no leen y escriben tanto como las niñas. Frecuentemente, un niño puede construir una complicada maqueta pero no puede leer tanto como una niña que es un año menor. La parte derecha del cerebro masculino se desarrolla más rápido que su homónimo en el femenino y a través de la vida los hombres tienden a utilizar este lado de su cerebro más hábilmente en el área espacial, aunque no en la emocional. ¡Por favor, recuérdelo!

Por lo general, los hombres utilizan la parte derecha de su cerebro más eficientemente que las mujeres. Y el cerebro del hombre es más especializado, lo cual tiene que ver algo así como el trabajar en un rompecabezas, mirar el mapa de una carretera, diseñar una oficina nueva, planear el arreglo de una habitación, resolver un problema geométrico o escuchar una música selecta en el estéreo. La parte derecha del cerebro no procesa la información paso por paso como la parte izquierda. En su lugar, procesa los patrones de información. Interpreta la multitud de nuestras emociones, por lo que ha sido llamada la *parte intuitiva* del cerebro. Ese sector reunirá los datos y ofrecerá un concepto global. Mirará toda la situación y, como por arte de magia, aparecerá la solución.

Si yo soy un hombre típico, utilizaré la parte izquierda de mi cerebro para los problemas verbales y la parte derecha para las tareas espaciales. Si estoy uniendo un nuevo gráfico que viene en varias piezas, utilizo mi parte derecha para imaginar el resultado final. Y así cambio de una parte a la otra, buscando cómo se ajusta mejor el tema en mi mente. Si mi esposa Joyce viene a preguntarme a quién tenemos invitado para la cena, mi respuesta sale de mi lado verbal, el izquierdo.

La mayoría de los hombres no usan todas las habilidades de la parte derecha de sus cerebros como podrían (sé que yo tampoco).

En promedio, la mujer es diferente al hombre en la manera que ella utiliza su cerebro. ¡Y esto le da ventaja sobre los hombres! Pero esto también puede frustrar a un hombre con relación a una mujer.

El cerebro de una mujer no es especializado, opera holísticamente. Las mujeres tienen miles de nervios-conectores adicionales entre las partes derechas e izquierda del cerebro. Un hombre cambia de aquí para allá entre los dos lados. Puede centrar más la atención en lo que está haciendo. Pero una mujer usa ambos lados en forma simultánea para trabajar en un problema. Las dos partes trabajan en cooperación. ¿Por que? Porque algunas de las habilidades del lado izquierdo son duplicadas en la parte derecha y viceversa.

Las mujeres tienen los conectores entre las dos partes del cerebro más largas que un infante y así pueden integrar la información más hábilmente. Pueden percibir todo lo que ocurre a su alrededor. Una esposa puede manejar cinco actividades agitadas al mismo tiempo, mientras que su esposo, que está leyendo una revista, es totalmente ajeno a los problemas que están ocurriendo delante de su naríz. El resultado provoca que las mujeres sean más perceptivas a las personas que los hombres.

La mayoría de las mujeres tienen mayor habilidad para captar los sentimientos y sentir la diferencia entre lo que dicen las personas y lo que quieren decir. Esta realidad debería moderar las expectativas que tienen las mujeres sobre las habilidades perceptivas de los hombres. Un hombre no percibe los datos con todos los sentidos como lo hace una mujer. Es por eso que ellas pueden recuperar algunas de sus funciones después de una apoplejía, mientras que un hombre está mucho más limitado. La habilidad femenina para utilizar ambos lados del cerebro significa que la parte no dañada puede intervenir y empezar a llenar el vacío dejado por la otra.

Ambos, las mujeres y los hombres, tienen la tendencia a preferir un lado del cerebro al otro, y ésto afecta el enfoque hacia la vida o el trabajo de la persona en cuestión. Un hombre no cambia las preferencias o el dominio a través de toda su vida, pero pueden desarrollar las habilidades de la parte menos preferida de su cerebro.[34] Y recuerde que nuestra cultura tiende a reforzar estas facilidades e inclinaciones. Mucho en la diferencia es el refuerzo cultural, las expectativas y la perpetuación de los esterotipos.

Expectativas de los hombres

------------ **Pregunta:** ------------
¿COMO PUEDO LOGRAR QUE MI ESPOSO
ME PRESTE ATENCIÓN A UN NIVEL MAS PERSONAL?
¿ESTOY ESPERANDO DEMASIADO DE EL?

Respuesta:

Consideremos por un momento lo que nuestra cultura espera de los hombres. De un hombre maduro y responsable nuestra sociedad espera, convencionalmente, que:

- Sea controlado.
- Sea seguro.
- Sea más dominado por el pensamiento que por los sentimientos.
- Sea racional y analítico.
- Sea enérgico.
- Sea valiente.
- Sea competitivo.
- Cumpla tareas y alcance metas.
- Tenga conocimiento de cómo funcionan las cosas mecánicas.
- Resista la tensión sin rendirse o ceder.
- Exprese cólera.
- Sea capaz de soportar el dolor.
- Sea potente sexualmente.
- Sea capaz de «aguantar el licor».
- Se case a una edad apropiada para ser un esposo y padre devoto.
- Sea proveedor.

No se espera de un hombre que:
- Pierda el control de la situación, o el de sí mismo.

- Llore abiertamente.
- Sienta temor.
- Sea dependiente.
- Sea inseguro y ansioso.
- Sea pasivo.
- Exprese soledad, tristeza o depresión.
- Exprese la necesidad de amor y cariño.
- Exhiba características típicamente femeninas.
- Sea juguetón.
- Toque a otros hombres.
- Sea impotente (sexualmente o de otra manera).

Entonces, ¿que pasa? Las mujeres quieren que los hombres sean diferentes, mientras que los ellos gastan tiempo y energía guardándose de lo que ellos piensan que no puede ser. Sus energías con frecuencia se dedican a abstenerse de responder en una manera en que verdaderamente podría beneficiar las relaciones masculinas/femeninas.

He visto estas diferencias en hombres y mujeres con respecto a la respuesta a la tristeza. La mayoría de los hombres siente que es más fácil lamentarse solos. Cuando experimentan una pérdida –por más dolorosa que esta sea– vuelven rápido a la acción, al trabajo o a emprender lo que proyectaban hacer antes. Estas acciones indican la necesidad de los hombres de mantenerse bajo control.

Las mujeres tienden a querer que los hombres sean competentes en las áreas que ellas son hábiles, como en la de expresar sus sentimientos, demostrar amor, así como alimentando y manteniendo la intimidad. Pero aquí tenemos un problema. ¡Usted esta pidiendo algo de un hombre para lo cual él no ha sido entrenado!

- Usted le pide que tenga confianza y sea franco, pero él ha sido entrenado para estar a la defensiva y ser receloso.
- Usted le pide que muestre sus sentimientos, pero él ha sido entrenado para esconderlos. La mayoría de los hombres nunca han aprendido el vocabulario de los sentimientos.

Entonces, ¿cómo pueden expresar lo que no pueden verbalizar? He trabajado con muchos hombres y les he pedido que memoricen una lista de palabras sentimentales y empezaron a usar un diccionario y un libro de sinónimos para ampliar su habilidad.

* Le pide que sea vulnerable, pero él ha sido enseñado para ser fuerte, controlado y capaz de conquistarlo todo.
* Le pide que sienta necesidad de usted, pero él ha sido enseñado a ser independiente y autosuficiente.
* Le pide que se suelte y sea libre, pero él ha sido enseñado en que tiene que estar controlado.

Cuando usted le pide a un hombre que vaya a sus sentimientos, es como mandarlo a un país extranjero sin pasaporte. Se siente totalmente fuera de control.

La necesidad del hombre de controlar las emociones

El Dr. Ken Druck ha sugerido algunas formas en que los hombres tienden a parecer no afectados emocionalmente y con control en sus vidas.

* Los hombres justifican la falta de acción diciéndose: «¿Qué de bueno tiene hablar de eso? ¡No va a cambiar nada!»
* Los hombres se preocupan internamente, pero raramente enfrentan lo que verdaderamente sienten.
* Los hombres se escapan en nuevos roles o se esconden detrás de los viejos.
* Los hombres toman la actitud de que los «sentimientos» pasarán y no hacen caso de ellos, como si fuera algo sin importancia.
* Los hombres se mantienen ocupados, especialmente con el trabajo.
* Los hombres cambian un sentimiento por otro –enojarse en vez de experimentar dolor o temor.
* Los hombres rechazan el sentimiento en su totalidad.

- Los hombres retienen sus sentimientos –los ponen en el archivo y tienden a olvidar cómo fueron clasificados.
- Los sentimientos son enfrentados con el alcohol y las drogas.
- Los hombres son excelentes cirujanos. Crean una «circunvalación del pensamiento» para remplazar los sentimientos por el pensamiento y la lógica.
- Los hombres tienden a dejar que las mujeres experimenten los sentimientos por ellos.
- Los hombres a veces evitan las situaciones y las personas que puedan sacar a la luz ciertos sentimientos.
- Algunos hombres se enferman o se comportan sin cuidado y se hieren a sí mismos; así tienen una razón para justificar sus sentimientos.[3]

Muchos hombres son amenazados por la expresión de sus emociones o cuando «se emocionan». Pero, ¿sabe usted por qué? La mayoría de los hombres han sido criados bajo el concepto de que ellos son los responsables de arreglar las cosas –pero, ¿cómo arreglar sus «sentimientos»? Es difícil tener soluciones orientadas a los sentimientos. A menudo, cuando un hombre ve a su esposa enojada, puede culparse a sí mismo por haberle causado dolor. Pero en vez de ser compasivo y tierno con ella puede enojarse con ella ¡por hacerlo sentir tan mal consigo mismo! Los hombres tienen el temor de que una vez que «se emocionen» seguirán así para siempre y no podrá ser capaces de hacer nada por detenerlo. Y recuerde, cuando no son capaces de expresar sus sentimientos, muchos hombres prefieren expresarse a sí mismos sexualmente.

La importancia de la confianza

Desafortunadamente, he visto a mujeres bloquear la capacidad de compartir de sus esposo. Si un esposo al fin abre su corazón a su mujer y esta toma lo que él le dice y no le da importancia —o peor lo comenta con otros, lo ridiculiza o lo rechaza— él no dirá nunca más nada. Seguridad, aceptación y apoyo son cualidades esenciales que debe manifestar una mujer si espera apertura e intimidad profunda de parte de su esposo. El quiere que aquello que comparta sea utilizado para su bienestar, no en su contra. La confianza es lo principal.

La distancia en la pareja se agranda sobremanera cuando las esposas discuten abiertamente con otros 1) las cosas personales que pasan entre ellos; 2) las finanzas; 3) cómo se siente él por sus padres; y 4) lo que a él le preocupa del trabajo. Si su esposo comparte con usted, no lo transmita al mundo entero.

Recuerdo a un esposo decirme: «Fuí a una reunión con mi esposa y ella compartió algo que me tomó semanas decírselo. Estaba enojada conmigo esa noche y lo compartió como un chiste. Me sentí muy abochornado. Estaba herido y enojado con ella. Si ella compartió eso, ¿que podría pasar si verdaderamente abro mi corazón y le cuento francamente todo lo que siento? No quiero que lo utilice en mi contra. ¡Nunca mas!»

Usted no tiene que resignarse a vivir con un hombre inexpresivo. Volverse fatalista no es la respuesta. No estoy hablando de que se divorcie de él tampoco. «No esté tan preocupada porque los hombres no expresen sus sentimientos. ¡Esta es sólo la forma en que ellos son!» Si oye esa excusa, no le preste atención. Los hombres tienden a ser así, pero pueden cambiar. Los retos o reproches no funcionan. Las invitaciones cuidadosas, habladas, sí trabajan. Los hombres responden inicialmente a las preguntas que apuntan a respuestas objetivas. Es más fácil para un hombre decirle a su esposa lo que hace en el trabajo que cómo se siente en él. El puede decirle más fácil cómo le fué en los deportes o en la escuela cuando estaba creciendo que cómo se siente con lo que hace ahora. Pero empezar con las realidades es una introducción a los sentimientos.

Un hombre necesita que usted lo ayude en el proceso de abrir su corazón. Necesita ver su disposición a compartir como una participación en su vida, no como un entrometimiento circunstancial. Quiere estar seguro que usted no está buscando conocer los sentimientos de él para utilizarlos en su contra sino para involucrarse más íntimamente con él. El necesita asegurarse de la permanencia de sus cuidados, y que usted lo apoyará y guardará el secreto.[4]

Ayúdelo a expresarse

Recuerde estos puntos:

No le ponga una etiqueta a la resistencia que él tiene por mostrar sus sentimientos –como por ejemplo la de ser insensible. Usted le está pidiendo que exprese algo para lo que él no está entrenado. El tiene sentimientos y no es insensible. Que los guarde en su propia intimidad no significa que no tenga emociones.

Para algunos hombres, la palabra «sentimientos» es una pólvora. Los hace estallar y es cuando se intensifican sus mecanismos de defensa. O han escuchado a las mujeres hablar sobre sus sentimientos o han sido presionados a compartirlos con resultados limitados.

Escoja un momento que usted crea que sea bueno para ambos. Dígale que hay algo que quiere aprender sobre sí misma y que necesita su ayuda por sólo unos minutos. Pídale que recuerde algo interesante que le haya sucedido recientemente. Dígale que quiere ver cuánto se acerca al describir usted la reacción interna que él sintió en esa situación. Cuando usted describa lo que piensa que él sintió, utilice palabras representativas o analogías emocionales. «Apuesto a que te sentiste como si un elefante hubiera saltado sobre ti», o «supongo que te sentiste como si alguien hubiera estado siguiéndote todo el día en la autopista», o «¡apuesto a que te sentiste escurrido como una toalla mojada!»

Pregúntele si usted se acercó al describir la reacción interna que él tuvo en esa oportunidad. Quizás usted quiera pedirle que utilice su propia analogía para aclarar lo que pasó. La frase «reacción interna» es menos amenazante que «sentimientos» y apela a su mente cognoscitiva. Podría ser mucho más fácil para él expresar lo que le ocurrió internamente.[5]

No lo presione a responder en forma inmediata. Probablemente primero tendrá que pensar qué ocurrió en verdad con sus sentimientos. Anímelo a tomar unos minutos para «pensar» acerca de lo que es su «reacción interna» o «respuesta». Si es introvertido, definitivamente necesita tiempo para pensarlo primero.

Evite divagar cuando comparta sus sentimientos con él. El prefiere lo específico, lo objetivo, la agenda. Déjele saber que usted está más orientada en el proceso y lo mismo necesita escuchar sus sentimientos, más que el darle una opinión. No piense en voz alta. Como la mayoría de los hombres tienen un solo propósito, lo distraerá y evitará que se concentre. Déjele conocer su estilo de comunicación y reafirme el de él. Apruebe cualquier intento de su parte.

Nunca, pero nunca, lo interrumpa cuando esté expresando un pensamiento o sentimiento. No cambie el tema; la mayoría de los hombres no se van por la tangente. Piensan en línea recta y cuando le hablan a otra persona —hombre o mujer— se enojan si esa persona cambia de un tema a otro. Si le interrumpe, lo interpreta como si lo estuviera haciendo mal. Nunca enjuicie los sentimientos que comparta.

Si su esposo está luchando por compartir lo que esta sintiendo, pregúntele: «¿Estaría bien si te hiciera algunas preguntas que me ayudarán a entender lo que esta pasando?» Lo más probable es que él dirá que sí.

Entonces, usted podría utilizar preguntas como:

- «¿Hay algo por lo cual te sientes defraudado en estos momentos?»
- «¿Hay algo a lo que temes, y que es difícil de admitir?»
- «¿Hay algo por lo que estás frustrado o enojado ahora?»
- «¿Te lastimó algo o alguien de alguna forma?»

Y si usted le pidiera que compartiera más de sus sentimientos y el respondiera: «No sé cómo. Si supiera entonces podría», entonces usted le dice: «Bien, no es tan difícil. Sólo empieza a compartirlos». No espere mucho en la respuesta. El no sabe cómo y necesita alguna ayuda. Una mejor respuesta podría ser: «Apreciaría que me dejaras saber. Puedo comprender cuán frustrante puede ser eso. Si quisieras algunas sugerencias, dímelo». Y espere para ver si responde. Permítale compartir sus sentimientos a su manera y sentirse libre de cómo los comparte.

Una esposa dijo: «Cuando quería que Juan compartiera, yo quería sus sentimientos cuando *yo* quería. Mis solicitudes eran acogidas como demandas. Y un día me lo dijo. Entonces aprendí a ser sensible a sus estados de ánimo, y cada vez que empezaba a compartir alguna de sus frustraciones lo escuchaba, y lo escuchaba bien. El no quería un diálogo o alguien que le resolviera sus problemas. Sólo quería ventilarlos, y yo quería escucharlos.

Después que él comparta, agradézcaselo. Dígale cuánto significa para usted y pregúntele si hay algo que usted pueda hacer para hacérselo más fácil. Antes de que se vaya al trabajo por la mañana, pregúntele su motivo de oración para ese día. Esto le dará a usted algo específico para hablar al final del día.

Rasgos de personalidad

He hablado con algunas mujeres que dicen: «¡Me he encontrado con muchos hombres que saben compartir emocionalmente! Hablan sobre los sentimientos y parecen responder a la vida con sus emociones. ¿Por qué mi esposo no puede ser así?» La respuesta es simple. Usted esta respondiendo a lo que llamamos tipo de personalidad más que diferencia de género.

Déjeme explicarle. Una de las herramientas más acertadas para ayudarnos a identificar nuestras personalidades es el *Tipo de Indicador Myers Briggs* (MBTI). Este es un examen descriptivo que define ocho rasgos básicos de las personalidades que nos afectan en nuestras relaciones. Usted no puede fallar en el examen ni obtener una puntuación pésima porque todo el mundo tiene los ocho rasgos en sus personalidades. Los ocho rasgos forman cuatro pares de opuestos. Todos preferimos utilizar un par sobre otros.

Los ocho rasgos son los siguientes:

Extrovertido o introvertido— Esta es la forma que las personas prefieren para interactuar con el mundo y la manera en que ellos prefieren ser estimulados y motivados.

Sensorial o intuitivo— Esta preferencia describe la manera en que las personas prefieren obtener información.

Pensador o sentimental— Esto describe cómo las personas prefieren tomar sus decisiones.

Juzgar o percibir— Con estos rasgos se describe cómo uno prefiere orientar su vida, ya sea estructurada y organizada o espontánea y adaptable.

Se ha pensado en la posibilidad de que estos rasgos son heredados. Aparentemente no los aprendemos, aunque nuestra preferencia por alguno puede ser fortalecida o debilitada por nuestro medio ambiente y las experiencias.

Uno nace con una predisposición y cada rasgo es una preferencia. Es como ser derecho o zurdo. Esto no significa que no utilicemos la otra mano, sólo que preferimos una y es la más fuerte. Entre más utilice la derecha, más dependerá de ella. Si uno ha nacido introvertido sera siempre introvertido, no importa cuánto practique ser extrovertido.

La diferencia introvertido/extrovertido puede ser parte del problema con que está luchando si su esposo no es expresivo.

Los extrovertidos tienden a hablar primero y a pensar después. Expresan sus ideas repentinamente y el proceso de estudio es al aire libre, para que todos lo escuchen. Prefieren hablar que escuchar y son potenciados por la interacción con las personas.

Los introvertidos, en cambio, ensayan todas las cosas antes de expresarlas y a menudo responderán a preguntas con un: «Déjame pensar en eso». Se inmovilizan cuando uno los presiona para una respuesta inmediata. Prefieren su paz y tranquilidad y se sienten agotados después de mucha interacción con otros. Son buenos escuchando y prefieren tener pocos amigos y allegados a un grupo. No les interesa estar alrededor de personas que hablen excesivamente, aunque desarrollan un alto nivel de concentración y pueden desconectarse de los ruidos.

Consideremos otro par de rasgos que se relaciona con lo que hemos estado discutiendo. Veamos las características de un *pensador* y un *sentimental*:

Un *pensador* tiende a :

- Estar sereno, calmado y mantenerse objetivo en las situaciones cuando todos están alterados.
- Resolver las disputas basado en lo que es justo y verdadero, más que en aquello que haga a las personas felíz.
- Disfrutar proporcionando un punto de partida para aclarar algo; puede argumentar en ambos lados de la discusión, simplemente para ampliar los horizontes intelectuales.
- Ser más firme de mente que blando de corazón. Si discrepa con alguien, en vez de decirle lo que piensa podría no decirle nada y dejar al otro pensando que está en lo correcto.
- Enorgullecerse en sus objetivos, cuando en realidad alguien lo acusa de ser frío y descuidado.
- No le molesta hacer decisiones difíciles. No puede comprender por qué tantas personas se molestan por cosas que verdaderamente no estan relacionadas con el asunto.
- Pensa que es más importante estar en lo cierto que gustar. No es necesario gustarle a las personas con el fín de ser capaz de trabajar con ellos y hacer un buen trabajo.
- Impresionarse y dar más crédito a las cosas que son lógicas y científicas.
- Recordar números y figuras más rápido que caras y nombres.

Un *sentimental* tiende a:

- Tomar en cuenta los sentimientos de otros cuando hacen una decisión.
- Sentir que el «amor» no puede ser definido, por lo que se ofende más con aquellos que tratan de racionalizarlo.

- Sobrepasarse en satisfacer las necesidades de otros; harán casi cualquier cosa por complacer a otros.
- Ponerse en los zapatos de otros. Se preocupan por: «¿Cómo afectará ésto a esta persona?»
- Disfrutar proveyendo servicio a las necesidades de otros.
- Preguntarse: «¿A nadie le interesa lo que quiero?» Aunque puede tener dificultad al decirlo.
- Preferir la armonía a la claridad; y se abochornan por los conflictos en grupos o en reuniones familiares, por lo que tratarán de evitalos.
- Ser acusados frecuentemente de tomar las cosas demasiado personalmente.

Una persona puede ser *sentimental* y todavía no saber hablar sobre sus sentimientos. También puede relacionarse con otros con el pensamiento cuando cree que es lo mejor.

Por interesante que parezca, *pensamiento* y *sentimiento* son solo las dos preferencias que han relacionado el asunto del género. Casi las dos terceras partes de los *sentimentales* son mujeres y la misma proporción de hombres son *pensadores.*[6]

El Dr. Dave Stoop describe las diferencias de esta manera:

«La persona pensante utiliza los pro y los contra de las realidades con el fín de llegar a la mejor decisión. La persona sentimental probablemente hará una mala decisión si depende sólo de la información real. El sentimental necesita mirar los valores y las emociones involucradas con el fin de hacer una buena decisión.

La manera en que manejemos nuestras emociones está relacionada con nuestras preferencias en este rasgo, aunque este no tenga nada que ver en forma directa con las emociones. Aquellos que se ubican del lado de los pensantes a menudo están incómodos hablando sobre el área de los sentimientos. También pueden no sentirse tan confortables en el área de la estética y en el cultivo de las relaciones. A otros les parecen serenos y reservados; algunas veces son acusados de tener la sangre fría, aunque son muy sensitivos.

Las personas sentimentales, por el otro lado, pueden estar tranquilas y cómodas en el área de las emociones. Generalmente están conscientes de lo que están sintiendo y también pueden sintonizar lo que otros están sintiendo a su alrededor. Cuando hacen una decisión, se preocupan por cómo esta puede afectar a los otros que estén involucrados en ella.[7]

Si usted está casada con un extrovertido-sentimental (ES) escuchará sobre las emociones de su esposo porque él aparentemente las compartirá. Pero si usted está casada con un introvertido-sentimental (IS) usted tiene un esposo que es igual que un extrovertido-sentimental, pero que lo guarda por dentro. Usted terminará creyendo que es insensible. Y esto no es verdad; sólo necesitará ser más creativa para descubrir lo que hay dentro de él.

Sugerencias para la comunicación

Pregunta:
¿LA MAYORIA DE LOS HOMBRES TIENEN PROBLEMAS PARA COMUNICAR LOS SENTIMIENTOS INTIMOS A SUS ESPOSAS? ¿QUE SUGIERE USTED QUE HAGAMOS PARA AYUDAR EN NUESTRO PROBLEMA DE COMUNICACION?

Respuesta:
Una de las quejas más comunes que he escuchado en consejería es la cuestión del esposo que no se comunica. Y la mayoría de las esposas se ocupan en un ataque directo de frente, el cual no funciona —o los separa con resentimiento— y hace muy poco para estimular

a la pareja a franquearse. Lo que sugiero es algo un poco diferente, pero en lo cual usted no tiene nada que perder, puesto que lo que está haciendo ahora no esta funcionando.

1.- Acepte su silencio. Decida en su mente darle permiso para estar callado y para que responda de la manera que lo hace. Esto reducirá la presión y la frustración que usted siente cuando espera una respuesta y no la obtiene. Aceptando su silencio para sí, usted retendrá un sentido de control sobre la interacción.

2.- Evite hacer preguntas que puedan ser contestadas con un sí o un no. Utilice una pregunta indefinida, aquella que requiera una respuesta completa. Por ejemplo, en vez de preguntar, «¿Te gustó la película?» pregunte, «¿Qué te gustó de la película?» Otro enfoque indefinido que hará que él salga de sí mismo es: «Estoy interesada en tu percepción sobre este asunto y pienso que tienes algo importante que añadir. Dime lo que estás pensando».

3.- Permítale estar callado. Quizás usted tienda a auxiliarlo. Un esposo callado no está siempre listo para dar más de un si o un no por respuesta. Una de sus tendencias tal vez sea «auxiliarlo» llenando su molesto silencio con sus propias palabras. No sienta que usted tiene que aliviar la presion elaborando o ilustrando sus preguntas o poniendo palabras en su boca. Usted puede decir: «Estoy interesada en lo que tienes que decir, pero puede que necesites pensar un poco. Por mi está bien. Tómate tu tiempo. Cuando estes listo para hablar al respecto, dímelo». Darle permiso para su silencio quitará la presión entre ambos.

4.- Trate su silencio con un enfoque directo. Otra forma de invitar a su esposo a interactuar es tratando su silencio directamente. Usted puede decir: «Querido, estoy buscando una respuesta tuya y tu pareces estar pensando en algo. Estoy curiosa por lo que significa tu silencio en este momento.» Entonces espere. O diga: «Puedes estar preocupado por lo que yo responderé si compartes lo que tienes en tu mente. Creo que estoy lista para escucharte».

Una esposa utilizó un enfoque directo y dijo: «Algunas veces, cuando quiero hablar contigo, pareces preocupado o vacilante. Me pregunto si este es el tópico o si hay algo que hago que te hace difícil responder. Quizás puedas pensar en esto y decírmelo después». Entonces se paró y quiso abandonar la habitación. Pero su tranquilo esposo dijo: «Vamos a hablar ahora. Estoy listo para comentar tu última afirmación».

El enfoque directo es más exitoso cuando uno invita a su pareja a decirle cómo ha estado haciéndole difícil la interacción. Pero es muy importante escucharlo y no ponerse a la defensiva, no importa lo que él diga. Lo que él comparte puede que no sea acertado a su perspectiva, pero así es como él lo ve. Tenga cuidado de no decir nada que pueda hacerlo retroceder hacia lo profundo de su ser.

Usted no puede cambiarse a si misma o a su pareja, pero puede animarlo y ayudarlo a desarrollar ese lado no preferido. He visto suceder esto en la vida de muchos hombres. Lo he experimentado en mi propia vida también.

¡Todos podemos aprender y crecer! He visto ocurrir cambios asombrosos en muchas parejas de todas las edades. Esto puede hacer la diferencia en su relación también.

Lecturas recomendadas:
• Druck, Ken. *The Secrets Men Keep*. New York: Ballantine Books,1985.
Kroeger, Otto, and Thuesen, Janet M. Type Talk. New York: Delacorte Press, 1988.
• Tannen, Deborah. *You Just Don't Understand: Women and Men in Conversation*. New York: William Morrow and Co., 1990.
• Wright, H. Norman. *How to Speak Your Spouse's Language*. Tarrytown, NY: Fleming H. Revel Co., 1988.

Notas
1.- H. Norman Wright, *Understanding the Man in Your Live* (Dallas: WORD Inc. 1987), adaptado de las pp. 93-95.
2.- Joyce Brothers, *What Every Woman Should Know About Men* (New York: Ballantine Books, 1981), adaptado de las pp. 31-34. Jacquelyn Wonder and Priscilla Donovan, *Whole Brain Thinking* (New Yok: William Morrow and Co., 1984), adaptado de las pp. 18-34.
3.- Ken Druck, *The Secrets men Keep* (New York: Ballantine Books, 1984), adaptado de las pp. 27,28.
4.- Wright, *Understanding the Man in Your Life*, adaptado de las pp. 100,101.
5.- Dan Kiley, *What to Do When He Won't Change* (New York: Fawcett Crest, 1987), adaptado de la pp. 140.
6.- Otto Kroeger and Janet M. Thuesen, *Type Talk* (New York: Delacorte Press, 1988), adaptado de las pp. 18,19.
7.- David Stoop and Jan Stoop, *The Intimacy Factor* (Nashville: Thomas Nelson, 1993), pp. 90.

ASUNTOS DE MUJERES

Capítulo 2

AUTOESTIMA
E IDENTIDAD

Edificando la autoestima

―――――――― **Pregunta:** ――――――――
MI AUTOESTIMA ES MUY BAJA. ¿COMO LA FORTALEZCO?
¿COMO ME PUEDO SENTIR BIEN CONMIGO MISMA,
RESPETARME, ACEPTARME Y AMARME?

Respuesta:

Una de las preguntas más frecuentes tiene que ver con la identidad y la autoestima de la mujer. Las mujeres de todas las edades luchan con este asunto y a pesar de toda la enseñanza y recursos disponibles para ayudarlas, el conflicto aún continúa. Las preguntas enumeradas le darán una idea de la diversidad de preocupaciones, así como de la posible conexión con los pensamientos y preocupaciones surgidas. Responder a estas preguntas no siempre es fácil porque edificar la identidad y la autoestima de uno es un proceso que toma tiempo. Espero que esta información la ayudará a aliviar en algo la confusión y la encamine en la dirección hacia la cual el proceso de edificación puede empezar y continuar. Usted necesitará aplicarlo a su propia situación.

La identidad basada en fundamentos falsos

Qué dicen los otros. Muchas mujeres basan su identidad en falsas «verdades». Una, por ejemplo, es lo que otros han dicho de ellas en el pasado. Una niña que escucha a sus padres decir: «Ella nunca limpia su cuarto», o escucha a su maestra decir: «Tu eres una de esas que aprenden lento». Entonces ella crece creyendo que es una niña desordenada, sencilla, estúpida. Su identidad está basada en los comentarios de otros.¿Le sucedió esto a usted? Esos comentarios quizas no sean ciertos, pero si usted los cree se hacen ciertos para usted y usted los realiza como su identidad.

Si tiene su identidad basada en lo que otros han dicho de usted, le ha dado a estas personas un tremendo poder y control sobre su vida. ¿Está segura que sus percepciones son acertadas? ¿Hay otras personas que le puedan dar una idea más exacta de quién es usted, verdaderamente?¿Cómo se comparan sus percepciones con las de Dios?

Realización. Algunas mujeres basan su identidad en lo que realizan y cómo lo presentan. Creen que lo que hacen les otorga cierto estatus, el cual puede aumentar basado en los tipos de tareas o papeles en que esten involucradas. ¿Cree usted eso?

Posesiones. Algunas mujeres basan su identidad en lo que poseen. Tienen una insaciable necesidad de adquirir cosas. Cuando no se sienten bien consigo mismas se dirigen hacia el centro comercial. Luchan con la tendencia de comparar sus posesiones con las de otras mujeres.¿Tiene usted esta tendencia?

Eliminadoras del nombre. Otras mujeres basan su identidad en quiénes conocen. Desafortunadamente, este tipo de personas terminan «eliminando» los nombres de quienes tienden a amenazarlas por su estatus, o quienes son amenazantes para su búsqueda de estatus.¿Es usted este tipo de mujer?

Apariencia. Muchas mujeres basan su identidad en cómo se sienten con su apariencia. Gastan innumerables horas frente al espejo, se cambian de ropa varias veces al día y gastan mucho dinero en artículos de belleza. A este tipo de mujer se le puede arruinar todo el día o la noche si no se sienten atractivas. Hago énfasis en sus sentimientos hacia ellas mismas porque su atractivo está en gran parte basado en su percepción de cómo luce. Veinticinco personas pueden hablar con entusiasmo sobre su apariencia, pero si ella no se ve tan atractiva, los elogios de otros no tienen efecto. A menudo sus percepciones están basadas en las reacciones de otros. ¿Es usted así?

Me gusta lo que Jan Congo ha dicho sobre esas falsas bases en su libro *Free to Be God's Woman* (Libre para ser la mujer de Dios):

«Cuando contrastamos nuestra apariencia, nuestro talento, nuestros amigos o nuestras posesiones con las de otras estamos haciendo una comparación basada en gran parte en la fantasía. Nunca hemos caminado en los zapatos de esas mujeres con quien nos comparamos, por lo que nos estamos haciendo ilusiones de lo que nos gustaría. Cuando hacemos esto comparamos lo peor de nosotras —aquello de lo que estamos más conscientes— con lo mejor de ellas. Y verdaderamente estamos comparándonos con una fantasía. Quizás esta sea una de las razones por la que las telenovelas y los romances de las novelas son tan populares hoy. Estamos básicamente insatisfechas con nuestra existencia, por lo que vivimos nuestras vidas indirectamente a través de otras personas.

»Cuando creemos que sólo valemos si somos bellas, si usamos los mejores productos, si conocemos a las mejores personas, si somos triunfadoras o si estamos cómodas financieramente, estamos edificando nuestra autoimagen en bases falsas. Sutilmente nos encontramos buscando a otra persona «significante» para que defina por nosotras lo que es belleza, lo que son buenos productos,

quiénes son las buenas personas con las cuales asociarse,
y lo que es estar financieramente cómoda.

»Cuando tragamos estas opiniones pasajeras, le encantamos a la sociedad porque encajamos en su patrón.
Pero, ¿qué pasa cuando el patrón cambia?»[1]

¿Qué cree usted?

¿Qué cree usted de sí misma? ¿Esta basada su identidad en una base falsa? Conteste estas preguntas para ayudarse a conocer dónde está en este momento en su vida.

1.-¿Cree que hay algo intrínsecamente equivocado o mal en usted?

2.-¿Cree que su suficiencia es definida por la aprobación o desaprobación de otros? Si es así, ¿quiénes son esas personas? ¿Su padre la desaprobaba? Si fue así, ¿cómo la hacía sentir eso?

3.-¿Cree que su suficiencia está ligada a cuánto dinero usted produce o tiene?¿Dónde se originó esta creencia?

4.-¿Cree que siempre debe estar en lo cierto en todo lo que sea apropiado o sentirse bien con usted misma?¿Cree que si está equivocada será desaprobada o rechazada?

5.-¿Cree que es insuficiente porque es demasiado sensible?

6.-¿Cree que es incapaz e impotente?

7.-¿Cree que tiene que agradar a los demás con el fín de tener valor?

8.-¿Cree que su suficiencia está ligada a la educación que ha tenido?

9.-¿Cree que su suficiencia y valía estan ligadas a su apariencia, cuán alta o baja sea, cuán gorga o delgada sea?[2]

La mayoría de nosotros tenemos una crítica interna permanente, la cual influencia significantemente en lo que creemos sobre nosotros mismos y cómo respondemos a los demás. La crítica interna es como una condena a la conciencia y opera en base a los criterios que fueron desarrollados en respuesta a los juicios y evaluaciones de sus padres y otras personas que uno respetaba. La crítica interna rápidamente señala que usted no está a la altura de esos patrones.

¿Por qué seguir aferradas a la baja autoestima y la falsa identidad cuando Dios la ha llamado a algo mejor? Considere las alternativas de Dios para sus falsas creencias de sí misma y descubra cómo apropiarse de ellas.

He hablado con muchas mujeres quienes dicen: «Verdaderamente quiero deshacerme de algunas de mis viejas creencias sobre mí misma. No me hacen nada pero me limitan. Realmente pienso que es el momento de limpiarse».

Generalmente contesto: «Este es un buen comienzo, pero y ¿el resto del trabajo?»

«¿Que otro trabajo?», preguntan.

«Limpiar la casa es sólo la mitad del trabajo —contesto—. también necesita redecorarla. Algunas de sus creencias profundamente atrincheradas pueden que no sean tan fáciles para deshacerse de ellas. Necesita reemplazarlas por creencias nuevas, acertadas y positivas sobre sí misma.»

Deje ir su vieja identidad

Es importante que deje atrás su pasada identidad (basada en mensajes inexactos sobre usted) y que edifique un autoconcepto nuevo basado en el amor incondicional y la aceptación de Dios. Para hacerlo necesita decidir qué valora más: si su vieja y falsa identidad o la verdadera, la identidad dada por Dios. Una vez que usted decida cuál tiene mayor valor (¿hay alguna duda?), entonces necesita dejar ir una y aferrarse de la otra.

El Dr. Paul Tournier compara el crecimiento cristiano con la experiencia de mecerse en un trapecio. El hombre que está colgado de la barra se aguanta de ella porque representa su seguridad. Cuando otro trapecio se mece ante sus ojos, él debe soltar el que tiene agarrado con el fin de saltar hasta el otro. Es un proceso espantoso, crítico, pero es la forma de avanzar. De igual forma, Dios esta meciendo un nuevo trapecio ante sus ojos. Esta es una identidad positiva, acertada, nueva, basada en la Palabra de Dios. Pero para poder agarrar la nueva deberá soltar la vieja. Usted puede tener dificultad al renunciar a la familiaridad y seguridad de su vieja identidad. Pero piense en lo que ganará.[3]

El Dr. David Seamands lo describe de la siguiente manera:

«Las principales fuentes de daños a nuestra autoestima necesitan sanidad, reparación y reprogramación. Aquí es donde se requiere la gracia sanadora. Quiero presentarlo lo más práctico posible, asi que déjeme hacerlo personalmente y hablarle como si estuvieramos juntos en consejería. Aquí estan algunas de las preguntas que le haría:

»¿Ha encontrado y enfrentado los dolorosos puntos de su pasado, los cuales cree que son las principales fuentes de su baja autoestima? Es muy importante que tenga el coraje no sólo de mirar sinceramente a las personas y a los incidentes involucrados, sino también de introducirse en los sentimientos que van junto con ellos. La investigación del cerebro demuestra definitivamente que nuestra memoria guarda no sólo las representaciones mentales del pasado sino también las emociones originales experimentadas en ese momento. Así cuando uno siente que ha descubierto los dolores, humillaciones, privaciones o rechazos, puede sentir su dolor y también sentir sus reacciones a ese dolor. Esto no es con el fín de culpar a otros o de escapar de la responsabilidad. Está hecho porque usted puede enfrentar honestamente los sentimientos que pudo haber enterrado por años.

»La mejor manera de hacer esto es *compartiendo los sentimientos con Dios y con otra persona en oración*. Pero usted no puede confesar a Dios lo que primero no admite por si misma. También, cuando comparte con otra persona, esto le trae incluso un nivel más profundo de apertura y sinceridad consigo misma y con Dios. Este tipo de apertura puede ser muy dolorosa, y los sentimientos pueden surgir, lo cual la conmoverá. Pero la gracia nunca es conmovida, nunca rechazada, y nunca apartada –sea lo que fuera que se enfrente. Es dada gratis, sin ninguna referencia a nuestra bondad o maldad, dignidad o indignidad.

»La mayor manifestación de gracia es la Cruz, y la Cruz significa que cuando Dios miró nuestras maldades, nos amó más. Así que armémonos con el coraje que la gracia puede dar, miremos directamente a lo peor, a lo más doloroso, a lo más humillante, lo más abusivo, y las más devastadoras humillaciones de la vida. Después recuérdelas en su mente y revívalas en su movimiento, pero no se detenga ahí. Después suélteselas a Dios en oración de perdón y entrega. Si duda que puede hacer esto por sí misma, entonces busque la ayuda de una amiga íntima, un pastor o un consejero.»[4]

Una visión acertada de Dios

Un elemento integral en su autoidentidad positiva es la percepción de Dios. Si su visión de Dios es inadecuada, su visión de sí misma también lo será. Idealmente, su conjunto de respuestas hacia Dios, basadas en la acertada percepción de El, será verdadero. Pero muchas mujeres luchan por tener que aceptar la realidad de que Dios las ama y que es confiable. En su lugar, se enojan con Dios, sintiendo que dejó de protegerlas o que las dejó caer. Intelectualmente ellas pueden tener el conocimiento de que Dios es el dador de buenas dádivas, pero emocionalmente lo perciben como el dador de malas dádivas. David Seamands describe el problema a su modo:

«Cuando le pedimos a los individuos que confíen en Dios y que se rindan a El, estamos suponiendo que tienen los conceptos/sentimientos de un Dios confiable, que sólo tiene los mejores intereses en su corazón y en cuyas manos pueden poner sus vidas. Pero de acuerdo al profundo nivel de coraje hacia el concepto de Dios, pueden escuchar que les pedimos que se rindan a un ogro caprichoso y temible, a un monstruo todopoderoso cuya intención es hacerlas miserables y quitarles la libertad de disfrutar la vida.»[5]

Usted y yo necesitamos conocer el Dios de la Biblia y utilizar su Palabra como nuestra fuente de información.

Transfiera las bases de su identidad de sus otras creencias al infalible Padre Celestial. El es el único que es constante en su amor y aceptación. ¡Note lo que estas Escrituras –parafraseadas– dicen sobre El y usted!

1.- El es el Padre cariñoso, preocupado, que está interesado en los detalles íntimos de nuestras vidas (Mateo 6:25-34).

2.- El es el Padre que nunca nos abandona (Lucas 15:3-32).

3.- El es el Dios que mandó a su Hijo a morir por nosotros, aunque no fuéramos merecedores (Romanos 5:8).

4.- El está con nosotros en las buenas y en las malas circunstancias (Hebreos 13:5).

5.- El es el Creador siempre vivo de nuestro Universo. Murió para sanar nuestras enfermedades, nuestros dolores y pesares (Isaías 56:3-6).

6.- Ha vencido la muerte (Lucas 24:6,7).

7.- Le da el mismo estatus a todas las razas y sexos (Gálatas 3:28).

8.- Está disponible para nosotros a través de la oración (Juan 14: 13,14).

9.- Conoce nuestras necesidades (Isaías 65:24).

10.- El nos creó para una relación eterna con El (Juan 3:16).

11.- Tenemos valor para El (Lucas 7:28).

12.- El no nos condena (Romanos 8:1).

13.- Dios valora y produce nuestro crecimiento (1ª Corintios 3:7).

14.- El nos conforta (2ª Corintios 1:3-5).

15.- El nos fortalece a través de su Espiritu (Efesios 3:16).

16.- El nos limpia de todo pecado (Hebreos 10:17-22).

17.- El es por nosotros (Romanos 8: 31).

18.- El está siempre disponible para nosotros (Romanos 8:38,39).

19.- El es un Dios de esperanza (Romanos 15:13).

20.- El nos ayuda en la tentación (Hebreos 2: 17,18).

21.- Nos provee una vía para escapar de la tentación (1ª Corintios 10:13).

22.- Dios es el que trabaja en nosotros (Filipenses 2:13).

23.- El quiere que seamos libres (Galatas 5:1).

24.- El es el Señor Soberano del tiempo y de la eternidad (Apocalipsis 1:8).

Lea esos versículos todos los días por un mes. Se asombrará de cómo su percepción de sí misma cambiará.

Las bases para una autoimagen saludable

Necesidad de pertenecer. Su autoimagen está establecida sobre varias bases. Primero, todos necesitamos pertenecer a un grupo afectivo, para saber y sentir que somos queridos, aceptados, cuidados y apreciados por quienes somos. Dios quiere que usted se cuide, que se acepte y que se aprecie.

Necesidad de sentirse valiosa. Segundo, todos necesitamos sentirnos valiosos, capaces de decir con confianza: «Estoy bien, estoy conforme, yo cuento». Nos sentimos valiosos cuando hacemos lo que pensamos que debemos hacer o cuando vivimos de acuerdo a nuestros patrones. Nos sentimos valiosos al estar en lo correcto y al hacer lo correcto a nuestros ojos y a los ojos de otros. Dios es nuestra fuente primaria de valor. No necesitamos estar esforzándonos con el fín de sentirnos valiosos. Dios nos declara que estamos en lo correcto. Como Jan Congo dice: «¡Cada una de nosotras es un original divino! Somos la expresión creativa del amor de Dios».

Necesidad de sentirse competente. Tercero, todos necesitamos sentirnos competentes, sabiendo que podemos hacer algo y que nos enfrentamos con la vida felizmente. Otra vez, Dios satisface esta necesidad declarándonos competentes. En Filipenses 4:13 encontramos la nueva vara de medida por la cual tenemos asegurada la competencia: «Todo lo puedo en Cristo que me fortalece.»

El asunto aquí es que su autoestima e identidad son regalos de Dios. No se pueden ganar a través de sus logros, ni están basados en lo que otras personas dicen sobre usted, hacen o dejan de hacer con usted.

Pasos hacia un comportamiento saludable

———— Pregunta: ————
¿COMO PUEDO DEJAR DE COMPARARME
CON OTRAS MUJERES Y DE SENTIRME INADECUADA?
¿QUE PASOS DEBO SEGUIR?

Respuesta:
¿Qué puede hacer usted ahora? Es importante tener las creencias adecuadas y una base sólida para su identidad y su autoestima. Pero mientras está estableciendo esta base sólida, es también importante comportarse de una nueva forma saludable. He aquí varios pasos prácticos que puede empezar a tomar, los cuales la ayudarán a hacer frente a la manera enfermiza conque se veía a sí misma. Quizás quiera resumirlos en una hoja de papel y ponerlos dónde los pueda leer con frecuencia.

1.- *Acepte el hecho de que está en un proceso.* Puede estar insatisfecha con ciertas características de su vida presente. Dese cuenta de que usted todavía es la persona que Dios designó ser. Sí, tenemos debilidades físicas y mentales, experimentamos limitaciones de energía y padecemos necesidades y cambios de emociones. Puede llegar a pensar que nunca podrá ser la mujer que quiere ser, pero Dios no ha terminado de realizar su diseño en usted. Todavía está en el proceso de cobrar la forma de una creación bella.

Dios conoce lo que está inactivo dentro de usted, aunque El la ama exactamente como es ahora. Y la amará mientras continúe creciendo y desarrollándose. Note que no dije que El le amará más. Puede pensar o sentir que Dios no la ama hoy tanto como la amará «cuando mejore».¡No es cierto! El amor de Dios es incondicional. ¡EL LA AMA!, y quiere que coopere con El en hacer resaltar lo mejor suyo. El desea que usted coopere en su proceso creativo.

Tome una tarjeta de 12 cm x 7 cm y de un lado escriba lo siguiente:

«Por Cristo y su redención, soy completamente perdonada y agradable a Dios. Soy totalmente aceptada por Dios.»

Por el otro lado de la tarjeta escriba Romanos 5:1 y Colosenses 1: 21,22.

Lleve esta tarjeta consigo por los siguientes 28 días. Cada vez que tome un café, un te o cualquier bebida, mírela y recuerde lo que Cristo ha hecho por usted. Si hace esto constantemente por veintiocho dias, éstas verdades estarán en su mente por el resto de su vida. Mientras lee y memoriza estas oraciones y pasajes, piense cómo se aplican a usted. La memorización y la aplicación de ellas a su vida tendrán un efecto profundo, mientras su mente es transformada por la Palabra de Dios.[6]

Otra cosa que podemos hacer es tomar una tarjeta de las mismas medidas que la anterior y por un lado escribir la palabra «PARE». Por el otro lado escribir lo siguiente:

«Tienes el valor de la preciosa sangre de Jesús.»

Entonces, a continuación escriba: 1ªCorintios 6; 19,20; 1ª Pedro 1: 18,19 y Apocalipsis 5: 9.

Cada vez que se sorprenda pensando negativamente sobre sí misma saque la tarjeta y sosténgala ante sus ojos con la palabra «PARE» de frente. Diga la palabra «PARE» con énfasis y después voltee la tarjeta y lea lo que dice. Hágalo varias veces al día mientras lo necesite y en los momentos que esos pensamiento vengan a usted automáticamente.

No tenga temor o vergüenza. Puede impedir su crecimiento haciendo preguntas tales como «¿Qué pensarán otros?», «¿Me agradarán si cambio?», «¿Y si yo no les agrado igual?» Pero usted no ha sido llamada para dar una buena impresión. Definir su comportamiento por las reacciones de otros la hace prisionera, además de robarle su individualidad y conducirla hacia una «impresión de administración».Terminará diciendo que piensa lo que otros quieren que diga, siendo lo que ellos quieren que sea y haciendo lo que ellos quieren que haga. Lo correcto es que sea usted y que se desarrolle como Dios quiere que lo haga.

    2.-Afírmese a sí misma, en vez de derribarse. Escuche otra vez a Jan Congo:

> «Usted y yo tenemos talentos, habilidades, personalidades y oportunidades únicas. ¿Qué gozo está perdiendo en la vida por no utilizar las capacidades y los potenciales que le han sido dados? Jesús quiere que sea su propia persona. ¿Cree usted que alguien es más atractiva que usted, más inteligente o mejor proporcionada físicamente? ¿Está usando eso como su excusa para no apreciar lo que le ha sido dado? Porque otras tengan atributos que usted no tiene no es la base para sentirse inferior o sentirlas superior. 1ª Corintios 4:7 nos dice así: "¿Quién te distingue? ¿o qué tienes que no hayas recibido? Y si lo recibiste, ¿por qué te glorías como si no lo hubieras recibido?"
>
> »Todas nuestras habilidades naturales han venido de la mano del Dios de amor. Lo que importa ahora es

desarrollar nuestra fidelidad que Dios nos ha dado, en vez de discutir con Dios por lo que no tenemos o deseáramos tener. Ha llegado el momento de aceptar lo que nos ha sido dado. Entonces podemos entusiasmarnos y no sentirnos amenazadas cuando otra nos supera.

»Cuando empezamos con lo que tenemos —en oposición a lo que no tenemos— a menudo estamos sorprendidos de cuánto Dios nos ha dado para trabajar. Tome una pluma y un papel y tómese algún tiempo para enfocarse en sus particularidades.

»A.- Haga una lista de por lo menos diez cosas que le gustan de sí misma... Veinte cosas que podrían ser incluso mejor. No dude que el Señor ha traído a personas a su vida, quienes la han ayudado a desarrollar estas características y han afirmado su crecimiento a lo largo del camino. Ponga sus nombres al lado en su lista.

»B.- Dedique tiempo a la oración. Agradezca a Dios por las diez (o veinte) cosas que incluso podrían ser mejor.¿Se ha dado cuenta que está alabando a Dios por su creación cuando hace esto? Después agradézcale por la persona maravillosa y positiva que ha traído a su vida. Finalmente agradezca a Dios por crearla a usted.

»C.- Lo próximo será hacer una lista de las cosas que honestamente no le gustan de sí misma. Luego de hacer esa lista, regrese y ponga una marca al lado de aquellas que podría cambiar si fueran importantes para usted. Por favor, guarde esta lista. Nos referiremos a ella más tarde en este libro.

»D.- Las cosas no marcadas en su lista son las cosas de sí misma que no puede cambiar. Ha llegado el momento de agradecer al Señor por esas y expresarle su aceptación de este «agijón en su carne». »Escriba una oración de aceptación al Señor.

»E.- Después que haya escrito su oración de aceptación, haga un pacto con el Señor de no lamentarse jamás por las áreas que no puede cambiar. Dios es ilimitado, pero nosotros no. Mediante el ejercicio anterior, usted ha definido y escogido las áreas que no puede cambiar, y también las ha aceptado como tales. Este es un paso crucial en su viaje espiritual. No se permita gastar ningún otro tiempo preguntándose: «¿Qué si...?» Si los límites en nuestra habilidad no pueden ser cambiados, permita aceptarlos y aceptémonos a nosotras mismas como Dios lo hace.»[7]

3.- *Haga un gráfico de las consecuencias.* Mantenga un cuaderno donde va anotando lo que pasa cuando usted abriga sentimientos y pensamientos negativos sobre sí misma, y cuando se comporta negativamente. Repase esas consecuencias y pregúntese: «¿Es esto lo que quiero verdaderamente para mi vida? ¿Será posible creer y hacer lo contrario de lo que he escrito aquí?». En vez de pensar obsesivamente en sus sentimientos, pensamientos y comportamientos negativos, concéntrese en lo que Dios dice sobre usted y le promete. Por ejemplo, en el libro de Jeremías, Dios dice: «Clama a mí, y yo te responderé, y te enseñaré cosas grandes y ocultas que tú no conoces ... Porque yo sé los pensamientos que tengo acerca de vosotros ... pensamientos de paz, y no de mal, para daros el fin que esperáis» (Jeremías 33:3; 29:11).

4.- *Siga nuevos pasos.* Haga una lista de algunas cosas especiales que siempre haya querido hacer y lugares donde haya querido ir; actividades que crea que no merece. Luego pídale a alguien que participe en estas actividades con usted. Hacer esta solicitud puede ser difícil para usted al principio, puesto que va en contra de sus sentimientos acerca de lo que usted merece. Pero no se disculpe ni se excuse ni de razones elaboradas. Sólo inténtelo. Después de cada actividad anote todos sus sentimientos y respuestas positivas. No enumere ningún comentario negativo; sólo los positivos. ¡Bríndese una oportunidad de ser y hacer algo diferente!

5.- *Crea lo que Dios cree acerca de usted.* Vencer los sentimientos negativos —ya sea que los hayamos anidado como resultado de la niñez o de una situación actual— le tomará tiempo y esfuerzo, pero el cambio es posible. El paso principal que debe tomar en este proceso es aceptar lo que su Padre celestial cree acerca de usted.

En su único libro *The Pleasures of God* (Los placeres de Dios), John Piper expresa maravillosamente cómo Dios desea hacer bien a todo el que en El espera. El Dr. Piper habla de que Dios canta, y luego se pregunta: «¿Cómo seria si Dios cantara?»

«¿Que escucha usted cuando imagina la voz de Dios cantando? Yo escucho el resonar de las cataratas del Niágara, mezclado con el chorrito del arroyo de una musgosa montaña. Escucho la ráfaga de viento dentro del Gran Cañón mezclado con el ronroneo de un gatito. Escucho la fuerza de un huracán impetuoso y el soplo apenas audible de una noche nevada en el bosque. Y escucho el inimaginable crepitar del sol, a más de un millón de kilómetros de distancia, 1.300.000 veces mayor que la tierra, y nada más que el fuego a 1.000.000 de grados centígrados en la parte "más fría" de la corona. Pero escucho este inimaginable crepitar mezclado con el suave y tibio chisporreteo de los leños en la chimenea de la sala, en una acogedora noche de invierno.

»Me paro pasmado, asombrado, enmudecido de que él este cantando sobre mí —alguien que lo ha deshonrado tantas veces y de tantas formas. Es demasiado bueno para ser verdad. El se está regocijando en lo bueno mío con todo su corazon y toda su alma. Practicamente rompe hacia adelante dentro de la canción cuando golpea sobre formas nuevas para hacerme bien.»[8]

¿Ha captado el significado de *cómo Dios se siente con usted y lo que El quiere para usted?*

Piper compara nuestra relación con Dios con el matrimonio. El continúa hablando acerca de cómo la luna de miel termina para todas las parejas casadas. La realidad empieza y el nivel de intensidad y cariño de la luna de miel disminuye. Las dos personas cambian, y los defectos se hacen más visibles. Pero con Dios esto es diferente.

«Dios dice que su gozo por su pueblo es como el del novio por la novia. Está hablando sobre la intensidad de la luna de miel y los placeres de la luna de miel y la energía y el entusiasmo y la emoción y el disfrute de la luna de miel. Está tratando de poner en nuestros corazones lo que significa para El cuando dice que El se regocija en nosotros con todo su corazón.

»Y para añadir a esto, para Dios la luna de miel nunca termina. El es infinito en poder, sabiduría, creatividad y amor. Y por eso El no tiene problemas en mantener el nivel de intensidad de la luna de miel; puede preveer todas las rarezas de nuestras personalidades y ha decidido que mantendrá las que son buenas para nosotros y cambiará las que no lo sean.»[9]

¿Le dice algo esto sobre su valía y sus méritos?¿Se abre de repente la puerta de la posibilidad para usted?¡Puede![10]

6.- *Satúrese con la realidad de su nueva identidad en Cristo.* Su vieja y estrictamente humana identidad fue moldeada por el tiempo en concreto, moldeada con mucho refuerzo. Pero pueden ocurrir alteraciones. Cuando usted absorba la verdad de quién es Dios, lo que El ha hecho por usted, y quién es usted, como resultado empezará a ser diferente.

En la guerra, la saturación del bombardeo es a menudo utilizado para destruir totalmente las posiciones del enemigo en ciertas áreas. Los aviones dejan caer constantemente carga tras carga de bombas de aquí para allá, en un diseño cruzado hasta que cada pulgada del terreno haya sido cubierto. De igual forma usted necesita permitirle al Espíritu Santo que sature cada pulgada de su corazón y de su mente con la bendita verdad de quién es usted y lo que va a ser en Cristo.

Pasos de acción

Años atrás estaba pescando en un lago con uno de mis perros. El estaba posado en el arco del bote con su nariz al aire. Me estaba dirigiendo hacia una ensenada a toda velocidad cuando, de repente, cambié de idea y viré bruscamente el bote en la dirección contraria. Ese cambio brusco de rumbo hizo que mi perro perdiera el equilibrio y terminara en el lago. ¡No sé quién se sorprendió más; si mi perro o yo!

Viré nuevamente el bote hacia donde él estaba nadando (no estaba muy contento conmigo en aquel momento) y paré el motor. Entonces lo saque del agua, pero no lo apoyé enseguida en el bote porque estaba totalmente mojado. Lo mantuve separado del bote y suavemente apretaba su pelo para eliminar la mayoría del agua.

Mi nuevo perro es bastante diferente. Por ejemplo, pesa tres veces más de lo que pesaba aquel otro. ¡Y le encanta jugar en el agua!, pero no se empapa. Su pelo verdaderamente repele el agua. Cuando sale del agua parece que está solamente húmedo, puesto que el agua no penetra su espeso pelo.

Algunos de nosotros tenemos un pelo tupido como mi nuevo perro, pero de una manera negativa: la verdad de Dios nunca penetra completamente nuestra capa exterior, de modo que no llega a nuestras profundidades. No hemos estado completamente empapados. Para que ocurra el crecimiento usted tiene que saturarse en la verdad de Dios. ¿Cómo? Una y otra vez leerá las mismas instrucciones en este libro: Tome un versículo o una idea de las que hemos discutido, escríbala en una tarjeta y léala en voz alta cada mañana y cada noche por tres o cuatro semanas. Dedique tiempo para a orar sobre el versículo o pensamiento; pídale a Dios que le ayude a captar la visión de cómo El puede ser manifestado y reflejado en su vida. Imagínese a usted misma exteriorizando lo que ha leído. Comprométase mediante el poder de Dios a dar los pasos necesarios para hacer lo que dice la Palabra de Dios.

¡Usted será diferente![11]

Lecturas recomendadas:

- Congo, Jan. *Free to Be God's Woman*. Ventura, CA: Regal Books, 1988. Seamands, David. Freedom From the Performance Trap. Wheaton, IL: Victor Books, 1988.
- Wright, H. Norman. *Chosen for Blessing*. Eugene, OR: Harvest House, 1992.

Notas:

1.- Jan Congo, *Free to Be God's Woman* (Ventura, CA: Regal Books, 1988), p. 27.

2.- Jordan and Margaret Paul, *If You Really Loved Me* (Minneapolis, MN: CompCare Publications, 1987), adaptado de las pp. 127,128.

3.- Robert S. McGee, *The Search for Significance* (Houston, TX: Rapha Publishing, 1987), adaptado de las pp. 84,85.

4.- David Seamands, *Freedom From the Performance Trap* (Wheaton, IL: Victor Books, 1985), p.162.

5.- David Seamands, *Healing of Memories* (Wheaton, IL: Victor Books, 1985), p. 11.

6.- McGee, *The Search for Significance*, adaptado de la p. 66.

7.- Congo, *Free to Be God's Woman*, p.96-98.

8.- John Piper, *The Pleasures of God* (Portland, OR: Multnomah, 1991), p. 188.

9.- Ibid., p. 195.

10.- H. Norman Wright, *Chosen for Blessing* (Eugene, OR: Harvest House, 1992), p. 14,15.

11.- Ibid., p. 43,44.

Capítulo 3

AUTOMEJORAMIENTO

Interdependencia

¿COMO PUEDO SER SALUDABLEMENTE INDEPENDIENTE
Y ADEMAS SER SALUDABLE EN UNA RELACION?

Respuesta:

Sin parecerle trillada, la mejor manera de tener una relación saludable es siendo saludablemente independiente, o «interdependiente».
La persona cuya identidad se encuentra a través de otras a menudo terminan con relaciones que causan adicción.

La *dependencia* en las relaciones no es un llamado cristiano, excepto el ser dependientes de Dios, para lo cual hemos sido llamados.

La mujer *independiente* desarrolla la individualidad, las pocas restricciones y la autogratificación. Ella encuentra su identidad a través de sí misma.

Pero hay una tercera opción y esta es llamada *interdependencia*. La mujer interdependiente tiene un fuerte sentido de la persona y se basa en que es afirmada por Dios. Sabe que le han sido dados dones y está dispuesta a utilizarlos, pero también puede depender de otros. Esta mujer ve a otras como sus iguales y se valora a sí misma. ¿La refleja esto a usted?

En el libro *Free to Be God's Woman* (Libre para ser la mujer de Dios), Jan Congo da cuatro opciones para verse a si misma y a otras. Una mujer *dependiente* dice: 1) «Yo no soy nada y tú no eres nada», o 2) «No soy nada pero tu eres una persona de valor y dignidad». La mujer *independiente* dice: 3) «Soy una persona de valor y dignidad, pero tú eres prescindible». La mujer *interdependiente* dice: 4) «Soy una persona de valor y dignidad, y tu eres una persona de valor y dignidad».[1]

En esta última opción, la competencia no existe. La competencia entre las mujeres es el reflejo de la inseguridad.

La mujer interdependiente se permite a sí misma y a otras la libertad de crecer. Se ha ejercitado en la flexibilidad. Depende de las expectativas de Dios para sí misma y para otras. ¿La refleja esto a usted?

Este estilo de vida no intimida a nadie ni es intimidado. La mujer interdependiente no trata de probar que ella es superior a otras ni hace el intento de vivir de la manera que el mundo valora a las personas.¿La refleja esto a usted?

Una idea final: Una mujer interdependiente tiene equilibrio en sus relaciones. Entra en relación con otros pero no se restringe ni es responsable de ellos tampoco. Descubre el valor del compromiso.[2]

Esto es muy bien resumido cuando Jan Congo dice:

«Ahora nosotras, como seguidoras de Cristo, nos encontramos creciendo a través de relaciones saludables. En 1ª Juan 4:12 dice: "Nadie ha visto jamás a Dios. Si nos amamos unos a otros, Dios permanece en nosotros, y su amor se ha perfeccionado en nosotros". La vida cristiana no significa vivir en un vacío. Hemos sido animadas a estar involucradas en las relaciones.

»Mientras rozamos unos hombros con otros vemos la necesidad de estar comprometidas unas con otras.

Sólo en el compromiso los imperfectos seres humanos podemos seguir las huellas del Maestro.

»La misma palabra "compromiso" rechina en muchos tímpanos hoy en esta sociedad independiente y egocéntrica como la nuestra. Sin embargo es sólo después que nos hayamos comprometido con el Dios de amor que podremos comprometernos a cuidar de otros e identificarnos con ellos en sus múltiples etapas de crecimiento. No queremos hacer de otras personas ni nuestros proyectos ni nuestros héroes. En su lugar escogemos caminar, tanto como sea humanamente posible, donde ellos han caminado, reir y llorar con ellos, estar disponibles para ellos, ser tan generosos con ellos como Jesucristo lo es con nosotros. Escogemos ser vulnerables ante ellos, demostrándolo con nuestra buena voluntad de decir la verdad con amor acerca de nosotros mismos cuando estamos con ellos. Prefiero apoyar mis palabras con un auténtico estilo de vida. En las relaciones estoy dispuesta a no solo dar sino también expresar sinceramente mis necesidades y recibir de otros.

»Somos una de las mejores maneras de hacer llegar la vida y el amor de Dios a otros. Jesús es nuestra fuente de fortaleza, por lo que nunca hacemos lo que escogemos a propósito para que otros dependan de nosotras. En toda nuestra relación debemos recordar que el propósito es que Cristo sea formado en tí y en mí (Gálatas 4:19). Si nos encontramos imitando a alguien que no sea a Cristo o que alguien nos presione para imitarlo, entonces necesitamos reconocer eso y reajustarnos. Necesitamos compartir sinceramente, sin inhibiciones, lo que vemos que está pasando y juntos necesitamos volver nuestra relación a su propósito original: que Cristo fuera formado en ambos.

»El amor es la evidencia de que soy una mujer de Cristo. Sólo a través de la dependencia en Cristo me encontraré liberada para ser la amante más valiente que nunca perderá su identidad a través del amor sino que encontrará su propósito de amar, tal como ha sido dado por Diós.»[3]

Satisfacción

Pregunta:

¿COMO PUEDO ESTAR SATISFECHA COMO MUJER
EN LA SOCIEDAD DE HOY?

Respuesta:

No estoy contestando evasivamente esta pregunta, sino que le responderé primero con más preguntas.

¿Qué es satisfacción para usted?¿Qué es felicidad para usted?¿Ha experimentado un tiempo en su vida que haya estado satisfecha?¿Cómo fue?¿Qué ha probado recientemente con el fin de encontrar satisfacción?

Frecuentemente escucho a las personas intercambiando la palabra «felicidad» por «satisfacción». Sea como quiera llamarla, la satisfacción es posible para cada uno de nosotros. Para estar satisfechos necesitamos estar centrados bíblicamente y no centrados socialmente. En un sentido vamos a ser personas en contra de la civilización. Romanos 12:2 nos dice:

> «No nos conforméis a este siglo, sino transformáos por medio de la renovación de vuestro entendimiento, para que comprobéis cuál sea la buena voluntad de Dios, agradable y perfecta» (el punto de vista que El tiene sobre ti).

La satisfacción viene cuando, no importa nuestra edad, época de la vida, raza o clase socioeconómica, nuestros corazones y mentes están enfocados en las Escrituras. Podemos aprender a vivir en lo que tenemos en vez de hacerlo en función de lo que no tenemos. La satisfacción es una opción en la vida. Y más importante que procurar la felicidad y la satisfacción en la vida es procurar el gozo. Usted podrá estar satisfecha un día y sentirse vacía el próximo día, mientras que el verdadero gozo puede ser duradero. Y esta es también una opción, como dice en Santiago 1:2: «Tened por sumo gozo». Esto es más que una mera reacción hacia alguna experiencia o circunstancia. Y esto ocurre por las promesas de las Escrituras. Nuestras vidas en Cristo tienen gozo:

«Estas cosas os he hablado, para que mi gozo este en vosotros y vuestro gozo sea cumplido» (Juan 15:11).

El gozo es uno de los frutos del Espíritu (vea Gálatas 5:22). La satisfacción viene de experimentar gozo en nuestras vidas.

Crítica

Pregunta:

¿COMO LIDIAR CON LAS CRITICAS DE OTROS, INCLUYENDO LAS DE MIS PADRES Y OTROS MIEMBROS DE LA FAMILIA?

Respuesta:
La crítica viene en muchas formas, tamaños y estilos. La crítica no es agradable y es más difícil asimilarla cuando viene de la propia familia. Usted termina con una mezcla de sentimientos, los que incluyen amor, obligación, dolor, antipatía, enojo, e incluso odio.

Algunos de esos críticos son personas que necesitan estar siempre en lo correcto. Tienen que estar en toda discusión. Menosprecian sus opiniones y no la escuchan. Ellos siempre encuentran a alguien o algo más a quien culpar de sus propios problemas y errores; no miran cuál debería ser su contribución en el asunto.

Los fastidiosos la critican, la molestan, la menosprecian y no conocen lo que significan las palabras tales como «elogio» y «ánimo».

Entonces, ¿qué puede hacer usted?

Primero, separar las apreciaciones y críticas de ellos de la forma en que usted se valora y se percibe a sí misma. Las normas de Dios y sus apreciaciones son las únicas justas y saludables para utilizar. Los problemas de ellos no tienen que ser necesariamente los suyos. He animado a personas a decirse a si mismas: «No he pedido opinión a esta persona y no voy a aceptar sus críticas si no son válidas. Continuaré orando por ella para que encuentre la paz y la alegría que está buscando».

El segundo paso es mayor. El criticón necesita que se le enseñe que usted no va tolerar más sus críticas. Describa cómo usted quiere que le responda. Recientemente trabajé con una mujer para ayudarla a aumentar su coraje y los pasos involucraron hacerlo con su madre y sus hermanas. Esto le dio una nueva dirección en su vida. No se pueden evadir a esas personas, y no hay garantía de que cambien. Pero muchas cambian.

Usted puede enfocar su crítica de diferentes formas, como sigue:

Usted puede hablar directamente con la persona que critica o escribirle. Puede plantear cuidadosa y calmadamente lo que ha ocurrido (y esté segura de no aceptar o discutir sus justificaciones o negativas) y lo que apreciará y aceptará en el futuro. Enfóquese principalmente en lo que usted quiere y lo que usted aceptará, más que en lo que se ha hecho anteriormente. Usted necesita ser específica en terminos de lo que es aceptable y lo que no lo es.

Si la persona niega su crítica usted puede responder como lo hizo una de mis aconsejadas: «Bien, está bien. Entonces supongo que no tengo que preocuparme por lo que no pasará más en el futuro. Si por alguna razón pasa, inmediatamente te llamaré la atención al respecto»

¿Directo? Sí. Pero, ¿han funcionado otros enfoques más sutiles? Probablemente no. Haciendo ésto usted estará ayudando y amonestando mediante la práctica de las enseñanzas de la Palabra de Dios a estas injustas personas.

No juzgue, no critique ni condene a otros, para que no sea juzgado, criticado y condenado. Porque según enjuicie o critique y condene a otros, será juzgado, criticado y condenado, y de acuerdo con la medida con que mida a otros, usted será medida (Mateo 7:1,2).

Entonces no permitamos más críticas, culpas y juicios de nadie más, sino más bien decidámonos y esforcémonos a nunca poner piedra de tropiezo u obstáculo o estorbo en el camino de un hermano (Romanos 14:13).

Amistad

Pregunta:
¿COMO PUEDO ESTABLECER RELACIONES SIGNIFICATIVAS PARA SATISFACER MI NECESIDAD INTERIOR DE INTIMIDAD, AMISTAD Y AFIRMACION?

Respuesta:

¿Alguna vez se ha llevado bien con alguna persona instantáneamente? Usted sabe, ¿encajaron inmediatamente? Algunas veces las relaciones comienzan de esa manera; la mayoría de las veces no. Las amistades son cultivadas y alimentadas; toman tiempo y energía.

Las mujeres parecen tener amistades más íntimas y cercanas que los hombres. Parecerían ser capaces de relacionarse mejor. Y aunque la mayoría de las mujeres no tienen abundantes amistades íntimas, tienen algunas. A fín de edificar esas amistades preciosas, tendrá que ser capaz de arriesgarse e invertir tiempo –aunque la relación puede que no funcione.

Hace algunos años leí una declaración en el libro del Padre John Powel *Why Am I Afraid to Tell You Who I Am?* (¿Por qué temo decirte quién soy?) que decía algo así: «Tengo miedo de decirte quién soy porque si te lo digo posiblemente no te guste quien soy, ¡y eso es todo lo que tengo!»

Desarrollar una amistad íntima significa compartir, orar y escuchar sin juzgar. En vez de buscar la persona ideal para la amistad, concéntrese en ser el tipo de persona que otras se acerquen a usted. Esto incluye el ser franca. No significa tener fachadas ni pretenciones irreales o falsas apariencias. Implica ser sincera.

La palabra «sincera» viene del latín que significa «sin cera». En tiempos antiguos, en la alfarería de porcelana fina, de mucho precio, a menudo aparecían minúsculas grietas cuando eran cocidas en horno. Los mercaderes deshonestos untaban cera blanca nacarada sobre las grietas hasta que desaparecían, después afirmaban que la alfarería era sin tacha. Pero si era dejada al sol, la luz y el calor revelarían las grietas rellenas de cera. Los comerciantes honestos marcaban su porcelana con las palabras SINE CERA —sin cera. Esto es lo que significa sinceridad: sin esconder grietas, ni tener guardadas segundas intenciones.[4]

La amistad implica empatía o afinidad con otra persona. Uno ve las alegrías de la otra persona, percibe lo que sostiene esas alegrías, y se lo comunica a su amiga.

Peso e imagen del cuerpo

--------------------- Pregunta: ---------------------
¿COMO PUEDO PENSAR QUE VALGO LA PENA
COMO PERSONA CUANDO ESTOY TAN INSATISFECHA
CON MI PESO Y MI APARIENCIA? ¿POR QUE ES USADA
MI IMAGEN CORPORAL PARA DEFINIRME,
Y QUE PUEDO HACER CON MI ENOJO POR ESTO?

Respuesta:
¿Son otros los que dicen que usted no vale la pena por su peso y apariencia o es usted misma quien está diciéndolo? Si otros lo estan

diciendo, dese cuenta que ellos no son expertos en usted; sus valoraciones son desordenadas. Estas críticas son erróneas y estan diciendo algo contrario a la forma en que Dios la ve. ¿A quien quiere escuchar? ¿A otros o a Dios?

La mayoría de las veces somos nosotros mismos nuestro peor enemigo con respecto a nuestra apariencia. Nos sentimos despreciables por nuestro peso y apariencia. He hablado con mujeres muy atractivas, con buena figura, quienes piensan que están pasadas de peso y que son poco atractivas. Esto estaba lejos de la verdad pero estaban atrapadas en sus sentimientos.

Muchas mujeres evalúan su femineidad basadas en la reacción que obtienen de otros. A menudo una tremenda energía es puesta en atraer al sexo opuesto. Tienen la obsesión de tener cierto peso; perder peso y «estar en forma» es un pasatiempo contemporáneo. El automejoramiento ha venido a ser sinónimo de la autoaceptación y la autoestima. Mas del 90% de las mujeres tratan de cambiar su apariencia de alguna manera. Ellas creen que sus vidas serán mejores habiendo aumentado su belleza. Me gusta lo que Mary Ann Mayo dice:

«El dios de la perfección física promete que la realización de las metas externas arreglará lo que nos causa dolor adentro. La felicidad y el éxito inevitablemente sobrevendrán cuando logremos "un cuerpo hermoso", tanto como sea posible. El automejoramiento ha venido a ser sinónimo de la autoaceptación.

»Nuestros esfuerzos por la perfección física nos ofrecen soluciones tangibles para arreglar lo que nos causa dolor -el gimnasio más nuevo, la última dieta, la moda actual, un pellizco o una alforza aquí o allá. Estas curas requieren esfuerzo, energía y dinero, pero realmente nos permiten evitar el tedio y la espantosa perspectiva de investigar adentro. Nos hace sentir vivas y actualizadas, pero nos mantiene buscando el descanso de nuestra alma. Así distraídas, podemos facilmente continuar negando el problema interno.»[5]

Es interesante y triste ver cómo las mujeres han venido a ser esclavas de las normas de la sociedad para «estar bien físicamente». Aproximadamente un décimo de las mujeres jóvenes y un quinto de las estudiantes universitarias están luchando con algun desorden producto de las dietas. Las mujeres que son felices con su peso tienen diez libras menos del peso normal. Desafortunadamente, aquellas quienes estan en su peso médico ideal quieren estar 8 libras por debajo.[6]

Lo mas probable es que usted haya manejado este asunto alguna vez. Considere estas preguntas:

1.-¿Ha sido alguna vez presionada a lucir de cierta manera? Si ha sido así, ¿por quién?

2 .- ¿Cómo se siente con su apariencia ahora, comparada con varios años atras?

3.- Enumere cinco características sobre su apariencia física.

4.-¿Qué le gustaría cambiar y por que? ¿Es posible y razonable? Si es así, ¿cuál es su plan y programa para hacer de eso una realidad?

5.- Si usted descubriera que sería de la manera que es hoy por el resto de su vida, ¿cómo lo manejaría?

6.-¿Qué es lo que piensa que podría obtener —y que no tiene ahora— si luciera diferente?

¿Qué puede hacer para aceptarse tal como luce? Aquí hay algunas sugerencias:

1.- Tome pasos que realmente mejoren lo que pueda, tales como peso, cabello, postura, ejercicios. Nada hay de erróneo con tratar de lucir bien, salvo que usted dependa emocionalmente de eso.

2.- Haga una lista de las ideas concernientes a la vida misma, en relación a los mensajes en que usted misma se dice sobre cómo lucir mejor. Reemplace cada pensamiento negativo, despectivo por uno positivo, de aceptación. Recuerde, probablemente usted está criticándose demasiado.

3.- Investigue a fondo para descubrir dónde aprendió esas creencias acerca de sí misma.

4.- Dígase al menos tres elogios a sí misma acerca de como luce.

5.- Ocasionalmente, salga sin intentar lucir lo mejor.

6.- Si está enojada por las normas confundidas que existen para determinar su valía, utilice la energía de su enojo para corregir el problema en vez de perder el control de él. Trate bien a su cuerpo. Escriba cartas a las empress que hacen anuncios publicitarios, clubes de gimnasia y salud, quienes están utilizando siempre como modelos a las mujeres más atractivas, perfectamente arregladas. Ellas son consideradas ideales, pero son extrañas. Indique que utilizan a las personas que más lucen entre lo normal para sus anuncios, pero que constituyen el porcentaje mínimo de la población. Reaccione a cualquier mensaje que declare o enseñe bases falsas para su valía. Usted y yo tenemos fortaleza. También tenemos debilidades. Pero con esto, reflejamos la imágen de Dios en nuestras vidas. Espero que se regocije en ello.

Usted querrá decir: «Esta soy yo. Esto es lo mejor que puedo ser y me gusta cuando soy de esta manera. Mi valía esta en no depender de lo que otros piensan y de lo que diga la sociedad. Gracias a Dios que su aceptación y amor por mí no está basado en mi apariencia».

Perfeccionismo

SOY PERFECCIONISTA Y NO ESTOY SEGURA
QUE ME GUSTE SER ASI, PERO ES TODO LO QUE SE.
Y AUN SI SUPIERA COMO CAMBIAR, ME PREGUNTO
SI PODRIA DEJAR ESTE ESTILO DE VIDA.

Respuesta:
Usted ha hecho una pregunta muy común. En nuestra sociedad
abundan los hombres y mujeres que tienen tendencias perfeccionistas. Algunos de ellos son los que llamo «puros perfeccionistas». Estas son personas que evalúan cada área de sus vidas desde un punto de vista perfeccionista. Otros son «perfeccionistas contenidos»;
tienen ciertas áreas de sus vidas controladas por su perfeccionismo.
Piense conmigo por un momento acerca de ambos estilos de vida.
¿Ha pensado alguna vez en el perfeccionismo como un ladrón? Oh
sí, este le da algunas recompensas pero le roba el gozo y la satisfacción. Usted se ha asignado a sí misma una lista de reglas y regulaciones y probablemente espera que las personas a su alrededor si-
gan la misma lista. Usted probablemente también posponga las cosas porque vacila sobre todos los temas, a menos que sepa que va a
ser un éxito.

Todavía no me he encontrado con un perfeccionista realizado;
simplemente no existen. Su patrón de pensamiento es algo más o
menos así: «Lo que muestro es un reflejo de cuánta habilidad tengo
y cuánto valgo. Mi nivel de habilidad determina mi valor como persona. Lo que soy capaz de lograr refleja mi valor como persona. Los
fallos significan que no valgo mucho». ¿Le suena familiar?
La realidad es que usted y yo fallamos. Pero Dios acepta nuestras
imperfecciones y declara que valemos. Por la gracia de Dios valemos y somos vistos como perfectos ante sus ojos. Esforzarse por el
perfeccionismo significa que todavía estamos viviendo bajo la ley
en vez de vivir bajo la gracia de Dios. Piense sobre esto.

El proceso de cambio

Si usted está dispuesta a desafiar las bases para su seguridad, puede llegar a rendirse en su esfuerzo. Pero esto da trabajo, toma tiempo y disposición para intentar ¡no hacer las cosas perfectamente! Aquí hay algunas sugerencias para empezar el proceso de cambio:

1- Haga una lista de las ventajas y desventajas de ser una perfeccionista.

2.- Haga una lista de cinco a diez beneficios de cometer errores. ¿Qué puede aprender de ellos?

3.- Escriba dos párrafos explicando por qué le es imposible ser perfecta.

4.-¿Cuáles son sus tres éxitos recientes y sus tres fracasos? ¿Cómo se siente por cada uno?

5.-¿Actualmente, qué esta posponiendo por su temor al fracaso? Decida cuando lo intentará.

6.-¿Cuáles son sus diez fortalezas? ¿Cuáles sus diez debilidades? Comparta ambas listas con Dios en oración y con un par de amigas.

7.- A propósito, empiece a hacer cosas y a dejar alguna parte incompleta. Asegúrese a sí misma por qué lo ha hecho.

Estas sugerencias pueden sonar extrañas, pero son sólo el comienzo. Recuerde, esforzarse por ser perfeccionista es su intención para sentirse segura y suficiente. En realidad, la seguridad y la suficiencia son un regalo de Dios. Son gratis. No pueden ganarse.

Cuando uno reemplaza su impulso hacia el perfeccionismo por el esfuerzo por la excelencia, entonces encontrará un equilibrio en la vida. Cuando uno hace lo mejor que puede, sabe cuando detenerse, se afirma a sí misma, deja espacio en su vida para el crecimiento, se perdona por las imperfecciones. Eso es saludable. Un día puede mirar a un proyecto y decir: «¡Sí! ¡Me gusta! Quizas pueda haberlo hecho mejor, pero me siento bien deteniéndome ahora. Puedo aceptarlo y aceptarme». Para ayudarla en su viaje, lea los libros recomendados para el perfeccionismo.

Gastar dinero

Pregunta:
¿COMO PUEDO RESISTIR LA TENTACIÓN DE GASTAR DINERO?

Respuesta:
Gastar dinero puede no ser el problema real, aunque tiene su conjunto de consecuencias. Recientemente encontré un libro titulado *When Spending Takes the Place of Filling: Women Who Spend Too Much and Don't Know Why* (Cuando gastar ocupa el lugar de los sentimientos: Mujeres que gastan demasiado y no saben por qué) por Karen O'Connor, la cual cubre el problema del gasto excesivo clara y amablemente. Muchas mujeres luchan con el mal empleo del dinero (¡cómo los hombres!) y es importante descubrir el conjunto de creencias que apoyan el problema del comportamiento. Muchas gastadoras tienen dificultad con la autoestima, así como con en establecer fronteras saludables, conocer su propio sentido de la realidad y el reconocer y satisfacer sus necesidades y deseos.

Quizas podría ser práctico seguir la pista de lo que esta pasando en su vida cuando gasta, como se siente despues de gastar y cómo se siente cuando no lo hace. Si por uno u otro motivo le fue impedido gastar cuando se sentía compelida a hacerlo, ¿qué otra cosa podría hacer para reemplazar los gastos? Karen O'Connor tiene varias directivas para determinar si usted gasta demasiado. Ella dice que las mujeres que son gastadoras responden «frecuente» o «muy frecuente» a muchas de las siguientes afirmaciones:

1.- Compro cosas que verdaderamente no necesito o quiero.
2.- Si tengo dinero en mi cartera siento un gran deseo de ir de compras.

3.- Compro cosas que no puedo afrontar.

4.- Gasto dinero para hacerme sentir mejor.

5.- Gasto demasiado en regalos para impresionar u obtener la aprobación de otros.

6.- Compro cosas en liquidación, sólo porque están en rebaja.

7.- Me doy el placer de comprar las cosas por pares.

8.- Me creo reservada sobre mis costumbres de gastar.[7]

Pero los problemas de gastar pueden volverse más serios cuando una persona tiende a ser un comprador compulsivo. Las mujeres que caen en esta categoría contestan, «frecuente» y «muy frecuente» a muchas de las siguientes afirmaciones:

1.- Comprar es la forma más común de entretenimiento.

2.- Me siento ansiosa cuando no estoy comprando.

3.- Comprar ocupa el lugar de hablar y sentir y tratar con las realidades desagradables en mi vida.

4.- Discuto con otros por mi costumbre de comprar y gastar dinero.

5.- Repetidamente compro cosas que ni quiero ni necesito.

6.- Me provoca euforia comprar o pensar en hacerlo.

7.- Minimizo mis compras o las escondo de mi familia.

8.- Compro ropas que no se ajustan a mi estilo —trajes de novias, ropas de ejercicios o zapatos de bailarina— cuando raramente, si acaso, las uso una vez.[8]

Lecturas recomendadas

• Baily, Covert. *Fit or Fat*. Boston, MA: Houghton Mifflin Co., 1977.

• Blue, Ron. *Master You Money: A Step-by-Step Plan for Financial Freedom*. Nashville, TN: Thomas Nelson, 1991.

• Hansel, Tim. *You Gotta Keep Dancin'*. Elgin, IL: David C. Cook, 1986.

• Hart, Archibald. *Fifteen Principles for Achieving Happiness*. Dallas, TX: WORD Inc., 1988.

• Mayo, Mary Ann. *Skin Deep*. Arbor, MI: Vine Books, 1992.

• Miller, Holly. *How to Stop Living for the Applause*. Ann Arbor, MI: Servant Publications, 1990. (Ayuda para las mujeres que necesitan ser perfectas).
• Mundis, Jerrold. *How to Get Out of Debt, Stay Out of Debt and Live Prosperously*. New York: Bantam, 1989.
• Schlayer, Mary Elizabeth. *How to Be a Financially Secure Woman*. New York: Ballantine, 1987.
• Seamands, David. *Freedom from the Performance Trap*. Wheaton, IL: Victor Books, 1988.
• Stoop, Dave. *Hope for the Perfectionist*. Nashville, TN: Thomas Nelson Publishers, 1989.

Notas

1.- Janet Congo, *Free to Be God's Woman* (Ventura, CA: Regal Books, 1988) pps. 51-53.

2.- Ibid., adaptado de las pps. 47-70.

3.- Ibid., pps. 70-71.

4.- H. Norman Wright, *How to Get Along with Almost Anyone* (Dallas, TX: WORD Inc., 1989), pp. 19.

5.- Mary Ann Mayo, *Skin Deep* (Arbor, MI: Vine Books, 1992), pp. 12.

6.- Naomi Wolf, *The Beauty Myth* (New York: Morrow and Co., 1991), adaptado de las pps. 179, 180.

7.- Karen O'Connor, *When Spending Takes the Place of Feeling* (Nashville, TN: Thomas Nelson, 1992), pp. 69.

8.- Ibid., pp. 84.

Capítulo 4

SER SOLTERA

Soltera y feliz

Pregunta:

¿QUE DIGO CUANDO LAS PERSONAS ME PREGUNTAN
POR QUE NO ESTOY CASADA TODAVIA?
SOY FELIZ SOLTERA.

Respuesta:

Usted no tiene que responder a una pregunta que se inmiscuye en su privacidad. No acepte la responsabilidad de contestar una pregunta personal. Ante la pregunta «¿Por qué no te has casado todavía?», usted puede responder de diferentes maneras:

«¿Piensas que es un problema que yo no sea casada?», o «Me suena como si te preocupara. Por mi parte estoy bastante felíz y satisfecha. ¿Y tú?»

No tiene que hablar de una manera sarcástica sino simplemente solicitando que la otra persona considere el propósito de la pregunta.

Para aquellas que piensan que pueden casarse algun día, les recomiendo el libro, *Should I Get Married?* (¿Debo casarme?), de Blaine

Smith, para una presentación completa de todos los factores necesarios para estar casada.

Sentimientos sexuales en la mujer soltera

Pregunta:
¿COMO PUEDO LIDIAR CON MIS SENTIMIENTOS SEXUALES SIENDO UNA MUJER SOLTERA CRISTIANA?

Respuesta:
Quizas el paso mas saludable sea admitir que uno tiene impulsos sexuales. Puede sorprenderse fijándose en un hombre atractivo y experimentando un interés sexual en él. Pero, como cristiana, debe seguir directivas específicas para el comportamiento sexual. El acto sexual, mientras esté soltera, no debe ser considerado por usted. Considere estas ideas de Bob Burns y Tom Whiteman:

«El Cristiano soltero tiene, por tanto, que practicar el autocontrol de sus deseos sexuales. Por supuesto, eso es más fácil decirlo que hacerlo. Hay muchas tentaciones para pecar a lo largo del viaje del cristiano, no obstante es posible para el cristiano sincero contolarse a sí mismo si lo desea con honestidad.

»Permítame mencionar algo aquí que es un tremendo problema en la sociedad contemporánea. No creo que la satisfacción del apetito sexual sea una necesidad básica de la vida. Esto puede sorprenderle si ha visto muchas películas o si ha leído muchos libros sobre sexo recientemente. La actitud de la mayoría de la sociedad parece ser que nuestro apetito sexual *debe ser satisfecho*. Hemos llegado a decir que la vida normal, saludable, lo requiere. Tenemos que comer, beber, y tener relaciones sexuales para vivir. Pero esto es una simple mentira. Es posible vivir una vida completamente normal, saludable y feliz sin relaciones sexuales. Uno moriría si no come o bebe, pero no moriría si se abstiene del sexo. Es un error decir que el autocontrol en la vida sexual es imposible para muchas personas que honestamente lo consideran. El autocontrol no es sólo posible, sino que también es requerido para el cristiano soltero. Es una regla de Dios de vida para nosotros, y tenemos que buscarla si tenemos intención de caminar con El.

»Déjeme sugerirle algunas cosas que lo ayudarán en la lucha por el autocontrol.

»Primero, el autocontrol es simplemente imposible para la persona que rechaza hacer un compromiso. El autocontrol comienza con una decisión clara y difícil de ser cierto tipo de persona. La persona soltera que juguetea con el compromiso está simplemente garantizando su fracaso, pero la que determina honestamente que se abstendrá de la relación sexual va a tener éxito.

»Quiero enfatizar la certeza del éxito para aquellos que hacen un compromiso personal de abstenerse de las relaciones sexuales. Un verdadero compromiso hecho por una persona que se conoce bien a sí misma tendrá éxito. Estoy hablando de una determinación de vida o muerte.»[1]

Si usted quiere ejercitarse en el autocontrol y practicarlo, entonces deberá realizar un compromiso con el. Pero esto involucra ser honesta acerca de sus fortalezas y debilidades, y tomar los pasos necesarios para proyectarse en las áreas débiles. Esto involucra evitar situaciones y lugares tentadores, y ser cuidadosa de lo que mira detenidamente y en lo que piensa obsesivamente. Involucra no estar sola con alguien que la esté tentando. Y, claro que sí, responsabilizarse con un grupo de amigas y permitirles que la apoyen.

Sexo prematrimonial

---------- **Pregunta:** ----------
¿QUE TIENE DE MALO EL SEXO PREMATRIMONIAL?

Respuesta:

¿Qué tiene de erróneo el sexo prematrimonial? Para comenzar, déjeme decirle una sola palabra: ¡SIDA! El sexo, ya sea antes o fuera del matrimonio es una actividad arriesgada hoy. Y no sólo por el SIDA sino por las muchas otras enfermedades que están corriendo desenfrenadamente. El sexo antes del matrimonio no es la mejor opción.

Por otro lado, aquellas mujeres que adquieren un sistema de valores de no tener relaciones sexuales fuera del matrimonio y lo violan tienen más dificultad con la culpabilidad y el resentimiento en el matrimonio que aquellas que no han adoptado ese sistema de valores.

Verdaderamente, ¿la Biblia perdona las relaciones sexuales premaritales? Sí, ésto esta muy claro. Aquí hay algunos pasajes para que los considere.

Mandatos bíblicos sobre el sexo premarital

En algunos pasajes la fornicación se refiere a toda inmoralidad sexual: Juan 8:4; Hechos 15:20-29; 21-25; Romanos 1:24; 1ª Corintios 5:1; 6:13, 18; 2ª Corintios 12:21; Efesios 5:3. En Mateo 5:32 y 19:9 la palabra «fornicación» es usada como un sinónimo de «adulterio». En estos cuatro pasajes, ambas palabras «adulterio» y «fornicación» son usadas, indicando una distinción notoria entre las dos: Mateo15:19; Marcos 7:21; 1ª Corintios 6:9; Gálatas 5:19. En estos dos pasajes, fornicación se refiere a la relación sexual voluntaria entre las personas no casadas o entre una persona sin casarse y una casada: 1ª Corintios 7:2; 1ª Tesalonisenses 4:3-5. De 39 pasajes, 37 incluyen el concepto de que la relación sexual premarital es contraria a la voluntad y al plan de Dios. Las únicas excepciones son dos pasajes en que se utiliza fornicación como sinónimo de adulterio.

Pablo habla fuertemente contra el sexo fuera del matrimonio en muchas de sus cartas. En 1ª Corintios 6: 9-20 advierte que aquellos que continúen practicando la fornicación o el adulterio «no heredarán el Reino de Dios» (versículos 9,10). Y añade que «el cuerpo no es para la fornicación, sino para el Señor» (versículo 13). Efectivamente, nuestros cuerpos son «miembros de Cristo» (versículo 15) y «templo del Espíritu Santo», quien está en nosotros (versículo 19). Por consiguiente, tenemos que glorificar a Dios en nuestros cuerpos (vea el versículo 20) y huir de la inmoralidad sexual (versículo 18).

Los beneficios de esperar

Son muchos los beneficios derivados del esperar hasta el matrimonio para tener relaciones sexuales.

Uno, la no culpabilidad. Dios nos dice que esperemos hasta el matrimonio para las relaciones sexuales. El no esperar creará culpa que obstaculizará su relación con El, con su pareja sexual, y con todos los demás. Esperando puede conocer, porque Dios lo dice, que Jesucristo sonríe en su lecho matrimonial.

Esperar le asegura que nunca tendrá miedo, ni incluso el de un fugaz pensamiento, de tener que edificar un matrimonio con un embarazo inesperado.

Esperar también le asegura que nunca caerá en la devastante trampa de comparar la realización sexual de su esposo con la de su pareja anterior.

Esperar le ayudará a someter sus impulsos físicos al señorío de Cristo y así desarrollar su autocontrol, un importante aspecto del fruto del Espíritu Santo. Además, si esta casada y más tarde debe separarse temporalmente (por viajes de negocios, por ejemplo), esta disciplina temprana en su relación fortalecerá la confidencia y la confianza de cada uno durante el tiempo de separación.

Esperar le asegura que algo será reservado para el matrimonio, para esa primera noche y para las muchas noches siguientes. La anticipación de la satisfacción de su relación en la unión sexual es excitante. No se adelante.

Sin embargo, aun cuando le he dado mi convicción para abstenernos de las relaciones sexuales hasta el matrimonio, permanece la pregunta: ¿A qué punto de intimidad podemos llegar, a qué distancia —la mas corta— de las relaciones sexuales antes del matrimonio? La respuesta a esta pregunta depende de la distancia que haya entre usted y sus habilidades para resistir la fuerte tentación de tener relaciones sexuales.

Un principio general que se aplica a todos es el siguiente: que quien tenga su propósito natural en la actividad sexual debe guardarlo para su noche de bodas. Esto significa, por lo menos, que las caricias intensas (la estimulación directa de los órganos sexuales de cada uno y la mutua masturbación) debe quedar excluída. No aumente sus impulsos y deseos sexuales hasta el punto que no regresen, porque su relación física se hace una fuente de frustración en vez de un gozo.

Encontrar un hombre comprometido

——————————— **Pregunta:** ———————————
¿DONDE PUEDO ENCONTRAR UN HOMBRE CRISTIANO
QUE ESTE COMPROMETIDO CON LOS MISMOS VALORES
ESPIRITUALES Y LAS MISMAS ACTIVIDADES QUE LAS MIAS?
(LA PREGUNTA MAS COMUN DE LAS SOLTERAS.)

Respuesta:
Estoy de acuerdo que a veces es difícil encontrar un hombre cristiano comprometido espiritualmente. Muchas mujeres han encontrado su pareja en las iglesias que tienen grandes grupos de adultos solteros o a través de ciertas actividades entre varias iglesias. No importa dónde encuentre un hombre, establezca de inmediato su fe en Jesucristo y su compromiso con el valor del sistema bíblico y los patrones de comportamiento. Pídale que comparta su testimonio, los detalles de su interacción diaria con Dios, y cómo ha crecido como

cristiano a través del último año, etcétera. Sí, con estas preguntas puede auyentarlo, pero es mejor ahora que descubrir después de varios meses que su compromiso es superficial.

Siga buscando un hombre que sea un cristiano que crezca en vez de salir con alguien y esperar a que se convierta o que empiece a crecer espiritualmente. Y no vacile en ir temprano a la consejería prematrimonial. ¡Adelante! Eso no es cruel; es realista. Si está cerrado para la ayuda antes del matrimonio, estará más cerrado y resistente después. No lo dude.

Enamorarse de un perdedor

──────── Pregunta: ────────
¿POR QUE ME ATRAEN LOS HOMBRES
QUE NO ME TRATAN BIEN?

Respuesta:

Muchas mujeres caen en trampas repetidas. Siguen desarrollando relaciones con el mismo tipo de hombres abusadores una y otra vez. He visto muchas razones para ésto.

Algunas mujeres estan cómodas con hombres que no las tratan bien porque saben qué esperar, aunque los hombres tengan características que a ellas no les gusten. Algunas mujeres, desafortunadamente, sienten como si no merecieran algo mejor. Otras son conducidas por problemas con otros hombres, los cuales permanecen sin resolver. Y están otras que siguen seleccionando el mismo tipo de hombre abusador con la esperanza de que puedan cambiarlo y las traten mejor que los anteriores. Pero esto, lamentablemente, en forma general no funciona.

88   *Ser soltera*

Lecturas recomendadas
• Smith, Blaine M. *Should I Get Married?* Colorado Springs: InterVarsity Press, 1990.

Notas

1.- Bob Burns and Tom Whiteman, *The Fresh Start Divorce Recovery Workshop* (Nashville: TN: Thomas Nelson, 1992), p. 144.

Capítulo 5

EL ESTRES

El potencial de estrés está a nuestro alrededor. Algunos lo llaman tensión, otros estrés, pero... ¿cómo nos afecta, verdaderamente? ¿Qué está causando este sentimiento de estrés y presión que experimenta? Lo que le causa estrés a usted puede no producírselo a otra persona. Para algunos el estrés es la preocupación por los eventos futuros que no pueden evitarse, o la preocupación por los sucesos que han pasado. Y aun para otros es simplemente el desgaste de la vida diaria. Quizás se está sintiendo como un pedazo de piedra muy golpeada que ha empezado a desmoronarse.

Cualquier experiencia que estimule su sistema de adrenalina y mantenga su cuerpo en ese estado por un período prolongado de tiempo está creando estrés.

Causas del estrés

------- **Pregunta:** -------
¿COMO PUEDO LIDIAR MEJOR CON EL ESTRES Y CUALES SON SUS CAUSAS?

Respuesta:

Vamos a considerar algunas de las causas del estrés:

1.- Una relación sin resolver. Si usted tiene dudas acerca de una relación, tal como una amistad, un noviazgo o un matrimonio, si se está preguntando si su pareja es infelíz o está pensando en dejar su matrimonio, el estrés se hace presente.

2.- *Ambiente*. Su ambiente puede contribuir a la tensión. Un ambiente monótono y repetitivo puede crear tanto problema como una atmósfera agitada, competitiva, con presiones.

3.- *Perfeccionismo*. Tener normas excesivamente altas es una buena manera de causarnos fracasos y el autorechazo. Y es difícil vivir con un perfeccionista. Esto generalmente significa inseguridad. Aquellos que están seguros son flexibles y dispuestos a correr riesgos y a hacer cambios positivos. Cuando una persona tiene espectativas irreales y no cumple con ellas, empieza a despreciarse a sí misma, lo que conduce a la depresión.

4.- *Impaciencia*. Si usted es muy impaciente con otros, también es impaciente consigo misma. No tener las cosas hechas de acuerdo al programa mantiene el interior de una persona en tensión. La palabra «paciencia» significa, «paciente, no apresurado o impulsivo, firme, capaz de soportar».

5.- *Rigidez*. La inflexibilidad está íntimamente ligada al perfeccionismo y a la impaciencia. El admitir el error de uno, así como el aceptar la opinión de los demás es una respuesta madura que reduce la tensión.

6.- *Incapacidad para relajarse*. Muchas personas encuentran difícil sentarse en una silla 10 minutos totalmente relajadas. Sus mentes se mantienen ocupadas e impulsándolas a la acción. Su actividad es llamada a hacer crecer la tensión.

7.- *Explosividad y enojo*. Si la vida de una persona está caracterizada por explosiones de enojo desparramando metrallas sobre otros, el estrés le está afectando no sólo a la persona sino también a los demás.

8.- *Pérdida del humor y poco entusiasmo por la vida*. Aquellas que están llenas de engreimiento, autoreproches y por tanto tensión, también probablemente estén deprimidas. Lea Filipenses.

9.- *Demasiada competencia*. Compararse a sí misma con otros, en términos de lo que tienen y hacen, pone presión innecesaria sobre usted. No tenemos que permitir que lo que otros hagan y tengan tenga efectos sobre nuestra vida. Alguna competencia en ciertas áreas puede ser divertida y hasta se puede disfrutar, pero cuando es constante no es divertida sino dañina.

10.- *Pérdida del autovalor.* Un bajo autoconcepto es la base de muchas dificultades en la vida. La depresión y el estrés pueden ocurrir por esto.

Tensiones únicas de las mujeres

Las mujeres tienen sus propios conjuntos estresantes.

Georgia Witkin ha escrito extensamente sobre el estrés, tanto en los hombres como en las mujeres. Ella dice que las preocupaciones expresadas por las mujeres son generalmente diferentes a aquellas que les surgen a los hombres. En sus estudios, las mujeres hablaron de muchas más tensiones que eran 1) *a largo plazo,* y 2) *fuera de control.* Estos son dos factores que tornan peligroso al estrés para la salud sicológica y física.

Las mujeres hablaron acerca de las tensiones por el *pago desigual* y la *desigualdad general.* Hablaron sobre el estrés por las *tareas dobles,* tales como el trabajo fuera de casa y las tareas del hogar.

Por sus años de trabajo con mujeres en consejería, Georgia Witkin identificó las siguientes tensiones entre las mujeres:

- Las tensiones asociadas a su fisiología —desarrollo de los senos, la menstruación, el embarazo y la menopausia.
- El estrés asociado a sus cambios de vida —ser esposa, madre, divorciarse, estar en muy buena posición económica y luego en la ruina, ser mujer despues de los 40 en una cultura que exalta la juventud y la belleza, ser una viuda no tan alegre, quedar sola cuando los hijos han crecido.
- El estrés sicológico a menudo sentido por solteras supuestamente inestables, quienes fueron criadas de una manera antigua; la esposa que está presionada a salir del hogar y desarrollarse por sí sola; la mujer profesional que se

encuentra presionada por regresar al hogar antes de perder su familia.

- Las tensiones escondidas que distraen, disgustan y agotan —las figuras representativas, el machismo, el sexismo sutil practicado por hombres y mujeres, el entretenimiento tensionante.

- Y las tensiones de las crisis de la vida, las cuales recaen sobre los hombros femeninos —cuidar un enfermo o la muerte del esposo, la maternidad o el niño minusválido, asegurar que la vida siga.[1]

Eliminando el estrés

¿Cómo puede eliminar la tensión? Aquí hay tres maneras.

Modifique su ambiente. Primero, puede intentar modificar el ambiente con el fin de prevenir los sucesos que probablemente le produzcan estrés. Puede cambiar de trabajo, mudarse de vecindario o no visitar a sus familiares muy frecuentemente. Desafortunadamente, las personas no se dan cuenta de cuántos cambios adicionales pueden haber hecho, los que podrían contribuir más al estrés que a su eliminación.

Modifique los síntomas. La segunda manera de lidiar con el estrés es trabajar en los síntomas. Podemos intentar modificar nuestra respuesta emocional y física al estrés usando medicamentos, tranquilizantes, técnicas de relajamiento, imágenes de meditación (siempre desde una perspectiva netamente cristiana).

Modifique su actitud. La tercera forma de manejar el estrés es, para mí, la mejor manera. Esta involucra modificar aquellas creencias, suposiciones y formas negativas de pensar, las que nos hacen más vulnerables al estrés. Nuestras percepciones y evaluaciones del mundo verdaderamente pueden causar tensión. Cambiar nuestras actitudes puede ser difícil, pero puede también ser la manera más conveniente de reducir el estrés y la ansiedad.

Manejando el estrés

¿Qué puede hacer cualquier mujer para manejar el estrés en su propia vida?

Un paso es evaluar lo que hace y por qué lo hace. El Dr. Lloyd Ogilvie ofrece algunas perspicacias en nuestra motivación y las presiones que creamos:

Decimos: «¡Mira, Señor, cuán ocupada estoy!» Nos agotamos con una vida llena, impresionante. Teniendo ciertos propósitos redoblamos nuestros esfuerzos en una crisis de identidad de significado. Amontonamos estadísticas de realización con la esperanza de que estamos siendo protagonistas de nuestra generación. Pero, ¿para qué, o para quién?

Muchos de nosotros nos frustramos y suplicamos por el futuro pero, nuestras decisiones cotidianas, ¿son coherentes con esta súplica? El cristiano es libre para detener su marcha alocada con tantos compromisos en su vida.[2]

En uno de los sermones del Dr. Ogilvie, también surgieron dos interesantes preguntas que se relacionan con lo que estamos haciendo y cómo lo estamos haciendo: 1) ¿Qué está haciendo con su vida que no podría hacer sin el poder de Dios?, y 2) ¿Está usted viviendo la vida fuera de su propia suficiencia o sin abundancia de las riquezas en Cristo? Ambas preguntas son cosas de valor para pensar.

Evalúe todo lo que hace en su vida, haciendo una lista de todas las varias actividades en las cuales está involucrada. Luego ponga cada una en la columna apropiada en esta tabla.

Crucial	Muy importante	Importante	Buena

Todo lo que caiga en *crucial* manténgalo en su vida. Lo que caiga en *muy importante* probablemente podría estar, pero si es necesario podría dejarlo. Todo lo que caiga en *importante* puede tanto mantenerlo como dejarlo. Y todo lo que termine en la columna *bueno* debe dejarlo de lado.

Identifique sus necesidades

Identifique lo que necesita y lo que más la va a ayudar.

Construya relaciones fuertes, íntimas con otras mujeres, aunque la falta de tiempo sea algo que le produzca estrés. Esto la ayudará en la carrera larga.

En *The Female Stress Syndrome* (El Síndrome del estrés femenino), Georgia Witkin sugiere: 1) haga ejercicios que disfrute; 2) tome pasos para sentir que esta en control; 3) aprenda técnicas de relajación (le puedo sugerir el libro de Tim Hansel, *When I Relax I Feel Guilty* ([Cuando me relajo me siento culpable]); 4) tome control de su programa; 5) déle prioridad a lo que haga; 6) tome decisiones y opciones; 7) separe su pasado de su presente; 8) acepte quién es usted; 9) aprenda a decir no; 10) otórguese permiso para cambiar su mente; 11) hágase su propia autorizadora asi debe descansar y relajarse; 12) establezca límites; 13) espere lo mejor; 14) anticípese al estrés de los días festivos, y 15) aprenda a reir.[3]

Después de leer tal lista puede pensar: «No hay manera. Toma mucho tiempo el hacer cosas para mi». Usted puede estar interesada en conocer esto de acuerdo al Reporte de Bristol-Meyers Keri, «The State of American Women Today» (El estado de las mujeres americanas hoy), las mujeres quienes asignaron suficiente tiempo para ejercicios, para acicalarse y para las necesidades nutricionales se sintieron más en control de sus vidas y sólo les tomó 21 minutos extras al día.[4]

He encontrado otras formas de manejar la estrés que me han ayudado. Primero, me he calmado adrede y he tomado pasos más lentos cuando me sentía apurado personalmente y agobiado. Esto me ha dado la idea de recuperar el control y poner cada cosa en su propia perspectiva.

Segundo, cuando estoy en una situación frustrante como por ejemplo no tener todo hecho en cierto momento, llegar inevitablemente tarde o estar trabado en el tráfico, me doy permiso a mí mismo para no tenerlo hecho, para llegar tarde o para estar atorado. Si está trabado en el tráfico podría decir, «Está bien, esto no es lo que quería, pero puedo manejarlo. Me doy permiso para llegar tarde o estar atorado. Esto no es el fin del mundo. Voy a usar este tiempo para orar». ¡Esto funciona!

Tercero, concéntrese en la Palabra de Dios. Tenga estos versículos en pequeñas tarjetas: Salmos 4:8; 27:1; 37:1-9; Isaías 41:10,13; Filipenses 4:6-9; Hebreos 13:6; Santiago 1:2,3; y 1ª Pedro 5:7. Lleve estas tarjetas con usted.

La tensión del trabajo y la familia

Pregunta:
¿COMO PUEDO LIDIAR CON EL ESTRES DEL TRABAJO Y LA FAMILIA?

Respuesta:
Considere estas sugerencias de una autoridad en el tratamiento del estrés, la Dra. Georgia Witkin:

«Cuando es posible, ayuda el tener más que las ropas básicas, a fin de reducir los tiempos de lavado y los viajes a la tintorería. Tanto como sea posible, acepte la ayuda que pueda pagar. Usted no puede hacerlo todo sola. Cada día programe un «escape», aunque sea para leer una novela en el baño por quince minutos mientras su esposo cuida de los niños. Busque algún tiempo privado para usted. A los niños debe enseñárseles a no molestarla en ese tiempo. Encuentre algun tipo de juego que disfrute. Muchas personas que conozco usan su hora de almuerzo para ésto. Aprenda a depender de la rutina y de las listas. Un programa regular le ayuda a ahorrar tiempo y energía.»[5]

Si es casada, uno de los pasos más importantes es poner en su lista la ayuda de su esposo. Es muy frecuente que la esposa es quien cargue el peso de ambos, el trabajo de la casa y su carrera, mientras que el esposo sólo el de su carrera. Cada persona necesita contribuir a compartir la carga equitativamente, pero uno tiene que ser flexible con respecto a lo que hace el otro. Esto ayuda si los dos se hacen expertos en todas las tareas, de manera que pueden intercambiarlas fácilmente. Este no es momento para los rígidos y anticuados roles masculinos/femeninos que dictan lo que cada quien debe hacer.

Si usted es una madre soltera, sugiera a los hombres de su iglesia o a los grupos de solteros voluntarios que cuiden del niño un sabado al mes, de esta forma usted tiene al menos un día para contarlo como suyo.

Agotamiento

Pregunta:

ME SIENTO MUY AGOBIADA. SOLO ANHELO PARAR, COMO SI FUERA UNA MAQUINA QUE NECESITA TERMINAR SU ACTIVIDAD Y PERMANECER TOTALMENTE INACTIVA. ¿COMO LE HAGO FRENTE A ESTO?

Respuesta:
Esta pregunta trae a la mente en forma inmediata la palabra «agotamiento». Esta es una condición que nos puede llegar a cualquiera de nosotros. Básicamente significa que nos hemos gastado a nosotros mismos por esforzarnos, tratando de alcanzar algunas expectativas irreales, ya sean estas impuestas por nosotros mismos o por los valores de la sociedad.

Una persona que está experimentando agotamiento es «alguien en un estado de fatiga o frustración producido por la devoción a una causa, una forma de vida, o una relación que dejó de producir la esperada recompensa».

Si quiere una simple explicación de cómo una persona responde al agotamiento, lo cual equivale a mentalmente «fundido», simplemente analice esta última palabra. Fundido da la idea algo que se está derritiendo, deshaciendo por el calor abrazador. Algunos se enojan con sus familias, sus amigos o sus empleados. Este es el enojo que esta borbotando por debajo de la superficie, listo para hervir y desbordarse a la mínina provocación.

Por otra parte, nos imaginamos algo gastado, consumido del todo, como si se hubiera acabado la vida misma, como un motor que se fundió, que terminó su vida útil. Uno se rinde, afirmando que nada puede hacerse y que no hay esperanzas en toda la confusión. Entonces hiere a otros por no hacer nada. Su energía, integridad, cuidado, amor y deseos se han ido. El agotamiento es cuando uno continua vacío.

Una de las principales causas del agotamiento es la esperanza falsa, las frustraciones sobre expectativas que no se realizaron. Las expectativas irreales sobre la vida, las personas o una ocupación pueden conducir a él. Algunas mujeres enfocan en la meta que desean cumplir, sin tener recompensa por la lucha involucrada en el proceso.

Otra faceta de las expectativas irreales es la creencia de que «ésto no puede pasarme». Otras personas se desploman, pero yo no. Otras personas se agotan, pero yo no.

¿Qué se puede hacer con el agotamiento?

1.- Evalúe sus metas. ¿Cuáles son y cuál es el propósito de cada una?

2.- Evalúe sus expectativas. Enumere y descubra cuáles son irreales y cuáles no lo son.

3.- Identifique los momentos de estrés en su vida.

4.- Esté dispuesta a correr el riesgo de acercarse a otros. Permítales que la ayuden a sobrellevar algunas responsabilidades.

5.- Aprenda al menos una técnica de relajamiento y practíquela regularmente. Esto ayuda a detener los componentes críticos del sistema de emergencia de su cuerpo.

6.- Balancee su vida con ejercicios regulares. La buena condición física fortalece el sistema inmunológico del cuerpo e incrementa la endorfina, la cual es el tranquilizante natural del cerebro.

7.- Tenga el reposo apropiado. Disponga del tiempo adecuado para dormir. Contrariamente a lo que hemos enseñado en anteriores generaciones, la mayoría de nosotros necesitamos más horas de sueño que las que generalmente usamos para eso. La estimulación de la adrenalina reduce nuestra necesidad de dormir, pero esto es una trampa, Tarde o temprano pagaremos las consecuencias.

8.- Aprenda a ser flexible. Sólo el evangelio es inalterable. Sus ideas y prioridades tal vez necesiten un cambio, o al menos un retoque. La flexibilidad reduce la probabilidad de frustración.

9.- Reduzca la marcha. Recuerde, Dios nunca anda apurado. El «apuro» es una característica humana causada por la planificación inadecuada y la pésima administración del tiempo. El apuro acelera el desgaste del cuerpo y la mente, aumentando la producción de la destructiva adernalina.

10.- Preste atención a los «pequeños problemas». Ellos tienen más probabilidad de matarla que los grandes. Las molestias menores y cotidianas son las mortales.

11.- Enfóquese en su trabajo y utilice su tiempo en lo esencial. Reduzca las redundancias, elimine las actividades innecesarias, evite las exigencias que la esfuercen demasiado y aprenda a decir que no amablemente, sin ofender y sin experimentar un sentido de culpabilidad.

12.- Manténgase en contacto con la realidad. No deje que sus ambiciones sobrepasen los límites de sus capacidades.

13.- Evite los estados de impotencia; tome el control y aplique la estrategia necesaria para sobrellevar las situaciones.

14.- Si no puede resolver un conflicto grande en el área de su vida, déjelo. Páselo si es necesario. Las nociones de ser «sobrehumanos» a menudo nos mantienen en situaciones de conflictos severos.

Preocupación

Pregunta:
¿COMO PUEDO CONTROLAR LA PREOCUPACION?

Respuesta:

A través de los años he trabajado con muchas personas en consejería y en clases. Muchas de ellas se describían a sí mismas como «profesionales de la preocupación». Las personas como estas son muy hábiles para proyectarse en sus mentes al futuro y a preguntar: «¿Qué si ocurre ...» una y otra vez.

Durante una clase de la Escuela Dominical me pidieron dar una serie sobre el tema de la preocupación. Durante ese tiempo le pedí a los participantes que investigaran un experimento que había sugerido la semana anterior para eliminar la preocupación de sus vidas. Una mujer dijo que ella empezó el experimento el lunes por la mañana, y el viernes sintió que la causa de la preocupación que la había atormentado por años se había roto finalmente.

¿Qué llevó a cabo esta radical mejoría? Fue un simple método consistente en aplicar la Palabra de Dios a su vida de una forma nueva. He compartido este método con cientos de personas en mi oficina de consejería y con muchos más en clases y seminarios. Quizás le ayude a usted también.

Métodos para eliminar la preocupación

Tome una tarjeta en blanco y en una cara escriba la palabra PARE en grande, en letras negras. En la otra cara escriba el texto completo de Filipenses 4:6-9. (Utilice la Versión Popular o la Biblia Viviente —parafraseada). Lleve la tarjeta consigo siempre. Dondequiera que esté sola y empiece a preocuparse, saque la tarjeta, mantenga la parte de PARE en frente suyo, y diga «¡PARE!» en voz alta dos veces, con énfasis. Luego dé vuelta la tarjeta y lea completamente el versículo bíblico que escribió allí.

El sacar la tarjeta interrumpe su pensamiento de preocupación. Al decir la palabra «¡Pare!» por dos veces, lo que hace es romper este automático patrón que la conduce a la preocupación. Después, el leer la Palabra de Dios en voz alta provee el sustituto positivo de la preocupación. Si está en un grupo de personas y empieza a preocuparse, siga el mismo procedimiento pero sin hablar.

La mujer que nos compartió lo anterior en la clase dijo que el primer día de su experimento sacó la tarjeta ¡veinte veces durante el día! Pero el viernes sólo la sacó tres veces. Sus palabras fueron: «Por primera vez en mi vida tengo la esperanza de que las cosas que preocupan mi pensamiento se auyentarán de mi vida».

Otro paso es hacer un inventario de sus preocupaciones. Cualquiera sea la preocupación que la atormente, pruebe algunas de las siguientes técnicas para ayudarla a evaluar sus preocupaciones y planear su estrategia:

1.- Enfrente sus preocupaciones y admítalas cuando ocurran. No huya de ellas, porque volverán a obsesionarla. ¡No se preocupe por las preocupaciones! Esto sólo refuerza y perpetua el problema.

2.- Detalle sus preocupaciones y ansiedades en una hoja de papel. Sea específica al hacerlo.

3.- Anote las razones o causas de su preocupación. Investigue los orígenes. ¿Hay alguna posibilidad de que pueda eliminar el orígen o la causa de su preocupación? ¿Ha tratado? ¿Qué es lo que ha tratado, específicamente?

4.- Anote la cantidad de tiempo que gastó cada día preocupándose.

5.-¿Qué ha producido la preocupación en su vida? Descríbalo con detalles.

6.- Haga una lista de lo siguiente: a) las maneras en que su preocupación ha prevenido una situación temida; (b) las maneras en que su preocupación aumentó el problema.

Lecturas recomendadas:

- Hansel, Tim. *When I Relax I Feel Guilty*. Elgin, IL: David C. Cook, 1979.
- West, Sheila. *Beyond Chaos -Stress Relief for the Working Woman*. Colorado Springs, CO: NavPress, 1992.
- Witkin, Georgia. *The Female Stress Syndrome*. New York: Newmarket Press, 1991.
- Wright, H. Norman. *Afraid No More!* Wheaton, IL: Tyndale House Publishers, 1992.

Notas

1.- Georgia Witkin, *The Female Stress Syndrome* (New York: Newmarket Press, 1991), p. 16, 17.

2.- Lloyd Ogilvie, *God's Best for Today* (Eugene, OR: Harvest House, 1981), devoción correspondiente al 3 de febrero.

3.- Witkin, *The Female Stress Syndrome*, adaptado de las pp. 290-307.

4.- Ibid., adaptado de la p. 125.

5.- Ibid., adaptado de las p. 142, 143.

Capítulo 6

LA DEPRESION

¿ Qué es la depresión?

—— **Pregunta:** ——
¿QUE ES LA DEPRESIÓN?
¿COMO SE SI ESTOY DEPRIMIDA?

Respuesta:

Depresión— es un término común en el vocabulario femenino. Lo escucho constantemente, y puede describir muchas cosas. Cuando aconsejo a una mujer que dice que esta deprimida, generalmente tengo que preguntarle qué quiere decir con eso. La palabra «depresión» puede tener cientos de significados diferentes, y cada mujer puede tener una pequeña variación en la forma que la experimenta. Pero, ¿cómo es? ¿De qué se trata? Trabajando con las aconsejadas, a menudo les hago esta serie de preguntas:

¿Encuentra difícil levantarse por las mañanas? Si tiene responsabilidades con otros miembros de la familia, ¿les permite que se las arreglen solos? ¿Esta siendo indecisa y olvidadiza? ¿Tiene habilidad para concentrarse y abstraerse? ¿Siente como si no se va a reir nunca más? ¿Han perdido los alimentos su sabor y el sexo su atractivo?

¿Le parece estar ensimismada en un caparazón, no queriendo que la molesten ni familiares ni amigos? ¿Ha perdido su deseo de hablar por teléfono o asistir a las reuniones sociales que estaba acostumbrada a disfrutar? ¿Está empezando a cortar todo el contacto con las personas?

¿Tiene dificultad para quedarse dormida por las noches? ¿Se despierta en medio de la noche y se revuelve en la cama hasta el amanecer, molesta por pensamientos negativos y pesimistas? ¿Le gustaría dormir dieciséis horas al día o tener siestas frecuentes? Incluso si lo hace, ¿aún se siente exhausta?

¿Están sus pensamientos llenos de un sentido de desesperanza? ¿Siente que no hay salida para los problemas? ¿Siente que nadie la cuida, y particularmente usted no cuida de sí misma? ¿Tiene algún sentimiento positivo sobre sí misma? ¿Siente que hay una tormenta sobre su cabeza, la cual la sigue dondequiera que vaya?

¿Ha notado algunos cambios físicamente?¿Tiene algún dolor nuevo, por más vago que sea? ¿Sospecha que tiene alguna enfermedad seria?

Esto es depresión.

Formas de depresión

Depresión emocional. Probablemente este sea el síntoma más común en nuestro tiempo. De cada ocho de nosotros, uno ha esperado recibir ayuda para la depresión en algún momento de su vida. Nadie esta exento. Ser cristiano no lo excluye tampoco. ¡Y la falsa creencia de que como creyente uno no debe estar deprimido puede añadir, incluso, mayor profundidad al mal!

Su depresión tiene un propósito, extraño según parece. La depresión es la señal de que algo no está bien en su vida. Es un sistema de mensajes que le dice: «¡escúchame!» Trata de apuntarle la causa. Y en muchos casos la depresión es una respuesta saludable de lo que está sucediendo en su vida.

Y por favor, agárrese fuerte de esta declaración: ¡Estar deprimida no es un pecado! Así es, no es un pecado el estar deprimida.

A través de la Palabra de Dios vemos ejemplos de personas que estaban deprimidas, y siempre la depresión estuvo ahí con un propósito. Escuche la consideración de Jesús cuando fue a Getsemaní:

> «Y tomando a Pedro, y a los dos hijos de Zebedeo, comenzó a entristecerse y a angustiarse en gran manera. Entonces Jesús les dijo: Mi alma está muy triste, hasta la muerte; quedaos aquí, y velad conmigo» (Mateo 26: 37,38).

El sentido de pérdida de Jesús fue expresado a través de sus sentimientos.

Depresión espiritual. Algunas causas de la depresión pueden ser trazadas por el comportamiento y por pensamientos pecaminosos. Si su comportamiento está en conflicto con su sistema de valores cristianos, el resultado podría ser culpabilidad y depresión. A esto podríamos llamarle depresión espiritual. Es vital reconocer e identificar la causa pecaminosa y lidiar con ella. Entonces la depresión tendrá oportunidad de irse. Es aquí donde el recurso sanador de Jesucristo será la solución. Es importante recordar que incluso después de confesar los pecados, arrepentirse y aceptar el perdón de Cristo, algunas depresiónes pueden tardar en desaparecer. Esto es normal porque los cambios biológicos que ocurren durante la depresión toman tiempo para curarse.

Ignorar la depresión en vez de enfrentarla y buscar ayuda –o el negarse a seguir las directivas para vencerla– ha sido considerado por algunos como pecaminoso. En Santiago 4:17 leemos: «Y al que sabe hacer lo bueno, y no lo hace, le es pecado»

Quizás «lo bueno» aquí para algunos cristianos deprimidos es el conocimiento de que pueden hacer algo para salir de su depresión. Y esto puede tener efecto en su recuperación. Descuidar el cuerpo por la falta del sueño apropiado, alimento y ejercicio puede ser una violación en su mantenimiento. El cuerpo es el templo del Espíritu Santo.

Algunas veces las personas usan su depresión de forma egoista para obtener autocompasión y condolencia de otros, e incluso para controlar a otros. Esto prolonga el mal y lo torna en un arma.

No se centre demasiado en el pecado cuando esté deprimida. La depresión puede ser consecuencia del pecado, pero no es un pecado en sí misma. Cuando uno está deprimido puede sobrevenir una tendencia excesiva a ocuparse en la autocondenación, junto con la preocupación de cuán terrible es todo y que continuará siendo. Las buenas nuevas son que si el pecado está involucrado, el perdón y la aceptación completos están disponibles. Este es un enfoque saludable.

Usted está experimentando una respuesta normal –aunque dolorosa– de lo que está pasando sicológica y físicamente cuando esta deprimida. La depresión es un grito diciéndonos que hemos abandonado algún área de nuestra vida. Necesitamos escucharla porque nos está diciendo algo que debemos saber. Responda a ella y trate con la causa misma.

Mientras que la oscuridad corre gradualmente un velo sobre su vida, la depresión tiene ambos elementos: el espiritual y el emocional. Su alegría y su paz serán reemplazadas por la infelicidad y descontento. En vez de estar llena del Espíritu, hay esterilidad. La fe y la esperanza ceden el lugar a la duda y la desesperación. No se siente amada ni perdonada. Si siente algo, es que vale poco, que es culpable y que está abandonada. Todos nos sentimos como si nos hubieran dejado solos para vagar a través de la oscuridad en la soledad. Y dudamos, y dudamos, y dudamos. No tenemos seguridad del amoroso cuidado de Dios, y nos sentimos como huérfanos.

Si usted ha experimentado estos síntomas, sepa que no esta sola. Recuerde, no puede depender de los sentimientos buenos y efervescentes para confirmar su fe cuando esta deprimida. Cuando no sea capaz de sentir la presencia de Dios, agárrese firmemente a las realidades de su Palabra, la cual nos dice que El esta ahí y que no estamos solos. Si creemos que Dios no esta presente porque no lo sentimos, entonces no le tenderemos la mano en un acto de fé para depender de El. Pero los brazos abiertos de Jesucristo estan siempre cerca. Algunas veces, quizás, necesitemos pedir a un amigo que nos preste su fe y así podremos extender la mano y aceptar la ayuda de Dios.

Grupos de alto riesgo de depresión

Por lo general no entro en muchos detalles con las aconsejadas sobre esto, pero es importante que lo conozcan. Existen varios subgrupos de la población los cuales, evidentemente, tienen mayor riesgo de experimentar depresión que otros. Vamos a considerar algunos de esos factores de riesgo:

1.- *Género.* Un grupo abrumador de investigaciones muestra una tasa de depresión mayor en las mujeres que en los hombres.

2.- *Edad.* Las encuestas recientes en la comunidad reportan un predominio de los síntomas depresivos en los jóvenes adultos (18-44) sobre los adultos mayores. Esto es un cambio con respecto al principio del siglo veinte, cuando los reportes indicaban que los adultos mayores eran más depresivos. No obstante los mayores están también haciéndose más propensos a la depresión mientras sus vidas se extienden más.

3.- *Estatus marital.* Las personas separadas y divorciadas muestran una mayor incidencia de depresión que aquellas que nunca se han casado o aquellas que estan casadas actualmente. Las cifras son menores entre las personas casadas que entre las solteras. Pero un matrimonio insatisfecho es una de las principales causas de depresión.

4.- *Religión.* No se ha encontrado una relación entre la religión y los síntomas depresivos, excepto entre algunos pocos grupos religiosos pequeños y etnocéntricos. Sí es de notar que en estos ambientes las formas más serias de depresión son cuatro veces más fuertes que las comunes, presuntamente por el fuerte factor genético.

5.- *Clase social.* Ya sea por el nivel ocupacional, financiero o educacional, las evidencias muestran que la tasa de síntomas depresivos es significativamente mayor en las personas de menor estatus socioeconómico.

6.- *Factores genéticos.* Los enormes avances en los estudios realizados en la década pasada han mostrado que los factores genéticos pueden causar depresión. Existen evidencias apremiantes de que los factores hereditarios predisponen a uno a los trastornos bipolares (anteriormente llamados trastornos maníaco-depresivos). Los factores hereditarios están menos claros en otras formas de depresión.

7.- *Factores biológicos.* Casi todos los meses tenemos reportes acerca de nuevos descubrimientos arrojados por las investigaciones sobre el funcionamiento del cerebro y su conexión con el cuerpo. Ha aumentado la aceptación de que la depresión clínica puede ser provocada por el cerebro en diferentes partes del cuerpo. Las interacciones son complejas y aún no muy claras. Es casi seguro que las enfermedades físicas aumentan el riesgo de depresión.[1]

Razones de la depresión de las mujeres

──────────── **Pregunta:** ────────────
ESTOY DEPRIMIDA Y LLORO CONTINUAMENTE.
¿COMO PUEDO VENCER MI DEPRESIÓN?
¿COMO PUEDO LIDIAR CON UNA VIDA SIN SENTIDO?

Respuesta:
Generalmente las mujeres tienen de dos a seis veces más probabilidades que los hombres de ser diagnosticadas como deprimidas.

Algunas veces las personas piensan que estos cálculos desequilibra-
dos –«de dos a seis»– son el resultado de la pésima interpretación
de las estadísticas, de las hormonas femeninas o porque las mujeres
buscan ayuda más rápido que los hombres. Sin embargo, la mayoría de los estudios concluyen que son muchas más las mujeres deprimidas que hombres en ese estado.

El 70% de los antidepresivos son recetados a mujeres. Hay más
mujeres en terapia por depresión que nunca. El alcoholismo, que
acostumbraba a ser un problema masculino, está aumentando entre
las mujeres. Y no importa si una mujer está empleada fuera de su
casa o es una solitaria ama de casa. Ambas están propensas a la depresión y la experimentan por las mismas razones.

Muchas han sido las razones dadas por la alta incidencia de
depresión en la población femenina. Primero, nuestra cultura occidental presiona a la mujer a tomar un papel pasivo, dependiente.
Muchas mujeres nunca han sido animadas a hacerse autosuficien-
tes, y un vínculo fuerte relaciona la «incapacidad aprendida» –o
asumida culturalmente– con la depresión. Esto aún existe. Además,
algunas mujeres en el pasado eran enseñadas a reducir sus aspiraciones personales y depender de los dominantes hombres para su
bienestar. Esto no hizo mucho por la autoestima saludable, y a menudo contribuyó a la depresión.

Segundo, el matrimonio de algunas mujeres contribuye al estado depresivo. Algunos hombres son insensibles a los estados de
ánimo de sus esposas. En vez de ser atentos y darles apoyo, a menudo responden con críticas, humillaciones y poca disposición para
escuchar.

Tercero, muchas mujeres están deprimidas porque llegan a la
adultez con ciertos asuntos sin resolver. Maggie Scarf, en su excelente libro *Unfinished Business: Pressure Points in the Lives of Women*
(Asuntos sin resolver: puntos que presionan las vidas de las mujeres), dice que la mujer no alcanza la madurez sin haber aceptado la
carga de un carro lleno de asuntos sin resolver. Estos incluyen los siguientes:

1.- *Tareas incompletas.* Es importante trabajar a través de las etapas de crecimiento de la vida, tales como es la adolescencia, la separación emocional de los padres, los 20s y los 30s, y etc. Una mujer que no ha tenido el cambio completo en estas transiciones necesarias puede estancarse y fácilmente deprimirse.

2.- *Traumas sin resolver.* Algunas mujeres llegan a la adultez con deudas sicológicas sin pagar. En muchos casos la depresión ocurre por haber sido abusadas sexualmente cuando niñas, a través de violaciones o incesto. El enojo, la depresión y la culpa son los acompañantes comunes de estos traumas pasados.

3.- *Asuntos sin terminar.* Algunas mujeres han evadido asuntos importantes del pasado. Los resentimientos y rencores sin perdonar pueden producir depresión. Y a menudo, cuando ésta ocurre, la mujer busca causas superficiales, ignorando las raíces escondidas. Frecuentemente se ha culpado injustamente al desbalance hormonal y la hipoglucemia como la causa de la depresión.[2]

Nuestra sociedad tradicionalmente le permite a las mujeres admitir las debilidades o problemas y buscar ayuda, pero insiste en que los hombres mantengan la estabilidad y sostengan una apariencia valiente.

La mayoría de las mujeres no fueron animadas a aprender a expresar su enojo mientras iban creciendo y esto las conduce a una mayor represión, la que pronto se tornará en depresión.

Otro factor que puede contribuir a que las mujeres experimenten más depresión que los hombres es que la estructura de sus cerebros provocan que sean más sensibles. Las mujeres utilizan sus cerebros holísticamente, lo cual tiene determinadas ventajas. Son más orientadas con las personas, forman lazos de amor más intensos, son las que alimentan y aprenden más «debes» cuando niñas.

Otra causa principal de depresión es que las mujeres se encariñan más con otras personas que los hombres. Cualquier pérdida, especialmente relacional, puede provocar depresión.

Brenda Poinsett describe esto muy bien en su libro *Understanding a Woman's Depression* (Comprendiendo la depresión de la mujer):

«La mujer pone mucho de si misma en su relación. Se cementa a los que ama. Y muy a menudo, incluso sin darse cuenta, su misma identidad se disfraza envuelta en los lazos de su amor. Quién es ella tiene significado en relación a quien ama.

»La depresión en las mujeres, cuando sucede, ocurre en un tipo de contexto más que en otro. Este contexto es la pérdida de los lazos de amor o la pérdida de la relación.

»Es alrededor de las pérdidas de amor que las nubes de la desesperación tienden a convergir, a cernirse, y a oscurecer. Que importantes figuras se vayan o mueran; la incapacidad de establecer un vínculo significativo con otra pareja; estar forzada por una transición natural en la vida, a renunciar a un lazo de amor importante; un matrimonio que se ha roto, amenazando a romperse o simplemente creciendo distante; astillarse una aventura amorosa o reconocer que se esta agriando y no va a llegar a nada...[3]

»Los lazos de amor de una mujer son su alegría, pero son también su tristeza.»[4]

La detección temprana

Quizás recuerda la historia de la rana y el agua hirviendo. Si uno echa una rana en una olla de agua fría y la pone a calentar, la rana comienza a nadar. Ella lo disfruta. A medida que el agua se va calentando gradualmente, la rana no se da cuenta del cambio de temperatura. Se ajusta al agua segun cambia la temperatura. Como es de esperar, el agua se pone bien caliente y después alcanza el punto de hervor. Finalmente, la rana se ha cocinado. El calor llegaba tan gradual y sutilmente que la rana no se daba cuenta de lo que estaba pasando, hasta que fue demasiado tarde.

La depresión es así: con frecuencia es difícil de detectar en sus etapas tempranas. Uno puede experimentar alguno de los síntomas pero no comprender qué son hasta que se intensifican. Y cuando se ha profundizado más es muy dificultoso escapar de su dominio. Note las tres etapas de depresión descritas abajo.

Las tres etapas de la depresión

1.- Depresión ligera. Su estado de ánimo puede estar un poco bajo o deprimido. Está experimentando cierta pérdida de interés en lo que normalmente disfrutaba. Algunos sentimientos de desaliento están también presentes, aunque su pensamiento permanece normal. Puede tener algunos síntomas físicos, pero sus hábitos de sueño y alimentación se mantienen normales. Puede tener un poco de retracción espiritual a veces.

Si puede reconocer estos síntomas como indicios de depresión (y si es realmente una reacción de depresión y no hay alguna otra cosa notoria que esté ocasionando estos síntomas), aún esta en condiciones de cambiarla. Hágase estas preguntas: ¿Qué esta tratando de decirme mi depresión? ¿Que puede haber causado esta reacción? ¿Cuál sería la mejor manera para estabilizarme en este momento? ¿Podría compartir esto con otra persona para que me ayude? Si es así, ¿con quién lo compartiré? ¿Qué Escrituras podrían ayudarme en este momento, o qué otro recurso sería práctico? Tener un programa de lectura en mente podría ser beneficioso. Este puede incluir un libro devocional y pasajes específicos de las Escrituras.

2.- Depresión moderada. En este nivel todos los síntomas anteriores se han intensificado. Ahora surge un sentimiento predominante de desesperación. El pensamiento es un poco lento, mientras que las ideas negativas de sí misma aumentan. Pueden aparecer lágrimas sin razón aparente. Pueden surgir también trastornos del sueño y de alimentación –ya sea demasiado o muy poco. Tiene una mayor lucha espiritual mientras que la tendencia a retirarse de Dios aumenta. Durante esta etapa probablemente necesitará a alguien que le ayude a manejar la depresión. Pero su tendencia natural, quizás, no sea precisamente compartir su dificultad con alguien más. Sin embargo, guardándose sus problemas sólo agrava el dilema.

3.- *Depresión severa*. Todos los síntomas previos ocurren en una dimensión muy intensa. Es obvio el comportamiento negligente, ya que la apariencia personal y la limpieza son ignoradas. Completar el trabajo diario es una verdadera lucha. Los síntomas espirituales saltan a la vista –ya sea retracción o preocupación. Es frecuente el llanto, junto con intensos sentimientos de desaliento, rechazo, desánimo, culpabilidad, lástima de sí misma. Los patrones de sueño y alimentación estan alterados. Algunas veces se comienza a pensar en el suicidio. Pero es muy difícil que ocurra con alguien que este deprimido.

Una persona que reconoce que tiene una depresión ligera no quiere esto, pero a menudo no sabe cómo deshacerse de ella. Para no llegar a una depresión moderada o profunda es vital que «dejemos ir» la depresión ligera. Soltarla antes de sumirse en sus profundidades es la clave para frustrar la depresión severa.

Vamos a decir que usted está nadando y descubre que está un poquito más cansada de lo que pensó. O quizás el agua esta más profunda y la corriente más rápida de lo que esperaba. En una rápida reacción puede dirigirse sin demora a la orilla y prevenir un posible desastre. Y usted esperará aprender algo de la experiencia. De igual manera puede actuar cuando está en la etapa ligera de la depresión.

Pero si la corriente es demasiado fuerte –o si esta totalmente exhausta y al borde de ahogarse– necesitará la ayuda de un salvavidas. Si está en la etapa moderada o severa de la depresión, si esta la ha inmovilizado y se siente impotente, necesita la ayuda de alguien que sea amoroso, firme, enérgico y buen oyente para que la ayude a salir de eso.

Usted puede estar pensando *Bien, este es todo el trasfondo de la depresión. ¿Qué hago al respecto? ¿Cómo puedo salir de la mía?*

Cómo detectar la depresión

Si a usted le parece que se está deprimiendo, primero hágase revisitar con el médico para descartar cualquier razón física. Si no hay causa física aparente, entonces su próximo paso es hacerse dos preguntas claves. Quizás quiera pedirle a su pareja o a una buena amiga que la ayude a pensar en ellas:

1. -¿Qué estoy haciendo que pueda haber causado mi depresión? Chequee su comportamiento para determinar si está de acuerdo a las Escrituras. Pregúntese si está haciendo algo que favorezca la depresión.
2. -¿En qué estoy pensando o de qué manera estoy pensando que me pueda deprimir?

Busque el «gatillo» de su depresión. Algunos gatillos son obvios y uno se da cuenta enseguida de lo que inspira o causa su depresión. Otros son más difíciles de descubrir. Quizás quiera mantener las siguientes preguntas en una tarjeta, y cuando se sienta deprimida se remite a ellas para ayudarse a recordar el pensamiento o acontecimiento que provocó la depresión en ese momento:¿Qué hice? ¿Dónde fuí? ¿Con quién hablé? ¿Qué vi? ¿Qué leí? ¿En qué estaba pensando? [5]

Por favor, no intente tratar con la depresión sola. Si la ha sobrellevado por algún tiempo, dígale la verdad a un amigo confiable y busque la ayuda de un consejero cristiano profesional. Pero haga algo. El letargo es una consecuencia de estar deprimida, y provoca que nos comportemos de tal forma que reforzamos nuestra depresión. Leer los libros recomendados en esta sección puede ayudarle; pero si esta experimentando alguno de los síntomas citados debajo, por favor busque a alguien entrenado en ayudar a otros con la depresión. Dejeme sugerirle lo que Brenda Poinsett recomienda; ella experimentó una depresión severa y escribió al respecto en su libro, *Understanding a Woman's Depression* (Comprendiendo la depresión de la mujer).

- Necesitamos ayuda cuando no sabemos lo que causó la depresión. La nube negra de la desesperación está allí pero no sale de ningun lugar. La desesperanza es oscura y profunda; y hablando con toda la honestidad, no podemos descifrar la causa.

- Necesitamos ayuda si tenemos pensamientos suicidas.

- Necesitamos ayuda si tenemos pensamientos de desilusión.

- Necesitamos ayuda si no podemos dormir, o si estamos perdiendo una gran cantidad de peso, o estamos experimentando molestias físicas severas en las cuales puede afectarse nuestra salud.

- Necesitamos ayuda si hemos tenido repetidos episodios depresivos en nuestra vida.

- Necesitamos ayuda cuando la depresión esta hiriendo nuestro matrimonio, nuestra familia o nuestro trabajo.

- Definitivamente necesitamos ayuda si la depresión ha durado más de un año.

- Una mujer que se ajuste a cualquiera de estas condiciones necesita considerar buscar ayuda externa para reponerse de su depresión. La depresión es una enfermedad que se puede tratar. Aunque no hay una cura simple que funcione para cada uno, hay un grupo de tratamientos disponibles. Si un método no la saca de la depresión, otro probablemente lo hará. Cualquier mujer que sufra depresión necesita saber cómo obtener ayuda y qué tipo de ayuda está disponible.[6]

No es un signo de debilidad buscar ayuda profesional. Este puede ser el paso que le permita tornar su depresión, una experiencia pasada en su vida, en una experiencia de reconstrucción.

Factores espirituales para considerar

COMO CRISTIANA, ¿POR QUE NO PUEDO EVITAR
DEPRIMIRME Y PONERME ANSIOSA?

Respuesta:
Consideremos lo que nos pasa espiritualmente cuando ocurre una depresión. ¿Hay algún síntoma o tendencia predecible? Generalmente ocurren dos extremos.

El más común es apartarse de Dios. Usted encontrará dificultoso —y aun tedioso— el disponerse a orar y/o leer las Escrituras como lo hacía. ¿Por qué? Posiblemente porque uno sienta que Dios o la ha rechazado o la ha abandonado. Como la culpa es parte de la depresión, uno tiende a sentir que Dios está castigándolo con el rechazo, y esto provoca la retracción espiritual. Pero Dios comprende lo que uno esta sufriendo. Ni lo esta rechazando ni lo esta castigando. Aislarse de Dios sólo sirve para reforzar su depresión.

También puede ocurrir exactamente lo contrario. La depresión puede conducirla a involucrarse demasiado en las cosas espirituales. Puede ser una *compensación* motivada por los sentimientos de culpabilidad. Muchas horas son gastadas cada día leyendo las Escrituras y orando, pero esto no disipa la depresión. Realmente esta intensa actividad puede limitar la disipación de la depresión por descuidar otras áreas de su vida que necesitan atención.

Orientación de las Escrituras

¿Puede imaginar que su vida después dé su depresión será mejor que antes? Quizás no, pero muchos han experimentado precisamente eso. ¿Recuerda los pasajes en el último capítulo de Job? «Y bendijo Jehová el postrer estado de Job más que el primero» (Job 42:12). A través de su depresión usted puede desarrollar una nueva perspectiva de la vida, una mayor conciencia de quién es, así como de sus habilidades. Gracias al proceso podrá tener una nueva forma de ver y relacionarse con otros y una relación más profunda con Dios. Estos pasos ocurren más tarde, mientras se alimenta de la Palabra de Dios.

«Guárdame, oh Dios, porque en tí he confiado» (Salmo 16:1).

«A Jehová he puesto siempre delante de mí; porque esta a mi diestra, no seré conmovido» (Salmo 16:8).

«Tu encenderás mi lámpara; Jehová mi Dios alumbrará mis tinieblas» (Salmo 18:28).

«Jehová es mi luz y mi salvación; ¿de quién temeré? Jehová es la fortaleza de mi vida; de quién he de atemorizarme?» (Salmo 27:1).

«Oye, oh Jehová, mi voz con que a tí clamo; ten misericordia de mi, y respóndeme» (Salmo 27:7).

«Dios es nuestro amparo y fortaleza, nuestro pronto auxilio en las tribulaciones» (Salmo 46:1).

«Ten piedad de mí, oh Dios, conforme a tu misericordia; conforme a la multitud de tus piedades borra mis rebeliones» (Salmo 51:1).

Lecturas recomendadas

• Hart, Archibald D. *Dark Clouds, Silver Lining.* Colorado Springs, CO: Focus on the Family Publishing, 1993.

• Hirschfeld, Robert, M.D. *When the Blues Won't Go Away; New Approaches to Dysthymic Disorder and Other Forms of Chronic Low-Grade Depression.* New York: Macmillan Publishing Co., 1991.

• McGrath, Ellen. *When Feeling Bad Is Good; An Innovative SelfHelp Program for Women to Convert Healthy Depression into New Sources of Growth and Power.* New York: Henry Holt Co., 1992.

Notas

1.- Archibald Hart, *Depression in the Ministry and Other Helping Professions* (Dallas, TX: WORD Inc., 1984), adaptado de las pp. 26-28.

2.- Maggie Scarf, *Unfinished Business: Pressure Points in the Lives of Women* (New York: Doubleday and Co.,1980), adaptado de las pp. 10-80.

3.- Usado con permiso de Brenda Poinsett, autora de *Understanding a Woman's Depresión,* R. 13, Box 445, Bedford, IN 47421

4.- Ibid., p. 57.

5.- Hart, *Depression in the Ministry,* adaptado de la p. 68. Poinsett, *Understanding a Woman's Depression,* pp. 131,132.

Capítulo 7

ASUNTOS
DE SALUD

El síndrome premenstrual
(SPM)

Respuesta:

¡La tension premenstrual es real! La cantidad de matrimonios que me han contado sus historias, así como los libros que he leido sobre SPM me han convencido. Desafortunadamente, no todos los médicos están convencidos de que el SPM sea real, por eso es importante encontrar un médico que crea en esta realidad y sepa qué ayuda proporcionar. Aproximadamente el 90% de las mujeres experimentan algún sintoma del SPM durante los 7 a 14 días antes de la menstruación. Y esto cambia en intensidad y severidad. Los síntomas pueden incluir los siguientes:

- dolor de cabeza
- ansiedad y nerviosismo
- fatiga/letargo

- depresión y/o episodios de llanto
- humor cambiante (alternando bueno y malo)
- dolor de caderas y/o pélvico
- retensión de líquido e hinchazón
- antojos (tipicamente caramelos, pasteles, chocolates)
- acaloramientos
- estómago dilatado con o sin malestar estomacal
- irritabilidad
- agrandamiento y sensibilidad de los senos
- cambios de temperatura
- migraña
- poco deseo sexual
- aumento de accidentes y errores
- acné, erupciones
- aparición de reacciones alérgicas
- sudoración
- inflamación de las piernas
- cambios en el ritmo intestinal
- arranques de agresión
- sed
- pérdida de la concentracion

La causa de estos síntomas se encuentra dentro del cuerpo. No es anormal experimentar el SPM. Este es un indicador de que las hormonas en su cuerpo están funcionando de la manera que se supone deben funcionar. Y hay tratamientos disponibles. Estos pueden incluir ejercicios regulares, dieta, medicamentos no hormonales, así como terapia hormonal.

Como yo no soy una mujer ni un especialista en esta área, mi respuesta será breve. Si está luchando con SPM, lea sobre el tema, busque un médico con dominio del asunto y eduque a los miembros de su familia. Recomendaría que cada mujer y su esposo leyeran las lecturas recomendadas. Si es necesario, lleve a su esposo a hablar con su médico. Hágale saber que hay ayuda disponible y que sería ventajoso para él cooperar con usted en cualquier esfuerzo para encontrar la ayuda que ambos andan buscando. He hablado con muchos hombres acerca de la realidad del SPM en sus esposas, y he encontrado que están dispuestos a aprender más al respecto y a apoyar en la solución del problema.

El aborto

—————————— Pregunta: ——————————
¿COMO PUEDO VIVIR CON EL RECUERDO DEL TRAUMA
EN MI VIDA POR MI ABORTO? ¿COMO PUEDO RESOLVER
LA CULPABILIDAD Y LA VERGUENZA QUE SIENTO?
¿COMO PUEDO OLVIDARME DE ESTO?
SE QUE TENGO QUE HACERLO, PERO NO PUEDO.
¿PODRA DIOS PERDONARME POR MI ABORTO?

Respuesta:

Millones de mujeres están sufriendo con los recuerdos y residuos sicológicos de uno o más abortos. No es fácil admitir y hablar al respecto porque muchas personas enjuician. Muchísimas mujeres llevan su culpa y su dolor en silencio.

El aborto es una de las grandes pérdidas de la vida y una de las pérdidas que casi no tiene comparación en lo que se experimenta. Uno no tiene ninguna evidencia externa de que su bebé existió. No tuvo el bebé cargado en brazos ni le dijo «Adiós» nunca. Su bebé vivió en su corazón y en su mente. Y en la mayoría de los casos no hubo rituales como los hay en los funerales. Y aun cuando el aborto sea legal en algunos países, es algo inaceptable socialmente. Entonces, ¿quién le autoriza llorar esa pérdida? La culpabilidad experimentada por el aborto es más sentida que por la mayoría de los demás actos.

¿Qué experimentó después del aborto? ¿Rechazo? ¿Desaprobación? ¿Enojo? ¿Humillación? ¿Juicio? ¿Alivio? ¿Soledad? ¿Quién le ayudó a recuperarse? ¿Con quién podía hablar, entonces? Aquí hay algunas sugerencias que espero le ayudarán en este momento de su vida:

Busque ayuda

1.- Encuentre un grupo de apoyo, aun cuando el aborto haya ocurrido varios años antes.

2.- Llore su pena y dése suficiente tiempo para llorar. Busque a alguien que la acompañe en su lamento y llore con usted.

3.- Le ayudará mucho el ponerle nombre a su bebé, si es que no lo ha hecho antes. Darle un nombre e imaginar como sería lo hará real para usted y le hará más fácil lamentar su pena.

4.- Utilice el precioso don de su mente y visualice a su bebé en los brazos de Jesús.

Como el Dr. Jack Hayford señala en su libro, *I'll Hold You in Heaven* (Te esperaré en el cielo), su bebé está vivo en el cielo y usted, como creyente en Cristo, se reunirá un día con él (vea 2° Samuel 12:19-23). Tampoco habrá resentimientos o enojo en su reunión; sólo habrá gozo. En el cielo no hay dolor ni tristeza. Cuando Dios ve arrepentimiento genuino en su corazón, entonces comienza a mirarla como si esto nunca hubiera ocurrido. Dios ya la ha perdonado. Pídale que la ayude a comprender, a sentir y a aceptar el perdón. Empiece a responderse a sí misma como si fuera una persona perdonada. Confíe en la verdad de las Escrituras:

«Si (libremente) admitimos que hemos pecado y confesamos nuestros pecados, El es fiel y justo (con respecto a su propia naturaleza y sus promesas) y perdonará nuestros pecados (anulará nuestras faltas) y nos limpiará continuamente de toda maldad (todo lo que no sea conforme a su propósito, su pensamiento y su voluntad)» (1ª Juan 1:9, paráfrasis del autor).

«Venid luego, dice Jehová, y estemos a cuenta: si vuestros pecados fueren como la grana, como la nieve serán emblanquecidos; si fueren rojos como el carmesí, vendrán a ser como blanca lana» (Isaias 1:18).

«Porque tendré misericordia y gracia por sus pecados y nunca más me acordaré de ellos» (Hebreos 8:12, paráfrasis del autor).

5.- Quizás el próximo paso será dificil pero es vital. Perdone a aquellos a quienes usted culpa de haber estado complicados en el aborto.

6.- Dése cuenta de que por todos los debates sobre este asunto, usted puede luchar una y otra vez con algunos de sus sentimientos. Cuando suceda, vuelva a empezar con estos pasos.[1]

7.- Déle sus recuerdos a Dios y pídale a El que los sane. Escuchar la serie de grabaciones «Sicología bíblica» por el Dr. David Seamands puede ayudarle con este paso.

8.- Evite ser promíscua para demostrar que no es buena. No quede embarazada a propósito sólo para expiar el aborto. Su bebe no puede ser reemplazado.

9.- Dése cuenta de que algunas de las personas que escucharon de su aborto la criticarán. Pero cuando usted les hable al respecto, hágalo sin actuar como una persona mártir o condenada. Concluya su plática con la siguiente afirmación: «Pero gracias a Dios, soy una persona perdonada y es por su gracia que puedo seguir adelante con mi vida.»

La esterilidad

¿COMO PUEDO SOLUCIONAR MI ESTIRILIDAD?
NO ME SIENTO UNA MUJER COMPLETA
PORQUE NO PUEDO TENER HIJOS.

Respuesta:

La mayoría de las mujeres tienen un sueño en sus vidas y lo abrigan desde la niñez. Lo alimentan y esperan que se haga realidad algun día. Para muchas mujeres, uno de los puntos que estabiliza su identidad es tener un hijo.

El no ser capaz de tener hijos no es algo que pase fácilmente desapercibido; no es fácil de pasar por alto. Es un anhelo por algo que nunca será. Quizás los sentimientos están mejor expresados por Raquel en Génesis 30:1: «Dame un hijo, o moriré.» Este sentido de pérdida es un asunto que puede existir por 15 o 20 años en la vida de una mujer. Si usted no puede tener hijos, entonces conoce los sentimientos. Si puede tenerlos, sea sensible y apoye a aquellas que no puedan.

Cómo enfrentar el problema

«¿Qué puedo hacer?» Usted necesita admitir y experimentar cada pérdida. Necesita lamentar lo que nunca será. Enfrente cada pequeña pérdida, piense en ellas e imagine y anote cada una. Nunca sentirá que su bebé se da vueltas dentro suyo, nunca lo llevará en brazos ni lo cuidará. No lo alimentará con zanahorias coladas, no lo mecerá para dormir ni tampoco lo verá dar su primer paso. No lo escuchará reir ni lo confortará cuando se caiga, etc... Es una lista imponente. Identifique y lamente cada parte.

Yo no soy mujer. No puedo comprender completamente o compadecerme como lo pueden hacer otras mujeres sin hijos. Pero sí puedo comprender más de lo que usted pueda imaginarse. Junto con Joyce, mi esposa, criamos un hijo profundamente retrasado mental hasta que murió a los 22 años. Nosotros sabemos lo que es no poder experimentar lo que otros padres experimentan, y que por ser algo «normal» no le hacen el más mínimo caso. Tener un hijo y no escucharle decir jamás «Papá» o «Mamá« es una pérdida muy dolorosa.

Quizás mientras asume su pérdida experimentará culpabilidad –de sí misma o de otros. Enfrente su enojo, déjelo ir, perdone. Escriba una carta-diario de perdón, ore por aquel a quien culpa, o mantenga un diálogo, ya sea verbal o escrito, con la persona.

No trate de llevar su pena sola. Afortunadamente, Dios ha provisto personas en la iglesia que pueden ayudarla. Búsquelas.

Muchas mujeres sin hijos insisten en añadir hijos a sus vidas. Esto no quiere decir que sean sustitutos. Nada compensará el no tener hijos. Pero usted puede escoger los diferentes papeles que quiera jugar en su compromiso con los niños, e identificar lo que quiere experimentar con ellos.[2]

Quizás la cuestión mayor que tenga que enfrentar es el desarrollo de su identidad, descubrir quién es usted aparte de ser madre. Muchas mujeres construyen su identidad en ser madres, y cuando los hijos se van enfrentan una crisis profunda. Usted necesita diseñar y construir su mundo, aparte de ser madre. Este es un proceso lento de aceptación, pero puede resultar. Haga frente a sus mensajes negativos acerca de sí misma con la verdad de su valía, tal como Dios la ve.

El cáncer

──────────── **Pregunta:** ────────────
ESTOY LUCHANDO CON UN PROBLEMA MEDICO SERIO: TENGO CANCER. ¿COMO PUEDO HACER FRENTE A ESTO?

Respuesta:
Cuando cualquiera de nosotros enfrenta una enfermedad seria evaluamos todo nuestro valor como persona. Nuestras prioridades y la utilización del tiempo pueden experimentar un cambio de énfasis.

Usted está enfrentándose con la realidad de su mortalidad y siente como si estuviera viviendo un tiempo prestado. Sin embargo debe entender que todos lo estamos. Esta es la realidad de la vida.

Directivas para enfrentarlo

No importa la enfermedad que sea, aquí hay algunas directivas (si tiene una amiga que está enferma quizás quiera compartirlas con ella). ·

El primer paso es enfrentar la enfermedad y nombrarla tal como es: Cáncer. Con C mayúscula.

No deje que la negación evite que maneje la enfermedad de una manera saludable. Es importante vivir la vida cada día. Agradezca a Dios por cada día y cuente sus bendiciones. Utilice las funciones que tenga en su máxima capacidad, ya sean físicas o mentales. Busque a otros que oren con usted y sea responsable ante sí, pues usted no va a atorarse en la depresión o en la autocompasión. Hable, hable, y hable acerca de sus sentimientos. Esto le ayuda a hablar a otros que están sufriendo la misma enfermedad.

Tengo un amigo que ha tenido Esclerosis Multiple por los pasados 15 años y ha investigado la enfermedad completamente. Le he mandado un grupo de aconsejados que están luchando con la misma enfermedad para que hablen con él. Ha sido un tremendo recurso de ayuda y ánimo para ellos. Déle a sus amigas las directivas de cómo usted quiere que ellas le respondan.

Cuando esté enfrentando una enfermedad terminal, asegúrese de completar cualquier tarea que usted sienta que necesita completarse –tal como decirle a los que ama cuánto los ama. Busque comodidades que pudieran ser útiles para usted. Sobre todo, deje que las Escrituras la conforten. Lea los siguientes pasajes:

Salmos 39:4,5; 139:1-18,23,24; 2ª Corintios 4:16,17; 5:2,8.[3]

Ataques de ansiedad

----------**Pregunta:** ----------

¿COMO PUEDO HACERLE FRENTE A LA ANSIEDAD
Y A LOS ATAQUES DE PANICO QUE ESTOY
EXPERIMENTANDO? ¿ESTOY MAL PORQUE SUFRO
DE TRASTORNOS DE ANSIEDAD?

Respuesta:

Una persona no es *mala* porque tenga un problema de ansiedad o cualquier otro problema de este tipo. La ansiedad es experimentada frecuentemente por las personas en la sociedad de hoy con sus tensiones y presiones. Pero algunas la experimentan más que otras y para algunas puede convertirse en una experiencia bochornosa. Usted es parte de un grupo de 20 o 30 millones de personas que sufren trastornos de ansiedad. Este es el problema mental número uno de las mujeres y el segundo más grande de los hombres.

La ansiedad puede presentarse de muchas formas. Puede ser una incomodidad repentina e inexplicable que dura algunas horas, o puede ser un estado constante. Puede causar el evitar situaciones específicas o intensa preocupación. Estas reacciones todavía caen dentro del rango normal, sin embargo se convierten en «trastornos de ansiedad» cuando se intensifican, se mantienen por meses o interfieren con el funcionamiento normal de su vida. Estos pueden incluir:

- *Agorafobia:* temor de estar en espacios abiertos, teniendo ataques de pánico, o en un lugar donde pudiera ser difícil el escapar
- *Fobias sociales:* temor de ser abochornado
- *Fobia simple:* temor de un objeto específico o situación
- *Trastorno generalizado de ansiedad:* preocupación persistente que continúa por los últimos seis meses

• *Trastorno obsesivo-compulsivo:* repetidas ideas sin sentido, pensamientos, imágenes o impulsos (obsesiones) y los comportamientos (compulsiones) que se supone que alivian la ansiedad producida por las obsesiones.[4]

Los ataques de ansiedad ocurren por una sobrecarga emocional. Si usted sufre de ansiedad, hay una gran posibilidad de que no lo reconozca o luche con sus sentimientos. Quizás haya aprendido a negarlos, disimularlos o disfrazarlos; pero negándolos les da un control increíble sobre usted.

¿Por qué esto les pasa a algunas personas y no a otras? Las causas fluctúan desde un patrón de trastornos de ansiedad, su temperamento, las experiencias de la niñez, etc. Las creencias mal adquiridas y equivocadas que crean temor al fracaso, al rechazo y al castigo.

Pasos para el mejoramiento

¿Que se puede hacer? La respuesta definitiva es aprender formas saludables para expresar sus emociones. Con respecto a hacer frente a los problemas y los trastornos de ansiedad, me inclino mucho por la consejería individual, tanto como por los grupos de recuperación. Usted puede tomar dos pasos para hacerlo más fácil.

1.- Cada vez que ocurra un ataque de ansiedad, llame a una amiga que este consciente del problema y pueda ayudarla. Eduque a esta persona para que sepa lo que usted está experimentando y lo que necesita.

2.- Planee por adelantado, así puede saber qué hacer cuando un ataque la golpee. A menudo la ansiedad hace difícil el pensar. ¿Sabe usted lo que hará la próxima vez que le sobrevenga un ataque de ansiedad? Desarrolle un plan que seguirá cuando el ataque venga. Puede incluir practicar técnicas de relajamiento, llamar a una amiga, poner música, lecturas preseleccionadas (anote inclusive el número de página) de pasajes de las Escrituras, escuchar alabanzas grabadas, enumerar cinco de las bendiciones recibidas más recientemente, etc. Añada a esta lista las cosas que haya encontrado prácticas en el pasado.

Comportamiento obsesivo-compulsivo

Pregunta:

¿COMO PUEDO VENCER MI COMPORTAMIENTO OBSESIVO–COMPULSIVO? ESTO INCLUYE COMER EN EXCESO, BEBER, DERROCHE DE COMPRAS Y RELACIONES DE ADICCION.

Respuesta:

Todos somos susceptibles al pensamiento obsesivo. Muchas personas tienen un pensamiento fastidioso que persistentemente recorre sus mentes. Pero si tiene un trastorno obsesivo, las obsesiones son más severas, persistentes y resistentes. Estas necesitan ayuda profesional para vencerlas. No sé en qué nivel está su comportamiento obsesivo o compulsivo, pero quizás la mejor manera de contestar su pregunta sea con alguna información básica que pueda ayudarle a decidir el próximo paso a seguir.

Características obsesivas

Vamos a empezar con las obsesiones. ¿Tienen sus tendencias obsesivas alguna de las siguientes características?

- Involucra pensamientos repetitivos incontrolables.
- Los pensamientos obsesivos son sin sentido e inoportunos.
- La obsesión no proporciona placer.
- La obsesión siempre produce pérdida de energía y un sentido de ambivalencia.
- Las depresiónes severas destruyen el funcionamiento mental saludable.

- Involucran la negación de la ansiedad que está en el fondo, pero no de los pensamientos en sí.[5]

Características compulsivas

Las compulsiones, por otro lado, tienen otras características y pueden ser un problema menor o crear gran molestia. ¿Se relaciona usted con algunos de estos síntomas compulsivos?

- Son repetitivos, inoportunos y ajenos.
- Son impulsos sin sentido, mayormente desconectados con el alivio que proveen, o fuera de proporción con este.
- A menudo son triviales o irrealistas.
- Las acciones son realizadas en contra de la voluntad de uno.
- El comportamiento puede ser absurdo o espantoso, o más o menos entre estos extremos.
- Como las obsesiones, estos no dan placer. Su función esencial es proporcionar alivio a la ansiedad que está en el fondo.[6]

Características de la adicción

Hay una diferencia entre las obsesiones, las compulsiones y las adicciones. Si usted tiene una adicción, lo que tiene es una necesidad controlada o deseo de esa sustancia, objeto, acción o comportamiento puesto que recibe una reacción agradable, la cual es o estimulante o relajante. Pero usted niega que esto la esté controlando. A diferencia de las adicciones, las compulsiones y las obsesiones resultan en dolor y la persona no niega que es incapaz de controlar el problema. Algunas veces los trastornos obsesivos y compulsivos pueden conducir a las adicciones.

Existen varios tipos de adicciones; algunas son aprendidas y otras vienen por deficiencias. La adicción sirve para sacarla de los sentimientos verdaderos. Es un escape. ¿Tiene usted algún comportamiento que se ajusta a esta clasificación?

He visto adicciones a alimentos, sexo, compras, tensión, trabajo, ayuda, servicio religioso, éxtasis religioso, amor, romance, adrenalina, alcohol y drogas. Todas las posibilidades están ahí. No trate de manejar estas dificultades por sí sola. Busque la ayuda de un terapista profesional entrenado y licenciado; la mayoría de los ayudantes de las iglesias no están entrenados para tratar con estos problemas.

Pornografía

——— Pregunta: ———
SUELO MIRAR O HECHAR UN VISTAZO A CIERTOS MATERIALES PORNOGRAFICOS, PORQUE CREO QUE ME ESTIMULAN. ¿ESTA BIEN?

Respuesta:

La pornografía es una de las peores enfermedades que tenemos en el mundo. Degrada a las personas y pone demasiado énfasis en el sexo en vez de la intimidad. Pone al sexo como el fín, rebaja la experiencia y omite el aspecto del amor. Las mujeres que aparecen en las películas y en las fotos pornográficas son, con frecuencia, las excepciones físicamente hablando, y los fotógrafos utilizan varias técnicas de retoque para lograr apariencias engañosas. Las participantes no son la norma, aunque muchas veces son usadas como «modelo» para compararlas con otras.

El material pornográfico es a menudo violento, y ambos, hombres y mujeres que usan este material frecuentemente, quieren traer a su matrimonio o a otra relación lo que han visto en estos materiales. Las investigaciones hechas con hombres que ven regularmente pornografía cruda han identificado cuatro fases en la respuesta de los hombres a este estímulo.

«La primera, conduce a la adicción. Las primeras fases de la excitación conducen a involucrarse repetida y deliberadamente con el material pornográfico, con el propósito de la excitación sexual. Luego hay una fase de ascenso en la cual el hombre quiere una excitación más fuerte y sexual con el fin de lograr los niveles excitantes anteriores. La próxima fase es de insensibilidad en la cual la pornografía es aburrida. El hombre no siente rechazo por lo que ve y no tiene compasión de las personas involucradas. La fase final es la inclinación a realizarlo. Lo que ha visto verdaderamente forma parte de su repertorio del comportamiento sexual.»[7]

La pornografía esta degradando en especial a las mujeres y las pone en un estatus de víctimas. No hay lugar para eso en la vida de nadie. He visto los resultados negativos de la pornografía en muchas relaciones. Los programas para ayudar a los adictos sexuales ya están disponibles en algunos países.

Considere el tema de la pornografía a la luz de las Escrituras, en el pasaje de Filipenses:

«Por lo demás, hermanos, todo lo que es verdadero, todo lo honesto, todo lo justo, todo lo puro, todo lo amable, todo lo que es de buen nombre; si hay virtud alguna, si algo digno de alabanza, en esto pensad» (Filipenses 4:8).

Masturbación

Pregunta:

¿ES UN PECADO LA MASTURBACION?
SI LO ES, ¿COMO PUEDO MANEJAR LOS DESEOS
Y SENTIMIENTOS SEXUALES?

Respuesta:

¿Es la masturbación un pecado? Esta es una de las preguntas que más frecuentemente escuchamos, tanto de los jovenes como de los adultos. La mayoría de las personas que practican la masturbación lo hacen para alcanzar el orgasmo en algún momento de sus vidas.

Este es un estímulo normal y común. Y lo es incluso para las personas que no participan de la masturbación.

Las Escrituras son totalmente silenciosas al respecto. Si alguien intenta mostrar que la Palabra de Dios dice algo de esto, están utilizando las Escrituras para beneficio propio. El acto de la masturbación no es tanto el problema. No es «autoabuso». Pero si alguien se involucra en ella excesivamente, esta obsesión está indicando alguna otra dificultad emocional. Algunas personas utilizan la masturbación para lidiar con los sentimientos de soledad o por su incapacidad de desarrollar relaciones o amistades significativas. En lugar de lidiar con el problema, dependen de sus fantasías.

Sea el acto de masturbación lujurioso o no, depende de lo que haya en la mente de la persona. Algunas no piensan en otra persona cuando se involucran en la autoestimulación. Otras dicen que piensan en sus esposos/as. Sin embargo otras se involucran en la lujuria, llegando incluso a utilizar fotos o material pornográfico, pudiendo conducirlos a la adicción. Una vida rica en fantasías sexuales puede hacerse difícil para la pareja. Es difícil *competir* con las fantasías en la mente de otra persona. Pocos pueden comparar el irrealismo evocado en el pensamiento de una persona.

Considere lo que Joyce y Cliff Penner dicen acerca de eso:

«Si nuestra estimulación adulta le resta algo a nuestra pareja, entonces el comportamiento no es cariñoso. Por otro lado, si uno en la pareja desea mucha actividad sexual y el otro está frecuentemente menos interesado, la pareja puede decidir que la masturbación es el acto más tierno para la persona más interesada, así no pone al esposo/a bajo presión. Pueden haber períodos donde sea necesaria la abstinencia del coito. En tales momentos puede ser más tierno y cómodo disfrutar de la relajación sexual efectuada por la autoestimulación o por la estimulación mutua. Algunas de estas ocasiones pueden ser durante extensos períodos de separación por viajes o por enfermedad. Cuando hay extrema presión externa para un individuo –ya sea relacional o vocacionalmente– esa persona puede preferir que la otra atienda sus necesidades sexuales. O puede haber tiempos cuando una pareja necesita estar libre de las presiones del sexo por razones emocionales. Mientras tanto, es posible que la autoestimulación sea un acto antipático, no obstante existe también la posibilidad de que al utilizarlo se alivie la presión que podría tener un acto cariñoso, no sólo para el que se autoestimula sino tambien para la pareja.»[8]

Lecturas recomendadas

- Anton, Linda Hunt. *Never to Be a Mother*. New York: Harper and Row, 1992.
- Baughan, Jill. *A Hope Deferred -A Couple's Guide to Coping With Infertility*. Portland, OR: Multnomah Press, 1989.
- Garton, Jean Staker. *Who Broke the Baby?* Minneapolis, MN: Bethany House, 1979.
- Hart, Archibald. *Healing Life's Hidden Addictions*. Ann Arbor, MN: Servant 1990.
- Hayford, Jack. *I'll Hold You in Heaven*. Ventura, CA: Regal Books, 1986.
- Koerbel, Pam. *Abortion's Second Victim*. Wheaton, IL: Victor Books, 1986.
- Kuenning, Delores. *Helping People Through Grief*. Minneapolis, MN: Bethany House, 1987.
- Lauersen, Niels H., M.D., and Stukane, Eileen. *PMS: Premenstrual Syndrome and You*. New York: Simon and Schuster, Inc., 1983.
- Love, Vicky. *Childless Is Not Less*. Minneapolis, MN: Bethany House Publishers, 1984.
- Randau, Karen. *Anxiety Attacks*. Houston, TX: Rapha Publishing, 1991.
- Seamands, David. "Biblical Psychology" tapes. Disponible por Enriquecimiento del Matrimonio Cristiano, 17821 17th St. Suite 290, Tustin, CA 92680.
- Sneed, Sharon, and McIlhaney, Joe S. Jr., M.D. *PMS- What It Is and What You Can Do About It*. Grand Rapids, MI: Baker Book House, 1988.
- Wright, H. Norman. *Afraid No More!* Wheaton, IL: Tyndale House Publishers, 1992.
- Wright, H. Norman. *Recovering from the Losses of Life*. Tarrytown, NY: Fleming H. Revell.

Notas

1.- Delores Kuenning, *Helping People Through Grief* (Minneapolis, MN: Bethany House Publishers, 1987), pp. 129-133.
2.- Linda Hunt Anton, *Never to Be a Mother* (New York: Harper and Row, 1992), adaptado de las pp. 10-160.
3.- Kuenning, *Helping People Through Grief*, adaptado de las pp. 204-206.
4.- Karen Randau, *Anxiety Attacks* (Houston, TX: Rapha Publishing, 1991), p. 4.
5.- Archibal Hart, *Healing Life's Hidden Addictions* (Ann Arbor, MI: Servant Publications, 1990), p. 76.
6.- Ibid., p. 78.
7.- Victor Cline, citado por Jerry Kirk en *A Winnable War* (Colorado Springs, CO: Focus on the Family Publishing, 1987), p. 9.
8.- Cliff and Joyce Penner, *The Gift of Sex* (Dallas, TX: WORD Inc., 1981), p. 234.

Capítulo 8

ASUNTOS ESPIRITUALES Y SANIDAD DEL PASADO

El amor de Dios

Pregunta:

¿PUEDO ESTAR SEGURA DE QUE DIOS ME AMA?

Respuesta:

La certeza de que Dios la ama se encuentra en las Escrituras. En Jeremías, leemos:

«Y les daré un corazón , y un camino, para que me teman perpetuamente, para que tengan bien ellos, y sus hijos después de ellos.

»Y haré con ellos pacto eterno, que no me volveré atrás de hacerles bien, y pondré mi temor en el corazón de ellos, para que no se aparten de mí.

»Sí, me alegraré con ellos haciéndoles bien, y los

plantaré en esta tierra en verdad, de todo mi corazón y de toda mi alma.» (Jeremías 32:39-41).

Piense en este pasaje mientras dejamos a John Piper iluminar la verdad de estos versículos.

«Dios no sólo promete no apartarse de hacernos bien, sino que dice: "Me alegrare con ellos haciéndoles bien" (Jeremías 32:41). "Jehová volverá a gozarse sobre ti para bien" (Deuteronomio 30:9). El no nos bendice de mala gana. Hay un tipo de entusiasmo en la beneficencia de Dios. El no espera que vayamos a El. El nos busca, porque es su placer hacernos bien. "Porque los ojos de Jehová contemplan toda la tierra, para mostrar su poder a favor de los que tienen corazón perfecto para con él" (2º Crónicas 16:9). Dios no está esperando por nosotros, El esta siguiéndonos. Esto, en realidad, es la traducción literal del Salmo 23:6: "Ciertamente el bien y la misericordia me seguirán todos los días de mi vida". Nunca he olvidado la forma en que un gran maestro una vez me explicó esto. El dijo que Dios es como un policía de tráfico en una autopista, persiguiéndote con luces y sirenas para detenerte, y no para ponerte una multa, sino para darte un mensaje tan bueno que no podía esperar a que llegaras a la casa.

»Dios ama para mostrar misericordia. Déjeme decirlo otra vez. Dios ama para mostrar misericordia. El no vacila o esta indeciso en sus deseos de hacer bien a su pueblo.»[1]

Usted es tan amada que Dios decidió adoptarla como hija. Ha sido escogida y le pertenece. Piense en ésto. Efesios 1:4,5 dice: «En amor habiéndonos predestinado para ser adoptados hijos suyos por medio de Jesucristo».

Eche un vistazo de los derechos y privilegios que usted tiene por su adopción.

- Le ha sido garantizada vida eterna, como lo evidenció el Espíritu Santo en su vida (vea Efesios 1:14).
- Tiene esperanza en Cristo, su herencia gloriosa (vea Efesios 1:18).
- Ha experimentado el poder incomparable que levantó a Jesús de los muertos y lo sentó a la diestra del Padre (vea Efesios 1:19,20).
- Usted es recipiente de la incomparable gracia de Dios, que la salvó y la mantiene alejada de lo que ha hecho y de lo que hará (vea Efesios 2:8,9).
- Ahora tiene acceso al Padre a través de su Espíritu (vea Efesios 2:18).
- Puede conocer el amor de Cristo, el cual le permite recibir la plenitud de Dios (vea Efesios 3:19).

Quizás la mejor manera de darse cuenta de la realidad de esto es a través del ejemplo de la experiencia de la luna de miel, como lo ilustrara Piper.

Algunas veces bromeamos y decimos del matrimonio: «La luna de miel se acabó». Pero esto es porque somos finitos. No podemos sostener el nivel de intensidad y afecto de la luna de miel. No podemos prever las irritaciones que vienen con la familiaridad a largo plazo. No podemos estar tan aptos y elegantes como estabamos entonces. No podemos hacer suficientes cosas nuevas para mantener fresca la relación. Pero Dios dice que su gozo sobre su pueblo es como el novio por la novia. El está hablando de la intensidad de la luna de miel y los placeres y la energía de esta y el entusiasmo, y el regocijo, y la excitación. El está tratando de entrar en nuestros corazones. Eso quiere decir cuando dice que se regocija por nosotros con todo su corazón.

Y añada a esto: que con Dios la luna de miel nunca termina. El es infinito en poder, sabiduría, creatividad y amor.[2]

Espero que sea capaz de comprender un poquito mejor cuánto es amada.

El perdón de Dios

---**Pregunta:**---

¿DESPUÉS DE LO QUE HE HECHO, COMO PUEDE PERDONARME DIOS?

Respuesta:

Usted no puede haber hecho nada que Dios ya no haya perdonado. Su perdón es tan extenso que es difícil de comprender. Y este es el problema; nuestras mentes posiblemente no puedan comprender cuánto Dios puede borrar, quitar y desvanecer totalmente el peor e imaginable pecado que uno haya cometido. En 1ªJuan 1:9 leemos:

> «Si (libremente) admitimos que hemos pecado y confesamos nuestros pecados, El es fiel y justo (con respecto a su propia naturaleza y sus promesas) y perdonará nuestros pecados (anulará nuestras faltas) y nos limpiará continuamente de toda maldad (todo lo que no sea conforme a su propósito, pensamiento y voluntad)» (1ª Juan 1:9, paráfrasis del autor).

Quizás lo que dije recientemente a una de mis aconsejadas pueda ayudarla. Cuando uno pide perdón, se le es dado. Y Dios quiere que usted, desde ese momento, se sienta una persona perdonada y se comporte como tal. Consecuentemente, en el momento se va a empezar a sentir como una persona perdonada. Algunas veces la ayudará imaginarse qué podría sentir si estuviera perdonada. Y después darse cuenta: «Es verdad. Esa soy yo. Estoy perdonada.» Considérelo. Si cree que Dios la ha perdonado, El espera que usted acepte su regalo completamente y que lo refleje desde este momento. Esto puede pasarle a usted.

Conociendo la voluntad de Dios

Pregunta:

¿COMO PUEDO VERDADERAMENTE ESCUCHAR
LA VOZ DE DIOS PARA SABER QUE ESTOY
HACIENDO SU VOLUNTAD PARA MI VIDA?

Respuesta:

Quizás pudiera sorprenderse al saber que el primer paso para conocer la voluntad de Dios es el deseo de conocerla. Mi pastor, Lloyd Ogilvie, de la Primera Iglesia Prebisteriana de Hollywood, ha dicho que usted y yo incluso podríamos no estar deseando la voluntad de Dios para nuestras vidas si El no estuviera hablándonos para que la sepamos. Querer conocer su voluntad es una señal clara de que su interior lo ha escogido.

He leído varias fórmulas y planes para discernir lo que Dios quiere que hagamos para conocer su voluntad. No estoy seguro que haya fórmulas específicas a seguir. Sé que orar por algo específicamente y estar dispuesto a cambiar de planes es parte del proceso. Leer las Escrituras y obtener sabiduría de otros es también práctico.

Para hacer decisiones sabias, considere estas doce preguntas para ayudarse a buscar la guía de Dios:

1.-Lo que estoy considerando, ¿es consecuente con los Diez Mandamientos?

2.-¿Profundizarán mi relación con Cristo?

3.-¿Habrá una extensión de la vida y mensaje de Cristo en mí, y fomentará la extensión del Reino?

4.-¿Si hago esto, glorificará a Jesucristo y me permitirá crecer como su discípulo?

5.-¿Hay base bíblica para este deseo?

6.-¿Necesitará esto del poder y presencia del Señor para llevarse a cabo?

7.-¿Tengo en mi interior el sentimiento de que mi oración y mi pensamiento sobre este tema son «correctos»?

8.-¿Es esto algo por lo que puedo alabarle antes de hacerlo o recibirlo?

9.-¿Es una expresión de amor genuino, y beneficiará las vidas de las personas involucradas?

10.-¿Compaginará con mi propósito básico de amar al Señor y de comunicar su amor a otros?

11.-¿Me permitirá esta decisión crecer en los talentos y regalos que me han sido dados?

12.-¿Mis gastos en esta decisión me permitirán dar el diezmo y ofrendar de mi dinero para la obra del Señor y las necesidades de otros?[3]

¿Ha sometido sus decisiones y anhelos a preguntas como estas? Vale la pena.

Sufrimiento

───────────── **Pregunta:** ─────────────
SI SOY CRISTIANA, NO DEBERIA ESTAR SUFRIENDO
O TENIENDO PROBLEMAS ¿NO ES ASI?
───────────────────────────────

Respuesta:
A través de los años, una sobreabundancia de teologías impropias han sido enseñadas por muchos cristianos bien intencionados. Y muchas de ellas se relacionan con el dolor, el sufrimiento y las desgracias que todos encontramos en la vida. Muchas personas esperan que por amar y seguir a Dios seremos inmunes a las desgracias. Si creemos eso, entonces es fácil creer también: «Si usted está sufriendo tiene que ser porque está en pecado.» Ninguno de los dos es cierto. Dios da la lluvia para justos y para injustos. Toda la desgracia es causada por el pecado pero es el resultado del pecado en la raza humana.

Dios nunca prometió aislarla de los problemas de la vida si acepta a su Hijo, si lo sigue y si hace buenas obras para El. Sí, El puede escoger intervenir pero no tenemos el derecho de exigir su intervención. Será, precisamente, a través de las desgracias de la vida como ocurrirá nuestro mayor crecimiento.

Lo sé. Me ha pasado. He andado el mismo camino que otros. Pero no podría cambiar la experiencia porque aprendí de ella. Como le conté en el capítulo anterior, mi único hijo, Matthew, fue un niño profundamente retrasado mental que nunca se desarrolló mentalmente más que un niño de 18 meses. Cuando tuvo 22 años lo ví morir lentamente, después de dos semanas en el hospital. La simple vida de Matthew nos hizo crecer mucho a mi esposa, Joyce, y a mí. Podríamos haber tomado la decisión de amargarnos más y de culpar a Dios. Pero no optamos por eso. Esto es lo que quiere decir en Santiago 1:2,3:

«Hermanos míos, tened por sumo gozo cuando os halléis en diversas pruebas, sabiendo que la prueba de vuestra fe produce paciencia.»

Contándolo todo por gozo puede significar decidirse a considerar la adversidad como algo bienvenido, o algo por lo cual estar contento.

Otras personas son rápidas para darnos las formulas a seguir y las razones de nuestro sufrimiento. Lo hacen por la ansiedad del evento, ya que de alguna manera ellas también están amenazadas por lo que nos está pasando.

No tengo una respuesta para todos los sufrimientos. No los comprendo a veces. Ninguno de nosotros puede. Isaías nos dice:

«Porque mis pensamientos no son vuestros pensamientos, ni vuestros caminos mis caminos, dijo Jehová» (Isaías 55: 8,9).

Cuando uno sigue luchando con Dios por un problema o dificultad, la energía que podría ser utilizada para descubrir algunos beneficios se está agotando. Cuando uno enfrenta su problema y dice: «Bien, no es esto lo que yo hubiera escogido, pero aquí está. ¿Cómo puedo aprender de esto y cómo puede ser glorificado Dios a través de ésto?», entonces usted está en posición de crecer y aprender y experimentar lo profundo de sus cuidados. Dios no hace que todos los problemas se vayan. Nunca ha dicho eso. Lo que El dijo fue:

«No temas, porque yo te redimí –te rescaté pagando el precio en vez de dejarte cautivo–; te puse nombre, mío eres tú.

»Cuando pases por las aguas, yo estaré contigo; y por los ríos, no te anegarán. Cuando pases por el fuego, no te quemarás, ni la llama arderá en tí» (Isaías 43:1,2).

Dios nos da la gracia, fortaleza y confortabilidad para atravesar las experiencias difíciles. Y los problemas que ocurren no son porque Dios es débil, o porque no cuida de nosotros. No suceden sin su permiso. Me gusta lo que dice mi pastor:

«Los propósitos de Dios no son frustrados por nuestros problemas. El está a cargo y ningún problema es demasiado grande para El. En realidad, un cuidadoso estudio de la historia indica que El trabaja su plan a través de los problemas que permite en nuestras vidas. Dios no es la víctima indefensa de los problemas que se nos presentan, los causados por otra persona, o los que son el daño de las fuerzas del diablo en el mundo.

»Dios nos dio el regalo maravilloso de la libertad por lo que podemos escoger amarlo, glorificarlo y servirlo a El. El rechazo a esto es la causa de muchos de los problemas que se nos presentan y es a menudo la causa de los problemas que enfrentamos con otros. La rebelión de la humanidad es con frecuencia connivente con la maldad social, la injusticia y el sufrimiento.

»Vivimos en un mundo extraviado de los propósitos originales de Dios. No obstante El no se rinde con nosotros. El interviene en nuestras vidas, revela su corazón amoroso y perdonador, y utiliza los problemas que enfrentamos. En realidad, Dios los utiliza para lograr acaparar nuestra atención y forzarnos a darnos cuenta de que no lo podemos hacer por nosotros mismos. Y El nos lleva a una relación más profunda con El mientras aprendemos a confiar en El para fortaleza, para hacer frente a nuestros problemas.

»La verdad es que ningún problema puede ocurrir sin el permiso de Dios. Y lo que El permite es siempre para una bendición mayor que la que jamás podríamos imaginarnos si no tuvieramos problemas.»[4]

Seis principios de guía

Aqui hay seis principios para ayudarla con los asuntos y problemas de la vida.

1.- *Podemos estar seguros del amor y perdón fenomenal de Dios.* Mucho de nuestro sufrimiento no es debido a nuestro pecado personal. Pero incluso cuando lo es, Dios nos asegura que todavía nos ama y está listo para perdonarnos. El promete que «si confesamos nuestros pecados, El es fiel y justo para perdonarnos y limpiarnos de toda maldad» (1ª Juan 1:9).

2.- *Dios ha permitido todo el sufrimiento que enfrentamos* . Esto es difícil de comprender para algunos, pero El es soberano y tiene el control del Universo. El problema que nos aqueja ya ha pasado por el tamíz de su permisiva voluntad.

3.- *Dios nunca le dará más de lo que pueda sobrellevar.* Dios siempre establece los límites en la cantidad del sufrimiento o desgracia que ocurre en nuestra vida. Ninguna tentación (o sufrimiento) ha sobrevenido que no sea humana; y Dios es fiel al no dejarnos ser tentados (o sufrir) más de lo que podamos soportar. El, junto con la tentación (o el sufrimiento) proporcionará la vía de escape también, para que seamos capaces de soportar (1ª Corintios 10:13).

4.- *A menudo el deseo de Dios es librarla del sufrimiento actual.* «Y Jesús andaba de un lado a otro...sanando todo tipo de enfermedades y dolencias. Y viendo las multitudes, sintió compasión de ellas, porque estaban desamparadas y dispersas como ovejas sin pastor» (Mateo 9: 35,36).

5.- *Dios siempre la cuidará y estará con usted a través de su sufrimiento.* Aunque Dios no la libere del sufrimiento inmediatamente, El está muy preocupado por usted cuando esta confrontando dificultades. Siempre va con usted a través de la prueba. Aunque usted sienta que El está distante, esto no significa que lo está. Las Escrituras declaran claramente que Dios está consciente de los mínimos detalles de nuestras vidas. Incluso tiene contados los cabellos de nuestras cabezas. El verdaderamente tiene cuidado de cualquier dolor que uno pueda tener. Porque Dios dijo: «nunca, nunca te fallaré ni te abandonaré». Por eso es que podemos decir sin temor ni duda: «El Señor es mi ayudador; no temeré lo que me pueda hacer el hombre» (Hebreos 13: 5,6). Aunque no sienta a Dios cerca cuando su cuerpo es sacudido con el sufrimiento, Dios esta con usted.

6.- *Dios hace que todas las cosas funcionen juntas para el resultado definitivo.* Si estamos dispuestos y nos rendimos a El, El puede tomar las peores situaciones de nuestras vidas y acabar utilizándolas para bien. «Y sabemos que Dios hace que todas las cosas funcionen juntas para bien de aquellos que aman a Dios» (Romanos 8:28 paráfrasis del autor).[5]

Tiempo de crecimiento

Piense de esta manera. Lo que Dios nos permite experimentar es para crecimiento. Puede parecer incorrecto o injusto, pero ¿Cuál es su otra opción? Amargura y resentimiento generalmente son el resultado. Dios dispuso las estaciones de la naturaleza para producir crecimiento. El dispone las experiencias de las estaciones de nuestras vidas también para crecer. Algunos días brilla el sol y otros traen huracanes. Ambos son necesarios; pero recuerde, El conoce la cantidad de presión que podemos soportar y también conoce muy bien nuestros límites.

Usted puede haber preguntado: «Dios,¿dónde estas?» Y El está ahí, precisamente.

Puede haber preguntado, «Dios, ¿Cuándo, cuándo me responderás?» Así hizo el salmista. «¿Hasta cuando esconderás tu rostro de mí? ¿Hasta cuando pondré consejos en mi alma, con tristezas en mi corazón cada día? ¿Hasta cuándo será enaltecido mi enemigo sobre mí?» (Salmo 13:1,2).

Esta bien que llore, que se queje y que se enoje con Dios. Pero no escoja mantenerse ahí porque entonces mantendrá su dolor profundamente arraigado en su vida y bloqueará la oportunidad de sanidad.

Dios tiene una razón para cada cosa. El hace y el tiempo es de El: «Porque yo sé los pensamientos que tengo acerca de vosotros, dice Jehová, pensamientos de paz, y no de mal, para daros el fín que esperais» (Jeremías 29:11). Dése permiso para no saber qué, ni cómo, ni cuando. Todas estas voluntades desconocidas la ayudarán a aprender a ser más dependiente de Dios y poner su confianza en El para su fortaleza.

Mientras tanto, ore. Permita que otros conozcan sus luchas y pídales que oren con usted y por usted. Lea las Escrituras. Lea libros de ayuda e inspiración tales como los que nombramos en la sección de lecturas recomendadas. Además, otros dos autores han sido de tremenda bendición para mí y para otros miles, por el enfoque devocional de sus escrituras. Max Lucado ha escrito libros como *The Applause of Heaven* (El aplauso del cielo), *In the Eye of the Storm* (En el ojo de la tormenta), *Six Hours One Friday* (Seis horas un viernes), *Cuando los ángeles guardaron silencio,* que está disponible en castellano. Ken Gire ha escrito *Intimate Moments With the Savior* (Momentos íntimos con el Salvador) y *Incredible Moments With the Savior* (Momentos increíbles con el Salvador). Dedíquele tiempo a estos libros y deje que sus ideas e inspiración la animen.

Lo nuevo en Cristo sana el pasado

―――――― Pregunta: ――――――
¿POR QUE CUANDO ME HICE CRISTIANA
NO SE HIZO TODO NUEVO, INCLUYENDO EL PASADO?

Respuesta:
Cuando usted invitó a Jesucristo a entrar en su vida, se volvió una nueva criatura. Todo lo sucedido hasta ese momento pasó a la historia —con excepción de que todos sus pecados han sido perdonados ¡y olvidados!; han sido borrados. Pero la vida Cristiana es una vida de crecimiento. No es meramente con un castañear de nuestros dedos como vamos a hacer que todo el dolor y los horribles recuerdos del pasado se esfumen.

La Biblia enseña que la vida cristiana es un caminar en ascenso. En Mateo 5:48 leemos: «Sed, pues, vosotros perfectos, como vuestro Padre que está en los cielos es perfecto». Esto se refiere a alcanzar la madurez. Las Escrituras dicen: «Sean hechos conforme a la imagen de su Hijo» (Romanos 8: 29) lo cual es una promesa de crecimiento hasta la plenitud de Cristo. Estamos cambiando para lo mejor: «Renovaos en el espíritu de vuestra mente» (Efesios 4: 23).

Estos versos de las Escrituras indican que este es todo un proceso que demora. Y entre más dependa de la gracia de Dios para el cambio de actitud, cambio de creencia y cambio en el comportamiento, más verá su crecimiento. Usted experimentará muchos cambios una y otra vez, como en la transformación de una oruga a una mariposa. Su pasado se mantendrá igual, pero ahora tiene un recurso nuevo para lidiar con los efectos negativos de ese pasado.

A veces, su recuerdo del pasado cambiará de un recuerdo emocional a un recuerdo histórico. En el emocional, usted siente el dolor acompañando al recuerdo, en cambio en el histórico recordará el suceso pero el dolor y su fuerza controladora se irán. Cuando el recuerdo viene a su mente podrá decir: «Sí, eso sucedió, pero ya no me afecta. Tengo cosas más importantes y positivas en mi vida».

Los efectos del pasado

——————Pregunta:——————

¿COMO PUEDO LIDIAR CON LOS ASUNTOS DOLOROSOS DE MI PASADO (NIÑEZ) QUE ESTAN AFECTANDO LA FORMA EN QUE VIVO HOY?

Respuesta:

No podemos cambiar las realidades del pasado, pero tenemos algo que decir acerca de sus efectos. Desear un cambio es el primer paso —y muy importante. A menudo en consejería les pido a las aconsejadas que me digan dos cosas específicas: 1)¿Por qué quiere cambiar?, y 2) y¿Qué quiere cambiar?

Es esencial identificar qué de su pasado la esta molestando, afectando, influenciando o entorpeciendo. A veces pido a mi entrevistada que complete el siguiente ejercicio para tener claridad de lo que quiere. Uselo usted también y enumere sus razones.

Quiero cambiar porque...

1.

2.

3.

4.

5.

6.

Cuando las personas dicen: «Estoy afectada por mi pasado», me gustaría saber de qué forma experimenta eso. Específicamente, ¿cómo y de qué manera quiere ser diferente? Cuando dice que su familia no fue saludable o funcional, ¿puede describírmelo? Muchas mujeres pueden describirlo, pero otras son vagas. Conocer cuál fue el problema es un paso, pero después decidir en qué medida quiere ser diferente es otro. Si quiere que su vida familiar actual sea diferente y saludable, ¿puede describirme qué tipos de cambios desea? Para algunas, es práctico sugerir un modelo de familia saludable.

Los modelos de familias saludables generalmente reflejan lo siguiente:

- El clima en el hogar es positivo. La atmósfera es básicamente no judicial.
- Cada miembro de la familia es valorado y aceptado por quién es. Hay consideración de las características individuales.
- A cada persona se le permite operar en su propio rol. Al niño se le permite ser un niño y al adulto ser un adulto.
- Los miembros de la familia cuidan uno de los otros y se expresan su cuidado y apoyo.
- El proceso de la comunicación es saludable, abierto y directo. No hay dobles mensajes.
- Los niños son criados de tal manera que pueden madurar y hacerse individuos con derechos propios. Se separan de mamá y papá de una forma saludable.
- La familia disfuta estar junta. No están juntos por obligación
- Los miembros de la familia pueden reir y disfrutar de la vida juntos.
- Los miembros de la familia pueden compartir sus esperanzas, temores y preocupaciones uno con los otros y aun ser aceptados. Un nivel bastante saludable de intimidad existe en el hogar.[6]

Si esto es lo que quiere, ¿qué necesita para hacerlo realidad? Establezca metas pequeñas y alcanzables que pueda ir midiendo en cada área de su vida. Algunas veces mi próxima pregunta saca a la persona de su guardia y puede proyectarla un poco. «¿Qué le ha impedido cambiar en el pasado?¿Sabe qué está haciendo ahora para salir adelante?»

Muchas personas han aprendido a utilizar lo que llamamos frases víctimas:

«No puedo». ¿Cuántas veces al día dice estas palabras? ¿Las ha contado alguna vez? ¿Se da cuenta de que estas palabras son impulsadas por algún tipo de incredulidad, temor o falta de esperanza? Piense en esto. Esos tres factores a menudo nos impiden adelantar en nuestras vidas.

Cuando usted dice «no puedo» esta diciendo que no tiene control sobre su vida. ¿No es más difícil decir «vale la pena tratar el problema»? Le garantizo que disfrutará mucho mucho más los resultados de esta frase positiva.

«Esto es un problema». Algunas veces en vez de decir «esto es un problema», decimos, «El o ella es un problema». Las personas que ven las complicaciones de la vida como problemas o cargas están sumergidas en el temor y la desesperanza. La vida esta llena de barreras y desvíos. Pero con cada obstáculo viene la oportunidad de aprender y crecer –si mantiene una actitud correcta. Utilizando otras frases como «Esto es un desafío» o «Esta es una oportunidad para aprender algo nuevo», dejamos la puerta abierta para seguir adelante.

«Jamás...». Esta frase víctima es el ancla del estancamiento personal. Esta es la señal de rendición incondicional que existe o ha sucedido en su vida. Tales palabras negativas no le dan ni a usted ni a Dios una oportunidad. En vez de decir «jamás», diga «Nunca lo había considerado» o «No he tratado, pero estoy dispuesta a tratar», y abre la puerta al crecimiento personal.

«Es terrible». Algunas veces esta frase es apropiada con respecto a situaciones horribles, espantosas; a menudo la escuchamos así

en las noticias. Pero esos eventos son extraordinarios. En la experiencia diaria, la expresión «es terrible» es una reacción exagerada e inapropiada que nos reprime. Ponga empeño en eliminar su uso en los problemas diarios de la vida. En su lugar, diga, «Vamos a ver lo que puedo hacer en esta situación» o «Me pregunto cómo puedo ayudar en este momento» o «Me pregunto cómo puedo hacer que esto sea diferente.»

«*¿Por qué la vida es así?*» Esta es una respuesta normal a los problemas profundos y a los choques repentinos de la vida. Algunas personas experimentan un dolor y decepción tras otro. Otras experimentan un mayor revés y optan por demorarse en los resultados sin recuperarse. Utilizan inapropiadamente esta pregunta una y otra vez por meses y años.

«¿Por qué la vida es así?» y su declaración acompañante, «La vida no es justa», se utilizan demasiado para los disgustos normales y menores de la vida cotidiana. La vida es impredecible. La vida es injusta. La vida no siempre es de la manera que queremos que sea. Pero nuestra respuesta a la vida es nuestra opción, y la respuesta más saludable esta reflejada en Santiago 1:2,3:

> «Considere por sumo gozo, mi hermano, cualquier cosa en que esté envuelto o cuando encuentre dificultades de cualquier tipo, o caiga en varias tentaciones. Esté seguro y comprenda que las dificultades y las pruebas de su fe ponen de manifiesto su resistencia, firmeza y paciencia» (paráfrasis del autor).

Estos versículos nos animan a preparar nuestras mentes a pesar de la adversidad para algo bienvenido o para estar contentos. La alegría en la vida es una opción. El cambio en la vida puede también ser una opción, y la opción viene antes de la alegría, el crecimiento y el cambio.

El cambio es posible si tiene una relación con Jesucristo. ¿Por qué? Porque la fe en Cristo da una vida de continuo cambio interior que conduce a los cambios externos. Permitirle que nos cambie en nuestro interior es el punto de partida. Pablo escribió, «Vuelvo a sufrir dolores de parto hasta que Cristo sea formado en vosotros» (Galatas 4:19). Nos está diciendo que tenemos que dejar a Jesucristo vivir adentro y a través de nosotros. Cuando uno asume la realidad de que Cristo esta trabajando adentro de nosotros, la esperanza de cambio aumentará su deseo de hacer.

En Efesios 4: 23,24 dice: «Renovaos en el espíritu de vuestra mente, y vestíos del hombre nuevo, creado segun Dios en la justicia y santidad de la verdad». La nueva personalidad tiene que venir de adentro. Somos capaces de adquirir una nueva personalidad porque Dios ha puesto a Jesucristo adentro nuestro. Tenemos que dejarlo que trabaje en nosotros. Esto significa que debemos permitirle acceder a aquellas preocupaciones «imposibles» en nuestras vidas que necesitan ser cambiadas. ¿Qué puerta necesita abrir en su vida hoy para permitirle a Cristo trabajar?

Cuando aceptó a Cristo, vino a ser una nueva criatura en Jesucristo. Ahora usted está identificada con El. En 2ª Corintios 5: 17, Pablo dice: «De modo que si alguno esta en Cristo, nueva criatura es; las cosas viejas pasaron; he aquí todas son hechas nuevas». Después en Romanos 6:6 dice: «Nuestro viejo hombre fue crucificado juntamente con El, para que el cuerpo del pecado sea destruído, a fin de que no sirvamos más al pecado». Creyendo en Jesucristo, hemos muerto con El y hemos resucitado a una nueva vida con El. Todas las cosas se han hecho nuevas.

Dejar ir al ser amado

——— Pregunta: ———
¿COMO DEJAR IR A ALGUIEN QUE SE AMA?

Respuesta:

Dejar ir a alguien a quien se ama toma tiempo y da trabajo. Usted necesita reconocer que esa persona a quien ama ya no es más una parte de su vida, y necesita lamentarse sobre ella como si hubiera muerto. Le podría sugerir algunos libros para la recuperación de alguna pena, o decirle que que asista a algún grupo de recuperación o a un programa de auxilio posdivorcio. Probablemente necesitará ayuda para aprender a contar la cantidad de veces en que se ocupa de esa persona. Puede sentirse como si fuera una víctima y pensar que está fuera de control. El mejor paso es tomar control y puede ser de varias maneras. Necesitará actuar en la realidad, preferiblemente en el área de los sentimientos. Cuidado con los recuerdos, las fantasías y su «autoconversación» acerca de la persona. Entre más piense en estas cosas más difícil será recuperarse.

Usted puede tomar control de las siguientes maneras:

1.- Enumere todas las pérdidas que esté experimentando ahora por la falta de esa persona. Anote cómo la está afectando.

2.- Anticípese a la recuperación total, describiendo cómo se sentirá y cómo le gustaría que fuera su vida una vez superado totalmente este trance.

3.- Separe el mismo tiempo cada día para un llanto programado por esa pérdida. Este es el momento de mirar las fotos o reflexionar sobre los buenos recuerdos para que la ayuden a llorar.

4.- Escriba una carta de despedida a la persona y a la relación que mantuvieron juntos, y léala en voz alta al menos una vez a la semana.

5.- Escriba un elogio y léalo en voz alta mientras imagina su relación sepultada.

6.- Empiece a examinar cuidadosamente las cosas que quiere guardar de su relación y aquellas de las que quiere deshacerse.

7.- Identifique las fechas significativas que pudieran causarle dolor y planee algo especial para sí misma ese día.

8.- Si esta evitando algunas canciones, lugares o eventos especiales por el dolor, decida cuándo escuchará otra ves esas canciones o en qué momento visitará otra vez esos lugares.

Comprométase con algo que pueda hacer.

9.- Deje que otros sepan cómo le gustaría que le respondieran o le hablaran acerca de esa persona. Lo que es mejor para usted.

10.- Ore cada día por su dolor y su bienestar y lea los pasajes de las Escrituras que la reconforten.

11.- Desarrolle un gráfico en el que pueda trazar su recuperación. Esto la ayudará a darse cuenta de que se esta recuperando.

Lecturas recomendadas

• Carlson, Dwight, y Wood, Susan Carlson. *When Life Isn't Fair*. Eugene, OR: Harvest House, 1989.

• Mann, Gerald. *When the Bad Times Are Over for Good*. Brentwood, TN: Wolgemuth and Hyatt Publishers, 1982.

• McGee, Robert S. y Springle, Pat. *Getting Unstuck*. Dallas,TX: WORD Inc., 1992.

• Ogilvie, Lloyd John. *Discovering God's Will in Your Life*. Eugene, OR: Harvest House, 1982.

• Schmidt, Kenneth A. *Finding Your Way Home: Freeing the Child Within You and Discovering Wholeness in the Funcional Family of God*. Ventura, CA: Regal Books, 1990.

• Smedes, Lewis. *How Can I Be All Right When Everything Is All Wrong?* San Francisco, Harper San Francisco, 1982.

• Stoop, Dave. *Making Peace Whit Your Father*. Wheaton, IL: Tyndale House Publishers, 1992.

• Wright, H. Norman. *Making Pace With Your Past*. Tarrytown, NY: Fleming H. Revell Co., 1985.

• Wright, H. Norman. *Recovering From the Losses of Life*. Tarrytown, NY- Fleming H. Revell, 1991.

Notas

1.- John Piper, *The Pleasures of God* (Portland, OR: Multnomah Productions, 1991), p. 19.

2.- Ibid. pp. 194, 195.

3.- Lloyd John Ogilvie, *Discovering God's Will in Your Life* (Eugene, OR: Harvest House, 1982), adaptado de las pp. 173, 174.

4.- Lloyd John Ogilvie, *If God Cares, Why Do I Still Have Problems?* (Dallas, TX: WORD Inc., 1985), p. 20.

5.- Dwight Carlson, y Susan Carlson Wood, *When Life isn't Fair* (Eugene, OR: Harvest House, 1989), adaptado de las pp. 90-92.

6.- . Norman Wright,*Always Daddy's Girl* (Ventura, CA: Regal Books, 1989), p. 143.

ASUNTOS DE MATRIMONIO

Capítulo 9

SEXO, INTIMIDAD Y ROMANCE

La sexualidad masculina / femenina

——————— Pregunta: ———————

¿COMO PUEDO HACER QUE MI ESPOSO
RECONOZCA LAS DIFERENCIAS
ENTRE SU SEXUALIDAD Y LA MIA?

Respuesta:

Existe una antigua confusión acerca de las diferencias entre hombres y mujeres, y una de las diferencias más grandes, precisamente, se halla en las sexualidades femenina y masculina.

Todos somos sexuales, sin embargo la mayoría de los hombres son extremadamente sexuales y piensan más en el sexo que las mujeres. Ocurre incluso con los hombres cristianos. Ambos, tanto los hombres como las mujeres, miran a una persona del sexo opuesto valorando la manera en que esa persona luce. No obstante, a menudo el sentido de apreciación de una mujer es más romántico, mientras que el de un hombre es más sexual.

Los pensamientos sexuales entran y salen precipitadamente en la mente del hombre a través del día. Los hombres piensan en ello, sueñan con ello y sueñan despiertos con el sexo mucho más de lo que usted probablemente se de cuenta. Aunque los hombres reducen la velocidad en sus pensamientos sobre el sexo cuando estan en los cuarenta y los cincuenta, todavía piensan en eso varias veces al día. Los hombres tienden a soñar con el sexo por lo menos tres veces más que las mujeres, y sus sueños raramente involucran a sus esposas. Las mujeres tienden a soñar con los hombres que conocen. Recientemente en uno de mis seminarios una esposa comentó acerca de los hombres y el sexo. «¡Su boton de "encender" nunca se "apaga"!», dijo.

Las fantasías de los hombres

Los ensueños de los hombres son ricos, variados y detallados. Las fantasías pueden crear todos los tipos de experiencias sexuales, lo cual nunca es decepcionante. Esto crea problemas, porque muy pocas mujeres pueden «competir» con las fantasías de un hombre, y a menudo los hombres están decepcionados con sus experiencias sexuales reales. Generalmente no es culpa de la mujer; muy pocas podrían lograr alguna vez el nivel de realización y éxtasis con que los hombres sueñan.

Sentimientos y comportamientos

A menudo hago la pregunta: «¿Por qué los hombres no son más cariñosos?» ¡Pero los hombres sienten amor! La *expresión* de amor es la que crea el problema. Los hombres saben que estan enamorados pero no siempre demuestran ese amor. Las mujeres tienden a ver los sentimientos y los comportamientos como la misma cosa. Ellas obedecen a sus sentimientos y estos son vistos en sus acciones.

Cuando un hombre no actúa de una manera cariñosa, ¿cómo se interpreta? Para la óptica femenina se traduce como si «no tuviera sentimientos de amor». La suposición es, entonces, que comportamiento no cariñoso es igual a no amor.

Pero los hombres no ven el comportamiento y los sentimientos de la misma manera que las mujeres. Para ellos, estos dos elementos no están relacionados necesariamente. El comportamiento de un hombre puede ser una forma de camuflaje que esconde sus verdaderos sentimientos. Uno no puede afirmar siempre que los sentimientos de un hombre estan basados en su comportamiento. Un hombre ansioso, preocupado puede parecer muy calmado; un hombre enojado podría parecer felíz y contento; un hombre enamorado podría parecer indiferente y descuidado. Las mujeres tienen su propia forma de evaluar y determinar el amor. Los hombres tienen una perspectiva diferente y los dos a menudo chocan.

Definiciones sobre el amor

Los hombres y mujeres definen el amor de forma diferente. Con demasiada frecuencia, los hombres confunden el amor con el sexo. La mayor parte de ellos tienen una perspectiva limitada. Un hombre responde sexualmente excitándose rápidamente, mientras que la mujer es mucho más lenta.

Ser amoroso es demasiado limitado. Necesita ser ampliado y ¡puede ser! Los hombres tienen mucho que aprender de la perspectiva de las mujeres. El problema es que ¡no quieren admitir esta realidad! Es una amenaza.

Las mujeres tienen un dominio más completo del amor que los hombres. Amar a una mujer implica gastar tiempo juntos y tener suficiente intercambio. Involucra interés personal y simpatía uno por el otro. Afortunadamente, he visto a hombres que están dispuestos a aprender nuevas formas de expresar amor a sus esposas. ¡Su esposo podría ser uno de ellos! Me gusta la manera en que Dennis Rainey explica las diferencias:

«Nada derretirá más rápido el hielo de muchos lechos matrimoniales que si esposo se da cuenta de que las mujeres están creadas con un reloj de tiempo sexual diferente, con diferentes perspectiva y expectativas. La tabla de las "Diferencias en sexualidad" es una guía general de cómo los hombres y las mujeres pueden ser tan diferentes en esta área. (Obviamente, esta tabla no puede ser 100% cierta, ella sólo compara las tendencias y las diferencias generales entre los hombres y las mujeres y cómo ven el sexo.) Estas diferencias sexuales a menudo conducen al mal entendimiento, la fustración y la decepción.»

Los hombres dan mucha más prioridad al sexo que las mujeres, y estas mantienen una orientación diferente que demanda un enfoque diferente. Como muestra la tabla, la orientación de los hombres es física, la de las mujeres es relacional. El hombre quiere unidad física, la mujer desea unidad emocional. El hombre es estimulado por la vista, el olor y las formas del cuerpo, la mujer lo es porque la toquen, por las actitudes, las acciones, las palabras y por toda la persona.

«El hombre necesita respeto y admiración, ser necesitado físicamente y no humillado. La mujer necesita comprensión, amor, ser necesitada emocionalmente y tiempo para animarse al acto sexual.

»Tiempo, de cualquier forma. La respuesta de la mujer es cíclica, lo que significa que pasa por tiempos cuando esta más interesada en el sexo que otros, mientras que la del hombre es acíclica, lo que significa *en cualquier momento*. El hombre responde sexualmente excitándose rápidamente, mientras que la mujer es mucho más lenta.

»Durante el sexo, el hombre tiene un sólo objetivo, mientras que una mujer se distrae fácilmente. La mujer quiere saber: "¿Están todos los niños dormidos?" "¿Has chequeado para ver si todo está asegurado?" "¿Está cerrada la puerta?" "¿Están las ventanas cerradas?" "¿Están las persianas cerradas?" "Creo oir el grifo del baño goteando".»[1]

DIFERENCIAS EN LA SEXUALIDAD

	HOMBRES	MUJERES

ORIENTACION	Física
	Compartida
	Unicidad física
	Variedad
	Sexo es la prioridad
		Relacional
		Holística
		Unión emocional
		Seguridad
		Otras prioridades
		   pueden ser
		   mayores

ESTIMULACION	Vista
	Olfato
	Centrado
	   en el cuerpo
		Toque
		Actitudes
		Acciones
		Palabras
		Centrado
		   en la persona

NECESIDADES	Respeto Admiración Necesidad física No ser humillados	Comprensión Amor Necesidad emocional Tiempo
RESPUESTA SEXUAL	Acíclica Excitación rápida Inicia (generalmente)	Cíclica Excitación lenta Responde (generalmente) Se distrae fácilmente

ORGASMO	Propagación
	   de la especie
	Rápido, más intenso
	Orientado
	   físicamente
	El orgásmo
	   generalmente
	   se necesita para
	   la satisfacción.
		Propagación
		   de la unión
		Lento, más profundo
		Orientado
		   emocionalmente
		La satisfacción
		   es posible
		   sin el orgásmo.

Las aprensiones sexuales de los hombres

Usted puede pensar que los hombres no tienen temores con respecto al sexo.¡Eso no es cierto! Los hombres están preocupados por su realización, en parte porque comparan mucho la hombría o virilidad con la habilidad sexual. Quieren estar seguros de que pueden tener la erección, mantenerla, satisfacer a la mujer y estar seguros de tener el orgásmo.

La trampa que los hombres crean se ve en la arena sexual tanto como en la mayoria de los otros aspectos de la vida. Se sienten incómodos con los tiempos y situaciones que no son estructurados y espontáneos. Esta misma orientación es traída al sexo. Si un hombre toma tiempo para crear una atmósfera romántica teniendo una conversación abundante, para él nos es algo de valor en sí mismo sino que en su mente es *un paso* necesario con el fin de efectuar lo otro: el sexo. Por la orientación de su objetivo, a menudo es difícil para ellos enfocar lo que está pasando en el presente. Y cuando el acto sexual es terminado, en vez de encontrarlo agradable tienden a pasar a otro objetivo. ¿Ha notado esto en su relación?

Los temores sexuales de los hombres

Los hombres tienen temores referentes al sexo. El temor sexual está atado a una palabra: impotencia. Esto es la incapacidad de alcanzar o mantener la erección. Las erecciones son una parte normal de la vida masculina. Los hombres tienen cuatro o cinco erecciones en una noche y a menudo se despiertan con otra. Estas erecciones matutinas son un signo saludable ya que indican que el hombre está aun capacitado para su funcionamiento. La hormona masculina, la testosterona, se reduce durante el día y es repuesta durante el sueño. Esta se halla en la cumbre alrededor de las 5 A.M. y como un 40% más alta que cuando el hombre se fue a dormir. Los hombres están más capacitados para el sexo por la mañana, pero a esta hora es difícil para la mujer porque el acto sexual no ha sido precedido por un tiempo de comunicación amorosa. A veces, su erección matutina no tiene nada que ver con «pensar» en el sexo. Algunas veces, simplemente significa ¡que tiene la vejiga llena! Muchas esposas creen que cada erección de estas significa que los esposos quieren tener sexo y esto no es cierto. Hable sobre esto.

Las razones de los hombres para el sexo

Los hombres quieren el sexo por varias razones, tales como el alivio físico, dar o recibir cariño o placer, amor, probar las capacidades sexuales, masculina o de popularidad y expresar ternura u hostilidad. Muchos hombres utilizan el sexo para probar su virilidad.

Consciente o subconscientemente, cuando los hombres hablan sobre sus hazañas están buscando alguna admiración de otros, sea esta expresada o no.

Se den cuenta o no, los hombres quieren más que el sexo en la relación. Quieren cercanía e intimidad. Pero no saben cómo pedirlo o admitirlo.

Los hombres no tienen la resistencia sexual de las mujeres, ni tienen la capacidad del disfrute a largo plazo que ellas tienen. La mayoría de los hombres son capaces de expresar amor y afecto a través de la experiencia sexual. Pero lo que necesitan aprender es a dar amor y afecto no por la vía del sexo.

Una de las quejas más comunes que he escuchado (sin contar a otros terapistas matrimoniales) de las esposas es: «Deseo que él pueda comprender que cada vez que lo beso o abrazo o lo acaricio cuando ando por la casa NO es una invitación a la cama. Incluso dudo de darle estas pequeñas respuestas porque parece como si termináramos en una discusión. ¿Por que no puede comprender? Inclusive no me exito sólo porque venga y me bese y me abrace. Yo sé que él está pensando en el sexo. Si pudiéramos tener mucho contacto no sexual yo podría responder mucho más y ¡el estaría verdaderamente sorprendido y encantado!»

A veces un hombre interpreta la mucha o poca respuesta sexual de su esposa como una señal de lo que ella siente por él en lo general. En realidad, en muchas ocasiones encontramos que la forma como responde una esposa o lo que acuerda hacer sexualmente puede tener poco que ver con sus sentimientos hacia él. Por eso les pido a los hombres que vienen a mi consultorio que lean *El sexo comienza en la cocina*, por Kevin Leman y *If Only He Knew* (Si él supiera) por Gary Smalley. Cuando su marido le pregunte qué quiere para su cumpleaños, ¡dígale que lea esos libros con usted!

El sexo es utilizado de forma diferente por los hombres y mujeres en una relación amorosa. Muchas mujeres enfocan el estar cerca en el compartir y ser «uno» como personas, mientras los hombres enfocan el estar cerca como algo sexual. Las mujeres ven el sexo como *una forma más* de estar cerca y muchísimos hombres lo ven como *la única forma* de estar cerca. Para las mujeres la ternura, el toque, el hablar y el sexo van juntos. Para algunos hombres, el sexo es suficiente, especialmente si no saben cómo relacionarlo con otras expresiones de intimidad.

La mayoría de los hombres sustituyen el sexo por el compartir. El sexo es una expresión de emoción y también un sustituto de ésta. Una mujer expresó sus sentimientos respecto al sexo con su esposo así: «Para mí, el estar cerca significa compartir y hablar. El piensa que estar cerca es tener sexo. Quizás esta es la diferencia en la forma que amamos. Cuando él está enojado o de mal humor o inseguro, quiere sexo. Supongo que lo reafirma. Pero me gustaría que hablara sobre sus sentimientos. Cuando llego a la casa del trabajo y estoy nerviosa con un montón de paquetes, quiero hablar sobre eso. Cuando el llega a la casa así, no quiere hablar de eso, quiere sexo. Cuando estoy triste, lo que necesito es un hombre donde llorar y a alguien que me escuche. Cuando él está triste, quiere estar apartado de sus sentimientos». ¿Es esta su experiencia?[2]

Un esposo dijo: «El sexo significa muchas cosas para mí. Algunas veces lo quiero con mi esposa porque me siento romántico y quiero ser amado y estar cerca. Otras veces sólo quiero alivio y diversión. No necesito hablar al respecto todo el tiempo. Quisiera que ella pudiera comprenderlo».

Sexo y comunicación

Muchos hombres creen que el sexo puede sustituirse por todos los otros tipos de comunicación en una relación. El sexo es el vehículo que las parejas tienen para compartir sus intereses. Es como si un esposo le dijera a su esposa: «Debes saber que te amo porque hago el amor contigo». Para las mujeres, el sexo tiene sólo un significado entre muchos y no siempre es el mejor significado para intimidad. Para muchos hombres, el sexo es la única expresión de intimidad.

Los hombres tienden a condensar el significado de la intimidad en el acto sexual, y cuando no tienen esa salida, pueden frustrarse y enojarse. ¿Por qué? Porque han cortado el único recurso de cercanía que conocen. Los hombres están interesados en la cercanía y la intimidad pero tienen diferentes formas de definirlas y expresarlas. Esta también es un área donde quizás usted y su esposo necesiten hablar, escuchar, comprender los puntos de vista del sexo de uno y el otro y de alguna manera aprender a hablar el idioma uno del otro.

Los hombres dudan en hablar con sus esposas sobre el sexo por su temor de sentirse culpables. Ellos suponen que son los fuertes, los duros, por lo que tienen miedo de hacerse vulnerables. Popularmente se supone que los sentimientos de los hombres no pueden ser heridos. No obstante, ellos pueden ser vulnerables.

La realización sexual de los hombres

El alivio sexual es importante para un hombre pero lo que realmente lo hace sentir incómodo es estar esperando y acariciando un objetivo no dirigido. Es por eso que enfocan el sexo de una forma mecánica. El sexo viene a ser trabajo en vez de juego. El *resultado final* –en vez del *proceso*– es lo importante. El sexo viene a ser un *acto* en vez de significar *estar cerca*. Esto ignora la realidad de que la respuesta sexual del hombre es también una expresión de quien es él. Está directamente unido a sus sentimientos y deseos, por lo que es también un reflejo de la calidad de la relación.

Los hombres más jovenes tienden a probarse a sí mismos a través de su realización sexual, pero según el hombre va madurando se vuelve propenso a querer más intimidad. El instinto sexual intenso y la preminencia física que tenía cuando adolescente empezó a cambiar. Mientras madura, es capaz de hablar sobre la diferencia entre su necesidad por la reafirmación emocional y la de nutrirse y su necesidad por el sexo. La comunicación viene a ser más importante para algunos hombres. Si su esposo se acerca y la abraza y la besa y usted se pregunta: «¿qué quiere?», ¡pregúntele! Averigue si quiere una caricia, un beso, cinco minutos de caricias o relaciones sexuales. íSe puede sorprender! Anímelo a que se lo diga. No tema en decirle lo que usted quiere, también.

El temor de los hombres a la impotencia

Al principio mencioné que el mayor temor de los hombres es la impotencia. Los hombres se preocupan por su erección. Necesitan excitación igual que las mujeres. La atmósfera es importante para ellos también. Ocasionalmente el hombre no puede alcanzar la erección del todo, aunque se sienta estimulado y amado. Puede ser una respuesta normal. Si ésto continúa a través del tiempo, sin embargo, es un indicio de alguna dificultad. Segun los hombres van madurando, sus erecciones pueden ser más firmes asi como demorar más tiempo en ocurrir. Todos los hombres experimentarán un tiempo de impotencia durante su vida y a menudo es ocasional. El 90% de la causa está en la mente y no en su condición física. Si la impotencia persiste, puede ser necesaria ayuda o información adicional.[3]

Una de las razones por las que el hombre pierde el interés en el sexo puede ser el padecer ansiedad. Los hombres tienen diferentes niveles de interés en el sexo. Algunas veces el impulso de una mujer es mucho más fuerte y ella es la única que esta constantemente presionando a su esposo.

Sensibilidad sexual

——— **Pregunta:** ———
¿COMO PUEDO LOGRAR
QUE MI ESPOSO SEA SENSIBLE SEXUALMENTE?

Respuesta:
Aquí hay algunos enfoques que han funcionado con algunas mujeres. Dígale que está interesada en tener la mejor relación sexual posible y que ha conocido alguna información que le gustaría compartir con él para aumentar su placer.

1.- Pídale a su esposo que lea con usted el libro *El regalo del sexo*, por Cliff y Joyce Penner, o *El acto matrimonial*, de Tim y Beverly La Haye.
2.- Sugiera ir juntos a un consejero cristiano. Si él no quiere ir, dígale que usted sí va a ir, así podrá aprender más sobre la intimidad sexual en el matrimonio.

Si su esposo está pasando por alto sus necesidades de afecto, regálele el libro de Kevin Leman, *El sexo empieza en la cocina*, y dele una lista de las respuestas afectivas que usted quiere de él.

Intimidad sexual

——— **Pregunta:** ———
EL COMPARTIR INTIMIDAD,
¿TIENE QUE INCLUIR ACTIVIDAD SEXUAL SIEMPRE?

Respuesta:
¿Sabe usted lo que significa la palabra «intimidad»? Viene del latín y significa «más íntimo, más profundo.» La intimidad sugiere una

fuerte relación personal, una cercanía emocional especial que inclu-ye el comprender y el ser comprendido por alguien especial. La inti-midad ha sido definida también como, «un lazo afectivo, las hebras que están entretejidas por el mutuo cariño, responsabilidad, con-fianza, comunicación de los sentimientos y sensaciones, así como el intercambio de información acerca de los sucesos emocionales.»[4] In-timidad significa correr el riesgo de estar cerca de alguien y permi-tir que alguien pase sus fronteras personales.

Si en una relación no hay intimidad, el amor o el romance tam-poco estarán presentes. Y como ve en la definición, los sentimientos son una parte esencial en este proceso. Si uno o ambos están blo-queados emocionalmente no podrán experimentar mucha intimi-dad.

Uno puede tener intimidad sin sexo. ¡También se puede tener sexo sin intimidad! La intimidad tiene una naturaleza multifacética y ésta tiene seis dimensiones diferentes. Considere lo siguiente, tal como lo dice el Dr. Donald Harvey:

«1.- *Intimidad emocional*. Cuando uno es emocionalmente ínti-mo, se "siente" cerca uno del otro. Se siente apoyado y cui-dado emocionalmente por la pareja. Se comparten las pe-nas y las alegrias y el sentido de que cada uno está intere-sado genuinamente en el bienestar del otro. La atención y la comprensión parecen ser las características de esta di-mensión de la intimidad.

»2.- *Intimidad social*. Cuando una pareja es socialmente íntima, se tienen muchos amigos en común y se oponen a separar los calendarios sociales. Esto no es decir que no tengan al-gunas amistades separadas, pero las "amistades separa-das" no son la totalidad de su socialización. Tener tiempo juntos con amigos mutuos es una parte importante de sus actividades recreativas.

»3.- *Intimidad sexual*. La verdadera intimidad sexual involucra más que la mera realización del acto sexual. En los matri-monios verdaderamente íntimos, la expresión sexual es una parte esencial de la relación. Es un vehículo de comunicación y no sólo una tarea. Si su relación es sexualmente íntima, usted está satisfecho con su vida sexual. Se sienten cómodos uno con el otro y no ven su actividad como una rutina. El interés genuino, la satisfacción, la habilidad para discutir los asuntos sexuales son las características de una relación sexualmente íntima.

»4.- *Intimidad intelectual*. La intimidad intelectual involucra compartir ideas. Cuando uno es íntimo intelectualmente habla con el otro. Más que las conversaciones superficiales sobre el tiempo, uno busca la entrada a los asuntos de importancia de la pareja y de la vida misma. Se valora la opinión de la pareja y se quiere compartir la suya. Hay una actitud de respeto mutuo por el pensamiento y las opiniones de ambos. El sentirse "humillado", sentir que la conversaciones son vanas, sentir como si su pareja estuviera tratando constantemente de cambiar sus ideas no son cosas presentes en las relaciones íntimas intelectuales. En su lugar las conversaciones son estimuladas y enriquecidas.

»5.- *Intimidad recreacional*. Cuando uno es íntimo recreacionalmente, disfruta y comparte muchas de las mismas actividades "sólo por diversión". Tiene muchos intereses similares, ya sean actividades dentro o fuera de la casa. Les gusta "jugar" juntos, o compartir arreglos de la casa, hobbies, etc. Incluso en medio de las programaciones agitadas se encuentra tiempo para hacer cosas divertidas. Y haciendo eso, se sienten cerca uno del otro.

»6.- *Intimidad espiritual*. Para ser íntimos espiritualmente, tienen que reunir tres criterios:

a) Deben compartir creencias iguales o similares acerca de Dios.

b) Estas creencias deben ser importantes o significantes en sus vidas.

c) Deben compartir honestamente cuando cada uno esta en su propia busqueda espiritual.»

Tener sólo uno o dos de estos prerequisitos no es suficiente para tener intimidad espiritual. Todos tienen que estar presentes. Si una pareja no comparte sus rumbos uno con el otro –incluso aquellos que han sido criados en la misma iglesia y que valoran sus compromisos religiosos– quizás no tengan más intimidad espiritual que las parejas que tienen yugo desigual. La asistencia obediente a las actividades religiosas no es garantía de que la intimidad espiritual exista en el matrimonio. Esta forma de cercanía requiere mucho más.[5]

Ahora vuelva atrás y evalúe cada dimensión. En una escala de 0-10, indique su nivel en cada una de las seis dimensiones de la intimidad. Después evalúe cada una cómo su esposo lo haría. Luego de eso, indique lo que puede hacer para aumentar el nivel en cada dimensión. Puede ser interesante pedirle a su esposo que haga la misma evaluación, primero como él ve cada dimensión en el matrimonio y después como piensa que usted respondería. Podría ser una discusión interesante.

Comportamiento sexual

─────────────── **Pregunta:** ───────────────

¿QUIEN ESTABLECE LAS NORMAS DEL COMPORTAMIENTO SEXUAL? ¿ESTA BIEN EL SEXO ORAL EN EL MATRIMONIO?

Respuesta:

En la relación matrimonial cada persona participa en el establecimiento de las normas sexuales a la luz de lo que las Escrituras enseñan y lo que cada persona disfruta. Ninguno de los dos tiene poder para establecerle al otro sus normas. El Nuevo Testamento enseña que los hombres y las mujeres son iguales en terminos de valor, habilidad y posición ante Dios. Los hombres no tienen derechos sexuales que las mujeres no tengan. Cada uno tiene tantos derechos como el otro.

Los pasajes del Nuevo Testamento que enseñan sobre la relación sexual entre el esposo y la esposa empiezan y terminan con un mandamiento para ambos. Cada uno debe tener sus necesidades satisfechas y ésto significa descubrir lo que le agrada al otro.

Una de las barreras de la relación sexual es la ignorancia, tanto de las Escrituras como del proceso sexual. ¿Qué hay que leer que declare clara y objetivamente lo que dicen las Escrituras sobre el sexo? ¿Qué tienen que leer ambos sobre la respuesta sexual? ¿Han leído *El regalo del sexo* por Joyce y Cliff Penner? Este tiene que ser leído por las parejas de todas las edades, incluso aquellos que han estado casados por 30 años o más. ¿Por qué sugiero eso? Porque he encontrado más información errónea en las parejas que tienen más tiempo de casadas que en las más jovenes.

Probablemente la pregunta formulada más frecuentemente sobre el sexo es sobre el sexo oral. El sexo oral se refiere a la estimulación de los órganos sexuales por cualquiera de los dos utilizando la lengua o la boca. Cliff y Joyce Penner señalan en el libro mencionado que la canción de Salomón se refiere a la estimulación de la pareja uno al otro de esta manera (Cantar de Cantares 4:16-5:1). Las Escrituras podrían indicar que esta práctica no es incorrecta. Pero esto es sólo una inferencia, ya que las Escrituras no son completamente claras sobre si esta bien o no.

Cualquier equivocación que pueda ocurrir es cuando uno en la pareja intenta forzar al otro al sexo oral. No debe hacerse nada que viole a la otra persona. El sexo oral podría ser un problema si pierde el propósito de aumentar la estimulación con el objetivo de completar el acto sexual y venir a ser un sustituto del coito. En algunos casos, incluso cuando la mujer no disfruta el sexo oral, se entregará a las peticiones de su esposo. Después él pierde interés en satisfacer las necesidades de ella a través del coito.

El sexo oral es una estimulación natural como por ejemplo en los senos, la boca, las orejas. Algunas mujeres expresan preocupación, no sabiendo si es un acto sucio. Si el cuerpo está limpio, la contaminación no será esparcida ni por los genitales ni por la boca.

El principio más importante a seguir es descubrir lo que le agrada a su pareja, y no pedir o forzar nada que no puedan cumplir.

Lecturas recomendadas

- Penner, Cliff, y Penner, Joyce. *The Gift of Sex.* Dallas, TX: WORD Inc., 1981.
- Wheat, Ed. «Sex Problems and Sex Techniques in Marriage» (cintas grabadas).
- Wright, H. Norman. *Holdinq on to Romance.* Ventura, CA: Regal Books, 1992.

Notas

1.- Dennis Rainey, *Staying Close* (Dallas, TX: WORD Inc., 1989), adaptado de las pp. 254-256.
2.- Michael McGill, *The McGill's Report on Male Intimacy* (New York: HarperCollins, 1985), adaptado de las pp. 188,189.
3.- H. Norman Wright, *Understanding the Man in Your Life* (Dallas, TX: WORD Inc., 1987), adaptado de las pp. 191-197.
4.- Fuente desconocida.
5.- Donald Harvey, *The Drifting Marriage* (Tarrytown, NY: Fleming H. Revell, 1988), adaptado de las pp. 38,39.

Capítulo 10

¿COMO PUEDO CAMBIAR A MI ESPOSO?

Estimulando al esposo

—— Pregunta: ——
¿COMO PUEDO CAMBIAR Y ESTIMULAR A MI ESPOSO,
Y ASI PODER VIVIR CON EL? ALGUNOS DE SUS
COMPORTAMIENTOS SON FRUSTRANTES PARA MI.

Respuesta:
Los pastores y consejeros constantemente oyen las preocupaciones de las mujeres sobre cómo cambiar a su esposo. Mientras que uno en el matrimonio está interesado en crecer y cambiar, el otro parece estar atorado. Las motivaciones y los métodos que las esposas utilizan para tratar de cambiar a sus esposos cubren un amplio espectro.

Usted puede motivar a su esposo y efectuar el cambio, pero no es fácil. Sin una cuidadosa premeditación, algunas de sus respuestas pueden hacer salir «el tiro por la culata». También, su propia meditación y las razones para querer cambiar tienen que ser consideradas cuidadosamente. ¿Está en los mandatos de las Escrituras el tratar de cambiar al esposo? ¿No deberíamos, en cambio, dejar a la otra persona ser como es y aprender a aceptarla? No, si lo hacemos podríamos decir que somos perfectos y que no hay lugar para el crecimiento.

En este capítulo consideraremos 1) lo que dicen las Escrituras; 2) un plan global para el cambio; 3) algunos asuntos específicos respecto a cambiar a otra persona. Espero que algo en este capítulo sea aplicable a su matrimonio, así como a otros tipos de relaciones.

Ejemplos bíblicos

¿De qué manera nos exhorta y desafía el mandato bíblico el uno al otro en la relación matrimonial? La Palabra de Dios nos da ejemplos sobre cómo responder unos a otros (los siguientes versículos son de traducción libre).

«Y cuando (Apolos) quiso cruzar a Acaya (donde la la mayoría eran griegos), los hermanos escribieron a los discípulos de allí, *animándolos y estimulándolos* a que lo aceptaran y lo recibieran cordialmente» (Hechos 18:27).

«*Suplico y aconsejo* a Evodia y a Síntique que estén de acuerdo y trabajen juntas en el Señor» (Filipenses 4:2).

Dejen que la palabra de Cristo, el Mesías, more (en sus corazones y mentes) en abundancia vosotros, mientras que se *enseñan* y *amonestan* y *entrenan* unos a otros en toda intuición e inteligencia y sabiduría (en las cosas espirituales) canten salmos e himnos espirituales, con melodía para Dios con (su) gracia en sus corazones» (Colosenses 3:16).

«Pero les suplicamos y de todo corazón les exhortamos, hermanos, que sobresalgan (en este asunto) más y más» (1ª Tesalonicenses 4:10).

«Por tanto anímense (amonéstense, exhórtense) unos a otros y edifíquense –fortalézcanse y crezcan– unos a otros, así como lo estan haciendo» (1ª Tesalonicenses 5:11).

¿Quién determina lo que exhortamos a otra persona a hacer? ¿Quién determina lo que enseñamos o animamos a otra persona a hacer?

La palabra «exhortar» en estos pasajes significa animar a uno a seguir una línea de conducta. Estar siempre mirando al futuro. Exhortarse uno a otro es un ministerio triple en el cual un creyente 1) anima a otra persona a actuar aplicando la verdad de las Escrituras; 2) estimula a otra persona con la verdad de las Escrituras; 3) conforta a la persona a través de la aplicación de las Escrituras. En Hechos 18:27 dice que «animaron» significa que los inspiraron o persuadieron. En 1ª Tesalonicenses 5:11 significa estimular a otra persona a las tareas normales de la vida.

Por tanto, ¿qué estamos exhortando a otra persona a hacer? Para contestar necesitará ver sus motivos de cambio. Cuando comience a entender cuáles son sus motivos realmente, puede que descubra que no es tan necesario, tal vez, que su esposo cambie. Quizas sus necesidades puedan satisfacerse de otras maneras, las cuales permitirán a su pareja no tener que cambiar. Si usted puede descubrir por qué quiere que su esposo cambie, entonces puede descubrir lo que quería cambiar en su propia vida. La clave es comprender sus propios motivos.

Una estrategia para el cambio

Cuando usted le pide a su esposo que cambie algunos de sus comportamientos que no le agradan, el podrá interpretar el cambio propuesto en una de estas cuatro formas: 1) como un cambio destructivo; 2) como un cambio amenazador; 3) como que no tiene efecto en él; o 4) como un cambio que podría ayudarle a ser una mejor persona. Es importante, por tanto, que al solicitar un cambio podamos presentar la sugerencia de tal manera que él lo vea como una oportunidad de crecimiento. ¿Cómo puede hacerse esto?

Déle a su esposo información. Cada persona tiene una necesidad diferente y una capacidad diferente de manejar la información. Mientras más información usted proporcione acerca del cambio deseado menos será la resistencia. ¿Por qué? Porque de esa forma hay más oportunidad de ver la solicitud como un paso hacia el crecimiento.

«Juan, aprecio tu interés en los niños y su educación. Me gustaría que me ayudaras en dos áreas con ellos: David necesita tu ayuda con algunos de sus proyectos y yo necesito tu ayuda en ir a hablar con su maestra. Comprendo que puede tomar algún tiempo, pero tus opiniones y conocimientos pueden ayudar a David más que las mías. Si ambos hablamos con la maestra seremos capaces de intercambiar nuestras ideas y presentar un frente unido a ambos, a la maestra y a David.»

Su esposo necesita saber lo que usted espera de él, por qué lo espera y cuáles podrían ser los resultados.

Involucre a su esposo . Esto disminuirá la resistencia en explorar varias alternativas para el cambio. Su esposo estará menos a la defensiva si tiene una chance para expresar sus ideas y hacer sugerencias.

«Rubén, sabes que hemos sido capaces de hablar un poquito más recientemente acerca de como mantenemos el hogar y también de nuestras dificultades. Me estoy preguntando si podríamos explorar algunas alternativas que pudieran funcionar. Esto no significa que vamos a aceptar cualquier idea que propongamos, pero así podemos sugerir más ideas para trabajar. ¿Qué te parece?»

Comience despacio. ¿Es el cambio solicitado un paso imperioso y gigantesco, o ha dividido la solicitud en pequeños incrementos que realmente puedan cumplirse? Si el cambio solicitado es para aumentar la comunicación, comience por compartir siete minutos, una noche a la semana. Su mayor objetivo pueden ser media hora cada noche, por cuatro veces a la semana. Sin embargo es demasiado pretender hacerlo así desde el principio. Tener el garage limpio y mantenerlo es una solucitud típica de parte de la esposa, pero desarrollar un plan específico de pequeños pasos para cumplirlo en un período de tiempo de seis meses puede ser factible.

Cree intimidad. La resistencia es una respuesta normal cuando uno de los dos está con desconfianza y abriga temores hacia el otro.

Si los motivos o intenciones son cuestionados, ¿cómo puede ser visto un cambio sugerido sino como perjudicial? Si la confianza y la intimidad están presentes, su esposo puede ver las peticiones como una forma de alcanzar incluso mayor intimidad en el matrimonio. Un esposo que haya respondido favorablemente a las sugerencias de cambio previas de su esposa estará dispuesto si:

1.- Su esposa reconoce su cambio de una manera positiva. No dice: «Bien, no durará», o «¡Cómo has tardado!», o «¡No puedo creerlo...!»
2.- Ella no menciona su cambio o falta de cambio frente a otros para abochornarlo.
3.- Está dispuesta a cambiar en sí misma.
4.- El sabe que ella lo ama, cambie o no.
5.- El ve la solicitud de cambio como algo que mejorará su vida.

Resistencia al cambio

¿Por qué su esposo se resiste al cambio? ¿Por qué es difícil cumplir con la solicitud de otros? Muy frecuentemente las razones que damos están cubiertas por un recurso real de resistencia.

Si un esposo no responde positivamente a la solicitud de un cambio, su resistencia puede tomar muchas formas.

Algunos simplemente dejan de escuchar. Esta es una expresión de su desgano por cambiar. Cortan la conversación, dejan la habitación o se ocupan en alguna tarea. Un hombre puede quedarse tarde en la oficina o puede decir que tiene que irse temprano para una cita para prevenir futuras discusiones.

Algunos no llevan a cabo lo solicitado. Algunas personas estan de acuerdo con lo solicitado, pero no lo llevan a cabo. ¿Por qué? Ellos no tienen intenciones de hacerlo. ¡Esta es una táctica de esquivar para hacer que la solicitud vuelva atrás! Pero después de muchas peticiones sin realizar, se muestra receloso y enojado.

O quizás la persona conteste con un «¿Por qué no cambias tu?» Esto cambia la solicitud y el resultado probablemente será un argumento.

Renuente al cambio

¿Por qué somos tan renuentes al cambio?

Costumbre. Una simple razón para no cambiar es la costumbre. Día tras día mantenemos exactamente la misma rutina. Dentro de nosotros tenemos una selección de respuestas cómodas que nos hacen sentir seguros. No tenemos que pensar en eso o trabajar en las nuevas formas de responder. Pero las costumbres que nos hacen sentir seguros pueden ser irritantes para otros. La costumbre es probablemente la forma de resistencia usada más frecuentemente. ¿Por qué? Porque funciona muy bien.

¿Ha utilizado alguna vez estas excusas o ha escuchado que las utilicen? «Siempre lo he hecho así». «Después de 28 años es muy tarde para cambiar». «¿Por qué cambiar? Me siento cómodo. Esta forma funciona». «¿Cómo sé que la nueva forma es mejor? No tengo que pensar en otra. Yo lo hago así».

Quizás usted viva con un esposo que es desordenado. No recoge sus cosas, no las pone en su sitio o no cuelga su ropa cuando viene del trabajo. El descuida cambiar su ropa antes de hacer las tareas rutinarias. Tampoco recoge los papeles o revistas que tiró en el piso, ni plato el de la mesa.

Puede que usted haya tratado de corregirlo con ruegos, súplicas, amenazas, dejando acumular la suciedad por días e incluso por semanas, pero nada ha resultado. Probablemente él estaba acostumbrado a tener alguna persona recogiendo detrás suyo mientras iba creciendo. Si es este el caso, puede haber desarrollado la creencia de que él es especial y que merece ser servido. Si él fue servido y se le recogió todo por muchos años y ahora usted le está diciendo: «Recoge lo que desparramas», el mensaje que está recibiendo es: «No mereces más ser atendido» y siente que su autoestima está bajo ataque. La manera en que piensa de sí mismo ha sido desafiada. Esta es la verdadera razón por la que se resiste. Si cambia, tendrá que cambiar algunas percepciones que mantiene de sí mismo.

Las costumbres pueden ser cambiadas. Una costumbre de 25 años puede cambiarse tan rápido como una de 10 años o de 1 año una vez que la causa de la resistencia ha sido descubierta. Y el cambio es más fácil que lo que la mayoría de las personas creen.

Ignorancia Otros pretextan su ignorancia como su resistencia. Dicen, «No sabía que era lo que querías» o «No se como hacerlo. ¿Con quién crees que te casaste? ¿Con Superman?» La ignorancia puede ser una herramienta efectiva porque pone a la persona que solicita a la defensiva. Usted empieza a preguntarse si le dijo a su esposo lo que quería o si el esta esperando demasiado.

Control Otra forma de resistencia frecuentemente utilizada es nantener el control. Si alguien le pide que cambie puede que no obedezca por el temor de perder el control. Quiere mantener su control e incluso el suyo. No le gusta que otros determinen cómo tienen que comportarse. Puede que la solicitud no sea un asunto de control, pero lo interpreta de esa forma.

Incertidumbre o ansiedad. Esta es una respuesta honesta a la resistencia. «¿Cómo me afectará este cambio?» «¿Seré capaz?» «¿Las personas me seguirán respondiendo de la misma manera?» «¿Y si no puedo agradarles?» Nos anticipamos a algunas amenazas y temores que entran en juego. Sentimos que nuestra autoestima está desafiada y amenazada, y esta es la clave, otra vez: Cualquier amenaza percibida a nuestra autoestima será resistida. «¿Me seguirán estimando?¿Estaré tan seguro?»

¿Piensa realmente que todas sus solicitudes de cambios deben encontrar aplauso y conformidad al instante? Si su pareja se resiste a su solicitud de cambio, ¿qué pasará con usted? ¿Se enojará? ¿Se desanimará, se aturdirá, se empecinará? ¿Puede haber valor en la resistencia? Probablemente no, pero considere las posibilidades.

Si sus solicitudes son resistidas, quizás tenga que considerar por qué quiere cambiar, cuán intensamente lo quiere, y cuán comprometida está para ejercer el cambio. El nivel de compromiso en este cambio le dice: «¿Cuáles son sus propias necesidades en este momento?»

Quizás la resistencia la ayudará a ser más específica en lo que desea que él cambie. ¿Ha considerado la resistencia de su pareja como la única forma de comunicación? El podría estar diciéndole algo nuevo acerca de él mismo, lo que él valora y qué elementos estan involucrados en su autoestima. Si su resistencia es muy fuerte, usted puede estar convencida de tratar otro enfoque.

Cómo motivar a su esposo a cambiar

—————— Pregunta: ——————
¿COMO PUEDO ARREGLARMELAS CON UN ESPOSO SIN MOTIVACION?

Respuesta:
Por años hemos dicho que no podemos cambiar a otros, sino que ellos se cambian a sí mismos. Esto es verdad, pero podemos ayudar a crear las condiciones bajo las cuales las personas podrían desear cambiar. Aquí estan algunos de los prinicipales medios que se pueden utilizar para favorecer el cambio.

Metodos ineficaces
Primero, estos son algunos medios inefectivos utilizados para producir el cambio.

Muéstrame tácticas. «Si me amas podrías...» ¿Ha pedido alguna vez a su esposo que cambie por esta razón? La respuesta que probablemente él le devuelva es: «Si tú me amas a mí,¡no deberías pedírmelo!» Esto es manipulación.

Negociar. «Mira, cambiaré _____ si tu cambias _____ ». Es como decir: «¡Tengo un negocio para ti!» Esto no funciona.

Sin embargo otros utilizan la exigencia: «Mejor hazlo... o si no ....» Esto es arriesgado y puede salir «el tiro por la culata».

Poder y coacción. Por siglos las personas han utilizado el poder y la coacción para producir cambios. Las amenazas, demandas y recompensas son utilizadas frecuentemente, incluyendo el dar o negar el cariño físico o verbal. También algunas veces hay abuso. El poder puede trabajar, pero ¿cuáles son la consecuencias? A ninguno nos gusta ser dominado por otros. Esto crea resentimiento.

Incomodidad. Otros preocupan a las personas, las hacen sentir incómodas o les causan disgustos. Si podemos crear culpa o ansiedad, pensamos que podremos producir cambio. Pero el cambio producido de esta forma no es real ni duradero. En vez de producir el cambio que usted ve, su esposo puede apartarse de usted. No nos gusta estar alrededor de personas que nos hacen sentir incómodos. Es difícil desarrollar la intimidad entre las personas cuando el poder o la incomodidad es utilizado como un medio para producir cambio. Y pienso que lo que usted quiere es una mayor intimidad.

Métodos efectivos

Algunos métodos efectivos pueden ser usados para promover el cambio.

Proporcione información nueva. Esto se basa en la creencia de que su esposo examinará nuevos datos y hará una decisión racional para el cambio. El enfoque de la información puede ser efectivo, pero es muy lento. El tiene que ver claramente las consecuencias de la nueva sugerencia y de la forma que realzará sus sentimientos de autovalía.

El enfoque de crecimiento. Si su esposo puede ver poco riesgo –o ninguno– que lo involucre a él y a su autoimagen, puede que esté dispuesto al cambio. «Si no tengo nada que perder, podría tratar», podrá pensar. ¡La clave es eliminar el riesgo! Esto significa que el necesita estar seguro de que su autoimagen se mantendrá intacta o aumentará. Este es el ideal. Sin embargo, habrá siempre algun grado de riesgo.

Confianza. En todas las estrategias para el cambio, la confianza es un ingrediente vital. Eso es lo máximo si quiere que se produzca algún cambio. Si ya tiene establecidas bases sólidas de confianza, sus solicitudes pueden encontrar respuestas. Si no hay patrones de confianza, puede tomar un tiempo el edificarlos. Y si la confianza ha sido destruída, puede que nunca se reconstruya. La confianza y la credibilidad (¡suyas!) estan en juego.

Para edificar la confianza y pedir cambios basados en esta confianza, las solicitudes al principio deben ser simples y triviales. Debe pensar cuán segura la otra persona se siente ahora. ¿Cuánta seguridad necesitará sentir antes que responda a su petición?

Si su esposo va a cambiar tiene que ver que usted es de confianza y que busca lo mejor para él. Y todo lo que usted puede hacer es solicitar el cambio. El es quien tiene que decidir cambiar y hacerlo. Antes de empezar, ¿están los cambios que está solicitando de acuerdo con los patrones de vida que establecen las Escrituras? ¿0 los cambios reflejan sus propias inseguridades?

Considere sus acciones

El cambio puede ocurrir si usted hace lo siguiente:

1.- Examine y aclara las razones y deseos para el cambio. Examine su necesidad.
2.- Evalúe las peticiones a la luz de las Escrituras ¿Es un cambio que las Escrituras nos llaman a hacer?
3.- Comprenda cómo su esposo se ve a sí mismo y cómo está edificada su autoestima.
4.- Presente el cambio en una forma que aumente su autoestima.
5.- Considere su propia voluntad para cambiar. ¿Esta dispuesta a apoyar a su esposo y a animarlo, a serle de edificación y a fortalecerlo? ¿Esta dispuesta al cambio, y es obvia esa disposición para otros? Es vital una respuesta afirmativa a estas preguntas.
6.-¡Refuerce, refuerce y refuerce! Si su esposo efectúa un cambio solicitado y usted lo ignora, o lo da por sentado, él se sentirá violado, defraudado y muy probablemente volverá a su comportamiento anterior. Todos necesitamos reacción de otros y recompensa para hacer un cambio. Entonces

nuestra autoestima se mantiene intacta. Los cambios son frágiles y deben ser fortalecidos. Cuando experimento afirmación como persona por mi nuevo comportamiento, entonces lo siento como parte de mi estilo de vida. Si alguien siente indecisión con este nuevo comportamiento, entonces ese alguien regresará a la seguridad del comportamiento anterior. La nueva experiencia y refuerzo necesitan ser fortalecidos. De lo contrario mi naturaleza vuelve la vieja experiencia, la cual es una parte natural de mi vida y no es vencida facilmente. El refuerzo tiene que venir en un momento cuando pueda ser vinculado al nuevo comportamiento. Esto significa inmediatamente después que ocurra.

7.- Sea persistente y paciente. No espere demasiado en corto tiempo, y no se vuelva una derrotista.

Cómo motivar espiritualmente al esposo

------------ **Pregunta:** ------------
¿POR QUE MI ESPOSO NO TIENE DESEOS DE SER LA CABEZA DEL HOGAR EN LOS ASUNTOS ESPIRITUALES? ¿COMO PUEDO LOGRAR QUE MI ESPOSO SEA LA GUIA ESPIRITUAL DE MI FAMILIA?

Respuesta:

Una gran preocupación para muchas esposas cristianas es la disparidad entre su espiritualidad y las vidas espirituales de sus esposos. Desafortunadamente, muchas mujeres comprometidas nunca evalúan bien al futuro esposo en esta esfera antes del matrimonio. O quizás quien será el esposo ha dado la impresion de estar vivo espiritualmente, cuando realmente no lo estaba. Vamos a considerar algunas preguntas sobre este asunto. Antes del matrimonio, quizás tenga expectativas sobre la espiritualidad de su esposo. O quizás estos buenos deseos se hayan desarrollado desde entonces. ¿Fueron discutidas estas expectativas alguna vez con él? Si ocurrió así, ¿cuál fue su respuesta? ¿Está usted comparando la expresión de fe de su esposo con la forma en que usted expresa la suya? Si es así, ¿esta tomando en consideración las diferencias de personalidad, el tiempo que lleva cada uno como creyente, o si tuvo algún tipo de modelo de comportamiento espiritual cuando estaba creciendo, o si exhibe un fuerte liderazgo en otras áreas de su vida? Algunas veces ponemos expectativas irreales en nuestros cónyuges. Lo que usted quiere para él, ¿es para el beneficio de él y podrá aprender a sentirse cómodo con ello?

Susan Yates, la esposa de un ministro, dice:

> «Dios nos habla a cada uno en formas diferentes. La expresión de nuestra fe puede ser diferente, nuestros dones espirituales pueden ser diferentes. Dios no va a hacer copias a uno de otro.
>
> »El crecimiento espiritual no es una competencia. No estamos compitiendo. Es más como el caminar por un jardín. No estamos corriendo hacia la meta; estamos caminando en una increíble gala de belleza, dirigiéndonos hacia lo próximo. Por supuesto que hay malas hierbas y piedras a lo largo del camino, pero estamos explorando, no compitiendo. Vamos a darnos cuenta de diferentes cosas e iremos a través de diferentes épocas en nuestro crecimiento. Y mientras caminamos a través de ese jardín, necesitamos amarnos unos a otros, orar uno por el otro y aprender uno del otro.»[1]

Siempre recordaré una afirmación que leí hace años respecto a lo que esperamos de nuestro cónyuge:

> «Tratamos de cambiar a las personas conforme a nuestras ideas de cómo deben ser. Cómo hace Dios. Pero la similitud termina. Nuestras ideas de lo que la persona

debe hacer o cómo debe actuar pueden ser un mejoramiento o un encarcelamiento. Podemos liberar a la otra persona de los patrones de comportamiento que estén restringiendo su desarrollo, o simplemente podemos encadenarla en otra esclavitud.»[2]

Muchos hombres no fueron criados con un modelo de lo que un esposo tenía que hacer como líder espiritual del hogar. Tampoco fueron instruidos en los atributos básicos del liderazgo espiritual. Simplemente fueron amonestados para ser el «líder espiritual en el hogar».

Ellos se unen al matrimonio con una preparación inadecuada, con el deseo de mantener el control y tener éxitos, entonces ¿cómo no nos vamos a sorprender de que muchos hombres esten dudando de ser los líderes espirituales en sus hogares? Por años, cuando hablaba en la Forest Home Conference Grounds Family Camp, el seminario más popular y de mejor asistencia sobre temas de familia, mantenía una sesión opcional a las cuatro de la tarde, para hombres solamente, sobre el tema «Cómo orar con su esposa».

El deseo de hacerlo a menudo esta ahí, pero hay muy poca guía e instrucción disponible. ¿Qué puede hacer usted?

1.- Ore por su esposo. Carole Mayhall, escritora regular de la revista *Today's Christian Woman* (La mujer cristiana de hoy), sugiere lo siguiente:

Como orar «por él»:
Ponga empeño en dedicar cinco minutos diarios para orar sólo por su esposo. Ore con un pasaje de las Escrituras diferente cada mes, sólo para él, así como lo hace con las otras peticiones específicas que Dios pone en su corazón. Mantenga una lista de oración específicamente para él. La lista puede contemplar algo así:
Para mi esposo: (anote la fecha en que empezó a orar)

A.- Colosenses 1:9-11
- Que pueda ser lleno del conocimiento de la voluntad de Dios.
- Que tenga sabiduría espiritual y entendimiento.
- Que tenga una vida digna de Dios.
- Que pueda agradar a Dios en todos los sentidos.
- Que sea fortalecido con el poder de Dios para paciencia y resistencia.
- Que tenga un espíritu agradecido.

B.- Que pueda desarrollar amistad con un cristiano comprometido que lo desafíe.

C.- Que Dios le dé hambre y sed de El y de su Palabra.

Anote las oraciones contestadas y las fechas.

Después que una amiga mía había estado orando específicamente por su esposo por varios meses, me llamó con voz emocionada y exitada:

«¡Adivina! –exclamó–. Bill acaba de decirme que un nuevo compañero de trabajo lo invitó a asistir a un nuevo estudio bíblico temprano en la mañana, ¡y Bill dijo que sí! Y algo más. Traté de no demostrar mi asombro cuando Bill trajo a casa un folleto sobre el programa Enriquecimiento Matrimonial del fin de semana ¡y dijo que había firmado para ir!»

Mi amiga y yo nos regocijamos juntas con este nuevo comienzo.[3]

2.- *Aplique la información de este capítulo en esta área.* Que un esposo se niegue a aceptar al Señor no es causa de divorcio. He visto a esposas esperar un año, diez años y treinta años para que sus esposos respondan al mensaje de Dios. Fueron pacientes, oraron y respondieron de acuerdo a 1ª Pedro. Dios no pone un tiempo a la persona. Susan Yates sugiere lo siguiente:

«Aunque es difícil a veces aceptar, es necesario recordar que usted *no* es responsable de la salvación de su esposo. No hace mucho que una mujer se acercó a mi después que había terminado de hablar en un retiro. Me habló un poquito acerca de su vida, y muy pronto estaba llorando. Sentía tremenda culpabilidad porque su esposo no había venido a Cristo. Le aseguré que ella no tenía culpa por lo que su esposo creyó o no creyó. La fe de su esposo era un asunto entre él y Dios. La animé a que se preocupara por *su* crecimiento en Cristo. El Espíritu Santo es el único que convence de pecado –no las esposas...

Su esposo no es su enemigo; es su-pareja-de-por-vida. Por lo tanto, una buena pregunta para hacérsela a sí misma es: «¿Estoy permitiendo que esta dificultad ayude para acercarme más al Señor o me estoy amargando cada día más?» Cuéntele a Dios sus penas y decepciones y pídale que la acerque más a El. Lea su Palabra y escúchelo; tiene algo especial que enseñarle.[4]

3.- *Anime a su iglesia a desarrollar programas y ministerios* para preparar a los esposos para ser líderes espirituales. Anime a su esposo a considerar la dimensión de vida espiritual, dándole libros de testimonios por autores en su campo de interés vocacional o recreacional. A menudo, cuando alguien más está diciendo lo que usted ha dicho, eso gana su atención más de lo que usted puede hacerlo.

4.- *Trabaje con él para que llegue a ser un líder espiritual en el hogar.* Discuta lo que significa este concepto para él y descubra lo que podría ser factible. Proveále herramientas y recursos para hacerlo más fácil.

Si usted lee inlgés, la animo a leer mi libro *Quiet Times for Couple* (Tiempos tranquilos para la pareja), un devocional preparado para dos o tres minutos diarios.

Aumentando el resentimiento

------**Pregunta:**------

ME SIENTO RESENTIDA PORQUE MI ESPOSO
NO TOMA EL LIDERAZGO EN NUESTRO HOGAR.
¡LO TENGO QUE HACER TODO!

Respuesta:

Una de las dificultades que ocurren en el matrimonio cuando hay demasiada atención en el cambio de la otra persona es el aumento del resentimiento. Cada vez que uno corre el riesgo de ser vulnerable y experimenta decepción y dolor comienza el proceso de recolectar ese dolor. Luego eso se torna en resentimiento. Este problema comienza a consumir la estructura del matrimonio. Quizás pueda estar mejor descrito así.

«En California tenemos muchos insectos. Cierta clase de ellos es visto raramente pero definitivamente hace sentir su presencia. Se trata de la destructiva *termita*. Escondida, la termita, lenta y constantemente continúa deleitándose a su manera a través de la estructura de la casa, mes tras mes. Algunos propietarios pueden darse cuenta, puesto que indicaciones reveladoras de infecciones son descubiertas de vez en cuando. Pero muchos son los que dejan pasar las señales de aviso y no toman los pasos apropiados para desalojar a las invasoras.

»La sutil erosión continúa y al final el daño aparece y el problema ya no puede ser ignorado. Cuando el trabajo de la termita ha alcanzado la superficie visible, el daño interno es extenso y es necesario una reparación mayor y mucho más costosa.

»En el matrimonio, el equivalente destructivo de

la invisible termita es el resentimiento. Como una enfermedad insidiosa, este sentimiento será una barrera para el desarrollo del romance y la intimidad, tanto como un ácido corrosivo de la relación existente. El resentimiento es generalmente engendrado por un dolor real o imaginario, el cual guardamos contra el perpetrador.»[5]

El resentimiento viene a ser casi como una adicción u obsesión. Los resentimientos escondidos favorecen el desarrollo de los problemas porque la atención está puesta en el dolor y en el resentimiento en vez de estarlo en las habilidades para resolverlos. Las emociones reflejan temor y estar a la defensiva. La habilidad de razonamiento está disminuida por la justificación de las propias reacciones. Resolver el problema no es lo primario ahora sino que la venganza es la única fuente de satisfacción. Y cuando existe resentimiento, se repite la «cinta de video» del momento de la decepción y del dolor original una y otra vez. Usted empieza a sentirse autocompadecida.

Podrá experimentar cierto alivio agarrándose del resentimiento porque el autocompadecimiento y la sed de venganza alivian el dolor de la insatisfacción del matrimonio. El uso del resentimiento aumenta y pronto se hace un hábito. He conocido adictos al resentimiento. Empiezan a alimentarse a sí mismos porque entre más se resiente más necesita justificar el lugar de todos estos resentimientos, y se hace un círculo vicioso. Desafortunadamente esto tiende a reforzar el comportamiento o problema que detesta en su pareja, el mismo que contribuyó al resentimiento.

¿Tiene el resentimiento algún lugar en su vida en este momento? Si es asi, ¿qué lo está alimentando? ¿Qué lo mantiene vivo?[6]

Hay una alternativa que es la única que puede sanar cualquier relación. Es cara pero no para usted. A Dios le costó mucho, pero para usted es gratis. Esto es llamado perdón. Puede probar.

Características de un esposo sin motivación

Pregunta:

¿CUALES SON LAS CARACTERISTICAS DE UN ESPOSO
SIN MOTIVACION? QUIERO QUE MI MATRIMONIO CREZCA,
PERO MI ESPOSO NO PARECE ESTAR INTERESADO.
¿QUE PUEDO HACER?

Respuesta:
Vamos a considerar algunas de las características que se pueden encontrar en un esposo sin motivación. Fíjese si está experimentando alguna de esas respuestas de parte de su esposo.

- Es *poco fiable,* aunque era bastante simpático e ingenioso cuando eran novios. Sin embargo, especialmente cuando más lo necesita, tiende a hacerse invisible cuando se aburre o cuando las responsabilidaes recaen sobre él.
¿Cuán frecuentemente esto ocurre? Ponga un ejemplo
- El es *rebelde.* Cuando le pide algo lo interpreta como una exigencia. Sus formas de rebelión son muchas y variadas. Las dos respuestas pasivas son la dilación y el olvido. ¿Cuán frecuentemente ocurre esto? Ponga un ejemplo
- El es impotente ante varios problemas con los cuales no se las puede arreglar. Usted trata de ayudarlo con el problema que parece agobiarlo, aunque debería ser capaz de manejar. ¿Cuán frecuentemente ocurre? Ponga un ejemplo
- El es *narcisista,* enamorado de sí mismo. ¿Quién piensa en eso? ¡El mismo! El es primero y no puede sentir empatía para con otros. El no puede comprender por qué usted se molesta. ¿Cuán frecuentemente sucede? Ponga un ejemplo

- El trata de obtener su *compasión*. Los berrinches y el mal humor son comunes. Intenta apelar a sus instintos maternales. Es bueno quejándose, pero hace muy poco por cambiar sus circunstancias infelices. ¿Cuán frecuente es? Ponga un ejemplo
- Existe *culpabilidad,* especialmente en su relación con sus padres. Generalmente está resentido de su mamá pero desea con ansias una estrecha relación con su papá. ¿Cuán frecuente es ésto? Ponga un ejemplo
- De varias formas, él es *dependiente.* No retribuye amor, preocupación o cuidado a menos que usted se ocupe en su caso -y aún así su respuesta no permanece. ¿Cuán frecuentemente ocurre? Ponga un ejemplo

Palabras tales como «manipulador» «hipócrita», «deshonrado», aparecen en sus labios cuando piensa en el.

- A menudo está apartando «al pequeño niño» en él, pero cuando usted le tiende la mano en un intento de acercarse, él se aparta. Es muy *reservado.* ¿Cuán frecuentemente esto ocurre? Ponga un ejemplo
- Hay un sentido de *parálisis emocional* porque sus emociones están atrofiadas. Tiende a expresar una emoción diferente a la que está experimentando. El enojo es expresado como furia. El puede decirle que le ama pero de alguna manera olvida expresarlo. ¿Cuán frecuente esto ocurre? Ponga un ejemplo
- Otro tipo de esposo es el *impotente socialmente.* Aunque esté involucrado con otros y sufriendo en su interior de profunda soledad, no puede hacer amigos. Incapaz de enfrentar la realidad de que las insuficiencias en sus relaciones están en él mismo, puede intentar comprar amigos[7] ¿Cuán frecuente esto ocurre? Ponga un ejemplo

¿Qué esta sintiendo usted en este momento? ¿Este último tipo se parece a su esposo? Al tipo de hombre descrito padece lo que llamamos el Síndrome de Peter Pan, y es fácil terminar cuidándolos como lo hacía Mamá.

Ayude a su esposo a ser responsable

---Pregunta:---
¿QUE PUEDO HACER PARA ANIMAR A MI ESPOSO
A SER MAS RESPONSABLE?
SIENTO COMO SI ESTUVIERA LUCHANDO SOLA.

Respuesta:
Durante una semana, medite como le responde a su esposo. Enumere lo que hace que puede forzarlo a responder de la manera que usted no quiere.

He aquí varias sugerencias para estimular su pensamiento. El propósito de estas sugerencias es ayudarla a su crecimiento personal y animar a su esposo para que sea una persona madura, preocupada. Si él tiende a reaccionar de manera exagerada, y en una manera u otra intenta usarla para excusarse de su comportamiento o defecto o aplacar su culpa, es bueno de alguna manera hacerle ver su responsabilidad. Diga algo como, «Estoy segura que hiciste lo mejor que pudiste», u «Otros hicieron mal y tu fuiste la víctima de las circunstancias». No apoye ninguna de sus racionalizaciones.

No lo rescate

¿Qué puede hacer? Puede preguntarle cómo se siente cuando comete un error. Puede preguntarle qué podría haber hecho diferente. ¿Qué aprendió del error y que hará diferente la próxima vez? Diga: «Todos nos enojamos y esto es bastante normal». Luego ofrezca algunas alternativas. Cuidado con el enojo que puede ser dirigido a su manera cuando usted no sienta pena por el. Esto llegará. Asegúrese de no tomar la responsabilidad de su problema o su enojo.

El necesita experimentar las consecuencias de su comportamiento irresponsable.¡No lo rescate!

Ayúdelo a recordar las fechas importantes

Si su esposo tiene la costumbre de olvidar las fechas importantes y las citas -incluyendo su aniversario o cumpleaños- asegúrese de no dejar caer indirectas sutiles, de no quejarse con otros de él o no tratar de avergonzarlo.

Puede poner las fechas en letras negritas billantes en el almanaque y exactamente antes de una fecha importante decirle que tal fecha está al llegar.

Dígale cuán importante es para usted recordar las fechas y por qué es importante. Pregúntele cómo desarrollaría un plan para recordarlas la próxima vez. Si dice, «Se me olvidó. Necesito que me lo recuerdes», no se trague esto. Estoy seguro que el recuerda algunas fechas que son importantes para él. Diga: «No, no te las voy a recordar, sino voy a trabajar contigo para desarrollar un plan que vas a seguir con el fin de recordarlas».

Deje de hacer las cosas por él

Deje de hacer las cosas que él debía y podría haber hecho. Las palabras y el tono de voz de sus respuestas serán muy importantes. No recoja lo que desparrame. No se apure a traerle lo que el quiera cuando lo quiera. Si está ocupada, usted tiene todo el derecho de decir: «Lo siento. Estoy ocupada. ¿Podrías por favor encontrarlo tu?» Tampoco vacile en pedirle que la ayude.

Evite la manipulación

Una de las trampas que tiene que evitar es la manipulación. Puede producir algunos cambios pero es engañoso en el proceso y el cambio no dura. Hay formas de abrirse paso en el mundo de su esposo y lograr su atención de una forma positiva.

Recuerde, puede estar confrontando muchos de sus problemas pasados en este proceso.

Presentando las peticiones

Pregunta:

MI ESPOSO SE NIEGA A TOMAR INICIATIVAS EN EL HOGAR.
¿QUE DEBO HACER? ¿COMO PUEDO PRESENTARLE LOS
CAMBIOS QUE QUIERO?

Respuesta:

Vamos a considerar algunas de las formas de presentar peticiones y no exigencias a su esposo. Sobre todo eso: «no exigencias».

Las exigencias son una forma inefectiva de forzar a las personas a satisfacer nuestras necesidades. No funciona insistirle a su esposo que haga algo que no disfruta, aunque usted pueda obtener placer de ello. Si obedece, no le gustará, y como resultado, nunca tendrá la costumbre de ayudarla.

Las exigencias también son desconsideradas. Nuestra ganancia es a expensas de otros. No nos importa cómo se siente la otra persona mientras que lo tengamos a nuestra manera. Por esa razón, cuando cualquiera de nosotros le exige a nuestra pareja, le robamos a nuestros matrimonios el amor y la intimidad. Las exigencias crean resistencia.

La mejor alternativa a las exigencias es considerar las peticiones. Hay tres pasos para ello: 1) Explique lo que le gustaría y pregúntele a su esposo cómo se podrá sentir satisfaciendo su petición; 2) si él dice que la petición será desagradable de cumplir, retírela; 3) discuta formas alternativas en las que él pueda ayudarla y sentirse bien con ellas.

Las peticiones consideradas recompensan los esfuerzos de su esposo en su nombre y ayuda a convertir el nuevo comportamiento en una costumbre. Convierta lo que pudo haber sido considerado como una exigencia egoísta en una petición considerada, simplemente preguntando cómo su esposo se sentiría con ello. Y esto puede hacer una marcada diferencia.

Si no le pregunta a su esposo cómo se siente, él puede pensar que lo está dando por sentado. En muchos momentos, estará de acuerdo en ayudarla porque usted pidió su opinión. Sepa que su cuidado hace el trabajo más aceptable y él no se sentirá humillado.

El segundo paso es un poquito más difícil: Si su esposo dice que la petición es desagradable, descártela. Esto es difícil de asumir especialmente si usted cree que él «le debe» eso, si piensa que él «tiene la responsabilidad» de satisfacer las necesidades, o simplemene debe hacer lo que ha dicho.

Nadie tiene el derecho de exigir a otra persona. Esto es contraproducente y creará más distancia.

Ser considerado significa comportarse de la manera que tome en cuenta los sentimientos de su esposo. Si sospecha que él encontrará desagradable cumplir su petición, usted puede ganar la batalla pero puede perder la guerra. Pero si no presiona, ¿cómo podrán satisfacerse sus necesidades emocionales básicas?

Si su matrimonio es saludable, su esposo probablemente quiera ayudarla o satisfacer sus necesidades incluso si se resistiera a su petición. Es la *forma en que usted quiere* que su esposo ayude la que a menudo causa el problema, así como la forma en que la presenta, el tono de voz y los gestos conque acompaña el pedido.

Si no presenta sus peticiones en forma considerada, entonces no obtendrá lo que quiere –y sí obtendrá lo que no quiere. Su objetivo a largo plazo es generar ayuda sin tener que pedirla.

Usted quiere que su esposo desarrolle *la costumbre* de ayudarla. Y la mejor manera de ayudar a su esposo a hacerlo es siendo considerada y flexible, y cuando él no responda, sea agradecida. ·

A veces él puede estar reácio al principio, pero cuando descubra que hay beneficios estará menos escéptico la próxima vez.[8]

Lecturas recomendadas

• Harley, Willard. *Love Buster*. Tarrytown, NY: Fleming H. Revell, 1992.
• Walker, James. *Husbands Who Won't Lead and Wives Who Won't Follow*. Minneapolis, MN:

Bethany House Publishers, 1989.
• Wright, H. Norman. *Quiet Times for Couples*. Eugene, OR: Harvest House Publishers, 1990.
• Wright, H. Norman. *Understanding the Man in Your Life*. Dallas, TX: WORD Inc., 1987.

Notas

1.- Gloria Gaither, Gigi Graham Tchividjian, y Susan Alexander Yates, *Marriage: Questions Women Ask* (Portland, OR: Multnomah Productions, 1992), p.130.

2.- Autor y fuente desconocidos.

3.- Carole Mayhall, *Today's Chistians Woman*, Mayo/Junio 1991.

4.- Gaither, Tchividjian, Yates, *Marriage: Questions Woman Ask*, p. 138.

5.- H. Norman Wright, *Holding on to Romance* (Ventura, CA: Regal Books, 1992), pp. 103, 104.

6.- Mark J. Luciano y Christopher Merris, *If Only You Would Change* (Nashville, TN: Thomas Nelson, 1992), adaptado de las pp. 10, 11.

7.- Dan Kiley, *The Peter Pan Syndrome* (New York: Aron Books,1983), adaptado de las pp. 9-11.

8.- Willard Harley, *Love Busters* (Tarrytown, NY: Fleming H. Revell), adaptado de la p. 81.

Capítulo 11

LA INFIDELIDAD
EN EL MATRIMONIO

Manejando las sospechas

──────────── **Pregunta:** ────────────

¿QUE PUEDO HACER CON LAS SOSPECHAS
DE QUE MI ESPOSO NO ES FIEL?

Respuesta:

Nunca es fácil manejar las sospechas de que el esposo no es fiel. Antes que todo hágase varias preguntas. ¿Son sus sospechas o hay otros alimentando su información? Si otros se lo han dicho, ¿qué es lo que están diciendo ellos, específicamente?

¿Tienen simplemente un «sentimiento» o tienen evidencias? He visto hacer daño a una relación en la que una tercera persona sospechaba que algo estaba pasando pero no habían evidencias. Si es su propia sospecha, ¿en qué está basada? ¿Ha hecho una lista real de lo que ve que está pasando? ¿Esta agotando sus energías en la sospecha y en tratar de descubrir si él es infiel, o continúa amándolo y entregándose a él? ¿Ha discutido sus preocupaciones con su esposo? Quizás tenga temor de confrontarlo por miedo a estar equivocada. Bien, ¿qué otras alternativas tiene?

Una aconsejada dijo que sospechaba de su esposo y un día le presentó sus sospechas. Ella enfocó la conversación diciéndole: «Querido, tengo una seria preocupación. Puede ser que te ofenda, te asuste o incluso que te enojes conmigo pero creo estar preparada para lidiar con cualquiera de tus reacciones. He notado lo siguiente (y a continuación procedió a identificar los comportamientos que estaban provocando sus preocupaciones, tales como falta de interes sexual, pasar más tiempo fuera del hogar, llamadas telefónicas sospechosas, etc.) Sólo quiero respuestas de sí o no. ¿Estás teniendo una aventura amorosa con otra persona?»

Cualquier respuesta que sea dada en este momento necesita ser aceptada. He visto casos en los cuales el esposo se ha confesado en ese mismo momento, o ha mentido y más tarde lo ha confesado. Aunque otros dicen que no y están diciendo la verdad. Si él no está teniendo una aventura, esta podría ser una oportunidad excelente para corregir los problemas que están contribuyendo a la sospecha.

Reconquistando al esposo infiel

────────── **Pregunta:** ──────────
¿COMO PUEDE UNA ESPOSA RECONQUISTAR
A SU ESPOSO INFIEL? DESPUES DE VARIOS AÑOS
DE MATRIMONIO Y VARIOS HIJOS, AHORA EL ESTA
VIENDOSE CON OTRA MUJER. ¿COMO NO PUDE
DARME CUENTA ANTES? ¿QUE PASA CONMIGO?

Respuesta:
La pregunta de reconquistar al esposo indica que usted ha «perdido» a su esposo. Esto podría implicar que usted fue la causa de que él tuviera una aventura. Es importante que hagamos todo lo que podamos para amar a nuestra pareja. Pero he visto muchas situaciones en las cuales una esposa maravillosa demostraba su amor por

su esposo sexualmente, emocionalmente y en todas las otras formas, y todavía él seguía siendo infiel.

No importa cuales defectos existan en un matrimonio, nada obliga al esposo a buscar consuelo en cualquier lugar para resolver los problemas. En muchos de los dramas maritales que he presenciado en los últimos 25 años, una gran proporción de esos matrimonios han tenido déficit en su intimidad. Desafortunadamente, muchas mujeres desean profundamente la intimidad pero sus esposos ni quieren trabajar en ello ni son capaces de hacerlo.

Mitos sobre la infidelidad

Muchos cristianos viven con una lista de mitos sobre la infidelidad que los pueden atrapar en un momento de descuido. ¿En cuántos de estos cree usted?

1.- La «lujuria es la base de la mayoría de las aventuras». Todas las demás razones no pesan más que esta.

2.- «Uno puede vacunarse a sí mismo contra una aventura fortaleciendo su fe cristiana». Esto *puede reducir el riesgo*, pero aun así todos somos vulnerables.

3.- «Si uno tiene un buen matrimonio no tiene necesidad de estar preocupado, ya que las aventuras raramente ocurren en los buenos matrimonios.» Desafortunadamente, ¡las aventuras probablemente ocurren en un 75% de los matrimonios en las parejas jóvenes y de mediana edad!

4.- «Si la persona infiel es evangélica, generalmente una fuerte confrontación bíblica será todo lo que necesite para detener la aventura». Raramente esto funciona.

5.- «Una aventura es un indicio de que la persona infiel no e la pareja adecuada como esposo». Una aventura puede su brayar las dificultades pero no siempre indica que algo está mal en la pareja infiel.

6.- «Casi siempre el hombre escoge a una mujer más atractiva físicamente que su esposa». En muchos casos la mujer es menos atractiva. La atracción emocional es el incentivo más fuerte.

7.- «La mayoría de las aventuras terminan en divorcio». El divorcio por una aventura ocurre en un 50% de la población general, pero en los cristianos la mayoría resuelven sus problemas.

8.- «Si uno está seguro de que su matrimonio es sólido y "a prueba de aventuras" esto nunca pasará». Si cree esto, está en problemas.

9.- «Una mujer cristiana quien es amiga íntima de otra mujer cristiana nunca podrá tener una aventura con el esposo de esa otra mujer». Sí, esto sucede.

10.- «Las aventuras pueden mejorar a un matrimonio estancado». Las aventuras son dolorosas y destructivas.

11.- «Si un hombre tiene una aventura, esto demuestra que no ama a su esposa». Sólo en algunos casos es verdad.

12.- «Cuando uno descubre una aventura, es mejor actuar como si no pasara nada y evitar el enojo». Esto, definitivamente, no es verdad.[1]

Que no hacer

Aquí hay algunos pasos a *no* tomar para tratar de reconquistar a su esposo:

1.- Si sospecha que él está envuelto en una aventura pero no está segura, puede tratar de enterrar la idea. Una tendencia no saludable es invertir el tiempo y la energía en sus hijos u otras actividades que no generen ansiedad sobre su preocupación. Esto no podrá funcionar.

2.- Podría atacarlo verbalmente y denunciarlo, pero esto le proporcionaría mayor justificación a lo que está haciendo.

3.- Podría decirle a tantos como sea posible de la supuesta aventura, incluyendo a sus amigos, colegas y especialmente a la familia. Pero esto sólo creará un mayor alejamiento entre los dos. Pedirle a otra persona que hable con él tampoco suele funcionar. Puede hablar el asunto con una o dos amigas, pero asegúrese de que sea en confidencia.

4.- Puede incrementar la frecuencia y variedad de su actividad sexual con la esperanza de reconquistarlo. En muchos casos, sin embargo, no es tanto la intimidad sexual la del problema sino la intimidad emocional. Si su esposo está teniendo una aventura, usted debe parar todo compromiso sexual en ese momento por la cantidad de enfermedades transmitidas sexualmente, incluyendo el SIDA. Antes de que cualquier compromiso sexual sea reanudado, él necesita ser chequeado por las enfermedades transmitidas sexualmente. Usted no puede darle a la otra persona el beneficio de la duda en el mundo que estamos viviendo hoy.

5.- Podría ir a un centro de belleza para cambiar su estilo de peinado, renovar el guardaropas o perder peso en un intento de atraer su mirada, pero generalmente esto no funciona. No trate de competir con la otra mujer o hacerse la «esposa perfecta». Es una buena manera de sentirse peor consigo misma y agotarse.

6.- Algunas mujeres han ido a ver a la otra mujer para ver de qué es capaz (si no sabe) de atacarla o de espantarla o de suplicarle. Esto no hace retroceder a su esposo.

7.- No vaya a él a disculparse por no ser una esposa lo suficientemente buena.

Déle una opción

Lo que sí necesita que ocurra es que cambie la relación de su matrimonio. Una vez que haya descubierto que la aventura está en proceso, tiene que hacer dos cosas. Una es relajarse y trabajar a través de la multitud de sentimientos que está experimentando. Luego tiene que hacer una decisión obligada. El necesita decidir ahora si dejará a la mujer y trabajará para conseguir restaurar el matrimonio o perder la relación matrimonial completamente. Esto no puede hacerse en forma lenta y con cautela o sutilmente, es algo que debe ser confrontado en forma directa, ya sea en persona o a través de una carta. Puede necesitar tener a su ministro o consejero ayudándole con los pasos que esto involucra. Leer el libro *El amor debe ser fuerte* del Dr. James Dobson la puede ayudar. Usted no está obligando o exigiendo a su esposo hacer nada; solamente está poniendo en claro que él debe tomar una decisión. El Dr. Dave Carder escribió un excelente libro llamado *Torn Asunder* (Hecho pedazos), el cual recomiendo a cualquiera que se encuentra en esta situación. El allí da un ejemplo de carta que usted podría dar a su esposo:

«Querido Richard:

»Esta carta es la más difícil que jamás haya escrito. Eres el amor de mi vida, y pensé que yo era el amor de la tuya. Pero me estoy empezando a preguntar si estaba equivocada.

»Ahora, con la revelación de tu compromiso con Julie, ya no se más cuál es la verdad.

»¿Fueron nuestros dieciocho años juntos una simple mentira?

»¿Es una pesadilla tratar de creer que has estado con ella a escondidas por casi un año? En mi corazón parece como un mal sueño, pero en mi cerebro sé que es cierto.

»He tenido mis faltas como esposa, lo se. Y estoy dispuesta a trabajar en ellas. Pero en este, el momento más difícil en nuestra relación matrimonial, quiero que sepas claramente que estoy dejándote hacer una decisión.

»Te quiero mucho, e hice un compromiso ante Dios y una promesa contigo de amarte sólo a tí por siempre. No obstante, el amor verdadero permite a la persona ejercer su libertad.

»Espero que escojas seguir conmigo como mi esposo, pero no quisiera que lo hicieras por compasión por lo que pudiera afectarme tu partida. Si finalmente escoges irte, sería extremadamente difícil para mí, pero soy un adulto y sé que Dios me ayudará a recuperarme. A la larga, seguiré con mi vida.

»Si escoges regresar, quiero que sepas que estoy completamente dispuesta a aceptar mi responsabilidad de cambiar juntos este matrimonio en una forma mutuamente más satisfactoria. Sé que tengo que hacer cambios personales para que cualquier relación futura sea exitosa. También sé que si escoges salvar conmigo nuestro matrimonio, nuestra recuperación probablemente será muy lenta, difícil y dolorosa.

»Sin duda, nos sentiremos como abandonados a lo largo del camino, y trabajando en nuestros problemas haremos una excepción al romper este asunto. Tienes mi compromiso en este proceso, y espero y oro porque te unas a mí en ello.

»Pero tú también eres un adulto y eres libre de irte si es lo que realmente deseas. Sólo te pido que, si escoges irte, que sepas llevar a cabo tu decisión adecuadamente y sin mentiras.

»Pienso que esta carta muestra claramente mis verdaderos sentimientos, y te agradezco que me escuches. Te pido que examines tu corazón y hagas la decisión pronto, ya sea para restaurar nuestro matrimonio o no.

»Richard, sin tener en cuenta tu decisión final, te deseo lo mejor.

Te ama,

Ashley.»[2]

El Dr. Dobson recomienda que si el cónyuge infiel desea quedar libre del matrimonio, se le debe dar la libertad de irse. Cuando esto se hace, probablemente pueden suceder tres cosas:

1.- La pareja engañada ya no siente que es necesario luchar en contra de su esposo, y su relación mejora. No es que necesariamente el amor sea reanimado, sino gue la tensión entre los dos es a menudo aliviada.

2.- Como la pareja fria (ej. el que quiere irse) se empieza a sentir libre otra vez, la pregunta que el ha estado haciéndose cambia. Después de haberse preguntado por semanas o meses «¿Cómo puedo salir de este lío?», ahora se pregunta: «Verdaderamente, ¿quiero irme?» A menudo con sólo saber que él puede tener su rumbo, lo hace menos ansioso de alcanzarlo. Algunas veces esto le cambia el rumbo 180 grados y lo trae de vuelta al hogar.

3.- El tercer cambio ocurre...en la mente del cónyuge vulnerable (el cambio que estaba empezando). Increíblemente, esta persona ahora se siente mejor –de algún modo más en control de la situación. No hay mayor agonía que viajar a través de un valle de lágrimas, esperando en vano que el teléfono suene o que ocurra un milagro. En su lugar, la mujer (quién le da a su pareja permiso para irse) ha empezado a respetarse a sí misma y a recibir algunas evidencias de respeto a cambio.[3]

Razones de las aventuras

────────── **Pregunta:** ──────────
¿POR QUE MI ESPOSO BUSCA ESTIMULACIÓN
SEXUAL EN CUALQUIER LADO (PORNOGRAFIA,
AVENTURAS , ETC.) TENIENDOME A MI?

Respuesta:
Yo no sé si usted está consciente de las muchas razones por las que los hombres y mujeres tienen aventuras. La mayoría de las personas no se proponen conscientemente tener una aventura. En toda la

literatura concerniente a este asunto parecen surgir 10 categorías. Quizás estas la ayuden a comprender mejor lo que ha pasado:

1.- La persona infiel tiene un trastorno de personalidad.
2.- La persona tiene adicción sexual.
3.- Alguna crisis en el desarrollo de la vida de la persona no ha sido resuelta.
4.- Su pareja estaba involucrada en situaciones llenas de tentaciones.
5.- Había expectativas irreales, inconscientes e incomunicadas en el cónyuge infiel.
6.- No se satisficieron las expectativas realísticas de la pareja infiel.
7.- No hubo la estimación necesaria de la persona infiel.
8.- Había expectativas irreales, inconscientes o poco comunicadas en la persona infiel, las cuales fueron expresadas de una forma poco saludable.
9.- La sicopatología –incluyendo la codependencia– de la pareja fiel fue la causa.
10.- Otras razones resultaron de la relación familiar, ya sea en el pasado o en el presente.[4]

Como puede ver, las primeras cinco razones son primordialmente la responsabilidad de la pareja infiel. Las próximas cuatro, la pareja fiel no causa la aventura pero contribuye a la situación en la cual la otra persona se hace más vulnerable. Cada persona es responsable de sus repuestas y reacciones. En el libro *Broken Promises* (Promesas rotas) el Dr. Henry Virkler discute estas razones en detalles y es imprescindible que todo ministro y consejero lo lea. También es práctico para los abogados.

¿Es su esposo un adicto sexual? Este no es un asunto fácil de enfrentar, pero muchos, haciéndolo, se encuentran a sí mismos enredados en una adicción que controla sus vidas. Unos lo son a las películas prohibidas para menores y videos pornográficos duros. En otros son revistas pornográficas. Para algunos también incluye otras mujeres. Si ese es el caso y ve una repetición de este patrón, su esposo necesita ayuda externa. Lo mejor que puede hacer en este momento es informarse más sobre la adicción sexual y animar a su esposo a buscar ayuda. Muchos grupos de recuperación son designados para ayudar a aquellos que quieren asistencia.

Restableciendo la confianza

-------------------- **Pregunta:** --------------------

¿COMO PUEDO APRENDER A CONFIAR Y PERDONAR A MI ESPOSO CUANDO HA TRAICIONADO MI CONFIANZA CON UNA AVENTURA?

Respuesta:
Cuando ocurre una aventura, cuente con un tiempo de dolor, alteración, reedificación y de recuperación optimista. Si su esposo admite la aventura pero no quiere hablar al respecto, enfréntelo usted. Puede dejarlo pasar o puede enfrentarlo para sacudirle su autocomplacencia.

El precio de una aventura es grande y quizás el mayor sea la pérdida de la confianza. Cuando uno confía en su pareja puede contar con que es fiel –es un tanto predecible–; puede depender de él. Pero cuando ocurre una aventura, todo se desvanece como si se borrara una pizarra. Uno descubre que el comportamiento anterior de su pareja no era lo que él le hacía creer, por lo que no tiene ninguna base para predecir su comportamiento futuro. Usted se pregunta: «¿Conozco, o alguna vez conocí a este hombre?»

Hacer que su matrimonio funcione requerirá un compromiso mutuo y un restablecimiento de la confianza. Requerirá la habilidad de tomar las cosas como vengan cada día para formar un antecedente positivo.

Las causas de una aventura son a menudo complejas y en la etapa de reedificación esas causas tienen que ser identificadas y examinadas. Esto es necesario, el cómo hacerlo puede variar en cada pareja.

Ambos necesitarán lamentarse por la aventura por las muchas pérdidas prolongadas. Usted, como la pareja fiel, necesitará definir lo que le gustaría de su esposo para reconstruir la confianza. La confianza, para usted, puede ser el sentimiento que crece cuando uno sabe que su pareja está arrepentida y comprometida a ser fiel. ¿Qué compromiso necesita de su pareja? Muchas veces el que es fiel pedirá una actitud de cuidado y atención de la otra, la disposición y buena voluntad de hablar sobre las fortalezas y debilidades del matrimonio, y volver a comprometerse con los valores espirituales.

Pasos para reedificar su matrimonio

Cuando una aventura sale a la luz ambos en la pareja estan sumidos en una crísis y necesitan actuar inmediatamente. Aquí hay algunos pasos que se pueden dar.

1.- Recomiendo el enfoque del Dr. James Dobson en su libro *El amor debe ser fuerte*. Esto es lo que Dobson dice que haga la esposa:

> «(Ella) tiene que aclarar que *nunca* más –y quiero decir *nunca* – tolerará la infidelidad sexual. (Su esposo) necesita esta motivación para seguir recto. El tiene que saber, y *creer* que un juego más con otra amante y el cielo se caerá de pronto. (Su esposa) debe convencerlo de que está hablando en serio. Si él vacila, aunque sea un poquito, le puede dar un mes o dos para que se siente en cualquier lugar a ver si podría regresar. Es mejor que continúen a la puerta de la muerte matrimonial ahora, que sufrir la miseria de la infedilidad otra vez en pocos años. Finalmente, (la esposa) debe insistir en algunos compromisos espirituales mayores dentro de la familia. Esta pareja va a necesitar los poderes sanadores de Dios y de su gracia si van a reconstruir lo que el pecado ha erosionado.»[5]

2.- Ambos tienen que hacer un compromiso con el matrimonio, lo cual significa ir a consejería matrimonial tanto como sea necesario.

3.- Debe ser establecido un patrón de comunicación honesta. Esto significa no ocultar *ninguna* información.

4.- La responsabilidad es esencial, fundamentalmente a través de la información espontánea sobre los horarios y paraderos.

5.- El esposo infiel debe comprometerse con él mismo a ser fiel en pensamiento y acción. Esto puede incluir no acercarse a situaciones y lugares que puedan crearle problemas.

6.- El cónyuge infiel tiene que aceptar la responsabilidad por sus acciones y por el dolor que está experimentando. El también tiene que aceptar la realidad de que su recuperación irá en ciclos –un día puede estar bien y el próximo día puede volver al enojo, la discusión o el llanto. Esto es normal. Su parte en esto es reconocer y aceptar sus altas y bajas en el día de depresión, recuerde que ha tenido días buenos y que está mejorando. Esto también significa darle a su esposo el beneficio de la duda.

7.- Ambos tienen que trabajar en la construcción de lo positivo en su matrimonio.

8.- Trabaje para conseguir el momento en que el perdón sea completo; renueve los votos de su matrimonio y públicamente haga de Cristo la cabeza de su matrimonio.[6]

La gracia de Dios expresada en el perdón a su pareja es el agente sanador. Podría animarla a que lea los libros recomendados en este tema. Usted no puede apresurar el perdón. Toma tiempo para cultivarlo. Si trata de perdonar demasiado rápido enterrará su dolor vivo y sufrirá más. Si quiere perdonar a su esposo, sepa lo que esto implica. Lea Efesios 4:31 y Proverbios 17:9.

La infidelidad de la esposa

----------**Pregunta:**----------

¿QUE PUEDO HACER CON MI ATRACCIÓN POR OTRO HOMBRE QUE NO ES MI ESPOSO?

Respuesta:

El alto riesgo de la atracción nos puede pasar a cualquiera. Nadie es inmune. ¿Se siente como el tictac de una bomba de tiempo esperando que estalle? Puede estar próxima a una aventura.

1.-¿Ha estado pensando tener una aventura con alguien que conoce?

2.-¿Ha tenido fantasías sobre una aventura con alguien?

3.-¿Ha esperado alguna vez que algo podría «pasarle» a su esposo o que podría hacer algo, y así usted se sentiría justificada para tener una aventura?

4.-¿Alguna vez ha deseado que su esposo se muriera para quedar libre?

5.-¿Ha deseado alguna vez no haber tenido hijos para poder hacer lo que quiera sin lastimarlos?

Si es así, ¡usted esta en alto riesgo!

Pasos para superar la fantasía

¿Qué puede hacer para cambiar su dirección? Primero, conteste las preguntas anteriores con sinceridad. Luego, deje de pensar y fantasear en esa persona. Lo que está pensando es irreal. Su pareja no puede competir con sus fantasías. Haga una lista de todo lo que perderá si tiene una aventura. Perderá su autorespeto, su sentido de lo correcto e incorrecto, la conciencia limpia en el área sexual y la libre expresión sexual con su esposo. No se sentirá cómoda con los amigos porque se preguntará: «¿Quién sabrá?», o «Qué de mi comportamiento denuncia mi pecado?» También perderá su integridad personal y potencialmente su vida por el SIDA.

Ahora, ¿puede pensar en algo más que perdería?

Quizás se sienta justificada por inclinarse hacia otra persona por el estado de su matrimonio. Puede estar vacía; quizás sus necesidades no son satisfechas. ¿Le ha comunicado sus necesidades específicas a su esposo para que él sepa cómo llenar los vacíos de la intimidad? ¿Está usted dedicando su energía a ayudar a desarrollar y realzar su amor hacia su esposo, o este amor se está agotando por sus fantasías? ¿Quizás esta haciéndose adicta a la emoción de su atracción y sentimientos? ¿Cuál es el estado de su vida devocional? ¿Le esta pidiendo al Señor que la guíe?

Si verdaderamente usted quiere cambiar la dirección en la que está encaminada, tiene que tomar varios pasos.

Primero, renuncie a toda interacción con esa persona. Luego reconozca su pecado y pida a Dios que fortalezca su conciencia. Tome medidas de inmediato. No más contacto, no más llamadas telefónicas o trabajo juntos en la iglesia o donde sea. Si el contacto es inevitable, esté segura de que toda la interacción tiene un tono formal. Una advertencia –esto puede ser duro y usted puede titubear y racionalizar. ¡No dude! Si tiene una amiga de confianza, confíe en ella y hágase responsable ante ella. He visto que esto funciona con hombres y con mujeres. Una amiga puede apoyarla en oración y estimularla cuando se sienta vulnerable. Escriba una carta de despedida a este otro hombre y no la envíe, léasela en voz alta a su amiga o a sí misma. Después quémela y agradezca a Dios por ser su fuente de fortaleza. En *The Snare* (La trampa), Lois Mowday dice:

> «Lucharemos contra el deseo, la tentación y la atracción. Estaremos en situaciones donde tenemos amistades con aquellos del sexo opuesto. Estamos tomando en cuenta las enseñanzas de las Escrituras, aceptando nuestra sexualidad, apartándonos de otros en los escenarios románticos y alimentando, nutriendo y

manteniendo satisfechas las necesidades de nuestro matrimonio en forma continua. Recuerde, incluso en los matrimonios saludables no hay garantía de protección contra una aventura. Podemos ser criaturas redimidas pero todavía estamos perdidos con la distorción de la imágen de Dios en nosotros. Tenemos que comprometer no sólo nuestro comportamiento con Dios sino todos nuestros pensamientos y sentimientos. Una vida de oración íntima, sincera en la pareja y un compromiso con su Palabra son las formas en que El nos da la victoria sobre la tentación.

»"No os ha sobrevenido tentación que no sea humana: pero Dios es fiel, no sufriremos ser tentados más de lo podamos soportar; pero con la tentación dará también la salida, para que podamos ser capaces de soportar" (1ª Corintios 10:13, traducción libre).

»"En conclusión, seamos fuertes en el Señor –fortalezcámonos a través de la unión con El; saquemos la fortaleza de El– esa fortaleza (ilimitada) la cual El nos puede proveer"(Efesios 6:10, traducción libre).

»"Mas gracias sean dadas a Dios, quién nos da la victoria –haciéndonos vencedores– a través de nuestro Señor Jesucristo" (1ª Corintios 15:57, traducción libre).»[7]

Si ha tenido una aventura

Pregunta:

¿DEBO DECIRLE A MI ESPOSO DE MI AVENTURA? PREFIERO VIVIR CON ESO PARA MI QUE DESTRUIR MI MATRIMONIO.

Respuesta:

Las opiniones varían, pero yo creo que debe decírselo a su esposo. Comprendo que habrá problemas porque no hay forma de predecir cómo su pareja responderá. La confesión producirá una tremenda crisis que durará por meses y producirá tremendo dolor. Y si su pareja tiene inseguridades y problemas emocionales puede que nunca se reponga. Y sí, puede causar el divorcio. He visto que ha pasado.

La otra cara de la moneda, sin embargo, es que confesando la aventura es la mejor oportunidad de empezar un nuevo matrimonio, construído sobre la verdad. Cuando uno no se confiesa perpetúa el engaño y puede volverse adicto a vivir en la mentira. Entonces la verdad y la honestidad no son parte de su relación. ¿Y está segura de que su pareja no sospecha, o no lo sabe? A menudo los hombres se dan cuenta y por lo tanto los dos están viviendo con la tensión.

Las siguientes son las razones más importantes por lo que creo que debe decírselo a su esposo. En algún momento en el futuro, ya sea dentro de algunos meses o dentro de 15 años, generalmente la aventura es descubierta. Puede que se le escape o que alguien hable de ello. El descubrimiento o la confesión años más tarde hace la recuperación más difícil, porque la otra persona siente que ha sido engañada todo esos años. Empieza a sospechar otros problemas también. El adulterio es una falta contra Dios y sus enseñanzas y contra los votos matrimoniales y la pareja. Es por esto por lo que es necesario que sea confesado a ambos, a Dios y al esposo –y esto incluye una presunta «vigilia de toda la noche».

Antes de confesarse, es importante que anote exactamente lo que quiere decir. Puede declarar que ha sido infiel, que ha pecado contra Dios y contra su pareja y que está pidiendo perdón. Indique que está dispuesta a hacer lo que sea necesario por restaurar la relación. Deje que su esposo sepa que usted comprende cuán devastador es esto para él y que comprende que el perdon tomará tiempo. No dé demasiados detalles; así será más difícil para él sacarse todas esas cosas de su mente. A menudo es mejor compartirlo en algún lugar público como un restaurante o un parque. Tenga preparado un consejero o pastor para verlo inmediatamente.[8]

No sera fácil, pero es lo mejor. He visto muchos matrimonios restaurados después de una aventura. Esto no tiene que ser el final del mundo.

Lecturas recomendadas

• Carder, Dave. *Torn Asunder*. Chicago, IL: Moody Press, 1992.
• Coleman, Paul. *The Forgiving Marriage*. Chicago, IL: Contemporary Books, 1992.
• Dobson, James. *El amor debe ser fuerte*. Dallas, TX: WORD Inc., 1983.
• Hart, Archibald. *Healing Life's Hidden Addictions*. Ann Arbor, MI: Servant Publications, 1990.
• Mowday, Lois. *The Snare*. Colorado Springs, CO: NavPress, 1988.
• Mylander, Charles. *Running the Red Lights*. Ventura, CA: Regal Books, 1986.
• Smedes, Lewis. *Forgive and Forget*. New York: HarperCollins, 1984.
• Virkler, Henry A. *Broken Promises*. Dallas, TX: WORD Inc., 1992.

Notas

1.- Henry A. Virkler, *Broken Promises* (Dallas, TX: WORD Inc., 1992), adaptado de las pp. 4-9.

2.- Dave Carder, *Torn Asunder* (Chicago, IL: Moody Press, 1992), pp. 136, 137.

3.- James Dobson, *Love Must Be Tough* (Dallas, TX: WORD Inc., 1983), adaptado de las pp. 48, 49.

4.- Virkler, *Broken Promises*, adaptado de las pp. 10, 11.

5.- Dobson, *Love Must Be Tough*, pp. 78, 79.

6.- Virkler, *Broken Promises*, adaptado de las pp. 224- 226.

7.- Lois Mowday, *The Snare* (Colorado Springs, CO: NavPress, 1988).

8.- Virkler, *Broken Promises*, adaptado de las pp. 144- 148.

Capítulo 12

LA COMUNICACIÓN EN EL MATRIMONIO

Lidiando con un esposo callado

Pregunta:

CUANDO MI ESPOSO VIENE DEL TRABAJO, YO QUIERO
HABLAR PERO EL QUIERE PAZ Y TRANQUILIDAD
Y ESTAR CALLADO. ¿QUE PUEDO HACER?

Respuesta:

Una de las quejas más comunes que oigo es el problema del esposo poco comunicativo. La mayoría de las esposas se ocupan de hacer un ataque directo –lo cual no funciona– o se ensimisman en el resentimiento –método que hace muy poco por animar al esposo a hablar.

Quizás usted quiera rescatar a su esposo. Un marido callado no siempre está listo para dar más allá de un sí o un no como toda respuesta. Una de sus tendencias puede ser rescatarlo llenándole su molesto silencio con sus propias palabras. No crea que usted tiene que aliviar la presión elaborando o ilustrando su pregunta o poniendo palabras en su boca. Usted puede decir: «Estoy interesada en lo que tienes que decir, pero puede que necesites pensar en ello por un rato. Por mí esta bien, tómate tu tiempo. Cuando estés listo para hablar al respecto, dímelo». El darle permiso para el silencio quitará la presión de ambos.

Otra manera de invitar a su esposo a interactuar es tratando su silencio directamente. Puede decir: «Querido, estoy buscando una respuesta tuya, y parece que estás pensando en algo. Estoy curiosa por lo que significa tu silencio en este momento». Entonces espere.

O, «Tu cara me dice que tienes algo en la mente. Me gustaría saber qué es». O, «Puede que estés preocupado sobre cómo responderé si me compartes lo que tienes en tu mente. Pienso que estoy lista para escucharte» O, «Parece que estás teniendo dificultades para hablar. ¿Me puedes decir por qué?» O, «Quizás tu silencio refleje la preocupación de decirme algo de una manera correcta. Me lo puedes decir de la manera que quieras».

Una esposa utilizó un enfoque directo y dijo: «Algunas veces, cuando quiero hablar contigo pareces preocupado o dudoso. Me pregunto si es el tema o si hay algo que te hace difícil el responder. Quizá puedas pensar en esto y contármelo más tarde». Cuando ella se paró y salía de la habitación, su callado esposo dijo: «Vamos a hablar ahora. Estoy listo para comentar tu última declaración».

El enfoque directo es más exitoso cuando uno invita a su pareja a decirle de qué forma uno ha estado haciendo difícil la interacción. Pero es importante escucharlo y no ponerse a la defensiva, independientemente de lo que diga. Lo que comparta no tiene que ser acertado a su perspectiva, pero será como él lo ve. Tenga cuidado de no decir algo que pueda causar que retroceda más hondo en su caparazón.[1]

Directivas básicas para la comunicación

Pregunta:

¿POR QUE MI ESPOSO Y YO SOMOS INCAPACES DE COMUNICARNOS CLARAMENTE?

Respuesta:

Estas son algunas instrucciones básicas para ayudarla en este aspecto tan importante del matrimonio: la comunicación.

1.- *Saber cuándo ciertas cosas necesitan ser dichas, y decirlas directamente.* Esto significa que uno no tiene que «suponer» lo que su esposo sabe, piensa, siente, quiere o necesita. La comunicación debe ser clara y directa. Ninguno de nosotros puede asistir a una escuela para lectores de mentes. He escuchado a mujeres decir: «Hemos estado casados por 20 años. ¿Por qué tengo que decirle...?» «El debe saber cuanto esto duele...» O, «Era tan obvio. ¿Por qué tiene alguién que expresarlo?» Pero, ¿obvio para quién? Por supuesto, no lo era para su esposo.

Comunicarse directamente significa que no se hacen suposiciones ni «se dan a entender» las cosas; no se es tortuoso y, menos aun, no se va a través de otra persona para comunicar algo. Todos estos enfoques indirectos conducen a las distorsiones.

2.- *Esté consciente de la importancia de la coordinación.* En Proverbios 15: 23 se nos dice ¡cuán buena es! una palabra dicha en el momento oportuno. La mayoría de las emociones deben ser compartidas en el momento que se experimentan, porque los retardos las distorcionan. Cuando se responde inmediatamente se permite a su pareja aprender lo que usted siente y lo que necesita. Por ejemplo, lo que es importante en una conversación para usted puede no parecer significativo para él. Por tanto, demorar la respuesta puede permitirle olvidar totalmente lo que usted dijo. Después él se preguntará de qué está hablando cuando más tarde usted lo mencione, y usted se preguntará por qué él es tan insensible al no recordarlo. ¿Le ha pasado alguna vez?

Hablando de coordinación, ¿le ha preguntado a su esposo cuándo es el mejor momento para hablar con él? Para algunos la última hora de cada noche o el momento en que el llega a la casa no es el momento más oportuno. Muchos hombres necesitan recuperarse por unos cuantos minutos antes de estar listos para ocuparse de los temas familiares. Cuando vayan a conversar, asegúrese de que el televisor está apagado. Usted no puede competir con ese aparato.

3.- *Sepa exactamente lo que va a decir y dígalo* . Cuando habla con su esposo, ¿quiere compartir sus sentimientos, necesidades, pensamientos u observaciones o comparte los cuatro juntos? Algunas veces mezclamos tanto las cosas y decimos todo junto de tal manera que perdemos toda la claridad –y abrumamos a la pareja.

Cuando comparte un pensamiento, le ofrece sus conclusiones, observaciones, juicios de valores, creencias y opiniones.

¿Cómo lo expresa? De tal forma que él comprenda y quiera continuar escuchando. ¿Alguna vez ha señalado que lo que está compartiendo es una idea, comparado con un sentimiento?

4.- *Comprender las diferencias en la comunicación masculina/femenina y ajustarse correspondientemente.* En todas las culturas alrededor del mundo, existen las diferencias linguísticas entre los hombres y las mujeres, tanto en estilo como en sustancia. En nuestra cultura occidental los hombres tienden a resistirse a expresarse directamente. Usted puede ser una de las tantas esposas que están frustradas porque su esposo sólo le da a entender su parecer sobre ciertas cosas, en vez de hablar de ellas directamente. Esto es especialmente cierto en las áreas que involucran las expresiones de los sentimientos y las respuestas personales, como: «¿Qué te molesta?»

El tema de los sentimientos es una de las principales fuentes de frustración en las relaciones de parejas. La mayoría de los hombres no tienen el vocabulario de los sentimientos, y por eso expresar con palabras lo que estan experimentando les es difícil. A menudo esconden sus sentimientos detrás de una fachada de realidades, las cuales sólo sirven para fomentar las distancias entre sus sentimientos y los de su esposa. Los hombres tienden a hablar más acerca de las tareas y realidades que de los sentimientos, reflejando su tendencia a ser orientados en un objetivo.

La respuesta de su esposo que puede considerar como una conversación íntima es, «¿Cuál es el propósito en todo esto?», o «¿A qué llegaremos?» Los hombres quieren una agenda. Tienden a dar solución a los problemas *uno-dos-tres*, incluso cuando nadie pide una respuesta. Mientras que la mujer tiende a enfatizar, los hombres estan en control, tanto en la conversación como en otras áreas de la vida. Para ayudar a aliviar este problema, presente su material de esta manera.

Al escoger las palabras, las mujeres tienden a utilizar palabras más descriptivas –adverbios de intensidad. Los adjetivos descriptivos utilizados por los hombres y las mujeres varían significativamente. Rara vez uno escucha a un hombre hablando de las «maravillosas cortinas malva» o la «preciosa puesta del sol, rayada de lavanda». Las mujeres utilizan términos como son «gris oscuro,» «beige,» «violeta» y «malva» para describir un objeto, mientras que un hombre puede describir el mismo objeto como «rojo» o «verde.»

Un hombre puede cualificar un evento o experiencia como «bien», mientras su esposa puede describirlo con varias oraciones; su selección de palabras e inflexiones de voz pintan un cuadro muy descriptivo. Esto frustra a muchas esposas, quienes sienten que no están tan cerca de sus esposos porque ellos están en diferentes «longitudes de ondas». La escasez de palabras, las inflexiones mínimas y la poca o nula emoción utilizada por los hombres tiende a producir una conversación estéril.[2] Anime a su esposo a describir más.

Amplificadoras y condensadoras

A menudo describo a las personas como amplificadoras o condensadoras. Las amplificadoras expresan un grupo de oraciones descriptivas mientras hablan, mientras que las condensadoras dicen una o dos oraciones. Aproximadamente en el 70% de los matrimonios el hombre es el condensador y la mujer la amplificadora. Ninguno es un mal rasgo, pero la amplificadora desea que su pareja comparta más, mientras que la condensadora desea que su pareja comparta menos. Es sólo cuando cada uno se adapta al estilo de su pareja que ocurre la verdadera comunicación. Si su esposo es una persona condensadora, corresponda a su estilo. Esto funciona.

También sabemos que cuando los hombres y mujeres hablan entre sí, se ajustan, pero las mujeres se ajustan más que los hombres. También se dejan influenciar por los temas de los hombres y tienden a seguir sus pistas.[3] ¡Usted puede terminar sintiendo que está haciendo todo el trabajo!

La coordinación, el ritmo, la pausa y la agenda, la diferencia al escuchar puede complicar los intentos de una pareja de desarrollar la intimidad en curso. Si su esposo utiliza las pausas intermitentes cuando habla o habla lento, usted puede saltar con sus ideas o tender a apurarlo. Comprender y aceptar estas diferencias pueden ser prácticas para su relación.

¿La interrumpe su esposo en medio de la comunicación? Los hombres tienden a interrumpir más que las mujeres. Por otro lado, algunas mujeres son demasiado habladoras y puede parecer que nunca terminan. No identifican el asunto, dándole la vuelta a la cuadra varias veces, y dando detalles innecesarios. Si su esposo es un comunicador lineal quien identifica el asunto inmediatamente, se desanimará si usted utiliza este estilo y su mente se irá para otro lado rápidamente.

Estilos de escuchar

Escuchar también refleja la diferencia de estilos entre los hombres y las mujeres. Los hombres frecuentemente tienden a ofrecer respuestas verbales, y cuando lo hacen están queriendo decir: «Estoy de acuerdo contigo.» Pero las mujeres interpretan que estas declaraciones quieren decir: «Estoy escuchando». ¿Por qué? Porque las mujeres responden más a menudo cuando alguien les habla, y esto significa o quiere decir que estan escuchando a la persona hablar. Por eso una esposa puede pensar que su esposo no la está escuchando, cuando en realidad él es simplemente una persona pasiva al escuchar.[4]

Cada pareja tiene que encontrar un idioma mutuo o un estilo de comunicación si van a establecer cualquier nivel de intimidad en su relación. No estoy sugiriendo que usted haga todos los ajustes. Su esposo necesita hacerlos también. Pero este es un libro para mujeres y es por eso que se dan estas sugerencias.

Los puntos ciegos de los hombres

Algunas veces los hombres tienen dificultad con las relaciones personales. Algunas de esas dificultades ocurren por los puntos ciegos creados por ciertas creencias.

Muchos hombres creen que serán amados por su trabajo o logros. Esperan aprecio y reconocimiento por la provisión económica de la familia. Pero cuando no reciben aprecio, se sienten decepcionados o traicionados. Muchos hombres creen que mientras más exitosos sean, sus esposas los apreciarán más y disfrutarán más el reconocimiento de sus logros. No ven que algunas de esas cualidades que les dan éxito pueden verdaderamente ofender a otros y causar que las personas se resientan con ellos. Un hombre puede creer que su percepción de la realidad es la única que existe y que su esposa también acepta sus puntos de vista. Deja de ver que las otras personas quizás no acepten sus ideas o no le obedezcan.

Muchos hombres creen que cualquier problema personal puede ser resuelto con soluciones impersonales, mecánicas. Las respuestas masculinas son la lógica, la fuerza de voluntad y el autocontrol, y no ven que los problemas de su relación vienen por su comportamiento y por la forma en que se relacionan con otros. Tienden a olvidarse de la situación y así repetir sus experiencias negativas una y otra vez.

Muchas veces un hombre entra en una relación creyendo que él es el fuerte y que su esposa es la débil. Y por eso, cuando surgen los problemas, tiende a sentirse ansioso y culpable por esas dificultades. Algunos hombres tienen dificultad de identificar y reconocer el dolor en una relación o el enojo en su parejas. Cuando finalmente el problema hace su impacto, la cantidad de daño ocasionado es increíble en la relación. Si un hombre cree que no ha sido escuchado, expresará sus ideas más contundentemente pensando que así logrará comunicarse. Pero esto sólo tiende a apartarla más.

Si usted quisiera que su esposo se abriera y se revelara a sí mismo con usted, tenga cuidado de no contribuir a su renuencia a hacerlo. Los esposos tienden a sentirse impotentes y desesperados si oyen acusaciones de que son insensibles y poco cariñosos. Si él es acusado de ser hostil, frío o sexista –o es increpado con una lluvia de lágrimas– es un estímulo para retirarse y cerrarse.

Escuche lo que él está intentando decir, tal como él lo intenta. Puede no ser en su idioma, pero algunas preguntas sensitivas, cariñosas, aclaratorias de su parte pueden ayudarlo a traducir lo que dice a un idioma compatible con el suyo. El hombre tiende a expresar amor de forma diferente a una mujer, por eso puede que usted no crea que aquello que él esta haciendo para mostrar amor es realmente amor. Algunos hombres tienen dificultad al expresarse en una manera que sea vista como amorosa. He hablado con muchos hombres que sienten resentimiento e impotencia si escuchan acusaciones de que no son amorosos. Sienten que las acusaciones son injustas, injustificadas. A la mayoría de los hombres no les caerán bien la acusaciones.

Los hombres viven con su conjunto de temores e inseguridades. No siempre admiten sus temores directamente pero los reflejan de otras formas, tales como la rigidez, explosividad o busquedas insaciables. Los temores de los hombres son también reflejados a través de algunas de sus intensas competiciones y por lo duros que son con ellos mismos cuando no se realizan. Es un reflejo de su temor a la pérdida y al fracaso.

Muchos hombres tienen temor de ser impotentes y esto se refleja tanto en la necesidad de estar en control como en la tendencia a evitar las situaciones en las cuales no se sienten en control. Viven con el temor de no ser capaces, lo cual es reflejado en la necesidad de tener un objetivo o propósito para estar motivados. Muchos hombres temen ser débiles, dependientes y vulnerables por lo que evitan admitir sus necesidades y tienden a apartarse cuando estan preocupados. El temor de perder el control emocional y ser débiles y vulnerables se ve en que mantienen la lógica y las realidades como la forma de resolver los problemas de la vida.[5]

Quite los gatillos

Ciertas respuestas garantizan el rechazo de la mayoría de los hombres a sus esposas. A menudo estas respuestas están relacionadas con «gatillos». En sus respuestas a su esposo, ¿han aparecido estas alguna vez?

1.- Hacerlo sentir culpable por su comportamiento, respuestas o problemas que usted siente que él le ha causado.

2.- Utiliza lágrimas u otras expresiones de enojo por las que lo acusa de haberlas causado, pero que él verdaderamente no comprende cómo lo provocó. Cuando él se siente culpado injustamente, eso es algo que «gatilla» su aislamiento definitivamente.

3.- Lo acusa de ser egoísta, de pensar sólo en sí mismo, o dice: «Tú no sabes cómo amar», o «No soy amada porque tú tienes problemas con tu mamá».

4.- Critica la manera en que trata a otros.

5.- Usted juzga sus acciones y las razones de estas, haciendo declaraciones tales como: «Tienes miedo de intimar», o «No quieres que esté cerca de tí», o «Te comportas de esta manera por lo que te pasó en el trabajo».

6.- Lo compara con otros hombres. Siente decepción de él como persona pero verá esa comparación como un ataque personal en vez de un esfuerzo por estar cerca. Esto crea exactamente lo que usted no quiere.

7.- Continuar hablando acerca de los problemas de la relación una y otra vez –aunque ya él se haya dado cuenta de lo que usted dijo. Tenga en cuenta que la acción positiva es mejor que hablar demasiado.[6]

Para acercar más a su esposo, anímelo a hablar acerca de sus experiencias en su relación matrimonial y escuche lo que dice. Pregúntele sobre sus principales preocupaciones, asi como lo que más aprecia. Pregúntele qué lo molesta de lo que usted hace. Esto lo puede estimular porque le permite saber que usted lo está escuchando y reconociendo. Hable sobre las cosas que le interesen, que sean temas «seguros», y recuerde ser cuidadosa con los temas que son amenazantes y sensitivos para él. Enfóquelos con cuidado.[7]

Resolviendo los conflictos maritales

Pregunta:

¿COMO PUEDO MANEJAR LOS CONFLICTOS MARITALES? NO PARECE QUE ESTAMOS EN LA MISMA ONDA LA MAYOR PARTE DEL TIEMPO. DIFICILMENTE PODEMOS HABLAR SIN PELEAR. ¿QUE HAREMOS?

Respuesta:
Se han escrito libros enteros con el tema de resolver los conflictos matrimoniales y podría animarle a que lean extensamente. Pero por ahora déjeme ofrecer algunas sugerencias para empezar.

Aquí hay algunas preguntas para ayudarla a identificar algunos de los problemas. Conteste cada una cuidadosamente.

1.-¿Qué pasa una y otra vez en su relación que causa los conflictos? (¿Con qué lucha más frecuentemente?).

2.-¿Cómo empiezan las cosas? (¿Quién dice o hace primero?)

3.-¿Después que pasa? (¿Qué hace o dice usted o su esposo en respuesta?)

4.-¿Qué pasa después? (¿Qué hace usted o su esposo en respuesta?)

5.-¿Cómo termina todo esto? (¿Qué hace o dice usted o su esposo para que se termine la pelea?)

6.-¿Cómo se siente después? (¿Está furiosa, triste, asustada, preocupada, petrificada, etc.?)

Retroceda y mire sus respuestas. Decida en cuál etapa o etapas podría manejar las cosas de forma diferente en el futuro. ¿Cómo terminan, generalmente, sus riñas? Cuando las parejas vienen a la consejería a hablar acerca de sus conflictos, su primera respuesta es: «El/ella empezó». Más que quién o cómo empieza, ¡me interesa más cómo termina el conflicto! Quiero saber si es capáz de desviar su atención hacia las consecuencias del hecho, hacia la conclusión del argumento o si será capaz de descubrir los «gatillos» que se apretaron para hacerlo estallar. Todas las parejas emiten señales de paz. ¿Sabe usted cuáles son?

En fútbol, el día siguiente al juego los jugadores estan sujetos a un análisis detallado de lo que ha sido su presentación el domingo. Así es como se benefician de sus èrrores y se preparan para hacer un mejor trabajo la próxima vez. Esto funciona de la misma manera con los conflictos de las relaciones. Si usted quiere que los conflictos terminen, pues analícelos. Aquí hay algunas preguntas para considerar después de cada conflicto.

1.-¿Cómo se siente usted por la manera en que reaccionó? ¿Y por la forma que su esposo reaccionó?

2.-¿Todavía se siente de la manera que se sentía durante el conflicto? ¿Durante las 12 horas siguientes?

3.-¿Está resentida hacia su esposo o abochornada por lo que hizo o dijo durante el conflicto?

4.-¿Piensa que está recordando realísticamente lo que ocurrió? ¿Cómo describiría su esposo lo que pasó?

5.- Identifique lo siguiente:

   a) Dónde ocurren las peleas generalmente.

   b) Cuándo ocurren generalmete.

   c) ¿Cuál es el «gatillo» que las hace estallar? A menudo es un comportamiento o expresión repetitiva. Algunas veces la mala selección del momento oportuno puede hacer crisis. Discutir los problemas inmediatamente después de llegar del trabajo, tarde en la noche o antes de haber comido puede ser parte del problema. Pregúntese a sí misma: «¿Cuándo es más probable que tenga el tipo de charla que quiero con mi esposo?» Le ha preguntado alguna vez ¿cuál es el mejor momento para él?

6.- Descríbale a su esposo lo que recuerda que pasó, utilizando dos versiones:

    a) Descríbalo desde una perspectiva emocional.

    b) Descríbalo desde una perspectiva real.

7.-¿Ha enfrentado completamente su dolor o enojo y los sentimientos de distancia?

8.-¿Qué puede aprender del comportamiento de su esposo? Asegúrese de compartir su respuesta desde una perspectiva positiva.

9.- Describa cómo ve a su esposo manejando los conflictos.

10.- Pregúntele a su esposo: «¿Qué otra cosa te gustaría compartir sobre el conflicto?»

11.- Describa qué respuestas y comportamientos podría manejar de manera diferente la próxima vez. Describa lo que podría estar dispuesta a hacer en este momento para resolver el conflicto.

12.-¿Qué hará la próxima vez para hacerlo más fácil para ambos? [8]

Cintas grabadas del conflicto

Si es valiente, la siguiente sugerencia es para usted. Pero eso sí, no es para cobardes. Por años he pedido a las parejas que utilicen los grabadores en sus hogares. Sugiero que graben sus discusiones y conflictos. Naturalmente, he escuchado muchas excusas acerca de por qué no funcionaría. Estas excusas incluyen frases tales como: «Si sabemos que va a empezar, bien, nos comportaremos diferentes». Quizás, en pocos minutos las personas olvidan si empiezan y recurren a sus comportamientos anteriores.

Otros dicen: «Podríamos estar en otra habitación y la grabadora no estar ahí». Una esposa resolvió el problema teniendo la grabadora en su cintura. ¡Y fue con las grabadoras en miniatura, tipo walk-man! La realidad es que si una pareja quiere cambiar su estilo de resolver los conflictos, ¡encontrarán la manera!

Acuerden grabar sus tres próximas peleas. Esto es todo. Pídaselo a su esposo. No tiene que grabar más que tres. Pero ambos tienen que estar de acuerdo de que van a grabar la discusión. Cuando el conflicto se haya terminado, espere un poco y después escuche la cinta. Puede ser mejor para los dos escucharla solos mientras responden a las preguntas del punto anterior. Después de escuchar y analizar lo que pasó, escriba los cambios que hará. No enumere los cambios que cree que su esposo debe hacer.

Cinco formas de manejar una discusión

——— Pregunta: ———
¿COMO PODEMOS COMPRENDERNOS
Y ENFRENTAR MEJOR LOS CONFLICTOS? LAS DISCUSIONES
NOS SACAN DE CONTROL. NUNCA PODEMOS RESOLVER
NUESTROS PROBLEMAS. REÑIMOS TODO EL TIEMPO.

Respuesta:
¿Sabía que tiene una opción en la forma de manejar los conflictos? Aquí hay cinco enfoques.

1.-*Retirada*. Si tiene la tendencia a ver el conflicto como algo inevitable fuera de su control, entonces puede que no se moleste tratando. Puede retirarse físicamente yéndose de la habitación o del lugar, o puede retirarse sicológicamente al no hablar, ignorando lo que sucede, o abstraerse tanto que lo que se dijo o se sugirió no tiene poder penetrante en usted.

2.-*Ganador.* Si su autoconcepto es amenazado –o si está convencida de que tiene que cuidar de sus intereses– entonces este método puede ser su opción. Si tiene una posición de autoridad y se vé amenazada, ganar es el contraataque. Sin reparar en el precio, ganar es la meta.

3.-*Ceder.* A menudo vemos las señales de ceda el paso en las autopistas; estan puestas ahí para nuestra protección. Si cedemos en un conflicto, también nos protegemos. No queremos arriesgarnos en una confrontación, por lo que cedemos para llevarnos bien con nuestra pareja.

4.-*Transigir.* Dar un poquito y obtener un poquito. Usted ha descubierto que es importante ceder en alguna de sus ideas o exigencias para ayudar a la otra persona a dar un poquito. Usted no quiere ganar siempre, ni quiere que la otra persona gane todo el tiempo. Este enfoque involucra las concesiones de ambos lados y ha sido llamado la técnica del «comercio de caballos».

5.-*Resolver.* En este estilo de manejar los conflictos, las situaciones, las actitudes o el comportamiento son cambiados por la comunicación abierta y directa. La pareja está dispuesta a dedicar suficiente tiempo trabajando en las diferencias, y aunque algunos de sus deseos o ideas originales hayan cambiado, estan satisfechos con la solución a la que han arribado.

Vamos a evaluar los resultados de cada una.

Cuando usted utiliza la *retirada* como su patrón normal para manejar los conflictos, la relación sufre y es difícil ver que las necesidades sean satisfechas. Este es el estilo menos práctico de manejar los conflictos. La relación esta impedida de crecimiento y desarrollo.

Ganar. Alcanza su meta pero al mismo tiempo sacrifica la relación. Usted puede ganar la batalla pero perder la guerra. En el matrimonio las relaciones personales son más importantes que las metas, y ganar puede ser una victoria hueca.

Ceder tiene un alto valor porque aparenta edificar la relación, pero las metas o necesidades personales son sacrificadas al hacerlo, lo cual puede engendrar resentimiento. El ceder, realmente, no edifica la relación tanto como muchos creen pues si la relación era importante, la persona podría ser capaz de compartir, confrontar y ponerse agresivo.

Transigir es un intento de resolver la relación y la realización de algunas necesidades. El pacto involucrado puede significar que algunos valores sean comprometidos. Puede encontrar que no está satisfecha con el resultado final, pero es mejor que nada. Esto puede amenazar verdaderamente la relación. Puede haber un sentimiento de inseguridad, con posterioridad al acuerdo.

Resolver el conflicto es lo ideal hacia lo cual podríamos animarla a trabajar. La relación es fortalecida cuando los conflictos son resueltos y necesitan ser satisfechos por ambos lados. Esto demora e involucra escuchar y aceptar, pero vale la pena.

Algunas esposas se quejan de que sus esposos no se ocupan en las discusiones para resolver los conflitos. Recuerde que la lucha por manejar los problemas en la relación está también relacionada con las diferencias de género. La esposa es mucho más propensa a confrontar a su esposo con su insatisfacción en el matrimonio o con el problema, que el esposo a ella. El hombre es más propenso a apartarse y evadir. Quizás una de las razones es que en el conflicto los hombres experimentan más estimulación sicológica que las mujeres, lo cual permite verdaderamente a la mujer tolerar un combate más intenso. Los hombres se demoran más en recuperarse de la alteración sicológica de un conflicto y esto es incómodo para el.[9]

Sesiones de discusiones estructuradas

Si usted y su esposo tienen riñas y conflictos repetidos sobre el mismo asunto, uno de los problemas podría ser que usted está más concentrada en ser escuchada que en escucharse uno al otro. Esto puede ayudar a la estructura de las sesiones de discusiones. Si decide tener discusiones, ¿por qué no tener control de ellas?

Estos son algunos pasos:

1.- Empiece con la lectura de estas Escrituras en voz alta: Proverbios18:13; Proverbios 25:11; Proverbios16:32; Proverbios 14:29; Proverbios 17:14; Proverbios 20:3; Proverbios 26:21; Efesios 4:31.
2.- Establezca un tiempo límite de 10 a 20 minutos para empezar; puede aumentarlo más tarde.
3.- Lance una moneda para seleccionar al primero en hablar.
4.- El ganador toma de tres a seis minutos para presentar su versión del problema, declarando lo que quiere y cómo beneficiará a ambos. El cónyuge escucha.
5.- El cónyuge resume lo que ha escuchado y después presenta su perspectiva personal de la misma forma. Si todavía hay un estancamiento, cada uno sugiere dos o tres alternativas o variaciones de lo que plantearon.

El hecho de que sea estructurado y con un cierto tiempo asignado puede interrumpir el patrón negativo que se ha desarrollado.

¿Qué más puedo sugerir? Tres cosas:

1.- Averigüe si sus conflictos son básicamente una lucha de poder. Los libros *Making Peace With Your Past* (Haciendo las paces con su pasado) y *Happily Ever After* (Felices por siempre) le ayudarán.
2.- Descubra las particularidades de su personalidad y las de la personalidad de su esposo y muchos conflictos se resolverán.
3.- Aprendan a hablar el idioma del otro. Si ninguna de estas sugerencias le ayuda, vaya a un consejero inmediatamente.

Lecturas recomendadas

• Harley, Willard F. *His Needs, Her Needs*. Tarrytown, NY: Fleming H. Revell, 1986.
• Helmering, Doris Wild. *Happily Ever After*. New York, Warner Books, 1986.

- Kroeger, Otto, y Thuesen, Janet M. *Type Talk*. New York: Delacorte Press, 1989.
- Tannen, Deborah. *You Just Don't Understand*. New York: William Morrow and Co., 1990.
- Wetzler, Scott. *Living with the Passive Agressive Man*. New York: Simon & Schuster, 1992.
- Wright, H. Norman. *Holding on to Romance*. Ventura, CA: Regal Books, 1992.
- Wright, H. Norman. *Making Peace with Your Past*. Tarrytown, NY: Fleming H. Revell, 1980.

Notas

1.- Dan Kiley, *What to Do When He Won't Change* (New York: Fawcett, 1987), adaptado de las pp. 88,89.

2.- Steven Naifeh y Gregory White Smith, *Why Men Can't Open Up* (New York: Warner Books, 1985), adaptado de las pp. 70-115.

3.- Deborah Tanner, *You Just Don't Understand* (New York: William Morrow and Co., 1990), adaptado de las pp.76,77, 236, 237.

4.- Aaron T. Beck, *Love Is Never Enough* (New York: HarperCollins, 1988), adaptado de las pp.74,75.

5.- Herb Goldberg, *What Men Really Want* (New York: Signet, 1991), adaptado de las pp. 61,62.

6.- Ibid., adaptado de las pp. 117,186,187.

7.- Ibid., adaptado de las pp. 117,186,187.

8.- Adaptado de los procedimientos del autor y David Viscott, *I Love You, Let's Work It Out* (New York: Simon and Schuster, 1987), adaptado de la p. 85.

9.- Michele Weiner-Davis, *Divorce Busting* (New York: Simon and Schuster, 1992), adaptado de la p. 51.

Capítulo 13

COMO SALVAR SU MATRIMONIO

Mejore su matrimonio

Pregunta:

¿COMO PUEDO MEJORAR MI PROBLEMATICO MATRIMONIO? ¿COMO PODEMOS TENER UNA RELACIÓN MAS SATISFACTORIA?

Respuesta:

Pienso que cualquier matrimonio en ploblemas puede mejorar, y que la mayoría de ellos pueden salvarse. Los esfuerzos de la pareja pueden mejorar el matrimonio pero es difícil para una persona tener toda la responsabilidad de «salvarlo». Para mejorar el matrimonio sólo hay que empezar. Es todo. Empiece el proceso de cambio en sí misma. Algunos pasos funcionarán. Otros no.

Si su matrimonio se ha deteriorado, busque a un consejero matrimonial profesional cristiano. Si su esposo se niega a ir, entonces vaya usted. No necesita permiso de nadie para buscar la ayuda que necesita. Es un acto de verdadera fortaleza admitir que necesita ayuda y salir a buscarla.

Si uno o ambos se quedan en la autoderrota y el comportamiento negativo, recuerde, que probablemente estos comportamientos se aprendieron antes de casados. Como esos comportamientos han sido aprendidos, pueden ser olvidados y reemplazados por comportamientos positivos. Busque en el libro de Efesios y Colosenses y practique los comportamientos a los que somos llamados a prácticar para reflejar la presencia de Jesucristo en nuestras vidas.

Ahora para un paso mayor. Si viene a mi oficina, yo podría pedirle que me dijera lo que quiere lograr en su matrimonio en vez de preguntarle lo que su esposo esta haciendo mal. Por ejemplo, si quiere que su esposo sea menos insensible y menos rudo con usted, describa que es lo que quiere de él específicamente. Hágalo razonable. Con medida. Alcanzable. Atractivo para él. Hágalo una meta hacia la que esta trabajando. Siempre mire hacia adelante al tratar de mejorar su relación. No gaste sus energías en lo que esta equivocado. También le ayudará leer en este libro las otras secciones relacionadas a cambiar y a estimular a su pareja.

Puede tomar varios pasos que le reducirán la dificultad en su relación matrimonial y le ayudarán a mejorarla. Tomarlos es voluntario de su parte, a pesar de como su esposo responda. Por favor tenga presente la expresión que digo una y otra vez a aquellos que aconsejo: Si lo que esta haciendo ahora no funciona, no tiene nada que perder probando ésto,¿no es así?

Evite estas trampas del comportamiento

Ahora, vamos a considerar algunas de las trampas más frecuentes en que caen las parejas, así como lo que se puede hacer al respecto.

1.- *Visión del túnel*. Esta trampa es mortal. Es limitante. Uno se concentra en los detalles de un minuto como en las bases de la perspectiva de todo un evento o situación. Regresa de lo que lo que se suponía que iba a ser una salida romántica de un fin de semana y dice: «Reñimos todo el tiempo». Pero, ¿es realmente cierto? Ponga las riñas en el contexto y probablemente estará dispuesta a decir: «Sí, reñimos, pero no todo el tiempo. Tuvimos algunos momentos de placer también». ¡Extienda su visión! y permítale a su esposo saber que usted reconoce lo positivo.

2.- *Enfoque negativo*. Este «asesino» es también muy limitante. Sólo presta atención a los comentarios negativos y críticos de su esposo. Cuando se hacen declaraciones positivas, las ignora o las percibe mal. Por alguna razón, los comentarios de apoyo, los que son cariñosos y de buen ánimo no se registran por las veces que su esposo ha sido negativo o crítico. Usted da crédito a esas veces y las utiliza como un borrador gigante. Pero puede optar por reconocer, reforzar y alargar las positivas.

3.-*Personificación*. En esta trampa usted, arbitrariamente, decide que su esposo está tratando de herirla, aun cuando no tenga evidencias. Quizás este es el momento de tomar toda la responsabilidad por la manera en que se está sintiendo. ¿Ha dicho alguna vez: «Me siento dolida pero sé que no es tu intención?» «¿Me lo podrías compartir de manera diferente?» Probar este método no puede lastimar.

4.- *Demasiada generalización*. Esta es una buena manera de crear el caos en el matrimonio. Todo lo que hay que hacer es tomar uno o dos incidentes y concluir que el comportamiento de su esposo en esos momentos es la manera en que por lo general se comporta. Tales excesos de generalizaciones son típicas de expresiones como: «El siempre me critica». En lugar de eso, podría optar por sacar una explicación razonable, tal como: «No siempre me critica. Muchas veces me hace pensar, y cuando me critica frecuentemente está en lo cierto y puedo aprender de él». Quizás le ayudará si pone en práctica estos pasajes: Proverbios 25:12 y 28:13.

5.- *Pensamiento a color*. El pensamiento «a color» en verdad se limita al blanco y al negro. Las personas perfeccionistas son buenas en este tipo de pensamiento. O ve los eventos en el matrimonio y los comportamientos del esposo como positivos o como negativos –no hay término medio. Cuando la realización de su esposo no es perfecta (aunque pueda ser buena) lo ve como un fracaso total. Sus expectativas son rígidas y él no puede tener un error porque entonces usted niega todo lo positivo. Si usted ha practicado este tipo «trampa», haga la prueba de darle crédito en sus comportamientos positivos y preste menos atención a los negativos, le ayudará a aceptar su humanidad tanto como la suya.

6.- *Ampliación.* Esto es mirar a la pareja o a cierta situación a través de una lente distorcionada. También es llamado *exageración.* Puede decirle a su esposo: «No puedo manejar tu rudeza y nunca cambiarás». Usted tiende a ver los problemas sin solución y también catastróficos. ¿Qué pasaría si opta por reconocer las dificultades pero después se remite a las soluciones?

¿Por qué no traduce sus deseos a solicitudes positivas y comienza a creer que a veces la otra persona la escuchará y le responderá? Esto funciona mejor.

7.- *Expectativas negativas.* Esta trampa trabaja en su contra en más de una forma. Simplemente supone que su esposo va a responder o a comportarse de una forma negativa. Espera lo peor de él y ve sus respuestas a través de este filtro. ¡Y naturalmente lo descubre! El pesimismo matiza sus expectativas por lo que no termina decepcionada. Pero si se volviera vulnerable y esperara lo mejor de su esposo, quizás su confianza en él podría ayudarle a él a responder diferente. Las Escrituras hablan sobre esta idea. Es llamada *ánimo.* Y si su pareja estaba respondiendo de una manera positiva, ¿cómo podría estar comportándose usted? Quizás esto sea lo que haga la diferencia.

8.- *Etiquetas.* Parece que vivimos por ellas –aunque lamentablemente la mayoría de las etiquetas en el matrimonio son negativas. La etiqueta negativa en el comportamiento o en las cualidades de la pareja parece marcarla para siempre. Etiquetas tales como «voluble», «informal» o «derrochador» hacen pensar que nunca cambiará. El, al final de cuentas, está encarcelado por las etiquetas. ¿Por qué no evaluar las cualidades que tiene, identificando a ambas, las positivas y las negativas? Puede no gustarle lo que él dice o hace, pero su comportamiento ¡no lo hace voluble o informal! ¡Dele la oportunidad de ser diferente!

9.- *Los sentimientos no son realidades.* Muy a menudo sacamos la conclusión de que si tenemos un sentimiento fuerte acerca de algún problema de nosotros mismos o con nuestra pareja, entonces es real. Añadimos de paso una declaración de realidad acerca de nuestros sentimientos tal como: «Me siento rechazada. Mi esposo trata de hacerme sentir así a propósito». Los sentientos son importantes y necesitan ser expresados, pero no podemos sacar conclusiones sobre ellos. Necesitamos recordar que somos responsables de nuestros sentimientos a pesar de la forma que se comporte nuestra pareja.

10.- *Lectores de mentes.* No existen, ni en un pequeño cuarto debilmente alumbrado con incienso encendido. Desafortunadamente, todos tendemos a ocuparnos en la lectura de la mente ajena de vez en cuando, y especialmente en el matrimonio. A menudo creemos que sabemos lo que nuestra pareja cree, lo que está pensando y lo que hará en cualquier situación dada. Y basamos nuestras respuestas, acciones y sentimientos en este «conocimiento» privado que decimos poseer. El problema es que nadie tiene la habilidad de ser un «lector de mentes». Si la tuviera, entonces podría ser rico. Basando nuestras percepciones en lo que ha sido y cómo ha sido una persona en el pasado, la condenamos a una vida de monotonía, con pocas posibilidades de cambio. Escuche a su esposo con los ojos y con los oídos y con la esperanza de que puede llegar a descubrir algo nuevo, algo que nunca se imaginó.

11.- *Pensamiento moralista.* Esta es una forma coercitiva de intentar controlar al esposo. Es reflejada en palabras como: «Debes...», o «Tienes que...», o «Lo que tienes que hacer...». Esta es la creencia de que usted sabe que es lo correcto para sí misma y para él también. Pero esto no podrá trabajar. No cambiará a su esposo ni lo acercará a usted. Es más, lo alejará. Esta bien hacer declaraciones de prioridades; a veces todos preferimos respuestas y comportamientos diferentes de nuestras parejas, pero ellos son los únicos que deciden lo que van a responder.

12.- *Perspectiva negativa*. Uno de los rasgos más destructivos en una relación marital e incluso en los encuentros amorosos es una perspectiva negativa. A menudo escucho negativismo en la consejería. Una aconsejada vino a mi oficina y todo lo que podía ver en la relación eran los problemas y los veía negativamente. Un pequeño enojo durante el día desataba la cinta de la memoria negativa. Si la noche había sido buena y su esposo mencionaba un problema, esto negaba todo lo positivo del día.

El cambio ocurrirá solo cuando una persona decida enfocarse en lo positivo y edificar sobre ello. Lo negativo podría ser percibido también como un desafío y una oportunidad, ¿no cree? Pero después de todo, esa es su opción.

¿Captó el mensaje de estas sugerencias? Todo comienza en su pensamiento. Elimine lo negativo y concéntrese en lo positivo. Esta es la base.[1]

La obediencia en el matrimonio

Pregunta:

¿COMO PUEDO OBEDECER, SOMETERME Y AMAR A MI ESPOSO CUANDO EL ESTA TENIENDO POCA O NINGUNA INICIATIVA DE ASUMIR EL ROL ESPIRITUAL EN NUESTRAS VIDAS? LA BIBLIA DICE «OBEDECED» AL ESPOSO.

Respuesta:

He estado escuchando preguntas sobre la obediencia hacia el esposo por los pasados 30 años. Y se continuarán haciendo en las futuras generaciones en los 2.000 años que vienen por delante. No todos estarán de acuerdo con lo que diré. Espero que algo de esta información pueda servir para contestar algunas de sus otras preguntas.

Ante todo, la *obediencia* no debe confundirse con *sumisión*. Aunque algunos de los votos matrimoniales tradicionales tienen la palabra «obedecer», dicha palabra no se encuentra en las Escrituras.

Obedecer es utilizada con referencia a los esclavos y a los niños, no a las esposas. Las Escrituras no enseñan una forma de sumisión; enseña la sumisión mutua.

La Palabra de Dios llama a la mutualidad en el matrimonio, no a que uno domine sobre el otro. Enseña que ambos, el esposo y la esposa están viviendo una diaria sumisión voluntaria, individual y personal a Jesucristo como Señor y Salvador (Efesios 5:21).

Detrás de todas las decisiones y planes en la relación matrimonial, el amor es el principio-guía, como lo enseña 1ª Corintios 13.

Ambos, el esposo y la esposa, necesitan estar conscientes de sus estatus como «coherederos» en Cristo (1ª Pedro 3:7) y como miembros iguales del Cuerpo de Cristo (vea 1ª Corintios 12). El propósito de estos regalos es edificar, a través de la sumisión mutua, al Cuerpo de Cristo tanto como a su propia relación matrimonial. El reconocer que están incompletos uno sin el otro. Así es como los varios roles y responsabilidades deben ser delegados en el hogar, no en forma arbitraria en las bases de que «yo soy el hombre y tú la mujer.»

El matrimonio es construido en una relación interdependiente, saludable, y no sobre roles y tareas prescritas, arbitrarias, en las cuales cada personalidad está forzada a encajar. Esto permite prosperar y expandir la unicidad de la personalidad en cada persona. La decisión-acción es un proceso que involucra tiempo y deseos de llegar a una solución que sea aceptable para cada persona. La meta es el consenso en las áreas importantes, donde ninguna persona utiliza tácticas de manipulación o poder para salirse con las suyas. Cuando no hay consenso, entonces la decisión se aplaza. Cada uno en la pareja debe orar sinceramente al Señor por su dirección y la decisión no se hace hasta que haya un acuerdo. Esto significa que los deseos y planes iniciales se alterarán, pero habrá un acuerdo.[2] Aquellos que están inseguros y tienen necesidad de ejercer poder no estarán de acuerdo con lo que he declarado aquí.

Las Escrituras nos muestran un orden de responsabilidad. El esposo es la cabeza, pero un esposo sabio descubre que él dirige por amor en vez de por fuerza. Pablo nos dio un nuevo entendimiento del liderazgo en el matrimonio. Asignó la responsabilidad del liderazgo en vez del rango, el sacrificio en vez de egoismo, y el deber en vez de exigencias.

El esposo nunca debe exigir a menos que sea una decisión de vida o muerte y alguien tenga que hacer una decisión inmediata. Un esposo sabio busca la opinión de su esposa; se da cuenta de que necesita su perspectiva y pone en práctica la acción sacrificante en lo siguiente: «No amemos de palabra ni de lengua, sino de hecho y en verdad» (1ª Juan 3:18). El rol de criado no es muy popular hoy ni en los hombres ni en las mujeres; algunas personas lo equiparan con ser codependiente, lo cual está lejos de la verdad. El esposo encabeza el servicio. Así es como los buenos líderes dirigen.

Quizas Dwight Small es quién mejor resume esto. El dice que la palabra griega usada aquí significa «completar voluntariamente, ordenar, adaptar, o armonizar para hacer un todo o un patrón completo». Donald Grey Barnhouse dijo: «Ambos, el griego y el latín dan la idea de proyectarse a sí mismo debajo, como la base, como el ayudante, o para utilizar la frase bíblica, "un ayudante hecho para él"».[3] Me gusta la comparación de Bárbara Rainey, que muestra los puntos de vista de sumisión del mundo en contraste con los puntos de vista de la sumisión en los versículos de las Escrituras.

Puntos de vista del mundo	Puntos de vista de las Escrituras
No resistente	Lealtad
Tímido	Completo
Reverencia	Honra
Acobardar	Fiel
Servil	Servicial
De segunda clase	Dispuesto
Bajo/inferior	Flexible
Halagador	Adaptable
Sin firmeza	Combinación
De acuerdo	Consentir
	Reconocer[4]

«Pero –usted dirá—, mi problema no es la sumisión. Sólo quiero que él tome algún liderazgo y no lo descargue todo sobre mí.» ¿Que hará si su esposo no toma el liderazgo? ¿Se ha rendido en todas las áreas o sólo en algunas? ¿Se siente insegura en esas áreas? ¿Crea usted una atmósfera en la cual él pueda hablarle al respecto? Encuentre las áreas en las cuales él sí está tomando el liderazgo y afírmelo en ellas. El necesita su apreciación.

¿Lo sigue cuando él trata de dirigirla o pelea con él en cada pulgada del camino? He hablado con algunas mujeres quienes dicen que les gusta discutir y debatirlo todo. Esto puede apagar a un hombre pronto, porque él no ve la necesidad de hablar acerca del asunto. Y algunas cosas no necesitan ser analizadas hasta la muerte. Algunas mujeres agobian a sus esposos y después se quejan de que ellos manifiestan falta de dirección. Si usted se encarga de todo, ¿por qué tiene que dirigir él?

Para empezar, un esposo no es un líder experto. A todos nos toma tiempo crecer y desarrollarnos. ¿Cuántos modelos tuvo cerca su esposo de quiénes aprender a ser un líder experto? La mayoría de los hombres no tienen este entrenamiento.

Su estilo de liderazgo y personalidad probablemente será diferente al de su esposo. Dese cuenta de que la mayoría de las diferencias que usted ve en él son diferencias de personalidad. Mientras aprende a comprenderlo y a trabajar con su personalidad verá la diferencia en su respuesta.

Si su esposo es muy irresponsable, continúe animándolo y confiando en él. Si tiene una mujer mayor que usted que pueda escucharla y guiarla durante este tiempo difícil le ayudará. Le puede ayudar a mantener las cosas en equilibrio. ¿Cómo ve su esposo el problema? ¿Podría él llamarle a esto «un problema»?

¿Qué quiere él de usted? Algunas veces el reclutar a otras mujeres para orar por el esposo irresponsable ayuda, pero tienen que ser de confianza, no chismosas. No critique a su esposo con otros –especialmente con sus padres o suegros. Vea esta área en su vida como no desarrollada todavía. Véalo con el potencial que en verdad tiene para dirigir.

La desilusión

TENIA LA ESPERANZA DE QUE PODRIA
EXPERIMENTAR UNA RELACION DE AMOR
EN EL MATRIMONIO. PERO, A UN TRATO ESPANTOSO
EL 90% DEL TIEMPO, ¿SE LE PUEDE LLAMAR A ESO
«AMOR DE CASADOS»? EN ESTE MOMENTO
ESTOY PENSANDO: «¡QUIEN QUIERE ESTO!»
ESTOY DESILUSIONADA.

Respuesta:
La desilusión puede llegar a cualquier matrimonio. La falta de sentimientos de amor puede ocurrir por muchísimas razones. Cuando eran novios, posiblemente experimentaron algún enamoramiento; es un fuerte imán que atrae a dos personas. Pero durante esta fase se exageraron las cualidades que tenía o se asumieron los potenciales que no existían. Si nunca pasó de ahí a un nivel más profundo de amor y a un compromiso sustancial, la desilusión ocurrirá. Es difícil mantener el nivel de emoción y gratificación mutua del enamoramiento, y si lo utiliza como una norma de amor para su matrimonio podría llegar a decepcionarse.

Al principio de una relación, lo que atrae el uno al otro, por lo general, no es suficiente para mantener su amor y su matrimonio. Cada uno tiene que crecer y desarrollarse en la relación. Las expectativas que tiene de su matrimonio a menudo alimentan el problema. Mientras más extensa e irreal (o inflexible) sean, mayor será el nivel de decepción. Tiempo después, las expectativas se tornan en exigencias.

Muchas mujeres se enamoran del potencial del hombre más que del hombre mismo. Ven lo que él puede llegar a ser. He escuchado a mujeres decir que ellas siguen el «recurso de las misiones» cuando estan buscando a un hombre. Algunas veces esto se refleja en declaraciones como: «El sólo necesita un poquito más de tiempo», o «Nadie lo ha amado tanto como yo; lo ayudaré a cambiar», o «Nadie lo comprende excepto yo».

El compromiso es necesario

Lo que es necesario en una relación no sólo es amor sino también *compromiso*; este es el «pegamento» que los mantiene juntos, especialmente en el tiempo en que hay «recesión amorosa». El compromiso es un sentido de dedicación a la otra persona y a su beneficio. Es el modelo de servidumbre que vemos en las Escrituras.

Algunas veces, después de la luna de miel, las parejas se preguntan: «¿Qué paso con la magia? Ha desaparecido. Eramos románticos en un momento ¿A dónde se fue? Es casi como un sueño ilusorio. ¿Le ocurre esto a todos?» Si, todos los matrimonios cambian con el tiempo y el nivel del romance del noviazgo a menudo se apaga. Depende de la pareja, el romance puede desaparecer completamente o puede cambiar y ser expresado de nuevas formas, siendo estas más creativas.

Para muchos de nosotros, el romance y el matrimonio eran «el premio de oro» al final del arco iris de fantasías que creció en nuestra niñez. La mayoría de los viajes matrimoniales empiezan con algunas intenciones románticas. Algunas de ellas están por las nubes mientras que otras no despegan nunca del horizonte. Y en algunos matrimonios cada uno tiene aspiraciones diferentes del romance; esta diferencia puede crear tensión en el matrimonio y decepción en uno o en ambos.

Mientras que la mayoría de nosotros nos acercábamos al matrimonio, nuestro sentido de la realidad se distorcionaba por las ilusiones y la fantasía. A menudo esta intensa emoción romántica podía neutralizar el desarrollo positivo del matrimonio. Las fantasías y las expectativas irreales que se traen al matrimonio pueden crear un abismo entre los esposos mientras que las decepciones aumentan.

Si se casó a principio de sus años veinte, como muchas otras parejas, usted se casó en un momento cuando los individuos están en medio de desarrollar sus propias vidas personales. En esa etapa todavía se está en el proceso de establecer su propia identidad. Aun se está tratando de descubrir «quien soy». A esa altura, su autodescubrimiento a menudo puede estar eclipsado por la atracción que sienten usted y su amado el uno al otro y por su deseo de casarse.

Piense restrospectivamente en su noviazgo. ¿Qué pensamientos y sentimientos vinieron a su mente y corazón? La mayoría de nosotros empezamos nuestro viaje matrimonial enamorados. Y si piensa en el pasado para ver cómo sucedió, quizás esté muy presionada para ofrecer una respuesta. Sólo sabe que sucedió. ¿Recuerda cuando sus pensamientos estaban todo el día con su amado y su pulso se aceleraba cuando lo veía? Para algunas, el amor y romance fue un proceso de crecimiento y para otras fue como una sacudida de electricidad.[5]

El amor no es algo que simplemente ocurre; tiene que ser cultivado para que crezca. Como trabajo con las parejas en consejería prematrimonial, uno de mis objetivos es descubrir la calidad del amor que se tienen. Si es demasiado idealista –o tiene una base hueca– trato de llevar un poco de realidad a la relación. Ocasionalmente las parejas no quieren oir las preguntas que les hago. Algunas veces se preguntan por qué los consejeros y pastores no aceptamos las respuestas de su cliché grabado, el cual no siempre tiene el sentido de realismo que se necesita.

Recesión amorosa

Quizás usted esté experimentando una recesión amorosa en su matrimonio. Algunas veces el amor marital es intenso, fuerte y vibrante. Pero también hay tiempos cuando una mujer empieza a cuestionarse su amor por su esposo o el amor de su esposo por ella. Por alguna razón, el amor disminuye de un nivel de satisfacción más elevado. Algunas veces esto ocurre en etapas previsibles del matrimonio, tales como después de la luna de miel, durante el embarazo, cuando se queda el nido vacío (que los hijos se van), etc. Puede pasar después de 2 años de matrimonio, después de 20 años, o de 40.

Sí, como una recesión financiera, la recesión amorosa puede ocurrirle incluso a los cristianos, quienes piensan que sus matrimonios sólo deberían ascender.

Cuando las personas sienten que su amor (o el de su pareja) se está debilitando, experimentan una multitud de sentimientos. Una recesión amorosa puede ser espantosa, frustrante e incluso depresiva. La ansiedad aumenta y se busca una respuesta. Puede ser amenazador para la pareja enfrentarse a un sentido de disminución de amor, pero también puede convertirse en un tiempo de crecimiento positivo. Es como una crisis financiera en la cual la manera de responder puede tener mucho que ver con su supervivencia. A diferencia de la víctima de una recesión financiera, sin embargo, nunca se está en bancarrota. El amor nunca se acaba. Sólo necesita buscarlo en algunos lugares nuevos, y así puede crecer y desarrollarse de nuevo en su relación.[6]

Seis estilos de amor

Las personas aman y expresan su amor de varias formas. ¿Está consciente de su estilo? Aquí se mencionan seis estilos básicos de amor.

1.- *Buenos amigos.* Es una confortable intimidad que se desarrolla en un período de tiempo. Dos personas tienen una estrecha asociación y comparten intereses mutuos. Su amor crece a través de la compasión, la confianza, el compartir juntos y la dependencia a través de un período de tiempo, la autorevelación. Es raro que al principio de la relación alguno de los dos crea que su amistad se transformará en amor o matrimonio.

El amor que se desarrolla y se expresa es más que una respuesta cálida, es algo más que un sentimiento no romántico. La intensidad de los sentimientos es un poquito extraña. Hay falta de argumentos intensos o de manifestación de las emociones. Cuando hay una diferencia de opinión, prevalece la discusión racional porque la pareja puede acercarse con cariño mutuo.

2.- *El juego.* Para estos amantes, una relación emocional es un concurso a ganar. Incluso cuando estas personas se casan buscan un desafío para añadir sazón a su relación. Algunas incluso crean riesgos para evitar que el matrimonio se haga aburrido. La lucha y el coqueteo son comunes.

3.- *El amor lógico.* Es un estilo en el cual la persona se concentra en los valores prácticos que puedan encontrarse en la relación. Estas personas son muy pragmáticas y a menudo tienen una lista de lo que buscan en la pareja. El romance tiene algún lugar en la relación pero el amor de los amantes lógicos debe ser el resultado de la compatibilidad práctica de la pareja. Su amor será estable mientras perciban que la relación es la de «la feria de intercambios».

4.- *El amor posesivo.* Es el tipo de amor más insatisfecho y limitado. El amante posesivo tiene una necesidad frenética de saber que es amado. Estas personas tienen frecuentes e intensos cambios emocionales, del júbilo a la desesperación, y de la lealtad a los celos. Tienen una necesidad intensa de poseerse mutuamente.

5.- *El amor romántico.* Es mejor descrito como «dos personas involucradas en una relación totalmente emocional». Los amantes románticos –cuyo símbolo es la flecha de Cupido atravesando el corazón– están enamorados del amor. El día de San Valentín es tan importante para ellos como la Navidad. El amor a primera vista es una necesidad y es de esperar una serie de emociones elevadas en la relación. La atracción física es muy importante, como lo son los pequeños y frecuentes detalles delicados.

6.- *El amor desinteresado.* Es dador, perdonador, cuida y alimenta incondicionalmente. Incluye el autosacrificio. Amamos a nuestra pareja incluso cuando nos crea dolor emocional. Respondemos más a las necesidades de nuestra pareja que a las nuestras.

¿Cuál es su estilo básico de amor, según lo determinan las breves descripciones anteriores? Utilice la siguiente tabla para clasificarse a sí misma en una escala del 0 al 10 para cada estilo (0 significa no existente, 5 significa promedio y 10 significa muy fuerte). Luego haga lo mismo con su pareja. ¿Cuál estilo le gustaría desarrollar para sí misma, y cuál le gustaría ver desarrollado en su pareja?

Puede descubrir que es una combinación de dos o más estilos. Esto es muy común.

Buenos amigos	1 2 3 4 5 6 7 8 9 10
El Juego	1 2 3 4 5 6 7 8 9 10
Amor lógico	1 2 3 4 5 6 7 8 9 10
Amor posesivo	1 2 3 4 5 6 7 8 9 10
Amor romántico	1 2 3 4 5 6 7 8 9 10
Amor desinteresado	1 2 3 4 5 6 7 8 9 10 [7]

¿A dónde fueron mis sentimientos?

Pregunta:
YA NO LO AMO. ¿QUE PUEDO HACER
PARA RECUPERAR EL AMOR POR MI ESPOSO,
ESE QUE TENIAMOS CUANDO NOS CASAMOS?

Respuesta:

¿Siente como que no ama a su esposo? Descríbame en detalles qué es el amor. ¿Puede? ¿Cuáles son los ingredientes que confeccionan el amor? Antes de querer algo necesitamos saber exactamente lo que queremos.

¿Qué es el amor?

El amor maduro tiene varios ingredientes:

- Sentimientos de cordialidad, los cuales reemplazan la intensidad del enamoramiento.
- El sentimiento de cuidado como el que se expresa por estar preocupado por el bienestar de su pareja y estar listo para responder a la necesidad.
- El cariño expresado de la forma que prefiera su pareja –desde una nota a una sonrisa, o un abrazo.
- Aceptación de la otra persona incluyendo sus fortalezas y debilidades. Esto significa no tratar de hacer que su esposo

sea de cierta forma con el fín de completar un déficit de su pasado.

- Empatía, lo que significa ser capaz de estar en sintonía con los sentimientos de su pareja y experimentar en algún grado lo que está experimentando.
- El amor maduro, el cual significa ser sensible a las delicadas y vulnerables áreas de preocupación de su pareja.
- El amor maduro también incluye compañía, amistad, intimidad, placer y apoyo al otro.[8]

Evalúese a sí misma

Ahora las preguntas:

En una escala del 0 al 10 (0 significa nada y 10 significa «abundancia»), ¿cómo evaluaría a su esposo por cada una de estas características?

¿Qué evaluación siente que le da su esposo a cada una de estas características?

¿Cuál es el mayor nivel de cada una de esas características que usted ha creído darle a su esposo?

¿Cuál es el mayor nivel que ha sentido que le ha dado su esposo a cada una de esas características?

La razón por la que está luchando con los sentimientos de amor por su esposo, ¿podría ser que no se siente amada por él?

Una de las preguntas que hago a aquellas que están considerando el divorcio es: «¿Podría afirmar con sinceridad en este momento que usted ha dado el 150% para amar a su pareja en cada una de estas áreas de amor? Si no, ¿por qué no hacerlo por los próximos tres meses? Quite todos los obstáculos y ámelo. Luego, si no pasa nada, si se divorcia. Al menos podrá mirar atrás y decir que hizo todo lo que pudo. En este momento verdaderamente no puede decir eso, ¿no es así?» ¿Y usted? ¿Podría decirlo?

Encuentro tres respuestas comunes en las personas.

Una es: «El nunca me amó de la forma especial que yo quería que lo hiciera». La comprendo, pero usted no quiere que sus respuestas de amor sean controladas por lo que él está o no haciendo, ¿no es así?

Segundo, algunas dicen: «No puedo amar si no lo siento. Sería una hipócrita». ¡No se sentirá así si lo hace! Las personas se enamoran para hacer cosas por y con la otra persona y así es como se enamoran también. Amar a otra persona no depende de nuestros sentimientos.

Tercero, algunas dicen: «Si hago eso mis sentimientos pueden cambiar y después me podría sentir obligada a quedarme. No estoy segura si quiero quedarme, especialmente si él no cambia.»

Si siente que no ama a su pareja, ¿qué ha hecho con esa energía del amor? A menudo encuentro que aún existe pero ha sido dirigida a cualquier lugar. Podría estar canalizada hacia las novelas de romance, las telenovelas, o incluso las fantasías con otro hombre; o incluso podría estar al borde de una aventura amorosa por su cercanía a otro hombre. Es difícil generar amor por su esposo cuando él tiene competidores sin historias negativas como él las tiene. El estancamiento y la frialdad emocional hacia el cónyuge es reforzado cuando alguien más entra en escena –ya sea en la mente o en la realidad. Si usted lee inglés, me gustaría animarla a leer el libro de Lois Mowday titulado *The Snare* (La trampa). Le ha evitado a muchas mujeres el descarriarse.

Su idioma de amor

Una de las razones por las que las personas sienten que su pareja no las ama es que ellas nunca aclararon completamente cuáles eran sus necesidades y cómo sus parejas podían satisfacerlas. Cada uno es único y todos tenemos que aprender a amar al otro en la forma que se manifieste. He visto a muchas que tratan de amar a sus maridos pero pierden la pista. En una manera simple, cada persona tiene que aprender a hablar el idioma de amor de su pareja. Sabe de que estoy hablando, ¿cierto?

Pero, usted dice, «¡No sabe cuántas veces he hablado con mi esposo. Simplemente esto no funciona. El no me responde y no puedo aprender a amarlo!» Si ha hecho lo siguiente, ¡entonces estaré tranquilo!

1.-¿Usted lo ha expresado como una solicitud cariñosa y saludable o como una exigencia insistente?

2.-¿Varió la presentación de sus peticiones o fueron hechas de la misma forma predecible siempre? ¿Sus peticiones estaban basadas en lo que usted quería o en la acción específicamente negativa exhibida por su pareja?

3.- ¿Expresó su solicitud en un estilo de comunicación que concordara con su personalidad? En lugar de ignorar su particularidad, descubra cuáles son sus características y qué significan, y después adapte sus respuestas a él.

4.- ¿Reconoció las veces que él respondió, afirmó éstos acontecimientos y describió el efecto positivo que tuvieron esas actitudes en usted?

5.- ¡Si no fueron compartidos con él por escrito, no han sido compartidos! Como los hombres tienden a ser resueltos y orientados visualmente, las solicitudes necesitan ser expresadas por escrito con el fin de que las registren.

Conózco a una esposa creativa quién le envió a su esposo una carta certificada al trabajo con su lista de las formas que ella quería que él la amara . Dentro de la carta iba la llave de la habitación del hotel fuera de la ciudad donde ella le estaría esperando esa tarde. ¡Esto llamó su atención!

Evalúe su comportamiento

Usted puede permitir que la recesión amorosa la devaste o puede responder a ella como un tiempo de crecimiento y cambio. Cuando la golpee un tiempo de recesión amorosa, acéptelo y siéntalo como algo bastante normal. No rechace sus sentimientos. En su lugar, anótelos –ambos, los positivo y los negativos. Haga una cita convenientemente para comunicarle a su esposo sus sentimientos. Luego, cariñosamente, comparta todo el rango de sus sentimientos y pensamientos con su pareja. No lo haga como un ultimátum para que él cambie sino con un propósito de información, haciendo incapié en su interés de fortalecer su matrimonio.

Evalúe la opinión que usted tiene de la vida, de sí misma y hacia su pareja. Evalúe su comportamiento y el comportamiento de su pareja a través de ese tiempo y asegúrese de darse créditos por los positivos. Todos tenemos la tendencia a detenernos en los defectos, los fracasos y en lo negativo en vez de lo positivo –aun cuando los positivos a menudo pesan más que los negativos. ¡Cuando nuestra perspectiva no está equilibrada frecuentemente, ella nos conduce a hablarnos a sí mismos, en vez de estar enamorados de nuestras parejas!

Conscientemente tratamos algún comportamiento nuevo y cariñoso hacia la pareja. Haga un esfuerzo especial para realizar su amor aunque los sentimientos amorosos no sean tan fuertes como una vez fueron. Considere las varias formas de expresar amor que se han sugerido en este libro.

Pasos para mejorar el amor y seguir enamorados

—— **Pregunta:** ——
¿COMO PUEDO SEGUIR
«ENAMORADA» DE MI ESPOSO?

Respuesta:

Vamos a considerar algunos pasos que puede tomar para edificar y realzar el amor en su matrimonio. El paso inicial es identificar las «termitas» que puedan estar debilitando la estructura. Los contaminadores en el matrimonio pueden ser sútiles y corroer constantemente las bases de una relación.

El perdón

Uno de los peores contaminantes del matrimonio es el enojo sin resolver, el cual conduce al resentimiento y, al final, al fracaso matrimonial. Antes de proceder es esencial conceder el perdón; después tendrá la oportunidad de reedificar su amor. El perdón es posible. Sólo piense en estas palabras que lo describen:

> «En el perdón, uno decide dar amor a alguien quién ha traicionado su amor. Puede sacar su compasión, su sabiduría, y su deseo de aceptar a la persona que él es. Puede sacar su humanidad y buscar la reunión en el amor y el desarrollo sobre todo lo demás.
>
> »El perdón es un cambio de estación. Provee un nuevo contexto dentro del cual se nutre la relación. El cambio de las estaciones le permite dejar ir todo eso que ha sido difícil de soportar y le permite volver a empezar. Cuando uno perdona, no olvida completamente la estación de frío, pero tampoco tirita con su recuerdo. El frío ha descendido y no tiene más efectos en el presente que recordarle cuán lejos ha venido, cuánto ha crecido, cuán sinceramente ama y es amada.
>
> »Cuando el perdón viene a ser una parte de su vida, quedan pocos resentimientos. El enojo puede que no se desvanezca inmediatamente, pero se debilitará a su tiempo. El foco caliente de amargura que fue firmemente empotrado en su ser ya no quema más.
>
> »El perdón viene al principio como una decisión de actuar cariñosamente, aunque pueda sentirse con justificación suficiente para rehusar su amor.»[9]

Medite en su noviazgo

Una forma de reedificar el amor es meditando en el noviazgo. Fue durante el noviazgo que probablemente experimentarán algunos de sus más íntimos y románticos sentimientos el uno hacia el otro. Este es el momento cuando las esperanzas, los sueños y las expectativas del matrimonio son más intensas. Como la mayoría de las parejas construyen su relación en el romance, raramente pronuncian lo que están esperando de la relación. ¿Cuáles fueron sus expectativas durante su noviazgo?

Recuerde los intensos sentimientos de amor que tuvieron uno hacia el otro. Al analizar su noviazgo puede ayudar a afirmar las esperanzas que puedan encontrarse en su matrimonio ahora. Si eran románticos durante el noviazgo ahora pueden sentirse remitidos a hacer más esfuerzo para comprometerse a reedificar la relación.

Aquí hay algunas preguntas para ayudarla a meditar en su noviazgo:

1.- ¿Cuándo fue la última vez que se tocaron cariñosamente?
2.- ¿Cuándo fue la primera vez que se tomaron de las manos? ¿Cuál era el escenario? ¿Recuerda como se sintió?
3.- ¿Qué pensó de su esposo la primera vez que lo besó?
4.- ¿Qué la atrajo a su pareja?
5.- ¿En qué forma eran parecidas sus personalidades?
6.- Recuerde su noviazgo. ¿Dónde y cuándo se conocieron? ¿Qué es lo que más disfrutaban hacer?
7.- ¿Cuáles fueron las tres experiencias más encantadoras de su noviazgo?
8.- ¿Cuáles eran sus esperanzas y sueños para su matrimonio?
9.- ¿Cuáles podría retomar ahora para que se hagan realidad?
10.- Si fuera novia de su pareja ahora, ¿cómo podría responder? ¡Quizás esa es la respuesta!

Bendiga a su esposo

La única manera de mantener el amor vivo y luchar con la recesión es bendiciendo a su esposo. La palabra «bendición» en el Nuevo Testamento está basada en dos palabras griegas que, al igual que en castellano, significan «decir» y «bien». Bendecir a su esposo significa, literalmente, hablar bien de él.

Puede bendecir a su pareja con lo que le dice y cómo se lo dice. Debe hablarle amablemente y darle ánimo con el fin de hacer su vida mejor y más llena, más allá del mero sentido del deber. Los halagos sinceros, las palabras de ánimo y las «cosas dulces» dichas atentamente son constructoras del romance y enriquecedoras del amor. La respuesta verbal a las palabras de su pareja es importante. Dar las gracias, expresar aprecio y ofrecer la información u opiniones solicitadas con amabilidad bendecirá a su pareja. Quizás la última forma de bendecir a su pareja verbalmente es llevarla en oración ante el Señor e intervenir a su favor.[10] Las expresiones verbales de gratitud y afirmación no pueden ser sobrecargadas.

Edifique a su esposo
Otro enfoque bíblico para mantener el amor vivo –y paralelo a la bendición– es *edificarlo*. Edificar significa desarrollar a otro (vea Romanos 14:19; 15:2; 1ª Tesalonicenses 5:11). Puede edificar a su esposo haciéndose su mayor admiradora. Esté en la primera fila de la tribuna para cada esfuerzo de su pareja, animándole: «¡Tú vales! ¡Tú puedes hacerlo! ¡Confío en tí!» Usted es la presidente del club de admiradores de su esposo. ¡Anímelo!: «Tienes la capacidad, el valor y la valía a pesar de la tarea. Estoy orando por ti».

Mientras edifica a su esposo de esta forma aumentará su sentido de autovalía. El resultado será un aumento de la capacidad de su pareja para darse a sí mismo en amor.

Me gustan las formas que el Dr. Ed Wheat sugiere para edificar a las parejas

1.- Haga la decisión de que jamás volverá a criticar a su pareja, ni con el pensamiento, ni con palabras, ni con actos. Debe ser una decisión respaldada por la acción hasta que se haga una costumbre que no pueda cambiar aunque quisiera.

2.- Dedique tiempo a estudiar a su esposo para desarrollar sensibilidad en las áreas en las cuales le falta fortaleza. Descubra formas creativas de edificar a su esposo en esas áreas débiles.

3.- Dedique tiempo diariamente pensando en las cualidades positivas y en los patrones de comportamiento que admira y aprecia de su esposo. Haga una lista y agradezca a Dios por ellos.

4.- Constantemente verbalice halagos y aprecio. Hágalo en una forma específica y generosa.

5.- Reconozca lo que su esposo hace, pero también quién es su esposo. Dígale que lo respeta por lo que realiza.

6.- Esposos, muéstrenles a sus esposas pública y privadamente cuán especiales son ellas para ustedes. Mantengan su atención centrada en sus esposas y no en otras mujeres.

7.- Esposas, muéstrenles a sus esposos cuán importantes son en sus vidas. Pídanles sus opiniones y valoren sus juicios.

8.- Respóndanse uno al otro facial y físicamente. El rostro es nuestra parte más distintiva y expresiva. Sonría con su cara completa. Su esposo necesita recibir más de su sonrisa que otros.

9.- Sean corteses unos con otros, en privado y en público. Cada uno debe ser una persona «VIP» en su hogar («persona muy importante», por sus siglas en inglés).[11]

Lecturas y audiciones recomendadas

• Beck, Aaron T. *Love is Never Enough*, New York: HarperCollins, 1988.
• Coleman, Paul. *The Forgiving Marriage*. Chicago, IL: Contemporary Books, 1989.
• Lewis, Robert, y Hendricks, William. *Rocking the Roles*. Colorado Springs, CO: NavPress.
• Rainey, Dennis. *Staying Close*. Dallas, TX: WORD Inc., 1989.
• Smalley, Gary. *If Only He Knew*. Grand Rapids, MI: Zondervan, 1979.
• Smedes, Lewis. *Forgive and Forget*. New York: HarperCollins, 1984.
• Wheat, Ed. *How to Save Your Marriage Alone*. Grand Rapids, MI: Zondervan, 1983.
• Wheat, Ed. *Love Life*. Grand Rapids, MI: Zondervan Publishing House, 1980.
• Wheat, Ed. *Love Life*, dos cintas grabadas
• Wright, H. Norman. *Holding on to Romance*. Ventura, CA: Regal Books, 1992.

Notas

1.- Doris Wild Helmering, *Happily Every After* (New York: Warner Books, 1986), adaptado de las pp. 14, 15.

2.- Margaret J. Rinck, *Christian Men Who Hate Women* (Grand Rapids, MI: Zondervan, 1990), adaptado de las pp. 84, 85.

3.- Dennis Rainey, *Staying Close* (Dallas, TX: WORD Inc., 1989), pp. 158.

4.- Ibid., pp. 158.

5.- H. Norman Wright, *Holding on to Romance* (Ventura, CA: Regal Books, 1992), pp. 87-89.

6.- Ibid., p. 118.

7.- Marcia Lasswell y Norman N. Lobsenz, *Styles of Loving: Why You Love the Way You Do* (New York: Doubleday and Co. Inc., 1980), pp. 167, 168.

8.- Aaron T. Beck, *Love Is Never Enough* (New York: HarperCollins, 1988), adaptado de las pp. 185-189.

9.- Paul W. Coleman, *The Forgiving Marriage* (Chicago, IL: Contemporary Books, 1989), pp. 22, 23.

10.- Ed Wheat, *Love Life* (Grand Rapids, MI: Zondervan Publishing House, 1980), adaptado de las pp. 177, 178.

11.- Ibid., adaptado de las pp. 178-191.

Capítulo 14

EL ENOJO
Y EL CONTROL
EN EL MATRIMONIO

Enfrentarse con el esposo enojado

——— **Pregunta:** ———
¿COMO PUEDO ENFRENTARME
AL ENOJO DE MI ESPOSO?

Respuesta:

El enojo es una de las emociones que altera a muchos matrimonios. Su pregunta implica que el enojo de su esposo es algo tolerable y permitido para que continúe. El problema con el enojo es que aleja a las personas y aumenta la distancia entre ellas.

Permitir que el enojo siga desenfrenado es destructivo para una relación. El enojo es una emoción dada por Dios y tiene un propósito, pero tiene que ser controlado. Una y otra vez en las Escrituras leemos sobre ser lento para la ira (vea Proverbios 16:32; y Santiago 1:19).

El primer paso es determinar si la respuesta de su esposo es verdaderamente enojo. Algunas veces los hombres hablan alto o con mucha intensidad; si usted viene de un hogar tranquilo, suave, es fácil que lo interprete como enojo. El diccionario define la palabra enojo como un sentido o respuesta de disgusto. ¿Es esto lo que está escuchando?

Segundo, ¿por qué quiere reducir el enojo de su esposo? Simplemente puede encontrarlo desagradable o puede temer que a él se le vaya la mano. También puede sentir que sus desacuerdos se extienden en vez de resolverse. Cuando descubra lo que le molesta de su enojo, explíqueselo oralmente o por escrito durante un momento calmado. Exprésele cómo se siente en vez de atacarlo.

¿Qué está diciendo su enojo? Algunas veces la esposa es capaz de determinarlo utilizando las siguientes preguntas con su esposo: «Cuando estas enojado y molesto, es porque 1)¿estás frustrado? 2)¿sientes temor? ¿has sido lastimado? Quizás puedas considerar estas posibilidades y hablar de ellas después». Estas preguntas reflejan las tres causas que son la base del enojo. Por ser esta una emoción secundaria, generalmente no refleja el verdadero sentimiento o respuesta.

El hombre siente que el enojo es más fuerte que el dolor y que el temor, por lo tanto, es más seguro. Muchos hombres trabajan duro para tapar su dolor protegiéndose con el enojo. No importa cuán intenso y destructivo sea el enojo de su pareja, es una expresión de dolor, temor o frustración. Pero muy frecuentemente los hombres reaccionan con una respuesta camuflada, como lo es el enojo. Si en su corazón y mente pueden darle permiso para estar enojado, le será más fácil manejar su respuesta.

Enfoque el tema diciendo: «Cuando estas enojado, ¿cómo quieres que yo responda? ¿No debo decir nada, abandonar la habitación, abrazarte, volver a pensar en lo que escucho que dices, hacerte preguntas, o enojarme contigo yo también? Quizás podrías pensar acerca de esto por un momento y podríamos discutirlo cuando sea conveniente para ti». Espere a que responda en su momento y después puede preguntar: «¿Qué puedo hacer para encontrar una solución? ¿Qué sugerencias tienes?»

Otras declaraciones que algunas esposas han hecho a sus esposos enojados son similares a la siguiente: «Comprendo que hay momentos cuando uno se enoja. Apreciaría que trabajáras en expresar este enojo de una forma que no me rechazára tanto. Quiero estar cerca de tí, pero esto lo dificulta. Ya sea escribiéndome una nota diciéndome de tu enojo o tomándote algún tiempo para aplacarlo. Cuando estés molesto, por favor, dime qué te gustaría que hiciera diferente y estaré contenta de escuchar lo que tienes que decirme. También ayudaría si pudieras decirme si estas sintiéndote frustrado, dolido o temeroso y así sabré lo que está pasando verdaderamente».

Esté segura de que no está haciendo nada para contribuir o reforzar la frustración o el enojo de su esposo.

Deje ir el enojo

──────── **Pregunta:** ────────
¿COMO PUEDO DEJAR ATRAS EL ENOJO
QUE SIENTO? ¿POR QUE PUEDO SENTIRME
DEPRIMIDA PERO NO ENOJADA?

Respuesta:

Considere esta realidad: Desde la niñez, la mayoría de las mujeres se oponen a expresar el enojo. Se les enseña a que sean las que alimenten las relaciones y que las suavicen, se las entrena para ser las pacificadoras y estabilizadoras. El lema que aprenden es agradar al mundo y mantener las relaciones en su lugar. De una manera sobreentendida, el enojo expresado por las mujeres es impropio de una mujer, poco maternal, e incluso poco atractivo. Enojarse no es femenino.

Así, muchas mujeres siguen con su enojo y no tienen lugar para él. Y muchas aprenden a experimentar dolor en vez de enojarse en ciertas situaciones. El enojo se desarrolla a través de los años y cuando se suelta carga con el residuo acumulado. El resultado es la reacción exagerada.

Cuando una mujer expresa su enojo hacia su esposo, esto crea distancia y no lo siente mucho como esposa. Tiene un sentimiento de soledad. No es confortable; es por lo que cuando expresan enojo, muchas mujeres también lo expresan con lágrimas, culpabilidad o dolor. Es más seguro. Pero cuando uno aprende a reprimir una emoción, algunas veces causa represión emocional en otros sentimientos.

Cuando una mujer no puede expresar ni enojo ni llanto, debe preocuparse por algún mal funcionamiento severo que puede haber existido en su hogar. Amortiguar los sentimientos es poco saludable. Además, es una señal para tomar acción y descubrir qué ocurre, o qué ocurrió.

Muchos hombres y mujeres experimentan depresión cuando reprimen su enojo. En realidad, el enojo reprimido es una de las causas principales de depresión. Es una forma peligrosa de manejar el enojo porque se mantiene vivo dentro de nosotros, agitándose y buscando la forma de salir. Para muchas mujeres esta es una respuesta aprendida por la falta de estímulo para experimentar enojo.

Cuando se sienta enojada, admítalo. Descubra la causa. ¿Es frustración, dolor o temor? Escuche el mensaje que le esta dando su enojo. Si está preocupada por reaccionar exageradamente a su enojo, escríbalo en detalles. Describa sus sentimientos. Escriba una carta con su enojo y no la envíe, léala en voz alta. Búsque en el libro de Proverbios e identifique todos los pasajes que hablen acerca de ser «lento para la ira». Imagine cómo ser lenta para la ira.

Cuando exprese su enojo, hágalo enérgicamente en vez de ser agresiva. No grite, culpe o ataque. No diga: «Me hiciste enojar». Tome la responsabilidad por su enojo. Declare que está enojada, por qué lo esta y qué le gustaría ver que pasara en ese momento. Practíquelo haciéndolo con una buena amiga así puede sentirse cómoda. No se disculpe por su enojo. Esta ahí. Es suyo. Dios la creó con la capacidad de enojarse. Diríjalo hacia las injusticias.

Lidiando con las frustraciones

Pregunta:
¿COMO PUEDO MANEJAR LAS EMOCIONES QUE SURGEN SIN RAZON APARENTE? (Y QUE NO ESTAN RELACIONADAS A SPM DEL CAPITULO 7)

Respuesta:

Su pregunta implica que no hay motivos para sus emociones. Pero los motivos están. Algunas veces nuestras emociones están desencadenadas por algún pequeño incidente pero se encuentran envueltas dentro de nuestra reserva histórica de dolores acumulados. Todo lo que necesitan es un pequeño estímulo para estallar. También podría ser que seamos sensibles en cierta área y a los comportamientos o declaraciones de otras personas que nos provocan reacciones. La frustración a menudo puede ser el gatillo.

La frustración con frecuencia sucede cuando no estamos satisfaciendo nuestras necesidades o expectativas. Algunas veces las hemos compartido claramente con otros, pero por lo general no lo hemos hecho y esperamos que lo sepan o que cumplan automáticamente. Aquí hay varias preguntas que pueden ayudarla a manejar estas respuestas emocionales inexplicables.

¿Cuándo mis respuestas emocionales son más propensas a ocurrir? ¿Hay un patrón? ¿Las situaciones particulares contribuyen a estas reacciones? ¿Cuándo ocurren más estas reacciones, en la mañana, en la tarde o en la noche? ¿Con quién ocurren? ¿Qué digo o hago para expresar estas emociones? ¿Cómo afectan a otros?

Quizás podría ayudarle registrar las emociones diarias para hacer un desarrollo gráfico de su progreso con estas dificultades. Incluya en su diario:

1.- La fecha y hora en que ocurrió la última reacción emocional.

2.- El nivel de mis sentimientos en una escala del 0 (ninguno) al 10 (intenso) fue...

3.- La reacción emocional fue dirigida hacia...

4.- La forma en que me sentí por dentro fue...

5.- Lo que me estaba diciendo a mí misma en ese momento era...

6.- La respuesta externa fue...

7.- ¿Hubo alguna diferencia en la respuesta de esta vez comparada a la vez anterior?

8.- ¿Qué me gustaría sentir y hacer la próxima vez?

9.- ¿Qué mejoría haré la próxima vez?

10.- Oraré de la siguiente manera por esta situación...

11.- La persona que escogeré para que me ayude con este problema es...

Controlando al controlador

—————— **Pregunta:** ——————
¿COMO PUEDO LOGRAR QUE MI ESPOSO
DEJE DE CONTROLARME?

Respuesta:
Puede encontrar difícil ser abierta en presencia de un controlador. Siempre tiene miedo de que lo dicho sea utilizado como un argumento en su contra. Y los esposos controladores generalmente no responden abiertamente. Sus defensas han sido afiladas para evitar la apertura. Son hábiles proyectándose en sus problemas. La información dada por un controlador está generalmente inclinada a mostrar que él está en lo cierto y que el resto del mundo esta equivocado.

No se deje intimidar. No trate de pelear fuego a fuego; esto en verdad no funcionaría. Usted no puede controlar a un controlador. En su lugar, déle permiso en su corazón y mente de ser un esposo controlador. Dígase que no esta bien para él ser de esta manera. Asegúrese que no necesita ser intimidada por su comportamiento controlador.

No sea negativa. Déjeme hacerle algunas preguntas. ¿Habla consigo misma acerca de su esposo y cómo se siente por su comportamiento? ¿Se enfoca usted en su comportamiento desagradable y cómo desea que cambie? ¿O ensaya los encuentros anteriores con él y espera el peor escenario cada noche? Si mantiene estas negativas «repeticiones instantáneas» y los «estrenos de las próximas atracciones» rodando en su mente, se agotará físicamente y se pondrá ansiosa.

Responda calmadamente. Si quiere entrar en los negocios de las películas mentales, decídase a crear algunas películas nuevas para proyectarlas en su mente, las cuales muestren sus respuestas en una forma saludable, afirmativa, no intimidante hacia su esposo. Véase a sí misma respondiéndole calmadamente en vez de resistirlo. Esto es posible.

Aceptar al esposo inseguro. Una de las declaraciones más tristes que he oído en mi oficina de consejería generalmente viene de una esposa que es víctima de un esposo dominante: «Hay mucha paz cuando mi esposo se va. Toda la familia se lleva muy bien cuando el esta fuera. Pero cuando esta en la casa todos estamos tensos esperando sus arrebatos. Sé que no debía decir esto, pero estamos más contentos cuando él está fuera. Estamos cansados de ser gobernados y controlados. Esta no es la manera que se supone que viva una familia».

El control descrito por esta mujer refleja la inseguridad que provoca su esposo dominante. Tenga presente que el rugido del dominador es generalmente sólo un caparazón para cubrir la persona insegura, miedosa.

Mantenga el control. No permita que su esposo la despiste de lo que usted quiere decirle. Cuando la interrumpa, vuelva a lo que estaba diciendo, aunque necesite empezar varias veces. Esta es una variación de la técnica del «disco rayado», la cual consiste en hacer la misma declaración una y otra vez con el fin de mantener el control y lograr comunicar su idea.

Cuando su esposo insista en hacer una observación –reconociendo lo que dice– entonces ofrezca sus alternativas. Pero recuerde, la forma en que comparta sus ideas es muy importante.

Introduzca alternativas. Hace años, una de mis aconsejadas compartió cómo había aprendido a introducir las alternativas a su esposo controlador. Esto es lo que dijo:

«Por años estuve agobiada por él. Cuidé de él, pero su tendencia a controlarme y dominar nuestras relaciones sociales era alejarme de nuestros amigos. He aprendido a hacer tres cosas las cuales suavizan su tendencia de control.

»Primero, le hago preguntas para animarlo a explicar en su totalidad sus acciones controladoras. Una pregunta que siempre hago es: "¿Cuáles serán los beneficios de este acto para ti y cuáles serán los míos?" Esa pregunta lo ha dejado perplejo varias veces.

»Segundo, he aprendido a decir: "Jaime, tú me conoces. Siempre me gusta escuchar dos buenas opiniones en vez de una. Dame una buena alternativa para lo que estas sugiriendo que hagamos". De vez en cuando, verdaderamente, sugiere dos alternativas prácticas.

»Tercero, le pido un aplazamiento al tomar las decisiones. Simplemente digo: "Me gustaría algún tiempo para pensarlo". Sé que esto a veces lo frustra, pero ha aprendido que no puedo hacer una decisión de prisa. Sabe que necesito tiempo para clasificar sus argumentos y él esta más dispuesto a darme el tiempo que necesito.»

He visto que esta técnica funciona en las situaciones matrimoniales en las cuales una esposa está constantemente rebozada de críticas con el fin de alterar el control.

Mire a Dios. Cuando descubra que es aceptada por Dios, lo buscará para dirección y aprobación. Y siendo aceptada por sí misma, tomará la propiedad de sus sentimientos, actitudes y comportamiento. Si está al lado de Dios y de lo que El quiere que usted sea, no necesita tener miedo a la crítica o tratar de justificar su posición. Usted tiene la potestad de hacer sus propias decisiones y crecer a través de la experiencia.

No sea defensiva. Como una esposa no defensiva, se respetará y se sentirá bien consigo misma. Confiará en su valía y sus capacidades. Tendrá su propia identidad y sentido de seguridad. No estando a la defensiva, puede escuchar a otros más objetivamente y evaluar mejor lo que su esposo está diciendo, incluso cuando él se expresa en una forma negativa. Puede aceptarlo por quién es él, aunque no esté de acuerdo con él.

Identifique la causa del ataque. Pregúntese: «¿Qué puedo aprender de esta experiencia? ¿Hay un ápice de verdad en lo que estoy oyendo lo cual tengo que responder?» Haciendo estas preguntas cambiará de la posición de acusado en la relación a la de investigador. El ataque de su esposo puede ser totalmente exagerado, irracional e injusto. Desatienda las declaraciones falsas. Déle permiso para exagerar y desahogarse. Al final las expresiones exageradas estarán a la deriva como la paja y sólo la verdad permanecerá. Siga buscando el ápice de verdad. Trate de identificar la causa real de su ataque crítico.

Determine los asuntos. Trate de determinar precisamente qué de todo lo que hace molesta a su esposo. Si se comporta así todos los días, ya probablemente lo sepa. Hágale preguntas específicas como: «Por favor, ¿podrías explicarme la idea principal?», o «¿Puedes darme un ejemplo específico?»

Utilice la técnica de chequear-oir para verificar lo que la crítica esta diciendo. Las declaraciones que empiezan: «Pienso que puedes estar diciendo...», o «Estás sugiriendo que...» le ayudarán más adelante a aclarar el asunto de discusión y encaminarlo hacia la solución.

Puede decir: «Voy a tomar unos minutos para pensarlo», o «Me has dado una perspectiva interesante. Tengo que pensar en ella». Después pregúntese: «¿Cuál es la idea principal que está tratando? ¿Qué quería que hubiera pasado como resultado de nuestra discusión?» Algunas veces es práctico aclarar ese punto con él, preguntándole: «¿Qué te hubiera gustado que hiciera diferente como resultado de nuestra discusión? Estoy verdaderamente interesada en saberlo». Los hombres generalmente no esperan este enfoque.

Explique su posición. Una vez que se haya identificado el tema central, explique su posición de manera confidencial, en lugar de hacerlo bajo un ataque desdeñoso.

No importa cuán hostil o destructiva pueda ser la crítica de su esposo, quizás haya alguna verdad en lo que esta diciendo. Si es capaz de reconocer algún asunto cierto, le comunicará a su esposo que él ha sido escuchado y que usted no está a la defensiva. Puede decir: «Sabes, puede haber algo cierto en lo que dices». No lo ha admitido todo, pero está dejando la puerta abierta a la posibilidad. Su respuesta lo desarmará y puede que tenga que considerar su enfoque. Haciendo esto retendrá su dignidad, se sentirá mejor consigo misma y representará un patrón bíblico para responder a la crítica.

Es una insignia de honor aceptar la crítica válida (Proverbios 25:12).

¡Qué lastima –sí, ¡que estúpido!– decidir antes de conocer la realidad! (Proverbios 18: 13, paráfrasis del autor).

No te niegues a aceptar la crítica; obtén toda la ayuda que puedas (Proverbios 23: 12, paráfrasis del autor).

El hombre que no admite sus errores nunca puede tener éxito. Pero si los confiesa y renuncia a ellos, tiene otra chance (Proverbios 28:13, paráfrasis del autor).

Lecturas recomendadas
- Oliver, Gary, y Wright, H. Norman. *Pressure Points: Women Speak Out on Anger and Other Life's Demands.* Chicago, IL: Moody Press, 1993.
- Oliver, Gary, y Wright, H. Norman. *When Anger Hits Home.* Chicago, IL: Moody Press, 1992.
- Lush, Jean. *Emotional Phases of a Woman's Life.* Tarrytown, NY: Fleming H. Revell, 1990.

Capítulo 15

EL ESPOSO
ABUSADOR

Definir el abuso

Respuesta:

Cualquiera sea el tema de abuso que surja en mi oficina de consejería, necesito escuchar la definición de la palabra «abuso». Algunas
veces le llamamos así a lo que no lo es, sino que se trata de una forma de expresión diferente a la nuestra. En otros casos ¡sí es abuso!
El abuso –sea este físico, verbal o emocional– ocurre bastante a menudo en nuestras familias cristianas. Se estima que una de cada dos
familias en el continente americano experimentan alguna forma de
violencia doméstica en el lapso de un año. Abuso es todo aquel
comportamiento usado para controlar y/o subyugar a otra persona
a través del temor, la humillación y los apremios físicos. La humillación de burlarse de un niño o ridiculizarlo, o incluso de la esposa
puede ser catalogado como ultraje.

Abuso físico

El ultraje físico se refiere al uso de la fuerza en forma brutal, deliberado, en lugar de un suceso accidental. Esto puede incluir cualquier comportamiento que infrinja daño físico. Primordialmente consiste en empujar, agarrar, abofetear, patear, morder, estrangular, dar un puñetazo, pegar con un objeto, tirar de los pelos o atacar con un cuchillo u otra arma, etc.

Abuso emocional

El abuso emocional tiene una multitud de expresiones. Las tácticas de asustar, insultar, gritar, ataque de furia, decir groserías y criticar continuamente caen dentro de esta clasificación. Algunas personas señalan los defectos de los miembros de la familia en una forma que los hace sentir como si hubieran sido apuñalados con un cuchillo dentado en sus corazones. La amenaza de violencia es una forma de abuso emocional también. Levantar un arma, mover el puño cerca del rostro de una persona, destruir la propiedad o patear la mascota de un niño caen en esta categoría. Negar privilegios o cariño, o culpar constantemente a un miembro de la familia es abuso emocional.

He escuchado a algunas personas defender su patrón de comportamiento de gritos como algo normal. Dicen: «Así lo hicimos en mi familia. Todos gritaban y lo aceptábamos. Eso no es abuso». Pero en su nueva familia puede ser un abuso por la sensibilidad de los otros miembros. Gritar puede volverse espantoso si es constante, intenso y demasiado alto.[1]

Abuso verbal

Si el abuso verbal es constante, busque ayuda en consejería inmediatamente. Si usted (o sus hijos) está siendo abusada verbalmente, enfréntese directamente a su esposo en un momento tranquilo. Explíquele lo que ha experimentado, cómo le afecta esto a usted y a los niños, y qué apreciaría que él hiciera. Después, agradézcale por escucharla y por considerar lo que le ha dicho.

Cuando vea a su esposo responder más positivamente, refuerce lo que está haciendo. Pero cuando su enojo se torne en abuso físico y violencia es el momento de protegerse usted y los niños.

La mejor –y verdaderamente la única– forma que funciona es la separación inmediata y buscar reestablecer el orden. Si hay un daño físico, puede que necesite reportarlo a las autoridades. Si ha dañado a sus niños –o a usted–, hágalo definitivamente.

Busque la ayuda y el apoyo de un grupo de ayuda al abusado y anime a su esposo a buscar ayuda en consejería. No escuche a aquellos que le digan que se quede, sea condescendiente y que lo cambie a través de su respuesta. Muchísimas mujeres han soportado por años el daño físico y emocional en forma permanente –algunas incluso han perdido sus vidas.

Muchas mujeres comprometidas creen que se están casando con un hombre cuidadoso y cariñoso porque actuó de esa forma durante el noviazgo, pero pronto descubren que se han casado verdaderamente con un misógino. La autora, Dra. Susan Forward, sugiere que la siguiente lista sea chequeda en relación con el hombre en su vida.

- ¿Reclama el derecho a controlarla en cómo usted vive y se comporta?
- ¿Ha renunciado usted a actividades y personas importantes en su vida con el fin de tenerlo contento?
- ¿Menosprecia sus opiniones, sus sentimientos y sus logros?
- ¿Le grita, amenaza o se ensimisma enojado en silencio cuando está disgustado?
- ¿Ensaya usted previamente lo que va a decir para que él no estalle?
- ¿La desconcierta cambiando de «agradable» a «furioso» sin motivo aparente?
- Cuando está con él, ¿se siente a menudo confusa, sin equilibrio o incapaz?
- ¿Es extremadamente celoso y posesivo?
- ¿La culpa a usted por todo lo que va mal en su relación?[2]

Si respondió si a la mayoría de estas preguntas, está comprometida con un misógino. Y si es así, se beneficiará poniéndose más alerta sobre este tipo de hombre y cómo puede aprender a responderle. Lea los libros de la sección de lecturas recomendadas al final del capítulo.

Cambiar el comportamiento ultrajante del esposo

──────── Pregunta: ────────
¿COMO PUEDO CAMBIAR EL COMPORTAMIENTO ULTRAJANTE DE MI ESPOSO? ¿POR QUE ESTOY CON UN HOMBRE ABUSADOR?

Respuesta:
Hace algún tiempo una mujer hizo una cita para verme. Cuando vino, parte del problema estaba claro. Tenía un ojo morado y le faltaban pedazos de pelo de su cabeza, ese era el resultado de que su esposo la había golpeado contra el piso del baño. Sin necesidad de decir nada, se veía claramente que estaba aterrorizada por su esposo.

La pareja llevaba como 10 años de casada y tenían dos niños pequeños. El era bastante conocido en la comunidad y maestro de la Escuela Dominical de su iglesia. Era respetado por la gente y hasta había servido durante un período en la directiva de la iglesia. Una vez al mes estallaba sin que hubiera una visible provocación o aviso. Las palizas a su esposa se hacían cada vez más frecuentes y violentas. Pocoi antes de su visita a mi oficina había experimentado fuertes golpes en las costillas, los cuales limitaban su habilidad para hacer sus quehaceres. A veces su esposo se enfurecía presisamente por ésto, lo cual había sido causado por el último incidente.

Cuando el esposo estuvo dispuesto a discutir el problema con ella lo que hizo fue culparla. La mayor parte del tiempo continúa negándose a hablar acerca de estos incidentes y exige que ella haga lo que él dice.

Mientras esta mujer hablaba frente a mí, lloraba por la frustración. Hacía tres años que venía siendo golpeada sistemáticamente y nadie sabía de ésto. «El es como un doctor que cura de día y de noche asesina –me decía–. Cuando es bueno, es bueno. Pero cuando es malo, cuidado. Yo no debería estar aquí hoy. ¡Será otra explosión cuando se dé cuenta! Temo por los niños también. ¿Qué debo hacer? Quiero mi matrimonio. Cuido de él pero no puedo aceptar más la violencia. No creo en el divorcio pero no creo en esto tampoco. Estoy cansada de hacer su voluntad, y aún así se enfurece. Entonces, ¿qué?».

Hágase cargo del comportamiento ultrajante

Esta aconsejada tenía varias opciones, por lo que debía evaluar cuidadosamente las consecuencias de cada una.

1.- Podría continuar como lo había estado haciendo y permitir que la situación existiera. Pero esto podría aumentar la posibilidad de ser golpeada vez tras vez. Sin darse cuenta, al permitir que la situación continúe animaría a su esposo a proseguir con su violencia. El no era el único experimentando las consecuencias negativas. *El ser pasivo no funciona.*

2.- Se podría divorciar. Esta no era una opción para ella, por lo que no era la respuesta.

3.- Se podría aislar emocionalmente. Sin darse cuenta, ya había empezado el proceso. En la mayoría de los casos, el aislamiento emocional crea un divorcio emocional, de manera que el dolor sicológico puede ser disimulado, pero el abuso físico continuará y el aislamiento emocional acarrea el riesgo del embotamiento emocional con todas las demas personas –no solo con el esposo. También, este tipo de aislamiento torna más vulnerable al individuo de caer en una aventura amorosa.

4.- La última opción que veía posible era que ella se hiciera cargo de la situación y creara una crísis. Debo admitir que no existen garantías, pero un enfoque así ha funcionado positivamente en muchas parejas. En el momento de nuestra cita, ella se estaba dejando abusar y controlar. Simultáneamente,, su esposo estaba aprendiendo que podría escaparse. Ninguna mujer debe jamás someterse a sí misma a *ningún* abuso.

Sugerí que planeara una declaración que pudiera decirle a su esposo acerca de la situación, en la cual expresara sus intenciones. La animé a que primero la escribiera y la ensayara verbalmente, quizás con otra persona. Después, ya fuera en el momento cuando su esposo estuviera exigiendo que hiciera algo irrazonable o en un momento de calma, que hiciera la declaración. Esto posiblemente lo molestaría y lo sacaría de su equilibrio, pero la crisis que provoca puede cambiar el destructivo patrón matrimonial.

Aquí están los pasos a seguir si se encuentra en una situación similar:

- Comparta el problema con un amigo o amiga confiable, con un familiar o consejero. Compártale también lo que tiene intenciones de hacer. Manténgase a distancia de aquellos que no estén de acuerdo con su enfoque o les den demasiado consejos que no haya solicitado.
- Si es necesario, haga arreglos para estar en un lugar seguro usted y los niños. Haga la planificación financiera para este paso también.
- Comprométase que, una vez que el proceso haya empezado, usted continuará hasta el final.
- Haga una declaración a su esposo parecida a ésta:

«Tengo algo que necesito compartir contigo y quiero que me escuches. Como yo cuido de tí, de mí y de nuestro matrimonio, voy a hacer algunos cambios. Antes que todo, quiero dejarte bien en claro que no haré nada más que me exijas. Discutiremos los asuntos como dos adultos. Te puedes enojar, pero esta es tu opción.

»Segundo, no me voy a someter más ni voy a tolerar ninguna violencia física de tu parte. Si me vuelves a poner una mano encima, haré dos cosas. Llamaré a la policía y te demandaré y me separaré de tí y tendré los niños conmigo. Y como cuido de tí, de mí y de los niños, estaremos separados hasta que hayas buscado alguna ayuda profesional para tí y ambos vayamos a consejería matrimonial.

»Tercero, con el fin de vencer lo que te causa esa violencia y enojo, quiero que busques ayuda profesional en este momento. He discutido esta preocupación con otros y están de acuerdo conmigo. Tengo el nombre de un consejero profesional y estoy dispuesta a ir contigo si así lo deseas. Y continuaré haciéndote esta última petición cada semana hasta que busques ayuda.»

• Cuando decida el momento de compartir esto con su esposo, pídale a aquellos que estén conscientes del problema que oren por usted.

• Su declaración debe ser presentada calmada, lenta y confidencialmente. Pero, ¿qué sucede si él interrumpe, se enfurece, se va de la habitación, o se torna violento?

Si él interrumpe, póngase usted de pié y utilice un movimiento de manos para indicarle que está interrumpiéndolo y diga: «Por favor, espera que haya terminado» en un tono de voz calmado, pero de orden, con voz firme. Después vuelva a empezar.

Si hace objeciones, discute o se enoja, utilice el enfoque del disco-rayado y repita palabra por palabra lo que estaba diciendo. Si empieza a violentarse, coja los niños y váyase. Ponga su declaración en acción.

También puede emplear otras alternativas en este enfoque. Si su esposo tiende a la violencia excesiva, reclute el apoyo de un ministro o de un miembro de la familia para que esté presente cuando le diga su declaración. Pero recuerde, usted es la persona que habla y ellos están ahí para apoyo físico y protección. Nada más que para eso.

Si su iglesia tiene una pareja en la cual uno de ellos es un abusador regenerado, reclute su apoyo para la confrontación.

Ya sea que escriba su declaración palabra por palabra o que la grabe, envíesela a su esposo al trabajo por correo certificado. Exprésele que quiere encontrarse con él en un momento específico para cenar en un restaurante tranquilo para discutir la situación. Busque a una persona para que cuide de los niños esa noche.

Estas formas son todas inesperadas, impredecibles, diferentes que indican que está hablando en serio. Pueden sonar como sugerencias radicales, pero el comportamiento destructivo exige cambios radicales. Nadie puede garantizar el resultado, pero si no plantea algo novedoso y firme, puedo anticiparle que el matrimonio o una vida –tal vez varias– será destruida.

¿Por qué querría una mujer estar en una relación ultrajante? Muchas de ellas tienden a ser tolerantes porque vienen de hogares violentos. A menudo las mujeres se culpan a sí mismas y se hacen responsables. También tienden a excusar a sus esposos. Las mujeres maltratadas también tienden a crecer con una autoestima baja, lo cual las hace más vulnerables al ataque. También tienden a poner las necesidades de otros por encima de las suyas y son salvadoras. Sus esperanzas son irreales porque le creen al esposo cuando este dice que va a cambiar.

La mayoría de las mujeres maltratadas tienden a estar aisladas socialmente. No tienen ningún apoyo social y esto tiende a reforzar su falta de recursos para lidiar con el problema. Muchas también son dependientes, emocional y económicamente.[3]

Manejando el comportamiento defensivo del esposo

——————— Pregunta: ———————
CUANDO TENEMOS UN PROBLEMA EN NUESTRO MATRIMONIO, ¿POR QUE MI ESPOSO SIEMPRE ME ECHA LA CULPA Y SE PONE A LA DEFENSIVA?

Respuesta:

La mayoría de los hombres están a la defensiva porque no les gusta admitir o reconocer cuando están equivocados o han cometido un error. Incluso las sugerencias redactadas adecuadamente pueden ser recibidas como si hubieran hecho algo mal. Y a menudo sienten que responder a las sugerencias podría realmente ser una admisión de culpa. He hablado con algunos hombres que me han dicho que estaban dispuestos a considerar lo que sus esposas decían pero que las sugerencias de estas nunca terminaban. Cuando cumplían con una cosa, otra parecía ocupar el lugar, y así interminablemente.

Mientras más tenso esté un hombre, más puede tender a reaccionar en una manera defensiva. Cuando cualquier sugerencia indica directa o sutilmente que él ha fallado de alguna manera, por supuesto que experimentará tensión. El temor al fracaso y a perder el control son los dos tensores principales de los hombres.

Entonces, ¿qué puede hacer al respecto? Primero, identifique lo que ha estado haciendo que no ha funcionado. Muy frecuentemente utilizamos el mismo enfoque una y otra vez y nos predisponemos, facilitando a nuestros esposos que se mantengan a la defensiva.

Mi episodio personal de los pijamas

Recuerdo una vez cuando mi esposa utilizó una impactante experiencia positiva para ayudarme a cambiar. Hace algunos años yo tenía la costumbre de no colgar ciudadosamente mis pijamas por la mañana, cuando me vestía, sino que los tiraba sobre el gancho de la puerta. Algunas veces mi «tiro de básquetbol» era acertado, pero la mayoría de las veces fallaba –y quedaban en el piso. Y de vez en cuando Joyce me «sugería» que sería bueno, tal vez, que las colgara todos los días. Pero nada parecía cambiar.

Nunca olvidaré el día que estaba sentado en el sofá leyendo el periódico cuando Joyce vino y se sentó a mi lado con mis pijamas doblados impecablemente en sus rodillas. Me abrazó, sonrió y me dijo, «Norman, eres un hombre de una habilidad organizativa excelente y una profunda preocupación por ser preciso, exacto, controlado, ordenado. Sé que te encantaría saber que cuando te vas para el trabajo cada mañana, puedas pensar en lo de atrás y recordar cuando te levantaste y empezaste el día, cuando te quitaste tus pijamas, caminaste hacia el perchero de la puerta del armario y cuidadosamente los colgaste, primero la chaqueta y después el pantalón, en forma apropiada. Estoy segura que verdaderamente te ayudará a tener un mejor día. Gracias por escucharme». Y se paró y se fue.

La verdad, «me agarraron fuera de base». Había escuchado un poco impresionado este enfoque poco común y continué sentado, con una sonrisa burlona. Sin embargo, no tenía la menor idea de lo que me había hecho ese episodio sino hasta un mes después, cuando caí en la cuenta de que desde aquel preciso día había estado colgando mis pijamas tal como debía. No me había dado cuenta de mi cambio pero ella verdaderamente captó mi atención.

Cómo tener una crisis creativa

Hay otro enfoque que es bastante directo, pero que también suele ser efectivo. Cada vez que los comportamientos en el matrimonio o en la relación familiar se tornan destructivos y perjudiciales, o son definidos como abuso o infidelidad, uno de los mejores enfoques es crear una crisis mayor. Esto no será facil, puesto que va en contra de muchos años en que los patrones de comportamientos y las respuestas han sido practicados y reforzados. Muy adecuado para esto es el libro del Dr. James Dobson, titulado *El amor debe ser firme*. Usted tiene que ser fuerte, y al mismo tiempo cariñosa. Deberá adoptar una posición firme. A una persona que es abusadora, adúltera, alcohólica o jugadora se la ayuda confrontando su comportamiento y dándole un cariñoso *ultimátum*. A esa persona no se la ayuda permitiéndole que continúe comportándose así y tapándoselo ante los demás.

Antes de confrontar a su esposo por un problema matrimonial importante, usted deberá tomar varios pasos.

1.- Necesita considerar totalmente en oración qué hacer y dedicar mucho tiempo a afirmarse en el Señor y buscar su voluntad.

2.- Puede ser práctico discutir el problema con una persona capacitada que crea en el enfoque de la confrontación.

3.- Dedique tiempo anotando algunas maneras prácticas de responder al mal comportamiento de su esposo, incluyendo sus declaraciones específicas. Después escriba y ensaye en voz alta lo que dirá en lugar de lo que han sido sus acostumbradas respuestas. Trate de anticiparse a las respuestas de su esposo así se puede preparar para la suya.

Asegúrese de estar familiarizada con el uso de la técnica del «disco-rayado» en caso que necesite utilizarla. Se ha comprobado que es muy efectiva. Esta técnica obliga a ser constante y a decir una y otra vez lo que quiere sin enojarse, sin ser odiosa, sin irritarse, sin gritar ni perder el control. No se salga del tema aunque fuera un disco con la aguja pegada. Ignore todas las cuestiones secundarias que surjan y las peticiones de razones por la confrontación («¿Por qué me haces esto?»). No sea acosada por lo que diga otra persona y persista.

Por ejemplo:

Sandra: —Roberto, estoy preocupada por la cantidad de tiempo que estás fuera y pienso que puede ser útil echar un vistazo a nuestra planificación.

Roberto: —Oh ¡Qué bien! Otra vez agarrándote de mi programa. Te gusta el dinero que traigo, ¿no es así?

Sandra: —Comprendo que estás haciendo buen dinero, pero estoy preocupada por la cantidad de tiempo que estás fuera y me gustaría hablar al respecto.

Roberto: —Bien, mi programa está hecho y eso es todo. ¿Y el tuyo? ¿Qué haces con todo el tiempo que pasas aquí? No le vendría mal una limpieza a esta casa.

Sandra: —Podrías estar en lo cierto respecto a la casa y trabajar en eso. Estoy preocupada por la cantidad de tiempo que estás fuera y creo que sería bueno para los dos echar un vistazo a nuestras planificaciones.

Roberto: —¿Echar un vistazo a qué? ¿Por qué debo estar más aquí? ¡No hacemos nada!

Sandra: —Roberto, estoy preocupada por el tiempo que estas fuera y me gustaría verdaderamente discutir esto contigo.

Roberto— (pausa) Bien, ¿Qué hay que discutir?

Cuando usted es repetitiva y persistente, la otra persona a menudo se da cuenta de que no puede despistarla ni abrumarla por unas cuantas frases fuertes. Quizás, aun cuando fuera de mala gana, empiece al final a discutir el asunto.

La actitud con la que se crea una crisis es el elemento principal a considerar. Un enfoque tímido, suplicante o un tanto hostil, colérico no son la respuesta. El enojarse con un niño no es efectivo; tampoco lo es con el esposo. La *acción* es necesaria. Tiene que ser expresada en una confidencia calmada, seria, firme.

Es importante ensayar y practicar lo que se dirá. No exprese todo el dolor que ha experimentado. No exprese todo lo que esta pensando o planeando hacer –y sobre todo no pronostique. La crisis podría incluir cambio en la rutina diaria, la manera de preparar los alimentos o hacer los quehaceres del hogar, alterar el horario de comida, la cantidad de conversación, etc. Demuestre que es fuerte y que tiene control. Pero necesita actuar con amor. No haga nada que pueda socavar la relación de su esposo con otros miembros de la familia quienes no saben lo que está pasando. Su objetivo es construir una nueva relación.[4]

Lecturas recomendadas

- Forward, Susan. *Men Who Hate Women and the Women Who Love Them.* New York: Bantam Books, 1986.
- Rinck, Margaret J. *Christian Men Who Hate Women.* Grand Rapid, MI: Zondervan Publishing House, 1990.

Notas

1.- Gary Jackson Oliver y H. Norman Wright, *When Anger Hits Home* (Chicago, IL: Moody Press, 1992), p. 199.

2.- Susan Forward, *Men Who Hate Women and the Women Who Love Them* (New York: Bantam Books, 1986.)

3.- Grant Martin, *Counseling for Family Violence and Abuse* (Dallas, TX: WORD, Inc., 1987), adaptado de las pp. 35-41.

4.- H. Norman Wright, *How to Have a Creative Crisis* (Dallas, TX: WORD Inc., 1986), p. 149.

Capítulo 16

PUNTOS DELICADOS DEL MATRIMONIO: LAS FINANZAS, EL ALCOHOLISMO, LOS SUEGROS

La irresponsabilidad financiera del esposo

Pregunta:

¿COMO PUEDO LIDIAR CON LA
IRRESPONSABILIDAD FINANCIERA DE MI ESPOSO?

Respuesta:

Los conflictos de dinero en el matrimonio son muy comunes, sin embargo suelen tornarse significativos por las implicaciones emocionales. Cuando sobrevienen las diferencias por el dinero, quizás la pregunta consecuente sea: «¿No confías en mí? ¿Cuánto puedo confiar en tí?»

En la mayoría de las relaciones el dinero tiene varios significados. Las finanzas pueden ser símbolo de confianza y seguridad, pueden conllevar también un sentido de control, o un reflejo de querer ser independiente y dependiente. Generalmente el dinero significa estatus y estimación. ¿Cuáles fueron las creencias e intereses que trajo usted al matrimonio? ¿Cuáles fueron los de su esposo? ¿Es usted gastadora o ahorrativa? ¿Cómo es él? ¿Qué significado tiene el dinero para usted y qué significa para él? Estos temas y preguntas necesitan ser aclarados.

¿Cómo le presenta sus preocupaciones a su esposo? ¿Le dice que su comportamiento es «irresponsabilidad financiera»? Si es así, no espere mucho en respuesta, excepto que se ponga a la defensiva o se muestre enojado. Exprese sus sentimientos de preocupación o inseguridad de una forma cariñosa, de manera que él pueda comprender lo que en verdad la preocupa. Si ve un patrón de gastos que se repite y que lleva a problemas asiduos, sea precisa y específica acerca de sus preocupaciones. Así podrá llevar un claro mensaje a su esposo. Documéntele específicamente lo que está queriendo señalar, así como las consecuencias de cualquier irresponsabilidad financiera.

¿Tiene dinero para todas las obligaciones del mes o se está endeudando más cada mes por la costumbre de gastar? ¿Tiene un presupuesto asignado? ¿Quién estableció el presupuesto? ¿Están de acuerdo los dos con eso? ¿Han buscado alguna vez la guía de un consejero en finanzas cristiano? Este puede ser el próximo paso. Y si el dinero es precisamente uno de los conflictos de su matrimonio, el buscar consejería para todos sus problemas puede ser lo próximo en su agenda.

Algunas veces el problema es que cada uno tiene un sentido diferente del valor del dinero. Si este es el caso, asegúrese de hacer lo siguiente:

1.- Desarrolle un conjunto de rutinas para pagar las mensualidades los días 1° de cada mes. Si alguno de los dos –o ambos– tiende a ser gastador esto garantizará que lo esencial sea pagado primero.

2.- Guarde algún dinero aparte para que no se sienta limitada ni controlada.

3.- Si una persona tiende a aumentar las deudas, tal vez lo mejor sea una fuerte confrontación. Recuerde que son mutuamente responsables por lo que se debe. Abra una cuenta de ahorros en un banco cercano a su casa y depositen allí todo el dinero para los futuros pagos, manteniendo un límite de efectivo por semana cada uno. Si tienen cuentas de cheques y tarjetas de créditos, guárden las chequeras y tarjetas en la casa y hagan un convenio de no gastar nada sin consultar por arriba de un límite mutuamente acordado (como por ejemplo 50 o 100 pesos, según la moneda de su país y el volumen de ingresos mensuales). Este límite los ayudará a verificarse entre los dos. Cualquier compra mayor al límite deberá ser discutida en conjunto.

4.- Discuta sus prioridades financieras, para que cada uno comprenda al otro.

Planear y mantener el presupuesto

———————**Pregunta:** ———————
¿COMO LOGRO QUE MI ESPOSO ME AYUDE
A PLANEAR EL PRESUPUESTO Y NO SALIRNOS DE EL?
DICE QUE QUIERE UN PRESUPUESTO,
DESPUÉS VA Y GASTA Y GASTA...

Respuesta:
¿Cuenta actualmente con un presupuesto? Si quiere trabajar para lograr un acuerdo mutuo sobre el presupuesto familiar –así como el compromiso para seguirlo y respetarlo–, pregúntele a su esposo: «¿Qué podemos hacer para asegurarnos de cumplir con este presupuesto?» Después haga el plan. Cada tres semanas reúnanse para discutir cómo esta funcionando. Si ya lo tiene estructurado pero su esposo se niega a cumplirlo, sus costumbres de gastar pueden tener otro significado. ¿Tiene su esposo autocontrol en otras áreas de su vida o es la irresponsabilidad un patrón constante en todas las rutinas de su vida? Si es así, los problemas de dinero son otra manifestación de la impulsividad, mientras que las razones de su comportamiento irresponsable radican en otro lado.

Si su esposo se ha puesto de acuerdo para el presupuesto y después lo viola, tal vez usted deba decirle: «Necesitamos ayuda. Hemos estado de acuerdo en el presupuesto y después el acuerdo se ha roto. No comprendo totalmente por qué esto pasa, pero está afectando tanto nuestro estatus financiero como mi confianza en tí. Quizás necesitemos ser responsables ante un ministro o consejero, como tantas otras parejas que han trabajado en esto. Me estoy desesperando y tengo miedo de lo que nos pueda pasar financieramente. Te amo y quiero lo mejor para nosotros. ¿Qué sugieres que hagamos?»

Si su esposo dice que va a cumplir con el presupuesto, refuerce su declaración con algo como: «¿Cuál es tu plan para cumplir? ¿Qué lo va a hacer funcionar esta vez y cómo puedo ayudarte a cumplir con tu plan?» Usted necesitará ser clara, específica, persistente y darle apoyo. Y si esto no funciona, busque ayuda y dígale a su esposo que lo hará.

Lidiando con el esposo alcohólico

Pregunta:
¿COMO PUEDO LIDIAR CON MI ESPOSO ALCOHOLICO?

Respuesta:
Cuando una persona en la familia es alcohólica, todos sufren. La mayoría hemos sufrido esto de una manera u otra. Puede que usted sienta lo mismo que el salmista: «Has hecho ver a tu pueblo cosas duras; nos hiciste beber vino de aturdimiento...Para que se libren tus amados, salva con tu diestra, y óyeme.» (Salmo 60: 3, 5).

Una de las preguntas más debatidas en la actualiad es si el alcoholismo es un pecado o una enfermedad. Para resumir la discusión y la controversia, digamos que es ambos. El alcoholismo es una enfermedad, pero un alcohólico es también responsable de decidir si beber o no y de aceptar o rechazar la ayuda que necesita.

Cómo ayudar a su esposo

El primer paso a seguir es conocer acerca del alcoholismo hasta llegar a ser experta, a través de lecturas y participando de un grupo de Alcohólicos Anónimos. No hay atajos. Usted tiene un problema mayor en su familia y probablemente ha tratado de manejarlo de varias formas. Puede haber tirado todo el alcohol de la casa, rogado, regañado, gritado, razonado, negociado, pedido a otros que no le den bebidas, amenazado con separarse o divorciado, mantenido un record de cuanto bebe, haberlo buscado y quitado el dinero. Y nada funcionó. Estos métodos no ayudan.

Los tres pasos más importantes que puede dar son la *confrontación, indiferencia* e *intervención*. La confrontación no tiene nada que ver con el juicio. Esta señala las realidades y trata con su relación hacia su esposo; el propósito es salvar el amor, sanar la relación y ayudarla a crecer.

Ciertas cosas necesitan evitarse para ayudar a su esposo. Como usted hace cambios, no explique por qué, no trate de ser su terapista, no le pregunte por qué hace lo que hace y no dé *ultimatums* que no esté dispuesta a cumplir. Confróntelo cuando crea que su bebida esta afectándola a usted y a sus hijos. El mejor momento suele darse por la mañana. Jamás trate de hablar con él cuando esté bajo la influencia del alcohol. Sea realista y vaya al grano inmediatamente. Dígale lo que hizo y cómo usted se siente.

No moralice, no le predique o dé ninguna predicción para el futuro. Omita sus propias opiniones y conclusiones. No repita. No importa si su esposo lo reconoce, si la oye o no. Su tono de voz es la clave. Si usted es moralista y emite juicios, lo ha perdido. No exprese enojo o temor. Manténgase lo más neutral posible.

Si su esposo la acusa de enojarse, no entre en argumentos. Este no es su propósito. No mencione las promesas que él ha hecho para recordarle que usted espera que las cumpla. Puede recomendarle el grupo de Alcohólicos Anónimos, pero no lo regañe. Esté segura de que tiene la información a mano por si resulta interesado en responder a su sugerencia. Cuando haga algo que aprecia, afírmelo. El necesita sus halagos y que las cosas que hace bien sean reconocidas y reforzadas. Si su bebida ha creado un conflicto o problema, no lo rescate. Manténgase al margen y déjelo manejar las consecuencias.[1]

Amor firme. La indiferencia es parte de su proceso de cambio, y tiene que ocurrir. Este involucra menguar el exceso de compromisos emocionales con su esposo y las situaciones en las que él la ha metido. No significa que deje de amarlo ni de cuidarlo, aunque él pueda interpretarlo así. Déjelo experimentar todas las consecuencias negativas de su comportamiento. Esto es compasión, no crueldad.

En un sentido, es una forma de amor fuerte. Se refleja en su rechazo a taparlo otra vez. Déjelo ser a su manera en la casa por las noches. No tome su lugar y diga que esta «enfermo». Si se mete en problemas con la policía, déjelo. Si es detenido por manejar borracho, no lo saque de la cárcel por un tiempo. He visto esto hacer maravillas. No soporte ningún abuso físico o verbal.

Intervención. Hace años las ideas respecto al alcoholismo se encaminaban más a «llegar hasta lo último» antes de buscar ayuda. El advenimiento del proceso de intervención, sin embargo, ayuda a aumentar «lo último» y hace que ocurra más rápido. Aquí encontrará una descripción de lo que es una intervención, según Overcomers Outreach Inc., el cual es uno de los hermosos ministerios dispuestos a ayudar con el alcoholismo y otros problemas de adicción.

La intervención generalmente es exitosa sólo cuando se realiza con la ayuda de un consejero profesional que esté especialmente entrenado en la técnica de la intervención. Los miembros de la familia NUNCA deben pensar que pueden conseguirlo por ellos mismos. Las emociones también están involucradas, haciendo que la objetividad sea algo casi imposible de alcanzar. Aunque sea difícil «sacarle la alfombra» a una persona químicamente dependiente, a menudo es el mejor favor que podríamos hacerle, y también que pueda salvar su vida. Usted no puede enfrentar más las vanas amenazas que nunca fueron cumplidas. Tiene que preguntarse: «¿Qué estoy dispuesta a arriesgar para salvar la vida de esta persona?» Después ofrézcale que ELIJA ya sea el aceptar la ayuda, o posiblemente perder su trabajo, su casa e incluso su familia.

Los miembros interesados de la familia, amigos cercanos, así como el empleador del alcohólico se reunirán con el profesional, generalmente en el lugar donde se lleva a cabo el tratamiento. La confrontación es planeada cuidadosamente y ensayada durante varias sesiones sin el conocimiento del alcohólico. Juntos planearán la estrategia para ayudar a que el alcohólico reconozca cómo su enfermedad lo ha afectado a él y a quienes lo aman. Después, en el momento designado, el alcohólico es invitado por alguien cercano para ir solo a una sesión con un consejero profesional.

Mientras tanto, las personas significativas en su vida ya se han reunido en el lugar acordado. En este encuentro sorpresivo, el alcohólico es recibido por las personas más cercanas a él. Un esfuerzo concertado se ha hecho en un lugar, para hacer la evidencia tan asombrosa como la de que el alcohólico estará totalmente consciente de lo que ha causado su verdadera condición. Durante estas sesiones, cada persona debe venir preparada con una lista de ocasiones específicas en las cuales ha sido lastimada, abochornada o enojada por el comportamiento del alcohólico. Durante toda esta reunión estratégica, el enojo, las palabras hirientes tienen que ser reemplazadas por declaraciones reales, desnudas, dichas amablemente. Cueste lo que cueste traer al alcohólico a las puertas de este primer encuentro, vale la pena el esfuerzo. Algunas veces funciona invitarlo a que venga a escuchar «sólo esta vez».[2]

Los problemas con las suegras

—————— **Pregunta:** ——————
¿COMO PUEDO MANEJAR MI RELACIÓN
CON MI SUEGRA? ELLA PARECE INTERFERIR
DEMASIADO EN NUESTRAS VIDAS.

Respuesta:
Este no es el problema exactamente. Usted y su esposo necesitan identificar precisamente qué es lo que les molesta (y darse cuenta

de lo que quizás no le moleste tanto a su esposo como sí a usted). Después decida lo que le gustaría cambiar. Puede que tengan que sentarse con su suegra y aclarar lo que les molesta y lo que apreciarían en el futuro. Esté preparada para que su suegra se ofenda, se sorprenda, se entristezca, que llore, que se enoje y quizás que no se comunique con ustedes por un tiempo. Estas son reacciones normales. Pero con el tiempo la relación se hará mucho más fuerte. Sin embargo, para que esto suceda, tiene que planearlo.

Haga el plan

Si quiere cambiar la relación con su suegra, empiece a establecer lo que llamamos «hacer un plan». Este enfoque siempre se centra en el comportamiento y los cambios positivos. Al llevarlo a cabo, considere el comportamiento de su suegra así como sus respuestas hacia ella. Como usted es más joven que ella, también tiene mayor flexibilidad al hacer los cambios. Sería agradable si sus suegros hicieran los cambios de comportamientos necesarios, pero si no pueden, será su opción aprender nuevas formas de responderles o decidir no verlos tan frecuentemente.

Al crear su plan, primero pregúntese si lo que usted está haciendo en respuesta al comportamiento de su suegra verdaderamente está ayudándola a usted y a la relación. No se preocupe por el pasado o por el futuro ahora, sólo por el presente. Si encuentra que algunos aspectos de su relación con ellos le están dando problemas, seleccione una pequeña área de la relación que le gustaría cambiar. Anote lo que quiere cambiar y la manera en que hará los cambios. Lo que anote tiene que ser detallado y específico. No deje nada a la casualidad.

Déjeme decirle una vez más que sus planes tienen que concentrarse en lo positivo. Los planes negativos no funcionarán. Por ejemplo, si a menudo riñe con su suegra, no escriba en su plan: «Cuando la vea no discutiré con ella». Será mejor poner: «Cuando esté con mi suegra seré amigable y cálida, y le haré preguntas positivas. Le agradeceré por sus sugerencias pero le diré claramente que lo estoy haciendo diferente. Si lo sugiere otra vez le diré: «Madre, ¿qué le dije hace unos minutos de cómo lo haría? Yo la escuché».

Si su suegra generalmente pasa por su casa inesperadamente, de alguna manera dígale cuáles son los horarios en que ustedes prefieren estar a solas.

Una pareja visitaba a sus suegros o eran visitados por ellos sólo una vez al año por la distancia y los gastos del viaje. Pero dos semanas antes de la visita empezaban a dedicar varias horas a planear como querían responder a sus padres y suegros. Ensayaban las formas de responder a lo que ellos sabían que podrían surgir como irritaciones menores. Las visitas eran siempre agradables. ¿Podrían usted y su esposo hacer esto?

Mientras planea es importante que se vea a sí misma como una persona activa. El éxito no depende de lo que haga otra persona.

El esposo que no se lleva bien con los suegros

Pregunta:

¿COMO PUEDO ANIMAR A MI ESPOSO A LLEVARSE BIEN CON MIS PADRES?

Respuesta:

Aquel viejo refrán «Uno no se casa con la persona sino con la familia», había resultado ser gracioso, pero sin embargo real. Pocos están dispuestos a aceptar este tópico. El llevarse bien con suegros difíciles lleva tiempo, paciencia y esfuerzo.

Aquí hay algunas sugerencias. Determine qué quiere decir con «no llevarse bien». ¿Quiere decir que riñen o discuten o que no pasan tiempo juntos? ¿O simplemente que no tienen mucho en común? Es importante definir específicamente lo que usted ve como un problema. También esté dispuesta a escuchar lo que su esposo siente y como él ve el asunto. ¿Se lleva bien su esposo con sus padres de él? Si no, el podría estar proyectando en los suegros el problema que mantiene con sus padres.

Algunas veces nuestros padres pueden ser ofensivos, sin embargo por nuestra propia lealtad pasamos por alto lo que otros no tolerarían. A menudo los conflictos de los suegros ocurren porque queremos pasar más tiempo con nuestros padres que con nuestros suegros. Cuando los padres viven muy cerca, es más fácil para el hijo visitarlos más frecuentemente que lo que la esposa está dispuesta a ir. Y no hay nada malo con tales visitas. Cuando los padres viven lejos, esto implica algunos ajustes creativos para verlos. Y si sus padres viven lejos, ¿dedica las vacaciones de todos los años para verlos? Esto puede ser satisfacción para uno pero no para el otro. Dividiéndose los días feriados o alternando dónde ir en las vacaciones puede ser la respuesta.

Sobre todo, escuche lo que siente su pareja y busquen juntos algunas ideas creativas como alternativas a lo que están haciendo ahora. Algunas veces podría ser un acto de amor de parte de su pareja dedicar tiempo a los suegros, quienes no tienen nada en común con él. Será por un sentido de obligación. Algunas veces sus padres se sienten también obligados y ambas partes sienten la presión de tener una pequeña plática. Sea paciente, haga visitas cortas y esto puede funcionar mejor para todos.

Nuestra familia antes que sus padres

Pregunta:
¿COMO PUEDO LOGRAR QUE MI ESPOSO
ME PONGA ANTES QUE SUS PADRES
EN MATERIA DE DECISIONES Y TIEMPO?

Respuesta:

Esto es difícil cuando empieza a desarrollarse un sentido de competencia entre los esposos y los suegros. ¿Su esposo pone a sus padres primero? Si es así, ¿los pone a ambos o sólo a su madre? Esto último es más común. Ocurren más conflictos entre las suegras y las nueras que entre cualquier otra relación de suegros. Las dos mujeres parecen crear conflictos entre ellas.

¿Los padres de su esposo están presionándolo o él está tan envuelto por su propia voluntad? Algunas veces los padres no «dejan ir» al hijo cuando se casa. ¿O todavía su esposo está tratando de complacer a sus padres? Hable con su esposo respecto a su preocupación y pregúntele cuáles piensa que son las expectativas de sus padres hacia él? Después pregúntele cuáles son las expectativas de su relación con sus padres. Pedirle la respuesta por escrito puede ser práctico, aunque sé que a los hombres les cuesta sentarse a escribir una cosa así. Le he preguntado a algunos aconsejados cómo podrían sobrevivir sus padres si ellos no estuvieran cerca para ayudarles. Cuando el hijo dice: «Lo harían bién», les sugiero que empiecen a permitirles «hacerlo bien» desde ahora.

¿Está usted presionando a su esposo para que no se comprometa con sus padres? Si es así ¡puede estar empujándolo más cerca de ellos! Algunas veces los esposos utilizan a sus padres para escapar de la infelicidad de su matrimonio. ¿Está usted con su esposo cuando los visita o va solo? Quizás el participar y estar más involucrada ayude. Dígale a su esposo que quiere participar en los planes de visitar a su familia. Dígale también que apreciará saber como él quiere pasar el tiempo con ellos, y si quiere involucrarlos en las decisiones personales de la familia. Este enfoque se sabe que funciona.

Lecturas recomendadas
• Belofsky, Penny. *In-laws/Outlaws*. New York: Copestone Press,1991.
• O'Connor, Karen. *When Spending Takes the Place of Felling*. Nashville, TN: Thomas Nelson, 1992.
• Overcomers Outreach, Inc. Bob y Pauline Bartosch. 2290 W. Whittier Blvd., Suites A/D La Habra, CA 90631. Teléfono (310) 697-3994. Fax: (310) 691-5349.
• Parker, Christina B. *When Someone You Love Drinks Too Much*. New York: HarperCollins, 1990.
• *Se mueren por un trago*, Editorial Vida.

Notas

1.- Christina B. Parker, *When Someone You Love Drinks Too Much* (New York: HarperCollins, 1990), adaptado de las pp. 51-54.

2.- Bob and Pauline Bartosch. Overcomers Outreach Inc., La Habra, CA: 1986.

ASUNTOS FAMILIARES

Capítulo 17

LIDIANDO
CON LOS PADRES

Ganar la aceptación del padre

Pregunta:

¿COMO PUEDO DECIRLE A MI PADRE QUE
TODO LO QUE QUIERO DE EL ES SU ACEPTACIÓN
POR QUIEN SOY Y NO POR MIS LOGROS?

Respuesta:

¿Le ha pedido a su padre su aceptación? Y si no respondió, ¿por qué cree que es? ¿El escuchó la petición? ¿Fue presentada en un «idioma» compatible al de él? ¿Ha aceptado él a otras personas sin mayores requisitos? Pregunto esto porque muchos hombres verdaderamente no saben cómo decir: «Te valoro por quien eres y no por lo que haces». Muchos construyen su propio valor en razón de cómo se realizan ellos mismos y después lo transfieren a otros a su alrededor. Esto no los excusa de darle lo que necesita. Por tanto creo que cualquier hombre puede aprender a responder diferente.

Muchas mujeres que he aconsejado han compartido conmigo lo que han hecho en relación con sus padres para ser aceptadas. Le enumeraré algunas premisas:

1.- Definían lo que querían para sus padres. Ellas mismas transmitían afirmación y aceptación hacia sus padres, no basándose en lo que el padre hiciera sino en quién era.

2.- Cuando sus padres las afirmaban y daban muestras de aprecio y aceptación, por más pequeñas que estas fueran les agradecían oralmente o por escrito.

3.- Una mujer le dio a su padre una lista de los tipos de afirmaciones que apreciaría y le sugirió que las considerara, quizás practicándolas y después probándolas con ella. Dijo que ya fuera hablado o escrito estaría bien para ella.

No importa lo que trate de hacer, recuerde que su actitud, tono de voz y el reforzamiento positivo harán la mayor diferencia.

ℒ*idiando con los padres dominantes*

────── Pregunta: ──────
¿COMO PUEDO COMPLACER (¡O DESPRENDERME!)
DE PADRES POSESIVOS Y CONTROLADORES?

Respuesta:
Esta pregunta, en la mayoría de los casos, se refiere a la madre. Sería agradable si todos los padres fueran saludables emocionalmente y fueran capaces de llevar a cabo su paternidad en forma perfecta, incluyendo el dejarnos ir cuando llegamos a ser adultos. Muchos padres lo son, y afortunado es el niño que haya tenido tal experiencia. Pero este no es siempre el caso. Los padres saludables no tienen que controlar a sus hijos adultos, sin embargo muchos padres están insatisfechos y temen al abandono. No pueden tolerar la pérdida de sus hijos, y mientras mayor sea el hijo se torna más importante para ellos el mantenerse sujetos a él. Prueban muchas formas de lograrlo, lo cual podría afectar al hijo de varias maneras –incluyendo el empañar su identidad. El hijo puede tener varias dificultades al verse luego como una persona separada, independiente.

La relación madre–hija está cargada de emociones. Usted y su madre tienen el potencial de ser amigas íntimas, fuertes enemigas o directamente separarse. Me gusta la siguiente cita:

> «Ninguna relación es tan altamente cargada como la que existe entre madre e hija, o tan llena de expectativas comparable a un campo minado, estallando con un simple paso equivocado, una sola palabra inapropiada, la que hiere o enfurece sin prévio aviso. Por otro lado, ninguna relación está tan desbordada con posibilidades de buena voluntad y entendimiento.»[1]

Una mujer puede ser dominada de muchas maneras por sus padres. Algunas son dominadas por lo que llamamos ausencia. En otras la mujer se siente débil e insegura, dependiendo del control de los padres, sirviéndole esto como camuflaje a su debilidad. No le gusta esto pero no está segura de que pueda vivir sin ello.

Algunas mujeres son dominadas por el negativismo de los padres mientras que otras lo son por una aparente debilidad por parte de los progenitores. Algunas incapacidades pueden ser genuinas y otras falsas. El temor a la desaprobación o rechazo de los padres alimenta la dominancián que otras mujeres experimentan. ¿Está usted en alguna situación similar a esto?

Algunos padres controlan por «abrumación». Hacen y hacen y hacen por uno. Se esclavizan sin pedírselo, pero luego lo utilizan para manipularla. Dicen que tienen sus mejores intereses en el corazón y que sólo quieren ayudar, pero hay un precio que pagar. Otras madres responden como un ángel vengativo en su contra, amontonando culpabilidad sobre su hija. ¿Le suena algo familiar?

No hay maneras fáciles de cambiar estos tipos de relaciones con sus padres. Usted debe hacerle frente e iniciar cualquier cambio que quiera. El paso inicial es determinar quién en su familia esta controlando y de qué manera. Determine la razón por la que continúa respondiendo a sus esfuerzos de control. ¿Qué estilo de respuesta utiliza su madre? Algunas son críticas. Lanzan granadas verbales. Buscan la oportunidad de estar disgustadas con uno.

Manejando la confrontación

La confrontación suele ser lo más apropiado con los padres controladores. Las indirectas o sutilezas no suelen lograr nada. Si usted es como muchas mujeres, su primera reacción puede ser: «Esto nunca trabajará», «Esto causará más problemas de los que tengo ahora», «Nunca lo haré», «Quizás algún día lo haga», «Quizás funcione». Espero que su respuesta sea la última.

Considere estas cuatro cosas antes de sumirse en la confrontación con sus padres:

1.- Usted necesita sentirse lo suficientemente fuerte para manejar las respuestas de sus padres, ya sea rechazo, enojo, negación o ataque personal en su contra para crear culpa.

2.- Necesitará el apoyo de un grupo de amigos para ayudarla a planear esto, a lidiar con esto, a orar por usted y a practicar respuestas no defensivas.

3.- Luego necesitará escribir una carta o ensayar lo que quiere decir. Prevea como sus padres pueden responder y piense en respuestas no defensivas.

4.- Finalmente, déles permiso para no aceptar lo que usted esta haciendo y para estar dolidos y apartados por un tiempo. Tenga presente que para la mayoría de las personas, la anticipación a una confrontación es generalmente peor que la confrontación misma.

Este segura de haber imaginado exactamente cómo quiere que la relación con sus padres sea en el futuro. Sea específica cuando hable con ellos. Afírmelos por lo positivo que existe y luego concéntrese en lo que le gustaría que hicieran diferente y cómo esto la afectará a usted. Algunas mujeres realizan sus confrontaciones en persona, otras prefieren hacerlo por escrito y a menudo más de una vez. Necesitará ser consistente en pedir lo que quiere y después compórtese como si eso fuera a ocurrir. Utilice a una persona amiga para que la apoye, especialmente cuando sienta que no va a funcionar.

He hablado con algunas mujeres quienes en la preparación para la confrontación se imaginan el peor escenario posible. Han visto a sus padres enojados, llorando o desmayados, y aún se han imaginado a sí mismas calmadas y planteando cuán diferente podría ser la relación. Algunas mujeres han pedido a sus esposos o amigos que estén con ellas en la situación, y así poder estar más confortables. Pero, ¿y si esto no funciona? Puede que no funcione, pero al menos les ha hecho saber a sus padres que no esta más dispuesta a jugar su juego. Luego continúe respondiendo tal como dijo que lo haría. Algunas veces ayuda el decir a los padres que usted puede comprender sus sentimientos de estar dolidos y rechazados, y que si esto los ayuda a responder de esa manera todo estará bien con usted. Esto puede romper su patrón de juego y manipulación. Usted no esta haciendo esto con el solo propósito de hacer cambiar a sus padres, sino también para demostrar que usted misma será diferente.

También he visto a algunas mujeres decirle a sus madres que quieren hacer una prueba de cierta separación entre ellas, para ver si los problemas podrían reducirse, y por eso preveen no tener contacto por un tiempo. A menudo esto capta la atención de los padres. En pocos casos extremos la separación se ha tornado permanente por una patología severa e incapacidad de cambiar por parte de los padres. Pero en la mayoría de los casos, ocurren cambios positivos.

Manejando a una madre criticona

——— **Pregunta:** ———
¿QUE PUEDE AYUDARME A LIDIAR CON EL DOLOR
Y EL RECHAZO QUE SIENTO HACIA MI MADRE?
ELLA CRITICA A TODO EL MUNDO
Y NO LOGRO AGRADARLE; HAGA LO QUE HAGA.

Respuesta:

Una mujer que tiene una madre que la critica frecuentemente termina sintiéndose dolida y rechazada. El sentimiento de culpabilidad es constante.

El mejor plan es volver a poner la responsabilidad en la persona que esta creando el problema –en este caso, su madre. ¿Cree usted en las críticas que escucha de su madre? Si es así, probablemente piense mucho en ello y gaste una excesiva cantidad de tiempo tratando de imaginar como agradarle. También puede vivir con terror de hablar con ella o de verla. Si usted es como la mayoría de nosotros, probablemente ha imaginado los escenarios para agradar a su madre y también la ha imaginado alabándola. Por más que usted fantasee con la idea, esto no sucederá a menos que usted ayude a que suceda.

Ahora, si estuviera sentada en mi oficina, posiblemente podría decir: «¿Cómo puede suceder eso en este mundo?» Volvemos a lo que quizás usted considere una confrontación. Déjeme sugerirle algunas preguntas o declaraciones que puede compartir con su madre, siguiendo las instrucciones anteriores.

«Madre, estoy interesada en saber qué es lo que hago que te agrada. Me gustaría que fueras específica.»

«Puedes decirme cómo puedo saber que te agrado. Generalmente, ¿qué es lo que dices que pueda ayudarme a saberlo?»

«Madre, algunas de las cosas que haré y diré te agradarán y otras no. Díme como vas a manejar lo que no te agrade y cómo me lo vas a decir. Después quiero decirte lo que apreciaré que me digas.»

«En el futuro apreciaría que, cuando te agrade me lo dijeras, y si hago algo que no te agrade, déjalo pasar, ya que no tiene el efecto que tu quieres. Si quiero tus comentarios o sugerencias, te los pediré. Pero si escucho que vienen sin solicitarlos, simplemente te interrumpiré y te pediré que te calles.»

¿Suena radical? Quizás. ¿Funciona? Muchas veces sí. Y esto es verdaderamente todo lo que puede esperar.

Recuerde, una mujer que critica es generalmente infeliz y criticona hasta de ella misma. Quizás como la relación empieza a cambiar pueda hablar con su madre acerca de lo que ella podría hacer para lidiar con su propia infelicidad. Y tenga presente que puede que nunca llegue a agradarle, pero este no es su llamado en la vida, ¿no es así? Usted ha sido llamada para glorificar a Dios y para regocijarse en El por siempre. Esto esta muy lejos de consumirse llorando por agradar a su madre, quien tiene un concepto defectuoso acerca de usted. Debemos honrar a nuestros padres, pero eso no significa siempre serles de agrado. Usted ganará la aceptación incondicional de Dios y este es un buen lugar para dirigir sus energías. Haciendo esto, también evitará ser como su madre. A menudo los patrones que nos desagradan en otros empiezan a intervenir en nuestras vidas –algo por lo que debería orar. También considere cómo podría orar por su madre, para que ella pueda cambiar su percepción sobre ella misma y sobre usted. La oración hará la diferencia.

Extienda el perdón

─────── **Pregunta:** ───────
¿COMO PERDONAR A MIS PADRES?
¿AUN A ESTA EDAD DEBO HONRARLOS Y OBEDECERLES?

Respuesta:

Perdón, la puerta de entrada a la sanidad. El perdón es la base de la relación con nuestro Padre Celestial. Hemos sido declarados «ya no más culpables». Si uno debe a un banco miles de dólares y lo llaman y le dicen: «Vamos a hacer de cuenta que nunca ha tenido la deuda, por lo tanto no tiene que pagarnos», esto no es perdón. Pero si le dicen que usted sí tenía la deuda y que les debía todo ese dinero, pero que van a cancelarla, eso es perdón. Eso también significa dejar de castigar o de buscar venganza o de guardar resentimiento contra otra persona –o incluso consigo misma. Las Escrituras nos hablan del perdón:

> «Y perdónanos nuestras deudas, como también nosotros perdonamos (hemos remitido y dejado ir las deudas, y abandonado el resentimiento contra) a nuestros deudores» (Mateo 6:12)

«Antes sed benignos unos con otros, misericordio-
sos (compasivos, comprensivos, amorosos de corazón),
perdonándoos unos a otros (de buena voluntad y francamente) como Dios también os perdonó a vosotros en
Cristo» (Efesios 4:32).

«Sean amables y sopórtense unos a otros y, si alguno tiene diferencias (una queja o dolor) contra otro, de
buena voluntad
perdónense uno al otro; incluso como el Señor los ha perdonado, así también háganlo ustedes (perdonen)» (Colosenses 3:13, paráfrasis del autor).

El perdón comienza con un acto de voluntad. Usted debe hacer la
decisión de perdonar, y no porque lo sienta sino porque sabe que
este es el paso más saludable. ¿Por qué? Porque la liberará de los
efectos emocionales de lo que le han hecho. Y recuerde, puede ser
un proceso lento ver disminuir su dolor y su resentimiento.

El perdón implica soltar. ¿Alguna vez jugó cuando niña el juego
de tirar de la cuerda en grupos? El grupo que tiraba más fuerte hacía pasar al otro grupo a su propio terreno, ganando así «la guerra».
Pero cuando un grupo soltaba la cuerda, se acababa la guerra.
Cuando uno perdona a su padre, esta soltando la punta de la soga.
No importa cuán fuerte él haya tironeado en el otro extremo, si usted ha soltado el suyo, se acabó la guerra para usted.

Soltar no siempre es fácil, tal como lo explica Dwight Wolter:

«Soltar no siempre es fácil. Cuando vivimos en un
hogar no funcional, tememos dejar la seguridad de la situación, por mala que sea. Nos volvemos como niños no
preparados para el mundo real. La posibilidad de soltar
significa cambio y no nos podemos relajar lo suficiente
para despegarnos de nuestro asiento de chofer. Necesitamos confiar en que nuestro yo adulto es capaz de llevarnos a nuestra meta deseada. Perdonar quiere decir soltar,

así como estar dispuesto a soltar nuestra actitud no perdonadora. Necesitamos admitir que los eventos y sentimientos de nuestra niñez pasaron. Necesitamos dejar de culparnos por lo que es un problema familiar. Necesitamos admitirnos a nosotros mismos que, a pesar de lo mucho que tratemos, el pasado no puede ser deshecho. No podemos cambiar lo que ya sucedió, pero sí podemos tener un mañana mejor.»[2]

Perdón significa identificar y enfrentar cada objeción que tenga para perdonar a la otra persona (o a sí misma). Identifíque cada una de estas objeciones por escrito, después póngalas en las manos de Jesucristo y agradézcale por llevar sus cargas.

Sus respuestas a las siguientes preguntas indicarán si ha perdonado o no.

1.-¿He dejado de esperar secretamente que la persona tenga lo que se merece?
2.-¿He dejado de hablar acerca de ese individuo a otros?
3.-¿He dejado de representar mi venganza en mi mente?
4.-¿Pienso frecuentemente en la persona y en lo que me hizo?
5.-¿Me alegro cuando algo bueno le sucede?
6.-¿Estoy más abierta y confiada hacia otras personas?
7.-¿Estoy menos enojada, deprimida, resentida o amargada?
8.-¿He dejado de culpar a esa persona por cómo se ha tornado mi vida?
9.-¿Siento pena cuando esa persona tiene problemas?
10.-¿Me siento mejor con mis sentimientos?
11.-¿Oro para que Dios bendiga a esa persona?[3]

Guardar resentimiento hacia alguien la mantendrá viviendo en el pasado, contaminando el presente y limitando las posibilidades del futuro.

Uno de nuestros problemas es que la mayoría de nosotros tenemos mejor memoria que Dios. Tendemos a aferrarnos a nuestras heridas pasadas y a alimentarlas. Al hacer eso experimentamos dificultades en nuestra relación con otros. Verdaderamente estamos intentando imponernos a Dios cuando rehusamos perdonar a la persona o a nosotros mismos –precisamente algo que El ya ha hecho. Nuestra falta de perdón no sólo fractura nuestra relación con otros sino también con Dios.

Me gusta la idea de Lewis Smedes:

«¿Es justo estar estancados en un pasado doloroso? ¿Es justo ser golpeado una y otra vez por el mismo dolor? La venganza tiene una cinta de video plantada en su alma que no se puede apagar. Repite la dolorosa escena una y otra vez dentro de su mente. La engancha en sus repeticiones instantáneas. Y cada vez que se repite, siente la palmada del dolor otra vez. ¿Es justo esto?

»El perdón apaga la cinta de video de la memoria dolida. El perdón la declara libre. Perdonar es la única forma de detener el ciclo del dolor injusto que da vueltas en la memoria.»[4]

¿Puede aceptar cualquier ofensa que le hayan hecho en el pasado? Aceptar significa perdonar hasta el punto de no volver a permitir que lo que ocurrió en el pasado la influencie más. Sólo a través de la aceptación completa puede ser libre. Libre de desarrollarse, de experimentar la vida, de comunicarse abiertamente, de amarse a sí misma completamente.

Perdón significa decir: «Está bien; se acabó. No estoy más resentida contigo ni te veo como un enemigo. Te amo aunque no puedas amarme». Cuando rechazamos el perdón nos causamos un tormento interno, y eso nos hace miserables e incapaces. Pero cuando uno perdona a alguien por habernos lastimado se realiza una cirugía espiritual en el alma. Se corta lo malo que nos han hecho. Se ve al «enemigo» a través de ojos mágicos que pueden sanar el alma. Separe a la persona del dolor y déjelo ir, como los niños abren sus manos y dejan libre a una mariposa que han atrapado. Después invite a esa persona de nuevo a su mente fresca y sanada, como si un pedazo de la historia entre ustedes se hubiera borrado. Cambie completamente el aparentemente irreversible flujo de dolor dentro suyo.[5]

Una de las alegrías de la consejería es el ser testigo de la reconciliación de un padre y una hija adulta. He visto a una mujer adulta distante emocionalmente desarrollar una relación cariñosa con sus padres ancianos. He visto a una hija maltratada desarrollar una relación saludable con sus padres, tal como el perdón de Jesucristo nos permite experimentarlo. Algunas, cuando perdonan a sus padres o a cualquiera que las haya lastimado, logran una relación más estrecha con Dios. Recuerde: cuando uno reconoce y deja ir el enojo, y perdona a sus padres por cualquier cosa y por todo lo que le hayan hecho, ha dejado ir la punta de la soga,... y el juego se acabó.

Lecturas recomendadas

• Leman, Kevin. *The Pleasers*. New York: Dell Publishers, 1992.
• Reed, Bobbie. *Pleasing You Is Destroying Me*. Dallas, TX: WORD Inc., 1992.
• Secunda, Victoria. *When You and Your Mother Can't Be Friends*. New York: Delacorte Press, 1990.
• Smedes, Lewis. *Forgive and Forget*. San Francisco: HarperSan Francisco, 1984.
• Stoop, David. *Forgiving Our Parents, Forgiving Ourselves*. Ann Arbor, MI: Servant Publications, 1991.
• Stoop, David. *Making Peace With Your Father*. Wheaton, IL: Tyndale House Publishers, 1992.
• Wright, H. Norman. *Always Daddy's Girl*. Ventura, CA: Regal Books, 1989.
• Wright, H. Norman. *Holding on to Romance*. Ventura, CA: Regal Books, 1992 (capítulo 6).
• David Ausburger, *Perdonar para ser libre*, Editorial Portavoz.

Notas

1.- Victoria Secunda, *When You and Your Mother Can't Be Friends* (New York: Delacorte Press, 1990), p. 5.
2.- Dwight Lee Wolter, *Forgiving Our Parents* (Minneapolis, MN: CompCare Publishers, 1989), adaptado de las pp. 55,56.

3.- Lynda D. Elliott, *My Father's Child* (Brentwood, TN: Wolge muth and Hyatt, 1988), adaptado de la p. 62.

4.- Lewis B. Smedes, «Forgiveness: The Power to Change the Past» p. 26, Cristianity Today, Enero 7, 1983.

5.- Lewis B. Smedes, *Forgive and Forget* (San Francisco: HarperSan Francisco, 1984), p. 37.

Capítulo 18

LIDIANDO CON PADRES ANCIANOS

Resuelva los conflictos con sus padres ancianos

─────── **Pregunta:** ───────

TENEMOS CONFLICTOS CON NUESTROS PADRES ANCIANOS. PARECE QUE DEMANDAN MAS DE NUESTRO TIEMPO Y ALGUNAS VECES PARECE QUE TRATAN DE CONTROLARNOS UTILIZANDO LA CULPABILIDAD O LA PRESION ABSOLUTA. Y DESPUES NOS PREGUNTAMOS: ¿QUE SERA MEJOR PARA ELLOS DENTRO DE POCO, CUANDO YA NO PUEDAN CUIDARSE ELLOS MISMOS?

Respuesta:

Algunas veces nuestras respuestas y sentimientos variarán por la calidad de la relación que hemos tenido con nuestros padres. Para algunos, la relación es estrecha, para otros, distante. Podemos querer ayudarlos por los sentimientos de amor, culpa u obligación.

Llegará el momento –si es que no ha llegado ya– en que sus padres no funcionarán tan bien como una vez lo hicieron y algunos de los rasgos negativos que le molestaban antes pueden pronunciarse más. Usted y su esposo necesitarán decidir qué serán capaces de hacer y lo que están dispuestos a realizar por cuidarlos y presentar un «frente unido» una vez llegada la ocasión. No será ya posible cambiar a sus padres ni las respuestas de ellos hacia usted. Usted puede aprender, sin embargo, a no dejarlos «apretar el botón» que la irrita y exaspera.

Podría animarla a hablar con otros quienes hayan experimentado esta etapa de la vida y así obtener sabiduría de sus experiencias. Si tiene hermanos, hablen como familia para ver cómo pueden ayudarlos mejor en esta etapa de la vida.

Ya sea que sus padres vivan en la casa de ellos, una residencia u hogar para ancianos, o con usted, aquí hay algunas preguntas que debe considerar. Estas preguntas están relacionadas a los padres que viven con los hijos, pero también son aplicables a otras situaciones. Si sus padres son todavía relativamente jóvenes, no es demasiado temprano para comenzar a pensar en cómo su futuro la involucrará a usted.

- ¿Aceptan a su esposo como la cabeza de su hogar? ¿Hay alguien en su núcleo familiar con quien no simpaticen –incluyendo las mascotas?
- ¿Hay diferencias en los estilos de vida que causarán conflictos? –por ejemplo, a ellos les encanta la televisión y usted la detesta; se acuestan y se levantan temprano y ustedes son noctámbulos, etc.
- ¿Están trayendo alguna mascota con ellos? ¿Quién la cuidará?
- ¿Comparten la realización de los quehaceres del hogar, tales como cocinar y limpiar? ¿Cómo se decidirán estas responsabilidades?
- ¿Tendrán su cuarto privado? ¿Sus muebles y su televisión?
- ¿Se requerirá hacer modificaciones en la casa a fin de que sea segura para una persona anciana? –por ejemplo barras

para agarrarse en la ducha, escaleras bien iluminadas, pisos sin demasiada cera o alfombras que causen caídas

- ¿Son capaces de atender a sus necesidades personales –baño, vestirse, hacer sus necesidades fisiológicas y tomar las medicinas, higiene rutinaria, lavado de ropa– o requerirán ayuda? ¿Cuánta ayuda?
- ¿Les gustan las comidas que sirve o requieren una dieta especial? ¿Se espera que usted haga dos menús, uno para ellos y el otro para el resto de la familia?
- ¿Qué harán todo el día en la casa? ?Tendrán intereses que puedan continuar ejerciendo? Si usted es ama de casa, ¿esperarán que usted sea su acompañante? Si tienen que estar solos, ¿se sentirán aislados, aburridos o deprimidos?
- ¿Estarán dispuestos a que los visiten otros familiares y amigos? ¿Estarán dispuestos ellos a visitar a otros; asistir a los servicios de la iglesia, a eventos sociales, y actividades de ancianos; a hacer trabajos voluntarios?
- ¿Mantendrán su carro y su licencia de conducir? Si no, ¿hay otra transportación disponible, o usted deberá ser su chofer?
- ¿Contribuyen a los gastos del hogar? ¿Les ayudará financieramente alguien más de la familia?
- ¿Son capaces de administrarse financieramente? Si no, ahora o en el futuro, ¿quién va a tener esta responsabilidad?
- ¿Tendrán algun tiempo solos usted, su esposo y los niños? ¿Cómo será manejado sin hacerlos sentir extraños al círculo íntimo? ¿Será capaz de tomar vacaciones sin ellos? ¿Y las vacaciones de ellos?
- ¿Son capaces de quedarse en casa mientras usted está fuera? ¿Estarán dispuestos?
- Si una tregua en el cuidado es necesaria –ya que usted y su esposo van a salir–, ¿hay alguien en la familia que pueda reemplazarla? Si no, ¿cómo manejará el tema? ¿Comprenderán su necesidad y estarán dispuestos a cooperar para

que salga? Si usted se enferma, ¿quién se encargará de usted y de ellos?

- ¿Hay un testamento y una caja de seguridad? ¿Dónde guardán los papeles importantes?
- ¿Continuarán con su actual médico, o tendrá que buscar uno nuevo? ¿Ellos y su doctor están dispuestos a discutir el cuidado médico con usted? ¿Sabe cómo se sienten acerca de los tratamientos continuos? ¿Les han comunicado sus deseos a su médico?
- ¿Quién los cuidará cuando se enfermen? ¿Cubrirá el seguro los costos médicos y de salud del hogar y, si es necesario, los costos por términos largos?
- ¿Conoce sus deseos respecto a la disposición de sus pertenencias? ¿Y sobre los arreglos de los funerales?[1]

El deterioro físico y mental de los padres ancianos

Pregunta:
¿COMO PUEDO ARREGLARMELAS CON EL DETERIORO FISICO Y MENTAL DE MIS PADRES?

Respuesta:
El deterioro físico y mental de nuestros padres ancianos es un ajuste difícil para la mayoría de nosotros. Una razón es que verdaderamente no nos anticipamos a esta etapa de nuestra vida adulta ni planeamos para ello. No sólo es un tiempo de pérdida para nuestros padres sino también para uno mismo. Los padres que conoció de niño y de joven ahora están funcionando –y quizás comportándose– de una forma nueva, más precaria. Y a menudo nos miran para que los ayudemos o los rescatemos. Lo se. Mi esposa y yo

hemos estado involucrados en este proceso por varios años con una de nuestras mamás hasta cerca de sus 90 y la otra hasta sus 92.

Extraño como parece su tarea ahora, esta será triple: 1) Afligida por las pérdidas que están sucediendo delante de sus ojos en la vida de sus padres; 2) aceptando el nivel de capacidad que sus padres tienen en este momento de sus vidas; y 3) amándolos de una forma equilibrada.

Puede que le ayude hacer una lista de los cambios que ve en sus padres y después decir adiós a cada pérdida que sea capaz de identificar. Esto ayuda a aceptar esta transición de la vida. Se enfrentará al olvido, a las historias repetidas, quizás no siendo apreciada por lo que hace, llamadas telefónicas frecuentes y más.

Poco años antes había formado el hábito de llamar a mi madre todos los días por unos pocos minutos. Sabía muy bien que lo que hablaríamos sería lo mismo de lo que habíamos hablado ayer y antes de ayer. Lo que me ayudaba era que me repetía frecuentemente a mí mismo: «Mamá esta haciendo lo mejor que puede con lo que tiene en este momento de su vida. Esta bien que repita». Quizás si le diéramos permiso a nuestros padres para responder de la manera que lo hacen, se nos haría más fácil a nosotros.

Algunas veces uno tiene sentimientos de frustración porque recuerda a sus padres cuando estaban alertas y funcionales y cuidaban de uno. Ahora eso es historia. La edad no se puede arreglar. Usted puede sentirse irritada por su impotencia. Otra razón de estar molesta es porque esto es una vista previa de lo que ocurrirá en su propia vida y, otra vez, no puede hacer nada para cambiarlo. No descargue su frustración en sus padres. Hable con un amigo o anote sus sentimientos.

Lo que puede hacer es tender la mano con amor de una manera tangible, orar por sus padres y guiarlos al confor de la Palabra de Dios. Escúchelos. No trate de corregir lo que dicen o de discutir con ellos. No los juzgue, no le de consejos abundantes o no solicitados, y no sienta que usted tiene que resolver sus problemas. Ayúdelos a buscar una solución. No los haga dependientes de usted porque eso puede hacerlos sentir incluso peor con ellos mismos. Es posible enseñarles a ser dependientes suyos haciendo demasiado por ellos. Esto no es saludable.

Lo que un anciano necesita son sonrisas, mucho contacto, escucharlos y reconocer que aunque usted esté a millas de distancia ellos son considerados por usted en forma frecuente y amados. Ahora ustedes serán los padres de ellos en muchas formas. Se han cambiado los papeles. Anímelos con pasajes de la Palabra de Dios, tales como, «Y hasta la vejez yo mismo, y hasta las canas os soportaré yo; yo hice, yo llevaré, yo soportaré y guardaré» (Isaías 46:4).

La responsabilidad hacia los padres ancianos

——————— Pregunta: ———————
¿CUAL ES LA RESPONSABILIDAD DEL CRISTIANO
HACIA LOS PADRES ANCIANOS?
ME SIENTO CULPABLE. ¿ESTOY SUFRIENDO
POR CULPA JUSTIFICADA O ESTOY
SIENDO MANIPULADA?

Respuesta:
Tenemos un llamado a amar, honrar y a cuidar de nuestros padres, pero tiene que ser un estilo balanceado de dar cuidado. Necesitará ser usted quien decida lo que es capaz de dar. Puede que no sea suficiente para sus padres y traten de manipularla constantemente. Quizás quieran venir a vivir con usted o quieren que pase por allá todos los días o los llame por teléfono cuatro veces al día. Usted necesita establecer su propio programa y los límites. En una manera no defensiva, sin enojo, debe decirles que los ama y que hay un límite hasta donde está dispuesta a hacer por ellos.

Pasos para una vida balanceada para la persona que cuida
¿Cuáles son algunos de los pasos que la ayudarán a vivir una vida balanceada mientras cuida de sus padres? Esté segura de que tiene

su propia vida separada de la de ellos. Pida ayuda a otros familiares, amigos, a su iglesia o a los recursos que ofrece la comunidad en que viven. Pedir ayuda no quiere decir que está abandonando a sus padres. No se sienta como que tiene que estar en control de cada fase de sus vidas. Establezca límites respecto a las necesidades de sus padres (no deseos) que pueda satisfacer. Escápese tanto como pueda. Tenga compañerismo con otros, y si es posible busque o esté en un grupo de apoyo a otros en su misma situación.

Esto puede ser un tiempo de enriquecimiento para usted como persona y para su familia inmediata. Puede desarrollar una estrecha relación con el Señor, y como es un tiempo de pruebas, podrá desarrollar una fe más madura. También puede tener la oportunidad de enfrentar muchos de los sentimientos que esta experiencia produce. Para algunos, este es un tiempo de curar las heridas del pasado. Quizás Pablo lo resumió mejor en Romanos cuando dijo: «la tribulación produce paciencia, y la paciencia, prueba; y la prueba esperanza; y la esperanza no avergüenza» (Romanos 5:3-5).

Muchas personas que cuidan de otras me han dicho que han aprendido 1) a ser más compasivos; 2) a vivir cada día; 3) a tener más responsabilidad por su salud mientras se preparan para la vejez; 4) a ser más cariñosas ahora, así otros querrán estar a su alrededor cuando sean viejas; y 5) volverse un ejemplo para que otros tengan un modelo de dónde aprender y al cual imitar. La vejez es un trabajo duro para los ancianos y también es difícil para quienes los cuidan.

Si actualmente usted es una persona que cuida de otra o lo enfrentará en el futuro cercano, asegúrese de prepararse leyendo los dos libros recomendados.

Lecturas recomendadas

• Deane, Barbara. *Caring for Your Aging Parents -When Love Is Not Enough*, Colorado Spring, CO: NavPress, 1989.
• Smick, mothy S. *Eldercare for the Christian Family*. Dallas, TX: WORD, Inc., 1990.

Notas

1.- Barbara Deane, *Caring for Your Aging Parents -When Love Is Not Enough* (Colorado Springs, CO: NavPress, 1989), pp. 168-170.

Capítulo 19

LA CODEPENDENCIA EN LA FAMILIA

Definición de codependencia

La palabra «*codependiente*» fue inventada en los años setenta por el tratamiento del alcoholismo y desde entonces ha ido obteniendo mayor uso. Originalmente se refería a los miembros de la familia de un alcohólico. Ahora es aplicada a cualquiera que tenga una relación significativa con una persona que tenga cualquier tipo de dependencia.

A menudo los aconsejados vienen y dicen: «Soy un codependiente. Estoy seguro que sabe lo que es». Mi respuesta generalmente es: «¿Podría decirme qué quiere decir con esa definición, ya que puede tener un significado diferente en cada uno de nosotros?». Necesitamos aclarar lo que queremos decir con la palabra *codependiente*. Uno de los pioneros en describir este problema es Melody Beattie, quien lo define como «alguien que ha dejado que el comportamiento de otra persona lo afecte, y quien está obsesionado con controlar el comportamiento de esa persona».[1]

Me gusta también la definición que Pat Springle of Rapha da en su libro *Rapha's 12–Step Program for Overcoming Codependency* (El programa de los 12–pasos de Rapha para vencer la codependencia):

«La codependencia es una compulsión de controlar y rescatar a las personas ajustándose a sus problemas. Ocurre cuando las necesidades de las personas de amor y seguridad han sido bloqueadas en una relación con una persona no funcional, resultando en la falta de objetividad, un sentido deformado de la responsabilidad, siendo controlado y controlando a otros (las tres características primarias); y en dolor y enojo, culpa y soledad (las tres características secundarias). Estas características afectan cada relación y deseos del codependiente. Su objetivo en la vida es evitar el dolor de no ser amado y encontrar maneras para probar que es cariñoso. Esto es una búsqueda desesperada.»[2]

Características del codependiente

—————Pregunta:—————
¿CUAL ES LA DIFERENCIA ENTRE
EL CUIDADO BIBLICO Y LA CODEPENDENCIA?
¿CUALES SON LAS CARACTERISTICAS
DEL CODEPENDIENTE?

Respuesta:
Las características del codependiente varían en grados de intensidad. ¿Cuáles de estas se relacionan con usted?

Falta de objetividad
La mayoría de las personas que vienen de familias no funcionales a menudo creen que su familia es «normal». Tienen dificultades al ver las formas no saludables en que se relacionan unos miembros de la familia con otros, ya que nunca han experimentado relaciones emocionalmente saludables. Aferrarse del dolor, del enojo, las heridas y

la manipulación que han sufrido puede ser amenazante, por lo que tienden a negar la existencia de sus problemas y sus patrones no saludables de relacionarse. De modo que continúan con ellos.

Sentido deformado de la responsabilidad

Las palabras clave de la codependencia son: «rescatar», «ayudar», «arreglar» y «permitir». El codependiente se ve a sí mismo como un salvador; esta impulsado a ayudar a otros, especialmente a las personas necesitadas de la familia. Generalmente al menos una persona en la familia no esta dispuesta o es incapaz de cuidar de sí misma. La persona puede utilizar la autocompasión y la condenación para obtener una respuesta de ayuda del codependiente que es responsable en exceso. El codependiente quiere ser amado y aceptado. Quiere evitar el conflicto y hace cualquier cosa por hacer feliz a la otra persona. El codependiente está muy ocupado cuidando de otros, sin embargo descuida de sí mismo al hacer sus decisiones y determinar su propia identidad y comportamiento.

Controlado y controlador

Como todos los demás, los codependientes necesitan amar y respetar. Habiendo estado privados de estas preciosas comodidades, determina hacer cualquier cosa por obtener la afirmación que anhelan. Quiere decir que el fin es hacer feliz a las personas, así como su principal temor es que las personas sean infelices a su lado. Aquellas personas a su alrededor a menudo aprenden cómo utilizar el elogio y la condenación para manipularla.

Dolor y enojo

Las familias no funcionales a menudo fomentan un sistema de comunicación que puede incluir las palabras de amor y aceptación. Estas acciones, sin embargo, demostradas por los miembros de la familia con frecuencia lastiman profundamente. El dolor y el enojo van mano a mano.

La culpabilidad

Los codependientes a menudo sienten culpabilidad. ¿Por qué? Por lo que han hecho y por lo que no han hecho; por lo que han dicho y por lo que no han dicho; por lo que han sentido y por lo que no han sentido. Por cualquier cosa, se sienten culpables por todo. A menudo tales culpas producen sentimientos de inutilidad y verguenza.

El codependiente obtiene su valía –su identidad– de lo que hace por otros. Rescata, ayuda, permite, pero a pesar de cuanto haga por otros, nunca es suficiente. Esta es la trampa de vivir en una familia no funcional. Rescata pero es rechazado. Su falta de objetividad, concluye: «Es mi culpa; si fuera una mejor persona, podrían amarme». Pasa su vida tratando de ser lo suficientemente buena para ganar el amor y la aceptación que quiere desesperadamente, pero teme que nunca lo logrará. Y termina atrapada por la vergüenza de sentir que no era –o no podía– mostrarse capaz.

Soledad

Los codependientes gastan sus vidas dando, ayudando y sirviendo a otros. Pueden parecer las personas más sociables del mundo, pero en su interior hay soledad y dolor. Sus intentos de agradar a otros ayudándolos o sirviéndolos son efectuados para ganar afecto. Aunque puedan ver ocasionalmente un vislumbre de amor y respeto, generalmente esto se desvanece rápidamente. Entonces piensan que han sido abandonados por las personas y por Dios, se sienten vacíos y sin compañía. Desconfían de la autoridad, creyendo que todos están en contra de ellos, y edifican elaboradas fachadas para esconder sus dolorosos sentimientos de soledad.[3]

Hay excepciones. He visto a personas con estas características que han venido de familias saludables y he visto personas saludables quienes han salido de ambientes no saludables. Digo esto para no caer en la trampa de clasificar y estereotipar a cada uno. Los codependientes no están viviendo el modelo de amor del Nuevo Testamento al ayudar y servir. Somos llamados a amar de corazón, no a manipular para satisfacer las propias necesidades. No hemos sido llamados a ser esclavos de los caprichos de otros sino a respetarnos a nosotros mismos y a crear una interdependencia saludable dentro de las relaciones.

Medite en los comportamientos específicos de la codependencia en la siguiente tabla e indique la situación o la persona en su vida que refleja cada comportamiento.

COMPORTAMIENTO	PERSONA O SITUACIÓN
• Se siente responsable por el comportamiento de otros, pero a menudo no toma la responsabilidad de los suyos.	
• Tiene que ser necesaria.	
• Espera que otros la hagan felíz.	
• Puede ser exigente o indecisa.	
• Puede ser atenta y cariñosa, o egoista y cruel.	
• A menudo ve a las personas y las situaciones como maravillosas u horribles, «negro o blanco,» sin lugar para lo ambiguo o «gris».	
• A menudo reacciona demasiado con las personas o situaciones que no podemos controlar.	
• Busca afirmación y atención o está de mal humor y escondida.	
• Cree que somos perceptivos –y algunas veces lo somos– pero a menudo no podemos ver la realidad en nuestras propias vidas.	

COMPORTAMIENTO	PERSONA O SITUACIÓN

- Ve a otros como que están con nosotros o en contra nuestra.
- Se lastiman facilmente.
- Utiliza la autocompasión y/o el enojo para manipular a otros.
- Siente como que necesitamos rescatar a las personas de ellas mismas.
- Comunica mensajes que contrastan, tales como «Te necesito. Te detesto».
- No dicen lo que quieren decir y no quieren decir lo que dicen.
- Están profundamente arrepentidos pero cometen los mismos pecados una y otra vez.[4]

La recuperación de la codependencia

──────── Pregunta: ────────
¿COMO PUEDO ALIVIARME DE MIS PATRONES
DE CODEPENDENCIA, DE NECESITAR AGRADAR
A OTROS CON EL FIN DE SENTIRME
BIEN CONMIGO MISMA?

Respuesta:
¿Qué puede hacer en este punto? Aquí hay algunas sugerencias, y tenga presente que esas recomendaciones son básicas y tomarán tiempo y esfuerzo para llevarlas a cabo.

Lea materiales de recursos. Tenemos abundancia de materiales disponibles y necesitará ser selectiva. Uno de los mejores recursos que he utilizado es *Rapha's 12–Step Program for Overcoming Codependency* (Programa de 12–pasos de Rapha para vencer la codependencia). Trabajar a través de este libro con otra persona o en un grupo es muy práctico.

Grupos de recuperación. Es vital determinar la filosofía del grupo de recuperación al que se unirá. ¿Se recuperará hasta el punto de no necesitar más estar involucrada en el grupo? He visto a muchas personas que han tratado su comportamiento codependiente con las personas de un grupo de recuperación. Asisten a varias reuniones del grupo semanalmente y creen que cada uno *tiene que* estar en el grupo por siempre. Esto no es cura y recuperación sino otra dependencia. Nuestra suficiencia esta en Jesucristo y no en un grupo. Los grupos simplemente son ayudas temporales en el camino hacia el fín.

Lea las Escrituras. El paso siguiente es creer que puede ser una persona diferente. Hacer incapié en estos versículos la ayudará a creer que el cambio es posible: Isaías 26:3; Juan 8:32; 2ª Corintios 1:3,4.

Responda apropiadamente. Identifique diariamente alguna creencia equivocada y un patrón de comportamiento que se ajuste a las descripciones de lo que hemos estado hablando. Luego despéguese de ese comportamiento o de la persona que le está respondiendo de forma dependiente. Después decida exactamente de qué es y qué no es responsable en cada situación o persona. Un paso importante es identificar lo que será una respuesta saludable en lugar de la que dio anteriormente. Establezca un objetivo de cómo quiere responder. Compártalo con otra persona. Anótelo en detalles. Imagínese en su corazón y en su mente respondiendo de esta forma.

Repare las cercas. Las fronteras constituyen uno de los asuntos principales que podrían ser un problema para usted. Si creció con las fronteras no claras o inapropiadas, recuerde que estas cercas pueden ser reparadas. El paso inicial es hacer un inventario personal de los síntomas en su vida en el presente. Aquí hay algunos de ellos:

- Sentimientos de obligación.
- Enojo/resentimiento escondido hacia las exigencias de otros.
- Incapacidad de ser francos y honestos.
- Complacientes con las personas.
- Vida fuera de control.
- Sin sentido de la identidad propia o del «¿Quién soy?»
- Incapacidad de satisfacer las demandas del trabajo.
- Culpar demasiado a otros o a las circunstancias.
- Fracaso excusándose/negándose.
- Depresión.
- Ansiedad.
- Comportamiento compulsivo.
- Relaciones conflictivas crónicas.

Rechace las peticiones. Medite en dónde o cómo pudo haber aprendido estos síntomas. Algunas veces ayuda discutirlos con otros hermanos quienes puedan estar luchando como usted. ¿En cuál área de su vida necesita establecer estas fronteras? Los pasos que tome serán pequeños. Para algunos son tan simples como decir no a una pequeña petición, en vez de un «no me importa». Escuchándose a sí misma decir «no» puede tornarse cómodo.

El complejo de «mesías»
Algunos codependientes terminan sintiéndose como un mesías y comportándose así («adictos a ayudar»). En su libro, *When Helping You Is Hurting Me* (Cuando ayudarte es lastimarme), Carmen Berry ha dado la mejor descripción de esta persona. Los mesías han sido enseñados a que su principal propósito en la vida es ayudar. Su lema es: «¡Si no lo hago, no estará hecho!» Se sienten responsables de hacer que todo salga bien y que todos sean felices. Se sienten indispensables. Su segunda característica importante es: «Todos los demás necesitan tener prioridad antes que yo», y operan de esa manera. No hay un equilibrio en su amor en el área de la satisfacción de las necesidades.[5]

Específicamente, un «mesías» se comporta de la siguiente forma: trata de ganar su sentido de valía comportándose de una manera valiosa. Deja que otros determinen sus acciones, tiene una necesidad de alcanzar demasiado, y es atraído por otros que tienen el mismo tipo de dolor. Tiene problemas en establecer y mantener las relaciones personales e íntimas. Termina siendo una persona atrapada en un círculo de aislamiento, sintiéndose encaminada hacia una actividad sin final y sólo se detiene cuando se cae. ¿Le suena como alguien que conoce?[6]

Cómo proteger las fronteras personales

Pregunta:
¿COMO APRENDER A ESTABLECER FRONTERAS QUE SEAN EFECTIVAS PERO NO CONTROLADAS?

Respuesta:

Uno de los problemas que ocurren en las relaciones codependientes es la violación de las fronteras.

Quizás la mejor forma de describir lo que queremos decir con fronteras es llamarles «líneas de propiedad». Cuando Iraq invadió a Kuwait en 1990 las líneas de la frontera fueron violadas. Nuestros estados y la propiedad donde nuestras casas están construídas están demarcadas por fronteras claras, las cuales están explicadas específicamente en los títulos de propiedad. Una vez solicité que alguien de la municipalidad inspeccionara nuestra propiedad así podría estar seguro acerca de sus límites. No quería usurpar a mis vecinos cuando construyera algo o plantara algún nuevo árbol.

Las personas con cercas de fronteras claramente definidas de ciertas áreas de sus vidas tienen carteles de «¡PROHIBIDA LA ENTRADA! ¡NO ENTRE!» La intimidad se abre por invitación, y sólo a ciertas personas de confianza. Otras encuentran su territorio privado constantemente invadido y se preguntan por qué. Sin darse cuenta, estas personas pueden haber puesto un cartel que diga: «¡PASE, BIENVENIDO!» Muchas personas permiten que otros las invadan por no tomar acción, no expresar lo que prefieren, por expresar demasiado o por vivir con el temor de ofender a alguien.

Una mujer que nunca ha aprendido cómo decir «no» siente una interminable confusión acerca de sus fronteras. Para describir algunas de las fuentes de esta confusión en los niños, el Dr. John Townsend ha sugerido que aquellos padres que tienen confusiones respecto a sus propias fronteras tienden a hacer que sus hijos también lo estén.

Puntos de orígen de la confusión
Podemos identificar varios puntos de orígen de la confusión concernientes a las fronteras. Considérelos en tres formas. Primero, ¿le suena familiar esta situación en la familia de la cual procede? Segundo, ¿le es familiar en su situación familiar actual? Y tercero, si es así, ¿qué pasos puede tomar para cambiar esta situación?

- Los padres que se sienten abandonados cuando sus hijos empiezan a hacer elecciones autónomas. Estos padres responden a la autonomía en sus hijos llevándoles mensajes de culpa o de verguenza acerca de su falta de amor y lealtad a la familia o a los padres.
- Los padres que se sienten amenazados por su creciente falta de control sobre los hijos. Estos padres utilizan el enojo o la crítica –y no necesariamente los mensajes de culpa o de verguenza– para comunicar su infelicidad por la separación recién descubierta.
- Las familias que igualan las diferencias de opinión al pecado.
- Los padres que temen al enojo de los hijos.
- Los padres que son hostiles hacia el enojo de sus hijos.
- Las familias que elogian la sumisión en nombre de la unidad en menosprecio de una independencia saludable.

- Las familias donde ocurre el abuso emocional, físico y sexual. Estos tipos de abusos causan daños severos al sentido de propiedad de los cuerpos y de los niños en sí.
- Las familias en las cuales los niños se sienten responsables de la felicidad de los padres.
- Los padres que rescatan a sus hijos de experimentar las consecuencias de sus comportamientos.
- Los padres que son inconsistentes al establecer límites con los hijos.
- Los padres que continúan teniendo la responsabilidad de los hijos adultos.[7]

El amor estuvo equivocado

Alguien resumió el problema del codependiente diciendo que este es «un caso de amor equivocado». Lo último que quiere hacer es mover un amor mal dirigido para que sea descuidado y poco cariñoso. Cuando amamos a otros de la forma que dicen las Escrituras que lo hagamos, habrá sacrificio y compromiso en las vidas de otros. Se sacrificará pero se será capaz de ser fuerte y duro cuando sea necesario. Se sabrá dónde estan las fronteras y cuándo separarse. Cuando se experimenta dolor, se lo dejará saber a la otra persona. Se sentirá responsable de su propio comportamiento pero no por el de otra persona. Será capaz de empatizar sin enredarse.

Construyendo fronteras saludables

¿Qué puede hacer en su matrimonio o familia para fomentar las fronteras saludables para usted y para otros? Aquí hay varios pasos que puede dar:

1.- Permita la libertad de otros miembros para exponer sus opiniones y usted exponga las suyas.
2.- Esté segura de reñir sin temor a la recriminación. Esté dispuesta a reñir.
3.- Anime a cada persona en la familia a pensar por sí misma

y demuestre que cree en su habilidad para decidir. Preséntelo a otros.

4.- Ayude a cada persona a descubrir sus talentos y dones espirituales y a desarrollarlos y a utilizarlos al máximo. ¿Cuáles son los suyos?

5.- Permita expresar todos los sentimientos –incluyendo el enojo. Exprese los suyos en una forma saludable.

6.- Establezca los límites con las consecuencias naturales y lógicas, pero no tema o se culpe.

7.- Permita elegir, si tiene niños hágalo en forma apropiada a sus edades.

8.- Respete a otros cuando dicen que no.[8]

Lecturas recomendadas

• Berry, Carmen Renee. *When Helping You Is Hurting Me*. New York: HarperCollins Publishers, 1988.

• Springle, Pat. *Rapha's 12–Step Program for Overcoming Codependency*. Dallas, TX: WORD Inc., 1990.

Notas

1.- Melody Beattie, *Codependent No More* (New York: Hazeldon Foundation, 1987), p. 31.

2.- Pat, Springle, *Rapha's 12–Step Program for Overcoming* Codependency (Dallas, TX: WORD Inc., 1990), p. XIII.

3.- Ibid., adaptado de las pp. 12, 13.

4.- Ibid., p. XIV.

5.- Carmen Renee Berry, *When Helping You Is Hurting Me* (New York: HarperCollins Publishing 1988), adaptado de las p. 6.

6.- Ibid., adaptado de la p. 32.

7.- H. Norman Wright, *Family Is Still a Good Idea* (Ann Arbor, MI: Servant Publications, 1992), p. 114. Y Dave Carder, Earl Henslin, Henry Cloud, John Towsend y Alice Brawand, *Secrets of Your Family Tree* (Chicago, IL: Moody Press, 1991), pp. 173, 174.

8.- Carder, Henslin, Cloud, Townsend, Brawand, *Secrets of Your Family Tree*, adaptado de las pp. 172, 173.

Capítulo 20

LAS FAMILIAS DISFUNCIONALES

Cómo lidiar con los sentimientos de una familia disfuncional

──────── Pregunta: ────────

¿COMO PUEDO LIDIAR CON MIS SENTIMIENTOS
CAUSADOS POR VENIR
DE UNA FAMILIA DISFUNCIONAL?

Respuesta:

Los sentimientos heredados de un hogar disfuncional a menudo concuerdan con la realidad. Si fuera a mi oficina de consejería por un período de unas semanas, me gustaría pedirle que hiciera una lista diaria de sus sentimientos y pensamientos para descubrir el vínculo entre los dos. Entre más identifique sus pensamientos, más intensos serán algunos de sus sentimientos y ésto puede ser molesto. Pero está bien; es una señal de progreso. Dése tiempo, espere pequeñas mejorías, búsquelas, aíslelas y edifique sobre ellas.

Mientras reemplaza los viejos mensajes con la información nueva, acertada, sus sentimientos pueden empezar a descender. A medida que cambie podrá experimentar algo de culpabilidad por ir renunciando a los viejos roles. Sin embargo, déjeme animarla a desafiar su culpabilidad, puesto que no hay necesidad o lugar para ella ahora. En el proceso de cambio usted verá que ahora tiene opciones en su vida. Que no está encerrada para siempre donde está ahora. Hay salidas y opciones.

En el libro *Love Is a Choice* (El amor es una opción) de los doctores Frank Minirth y Paul Meier, la parte quinta lo lleva a través de las diez etapas de recuperación, lo que ha sido beneficioso para muchas mujeres. Los autores describen este proceso como «montar en una montaña rusa»:

> «Este es un clásico, el único en su tipo, ha tenido personas emocionadas por más de medio siglo. Es el abuelo de todas las montañas rusas... Y usted ha subido al último carro. El carro alcanzó la cadena con una sacudida y empezó a subir lento, rechinando, la larga pendiente empinada. Usted se pregunta, segun aumenta la expectativa, si esta pequeña barra que cruza sobre sus rodillas servirá de algo, si realmente la necesita.
>
> »Casi por la eternidad se balancea en el borde. Nunca se está preparado para ese primer chillido de la picada hacia abajo. Su cabeza cambia las direcciones mientras su estómago desciende y ya esta subiendo estrepitósamente la próxima elevación -y baja- y sube...las jorobas y las inclinaciones se hacen más bajas, los ángulos rectos se vuelven transitables. La primera caída violenta ahora está muy atrás, mientras avanza despreocupadamente hacia el cobertizo de desmontarse, y da sacudidas hacia una parada decepcionante.
>
> »Esta es casi la forma de recuperación. En nuestro modelo de recuperación, el primer paso omitido creará el impulso y lo necesario para la sanidad cuesta arriba. Habrá otras montañas en el futuro, pero ninguna será tan

alta, y usted estará equipada con los métodos para dar la vuelta sobre ellas.»[1]

Uno de los pasos más significativos de la recuperación es cuando se alcanza a crear una nueva autopercepción. Y creo que es más fácil para un cristiano que para una persona que no lo sea, por quiénes somos en Cristo.

Crear un sistema de apoyo

Parte de su proceso de recuperación y crecimiento involucra a una persona que la apoye en su vida. He tenido personas que preguntan: «¿Por qué? ¿Qué diferencia hará el tener a otros apoyándonos?»

Vamos a considerar las funciones de un sistema de apoyo. En primer lugar, si alguien está al tanto del proceso y comprometido con usted en la recuperación, esto hará que usted sea más responsable y honesta. La manipulación y la racionalización no podrán trabajar. El sistema le proporcionará la información precisa y le ayudará a estar en contacto con la realidad. Le ayudará a evaluar lo que es importante y lo que no, estableciendo prioridades. Uno de los beneficios es proporcionar a otros la oportunidad de cuidar de usted, que la ayuden a «llevar sus cargas» para darse cuenta que no está sola y aislada. Un sistema de apoyo la ayudará a sentirse mejor consigo misma y a edificar correctamente su autoestima.[2]

Mientras busca la persona o el grupo que la ayude, tenga presente que ellos tienen muchas responsabilidades. Están ahí para darle un codazo para que cumpla sus responsabilidades, para ayudarla a ser lo que quiere ser, para escucharla objetivamente y ayudarla a establecer las prioridades y las metas, y a mantenerse en contacto con la realidad.[3] Funcionan como una «caja de resonancia», pero también como una amiga. Es el contacto diario, vital para desarrollar la consistencia en su crecimiento. Puede ayudarla a quitar algunas de las presiones, proporcionándole distracciones sanas y variadas.

Lidiando con un padre no amoroso

——————Pregunta:——————

¿COMO LIDIAR CON LA REALIDAD DE QUE MI PADRE
ERA DISTANTE, FRIO Y NO AMOROSO?
A VECES ESTOY ORANDO Y VIENE A MI MENTE
ESA IMAGEN ACERCA DE DIOS, TAL COMO ERA MI PADRE

Respuesta:

Su pregunta acerca de su experiencia con su padre y referente a Dios no es una lucha poco común. A menudo creamos nuestra imágen de Dios basada en nuestros padres. Muchas personas luchan por experimentar el amor y la gracia de Dios, puesto que su concepto acerca de Dios fue rechazado por las experiencias previas en el hogar. Un pasaje en el libro de Jeremías habla de este asunto: «¿Pueden los hombres hacer a Dios? Los dioses que hacen no son reales» (Jeremías 16:20, paráfrasis del autor).

¿Qué puede hacer? Dígale a Dios y a otra persona cómo lo ve en este momento de su vida. Esto ayuda. Después de todo, no será una sorpresa para Dios. Lea en voz alta diariamente los textos bíblicos que se encuentran en la lista bajo la sección de la autoestima. También le suguiero que lea el libro de J.I. Packer *Hacia el conocimiento de Dios*. Piense mucho en estas verdades y en las verdades de las Escrituras. Escriba una carta (y no la envíe) a su padre terrenal, expresándole los descubrimientos que ha hecho acerca de Dios y declarando que nunca más las experiencias que tuvo con él dictarán la percepción de Dios. Si su padre aún vive, ore para que pueda llegar a hacer el mismo descubrimiento que usted ha hecho acerca de Dios.

La tarea de romper la cadena disfuncional

---------- **Pregunta:** ----------

¿ES POSIBLE ROMPER LA CADENA
DE LA FAMILIA DISFUNCIONAL?
¡ESTOY HACIENDO CON MIS HIJOS LO MISMO
QUE HACIAN MIS PADRES CONMIGO!

Respuesta:

Debido a que usted busca ser un tipo de padre diferente con sus hijos, entonces experimentará conflicto. Sus padres le dieron un mensaje sobre como ser un niño y sus hijos también le darán sus mensajes a usted.

- Sus padres decían: «¿Niños? No son de fiar, son incompetentes y exigentes».
- Sus hijos dicen: «Somos fuertes, ingenuos e inocentes».

- Sus padres decían: «Los niños son malos e incontrolables».
- Sus hijos dicen: «Podemos ser buenos».

- Sus padres decían: «Si te amamos quiere decir que tenemos que sacrificarnos y ser mártires».
- Sus hijos dicen: «Amar a los hijos puede ser divertido».

- Sus padres decían: «Como persona eres incapaz e insuficiente y no puedes hacerlo sola».
- Sus hijos dicen: «Eres muy fuerte. También eres dotada e impresionante».

- Sus padres decían: «La vida es difícil, dura y complicada».
- Sus hijos dicen: «Hay alegría en la vida».

Entonces...¿a quién va a escuchar?[4]

¿Qué puede hacer, específicamente, para ayudar a romper la cadena, a no cometer los mismos errores y volverse una persona de transición?

Decida de qué manera quiere ser diferente.

Algunas de las respuestas más comunes que se desean evitar con sus hijos son: 1) la inconsistencia; 2) reglas irracionales, excesivas o arbitrarias; 3) distancia emocional; 4) no escuchar; 5) preocupación por la insuficiente atención hacia cada niño; y 6) la información distorcionada o la falta de información.

Responda a cada mensaje paternal incierto con la verdad. Enfoque en cómo Dios la ve a usted en las Escrituras. Perdone a sus padres por lo que hicieron y por los mensajes equivocados que le dieron. Perdónese por guardar esas falsedades tanto tiempo. Perdónese por culparlos a ellos por sus faltas y defectos que usted no conocía por tanto tiempo. Vuelva a desarrollar las ideas que quiera tener sobre sí misma y sobre sus hijos, y repáselas todos los días.[5]

En el nivel cotidiano, tenga cuidado con la tendencia a ser hipercrítica con sus hijos si usted fue muy criticada cuando niña. Es fácil hacerlo porque puede sentir que necesitan su consejo, que necesitan ser puestos en su lugar. También puede estar viviendo con el temor de que otros la critiquen por lo que hacen sus hijos.

Responda a cada niño como la creación única que cada uno es. Sus logros y habilidades necesitan ser evaluados individualmente.

Evalúe sus expectativas hacia cada niño. Quizás tenga que disminuirlas. Construya la autoestima de sus hijos a través de su identidad en Cristo. Arregle los pequeños sucesos, respételos, elógielos y afírmelos abundantemente. Cuando hagan algo que no le guste, dígales que aún los ama como persona. Cuando cometa un error como padre (y lo hará) admítalo, discúlpese y perdónese a sí misma inmediatamente.[6]

La comunicación es una gran parte del proceso. Algunas respuestas pueden servir como barreras para el desarrollo del niño y algunas pueden ser edificantes.

Habilidades para la comunicación

BARRERAS

1. ASUMIR. Si asumimos que nuestros hijos tendrán la misma reacción a los estímulos que la que tuvieron la última vez –y actuamos de acuerdo a ella– estamos ignorando su habilidad para cambiar.

2. RESCATAR/EXPLICAR. Si nos metemos y explicamos las cosas o intervenimos demasiado, entonces nuestros hijos no experimentan las consecuencias de su comportamiento, los privamos de la oportunidad de aprender de sus propias experiencias.

3. DIRIGIR. Si dirigimos cada movimiento de nuestros hijos es posible que encontremos resistencia, hostilidad y fracaso en su iniciativa.

4. EXPECTAR. Si esperamos perfección al principio, interferiremos con los pequeños pasos importantes que toman nuestros hijos hacia la maestría de las tareas y los disgustaremos innecesariamente.

5. ADULTISMOS. Si olvidamos como un niño tiene que ser y esperamos, demandamos, o requerimos que piense como un adulto, producimos sentimientos de impotencia, frustración, hostilidad y agresividad.

APORTES

1. CHEQUEAR. Al verificar con el niño cada vez que intente un comportamiento, le permitimos demostrrar cuánto ha crecido desde la última vez que se enfrentó a tal petición.

2. EXPLORAR. Si exploramos varias soluciones con nuestros hijos, pidiéndoles que dirijan preguntas y permitiéndoles pensar en las respuestas, los ayudaremos a desarrollar sus habilidades para resolver los problemas.

3. ANIMAR/INVITAR. Debemos invitarlos a participar y a contribuir en vez de dirigirlos. Así llevaremos un sentimiento de respeto a nuestros hijos.

4. CELEBRAR. Al elogiar los pequeños pasos en la dirección correcta estamos afirmando el progreso del niño y demostramos nuestra confianza en su potencial de crecimiento.

5. RESPETO: Comprendiendo que las actitudes y comportamientos vienen de las percepciones y las creencias, podremos reconocer las diferentes formas de ver el mundo de nuestros hijos y afirmarle su derecho de ser un niño.[7]

Los hijos adultos de los alcohólicos

─────────── **Pregunta:** ───────────
MIS PADRES ERAN ALCOHOLICOS.
¿COMO PUEDO COMPRENDER SI ESTO ME AFECTO O NO?

Respuesta:
Quizás la mejor manera de que comprenda lo que está ocurriendo en su vida como hija de un alcohólico es a través de algunas lecturas extensas o quizás por las experiencias de un grupo cristiano de recuperación. Pero con el propósito de presentarle algunas de las características, considere algunas de estas preocupaciones.

Sólamente en los Estados Unidos hay unos 30 millones de hijos adultos de alcohólicos (HAA). Y a pesar de la devastación y el dolor de su antecedente alcohólico, ellos tienen un alto riesgo de casarse con un alcohólico o incluso de que ellos mismos se vuelvan alcohólicos. Aquellas personas que crecieron en este tipo de hogar tienen síntomas y comportamientos comunes como resultado de sus experiencias. Y el sistema de la familia establece reglas de comportamiento y roles que la familia puede manejar teniendo un miembro alcohólico.

Una familia alcohólica es inflexible y no se puede adaptar facilmente a los cambios. Tampoco permite que los miembros cambien voluntariamente. Una familia así se ajusta al comportamiento impredecible del alcohólico, y en el proceso las reglas rígidas se imponen a los otros.

Los hogares de alcohólicos siguen la regla del silencio: «No digas lo que está pasando en nuestra familia a los extraños. Tampoco a aquellos dentro de la familia». Los conflictos entre los miembros de la familia se niegan. Con el fin de mantener el sistema familiar intacto y funcionando, es necesario guardar silencio. Los niños aprenden a mantener en silencio lo que ven y sienten. El temor, enojo y frustración que un HAA siente son el resultado de la incapacidad de enfrentar y de procesar esos sentimientos mientras está creciendo.

Los miembros de la familia de un alcohólico se aferran unos a otros, pero difícilmente tengan intimidad. Y no dejan a otros entrar o salir de su sistema. Los miembros son aislados y terminan siendo codependientes también. La mayoría de los HAA son física o emocionalmente abandonados –o ambos.

Con el fin de sobrevivir las peligrosas reglas en este tipo de familia, los miembros se encargan de los diferentes papeles. Existen varios roles pero los más comunes son:

El héroe– Trata de hacer que su familia luzca bien teniendo éxitos en el trabajo o en la escuela.

El chivo expiatorio– Dirige la atención de la familia metiéndose en problemas.

El perdido– Se esconde, evita saludar y logra atención por su soledad.

El payaso– Es el cómico, y relaja las tensiones en la familia poniéndose pesado.

El pacificador– Trata de suavizar las cosas en la familia para reducir el conflicto.

El consentidor– Impide que los bebedores experimenten las consecuencias de su comportamiento.

¿Le suena alguno familiar? Por favor, atienda este asunto más profundamente, ya que no hay más espacio en esta corta sección para hacer más que simplemente definir las tendencias del HAA. Hay ayuda disponible y el cambio es posible.

Lecturas recomendadas
•Packer, J.I. *Hacia el conocimiento de Dios*. Unilit.
•Tozer, A.W. *The Knowledge of the Holy*. San Francisco, CA: Harper San Francisco, 1978.
•Woititz, Janet G. *Adult Children of Alcoholics*. Deerfield Beach, Fl: Health Communications Inc., 1990.

Notas

1.- Robert Hemfelt, Frank Minirth, Paul Meier, *Love Is a Choice* (Nashville, TN: Thomas Nelson, 1989) pp. 178, 179.

2.- Joel Robertson, *Help Yourself* (Nashville, TN: Thomas Nelson, 1991), adaptado de la p. 164.

3.- Ibid., adaptado de la p. 179.

4.- Randy Colton Rolfe, *Adult Children Raising Adult Children* (Deerfield Beach, FL: Health Communication Inc., 1989) adaptado de la p. 19.

5.- Ibid., adaptado de la p. 19.

6.- Claudette Wassie-Grimm, *How to Avoid Your Parent's Mistakes When You Raise Your Children* (New York: Pocket Books, 1990), adaptado de las pp. 181, 182.

7.- Ibid., p. 199.

Capítulo 21

EL ABUSO SEXUAL EN LA NIÑEZ

*Cómo manejar
los sentimientos de indignidad*

Pregunta:
ME SIENTO INDIGNA E IMPURA.
¿SOY MENOS QUE LAS DEMAS PERSONAS
PORQUE FUI ABUSADA SEXUALMENTE?

Respuesta:
Los sentimientos de estar sucios o ser indignos a menudo son una de las luchas. ¿Es usted menos que las demás personas porque fue abusada en los comienzos de su vida? La respuesta firme y enfática es íNO! Usted no es indigna, no es una cosa sucia o dañada aunque se sienta así o alguien se lo haya dicho. Su valía, su dignidad es real. Esto todavía existe y es un regalo de Dios. Las personas pueden derribarla y degradarla pero los defectos los tienen ellos y no usted. Me gustaría sugerirle que leyera y estudiara el capítulo de autoestima e identidad, ya que esa información puede ayudarla a empezar a hacer frente a la percepción negativa que tiene sobre sí misma.

La víctima abusada es inocente

Lo más común es que el autor del abuso sexual niegue la seriedad de lo que ha hecho culpando a la víctima. Lo hacen para engañarse a sí mismos y evadir la verdad de sus actos. Y si le han dicho esto cuando era niña, usted posiblemente lo creyó porque se supone que los adultos nos dicen la verdad. Como niña, usted era inocente y no tiene responsabilidad por el abuso. No podía haberlo detenido; un niño no es tan fuerte físicamente para detener a un adulto, o lo suficientemente maduro emocional o intelectualmente para enfrentarse a las tácticas de un adulto abusador.

Posiblemente vivió en temor, lo cual no permitió que se lo dijera a otros, y sentía que podría ser culpada o castigada, o no podría haber logrado nada. Algunas mujeres llevan una carga de culpabilidad intensa porque sus cuerpos responden al ataque sexual. Puede haberlo resistido en su mente pero su cuerpo respondió. Esto no significa que lo disfrutó o que era una participante voluntaria. Nuestros cuerpos están construídos de tal manera que pueden responder sin nuestro consentimiento.

Manejar el sentimiento de culpabilidad

—————— Pregunta: ——————
¿FUI CULPABLE DE HABER SIDO ABUSADA?

Respuesta:
Si alguien alguna vez le dijo, ya sea de niña o de adulto, que fue la culpable de su abuso, le han dicho una mentira. Nadie merece abuso de un adulto y usted no lo causó. Y si cree que lo merecía, también cree que merece ser castigada y puede estar comportándose de una manera acorde a esta creencia. Su comportamiento podría reflejar su baja opinión de sí misma. Desafíe esta mentira. Deje que su enojo se dirija al ofensor.

Quizás podría ayudarle si escribiera algo como lo siguiente y lo leyera en voz alta varias veces al día. «No he sido y no soy responsable por lo que esa persona me hizo cuando niña. Esa persona tiene que cargar con la responsabilidad total de su pecado y por abusar de mí. No aceptaré cargar ninguna responsabilidad por esto. Fui la víctima y ahora voy a seguir adelante con mi vida y voy a hacerme una persona completa a través de la fortaleza de Jesucristo y Su presencia sanadora en mi vida». Compártalo con otros. Anímelos a que le den ánimo en este proceso. Conozco a algunas mujeres que sacan una foto de cuando eran pequeñas y cuando leen esta declaración la miran. Algunas han encontrado que esto las ayuda a traer a la memoria tantas situaciones o eventos abusivos como puedan recordar y hacen declaraciones enfáticas sobre cada una mientras miran la foto. Este ejercicio junto a otras sugerencias que encontrará más adelante en este capítulo puede ayudarla en su viaje hacia la sanidad.

Efectos del abuso en la actualidad

─────── **Pregunta:** ───────

¿PUEDE EL ABUSO FISICO O SEXUAL
REALIZADO AL PRINCIPIO DE MI VIDA
ESTAR AFECTANDOME HOY?

Respuesta:
Sí, la está afectando, esté o no usted consciente de ello. Uno de los efectos a largo plazo del abuso físico es la tendencia a repetir este patrón en la propia situación familiar. El conjunto de resultados de cualquier tipo de abuso son:

1.- Sentimientos de ser «objetos dañados».
2.- Culpabilidad.
3.- Temor.
4.- Depresión.
5.- Baja autoestima.
6.- Enojo reprimido.

7.- Incapacidad para confiar.
8.- Fronteras de roles borrosas; confusión de roles.
9.- Fracaso para completar las tareas normales de desarrollo.
10.- Problemas con el dominio propio y el control.

Síntomas sexuales

Muchos de los síntomas sexuales también son evidentes, y pueden incluir los siguientes:

1.- Falta de deseo o inhibición sexual.
2.- Mal funcionamiento sexual.
3.- Coito doloroso.
4.- Incapacidad para disfrutar algunos tipos de actividades sexuales.
5.- Promiscuidad.
6.- Problemas con la identidad sexual.
7.- Atracción por las actividades sexuales ilícitas tales como la pornografía o la prostitución.
8.- Excesivas reacciones negativas hacia las exposiciones públicas de afecto o nudismo o incluso hacia las ropas ligeras.
9.- La utilización de la manipulación sexual para obtener lo que quiere.
10.- Adicción sexual.

Uno o varios de estos pueden estar presentes.

Problemas emocionales

Muchos de los problemas emocionales han sido brevemente señalados en los párrafos anteriores pero necesitan ampliación adicional. Considere estas posibilidades:

1.- Enojo intenso y furias que surgen de la nada.
2.- Humor oscilante desde la depresión al estado maníaco.
3.- Depresión crónica, profunda.
4.- Períodos de olvido de días, meses e incluso años.
5.- Temores o fobias extremas.

6.- Problemas del sueño, insomnios, pesadillas, despertar a la misma hora cada noche.

7.- Adicción a los alimentos, las drogas, o al alcohol.

8.- Tendencias obsesivas/compulsivas, las cuales podrían incluir comer, comprar, limpiar en exceso.

9.- Cualquiera de los varios desórdenes alimenticios –incluyendo la bulimia y la anorexia.

10.- Escenas restrospectivas y alucinaciones en las cuales se agobia con los recuerdos del abuso que son tan reales que parecen estar sucediéndole actualmente otra vez.

11.- Comportamiento autodestructivo, incluyendo la automutilación, el suicidio, abuso de sustancias.

Y como si todos estos no fueran suficientes, también pueden ocurrir síntomas físicos, incluyendo algunos somáticos y una tendencia a los accidentes.[1]

A menudo las mujeres se encuentran diciéndose a sí mismas: «¡Sí! Esa soy yo!» al leer estos síntomas. Si ese es el caso para cualquiera que lea este material, es importante que busque a un consejero entrenado para que la ayude además a investigar la posibilidad de que esto en verdad le este pasando. El abuso físico y sexual nos afecta. Esta es la mala noticia. La buena noticia es que ¡la recuperación es posible!

Recuperarse de los efectos del abuso sexual

Pregunta:

¿COMO PUEDO RECUPERARME DE LOS EFECTOS DEL ABUSO SEXUAL? ¿COMO PUEDO EXPRESAR EL ENOJO QUE SIENTO?

Respuesta:
La recuperación de los efectos del abuso sexual es similar a lamentar una pérdida en su vida. Parte del proceso es decidirse a decir

adiós a algo en su vida. Antes de esto, sin embargo, tiene que 1) renunciar a todos los elementos de negación; 2) Enfrentar la realidad de que lo que paso, pasó; y 3) decidir romper con ese trauma y seguir adelante en la vida. Es un compromiso empezar y continuar su viaje. Necesita enfrentar sus sentimientos y dejarlos ir para que ya no la dominen más.

Lidiar con su enojo

Mientras enfrenta lo que pasó, tenga por seguro que resurgirá su enojo con el autor. Esta bien enojarse; es normal. Debe estar enojada por la violación. Algunas veces, según surgen los recuerdos, su enojo es tal que quizás encuentre mejor reconciliarse con algunas personas de su pasado y separarse de otras. Puede desarrollar la fortaleza de confrontar al abusador por primera vez en su vida. El valor de esto no está en su respuesta sino en la realidad de que lo ha hecho. Algunas veces es necesario avisar a otras personas, para no correr el riesgo de otro abuso.

También puede estar enojada con aquellos que no la cuidaron, que no la escucharon, o que la expusieron al abusador.

Generalmente ésta es la madre. El enojo no debe ser reprimido, contenido o dirigido a algo que no es la verdadera causa. También puede estar enojada con Dios.

Algunas veces las aconsejadas preguntan: «¿Dónde estaba Dios cuando lo necesité? ¿Por qué no me protegió del abuso?» Estas son preguntas sinceras. La respuesta es que Dios creó al hombre con libertad, y todavía estamos recogiendo los resultados de la caída. El ofensor fue el único que abuso de usted; no Dios. Esto fue una libre opción de la persona que la maltrató. El ofensor fue el único que negó su seguridad como niña; no fue Dios.

«Pero –dirá usted–, por ese abuso fuí engañada cuando niña. Prescindí de la alegría y el amor y la alimentación y la protección». Eso es cierto. Pero estas cosas todavía están disponibles para usted, a pesar de su edad.

Si no deja ir su enojo, este dará vueltas dentro de usted, interfiriendo con su vida, sus relaciones personales y su autoestima. Si no puede aceptar que otros merecen su enojo, puede creer que usted lo merece. Dejándolo ir la ayudará a afirmar su inocencia. Identifique los temores que tenga por dejar ir el enojo. Podría ser que tenga miedo de perder el control, de represalias, de lastimar a otros o de hacerse como aquellos que abusaron de usted.

Empiece a identificar exactamente lo que la enoja y contra quién está enojada. Cree una imágen de cómo utilizar su enojo.

¿Como un león rugiente? ¿Como una tubería de vapor a punto de estallar? Necesitará alguna actividad física para ayudarla a sentir su enojo y dejarlo ir. Patear el saco de basura, golpear con las uñas y cavar en el patio son algunas de las formas para ventilar el enojo. Puede ayudarle escribir algunas cartas (y no enviarlas) a la persona y/o completar la siguiente oración varias veces al día: «Estoy enojada contigo porque...» Podría imaginar a la persona sentada en una silla de frente a usted. Dígale en voz alta por qué está enojada. Dígale que tiene derecho a estar enojada y va a aprender a vivir libre de lo que le hizo. Proclame su libertad por lo que le hizo. El capítulo referente a «Dejando ir el enojo» en el libro de Beverly Engel *The Right to Innocence* (El derecho de la inocencia) tiene muchas sugerencias y directivas prácticas.

Las víctimas del abuso sexual, físico, traumas de guerra y traumas de desastres, han encontrado que tomar los pasos de algún ritual o ceremonia puede servir como recordatorio de que va a terminar el sufrimiento y empezar la recuperación. De esa forma está diciendo adiós a las ataduras bajo las cuales ha vivido. Identifique cada problema, comportamiento personal, características, pensamientos negativos y algún sentimiento problemático con el fin de que pueda decir adiós y dejarlas ir.

Tendrá un tiempo de dolor y separación en este proceso porque se está metiendo en aguas desconocidas; y aunque es bueno, es diferente. La insensibilidad, depresión, la recurrencia del enojo y la culpabilidad pueden ser sus acompañantes, pero es normal.

Una hija hizo una lista de todos los abusos que su padre le había hecho. Se sentó en una habitación sola y puso una foto de su padre en una silla y después tomo cada ofensa y dijo en voz alta: «Me hiciste ésto. No debiste, pero lo hiciste. Estaba muy enojada y dolida, pero retiro mi dolor y enojo con la ayuda de Jesús. Estoy aprendiendo a perdonarte por esto y desde este momento estoy declarando el final de este capítulo en mi vida. Desde ahora en mi vista está el futuro y lo que voy a ser en Jesucristo. En este momento de sanidad es en lo que pensaré, en lugar de hacerlo en lo que me hiciste».

El próximo paso es darse cuenta en qué sentido ha descartado su vieja identidad y está desarrollando la nueva. Le ha dicho «adiós» a la vieja pero justo ha empezado a decirle «hola» a la nueva. Poco es familiar. Dése suficiente tiempo.Recuerde constantemente los cambios que ya ha sobrevivido en su vida. Si está siguiendo estos pasos de recuperación, definitivamente es sobreviviente. Mantenga su enfoque hacia adelante. Anote lo que está planeando ser. Cuando aprendí a jugar racketbol hace algunos años, no era normal y me sentía torpe. No me veía como un jugador de racketbol. Pero con el tiempo, cambié.

Aliméntese a sí misma como si hubiera plantado un jardín.

«Todo lo puedo en Cristo que me fortalece» (estoy lista para todo a través de El, quien me infunde fortaleza interna; soy autosuficiente en la suficiencia de Cristo, Filipenses 4:13).

«Clama a mí y yo te responderé, y te enseñaré cosas grandes y ocultas que tú no conoces» (que no distingues ni reconoces, ni conoces ni entiendes, Jeremías 33:3).

«Porque sé los pensamientos y planes que tengo contigo, dice el Señor, pensamientos y planes de bienestar y paz, y no de mal, para darte la esperanza como resultado final» (Jeremías 29: 11, paráfrasis del autor).

Pasos hacia el progreso

¿Qué tipos de pasos puede tomar como parte de su plan? El enojo y el resentimiento están siendo desalojados pero, ¿con qué llena su vida ahora?

Aprenda a confiar. Uno de los primeros pasos puede parecer arriesgado porque involucra aprender a confiar. Esto implica valorar a los demás por la cara, darles el beneficio de la duda, no hacer suposiciones negativas, ser más abierta acerca de lo que comparte, etc. Será un proceso lento y puede que quiera proceder con cautela. No es sólo un asunto de confiar en otros sino de aprender a confiar en Dios, porque El es el único que será totalmente constante.

Enfóquese en otros. Para desarrollar las relaciones de confianza que necesita tendrá que enfocarse más en los demás y no tanto en sí misma. Tómese tiempo para conocer verdaderamente a las demás personas. No espere que ninguna otra persona satisfaga sus necesidades.

Mientras confía en otros, considere si tiene algun comportamiento o tendencia en su vida que sean perjudiciales para usted y para sus relaciones. (Algunas de las lecturas adicionales la ayudarán a identificarlas).

Haga un inventario. Al final de cada día, haga una lista de los pasos nuevos y positivos que haya dado. No insista en los reveses de los viejos patrones. Mire a las cosas nuevas y positivas que está haciendo y compártalas con una persona de confianza. Agradezca a Dios por la obra en su vida.

Tómese el tiempo necesario. A menudo, cuando una persona abusada va a la consejería hace una pregunta que ya espero automáticamente: «¿Cuánto tiempo, Norman? ¿Cuánto tarda una en recuperarse?» Con frecuencia toma de dos a tres años si tiene paciencia y perseverancia. Sé que puede parecer mucho tiempo, pero antes de reaccionar negativamente, pregúntese: «¿Cómo será dentro de dos o tres años si no trabaja en la recuperación?» El tiempo que tarda esto está en relación a la severidad y duración del abuso; cuán abierta y sincera se vuelva, así como la cantidad de apoyo que reciba de otros y el tiempo que dedique diariamente al trabajo de recuperación. Las mujeres que mantienen un diario sobre sus sentimientos se recuperan más rápido. No puede empujarse ni compararse con otras.

¿Cómo sabrá que se ha recuperado? ¿Cómo medirá el progreso? Como toda consejería, la recuperación es un proceso. Es un viaje paso a paso, algunos días se mueve hacia delante suavemente y algunos días no sucede nada y parece como que ha regresado. Durante los días malos recuerde los días que fueron mejores. Con el tiempo, los días malos serán menos frecuentes y menos intensos.[3]

Si lo cree necesario, busque a un consejero cristiano licenciado, calificado que pueda ayudarle en su recuperación.

Lecturas recomendadas
• Elliot, Lynda, y Tanner, Vicki, *My Father's Child*. Nashville, TN: Wolgemuth and Hyatt, 1988.
• Engel, Beverly. *The Right to Innocence*. Los Angeles, CA: Jeremy P. Tarcher Inc., 1989.
• Frank, Jan. *A Door of Hope*. San Bernardino, CA: Here's Life Publishers, 1987.
• Wright, H. Norman. *Chosen for Blessing*. Eugene, OR: Harvest House Publishers, 1992.

Notas
1.- Beverly Engel, *The Right to Innocence* (Los Angeles, CA: Jeremy P. Tarcher Inc., 1989) adaptado de las pp. 12-15.
2.- Lynda Elliot y Vicki Tanner, *My Father's Child* (Nashville, TN: Wolgemuth and Hyatt, 1988), adaptado de las pp. 66-78.
3.- Engel, *The Right to Innocence*, adaptado de las pp. 47-52.

Capítulo 22

LAMENTAR UNA PERDIDA

Enfrentando sus pérdidas

Pregunta:

¿COMO PUEDO OLVIDAR DEFINITIVAMENTE
LO QUE HA CAUSADO PENA EN MI VIDA
Y ENFRENTAR MIS PERDIDAS?

Respuesta:

La pena y la pérdida tal vez no sean parte de su vida ahora, pero tenga por seguro que en algún momento lo serán. Todos enfrentamos pérdidas en nuestras vidas. La mayoría de nosotros nunca hemos sido preparados para manejar nuestras pérdidas ni comprendemos bien el proceso de aflicción. Nuestras vidas son una mezcla de perder y ganar. Muchas de sus pérdidas serán evidentes. Unas serán tangibles –tales como la pérdida de una persona por la separación. Otras pueden ser más sutiles, como la pérdida de la esperanza o de un sueño. Puede que esté consciente del dolor de esta pérdida, pero tal vez no la identifique como tal.

Pérdidas evidentes (≠ tangibles
y Pérdidas Sutiles → duelen

Lamentar una pérdida

Cuando uno pierde al esposo por la muerte experimentará un cierre de su lamento después de un período de tiempo. En la muerte de un hijo la pérdida se dilata por años. En las pérdidas por divorcio, el cierre total no llega, especialmente si hay niños. Pero sea cual fuere la naturaleza de la pérdida, necesitá lamentarla.

A través de los años he aprendido a preguntar lo siguiente a los que están en el proceso de consejería: «¿Qué hay en su vida que nunca haya lamentado completamente?» Extraordinariamente, la mayoría, con el tiempo, son capaces de identificar cosas en sus vidas en las cuales el lamento no ha sido completo. Y esto bien puede interferir con la situación actual de sus vidas. Cada vez que experimente una nueva pérdida, esta será intensificada por las pérdidas sin resolver que mantiene, las que tarde o temprano deberán ser lamentadas.

Hay tres cosas que se expresan a través del proceso de aflicción: 1) los sentimientos por la pérdida; 2) la protesta por la pérdida y el deseo de «cambiar la historia» de lo que pasó; no se está dispuesta a que sea cierto; y 3) expresar lo que ha experimentado por los efectos devastadores de la pérdida.[1]

El propósito de lamentar las pérdidas es lograr más allá de las reacciones, enfrentar su pérdida y trabajar en adaptarse a ellas. Empezará con la pregunta: «¿Por qué me pasa esto a mí?» Y al final, su «¿por qué?» se cambiará a un «¿cómo puedo aprender de ésto?» «Ahora, ¿cómo sigo con ml vida?» «¿Cómo puede ser glorificado el Señor a través de esta experiencia?»

(nota al margen: Expresiones de aflicción)

(nota al margen: Propósito. enfrentar Trabajar)

Pasos para la recuperación

Pregunta:
¿COMO ENFRENTAR LA MUERTE DE MI AMADO?
¿QUE PASOS NECESITO DAR PARA RECUPERARME?

Respuesta:
Primero, usted necesita cambiar su relación con lo que haya perdido. Si es una persona, al final tendrá que darse cuenta de que la

persona ha muerto. Ya no va a estar más casada con él. Necesita reconocer el cambio y desarrollar nuevas formas de relacionarse con la persona fallecida. Los recuerdos, tanto los positivos como los negativos, permanecerán con usted. A esto lo llamamos reconocer y comprender la pérdida.

El segundo paso es desarrollar su vida para abarcar y reflejar 2º los cambios que ocurrieron a raíz de la pérdida. Esto variará, dependiendo de si es una pérdida de un trabajo, de una oportunidad, de una relación o la pérdida de un padre o esposo que haya muerto.

El tercer paso es descubrir y aceptar las formas nuevas de existir y funcionar sin lo que se ha perdido. Esto implica una nueva 3º identidad, pero sin un olvido total.

El cuarto paso y el principal en la recuperación es decir adiós a cualquiera que haya sido su pérdida. He visto a las personas decir 4º «adiós» en voz alta, hacer una declaración pública de *adiós* a un antiguo trabajo; y decir «adiós» a las drogas mientras las están quemando. Una de las mejores formas es escribir una carta de despedida a lo perdido y después sentarse y leerla en voz alta.

Esto ayuda a hacer realidad que la persona amada o el objeto o la relación se ha ido. Decir «adiós» no es enfermizo ni patológico, ni tampoco una señal de histeria o de estar fuera de control. Es una forma de transición saludable hacia la próxima fase de la vida.

Quinto, descubra las nuevas direcciones para las inversiones 5º emocionales que tuvo una vez en el objeto situación o persona perdida.[2]

Estos cinco pasos pueden oirse simples pero no lo son; toda aflicción implica trabajo, esfuerzo y dolor. Aquí esta como esos pasos pueden llevarse a cabo.

Como lamentarse

Reconocer y comprender la pérdida. Esto es esencial para comenzar el proceso de lamentarse. Dependiendo de la severidad, algunas pérdidas pronto serán un recuerdo vago mientras que otras –tales como la muerte de un hijo o de un esposo– puede que nunca vuelvan a la normalidad completamente. Pero este paso significa integrar la pérdida a la vida.

Venza el impacto y el rechazo; enfrente la dolorosa realidad de lo que ha ocurrido. Esto significa decir: «Sí, desafortunadamente esto pasó». Enfrentar la pérdida quiere decir no intentar aplazar el dolor, no negar lo que verdaderamente pasó ni minimizarlo.[3]

Sienta, asuma y enfrente todas las emociones.

Dígaselo a otros lo más pronto posible. LLámelo tal como es. «Fue una pérdida y estoy lamentándola». Quizás quiera seguir de cerca a quien se lo dijo, la fecha y sus respuestas. Algunas mujeres han encontrado práctico decírselo al menos a una o dos personas todos los días durante la primera semana siguiente a la pérdida. Esto significa hacer una decisión a conciencia: «Voy a enfrentarlo y voy a sentir el dolor». La mejor forma de describir este tipo de dolor es el sufrimiento emocional intenso. Tenga en cuenta que experimentará enojo, rechazo, temor, ansiedad, ira, depresión y muchas otras emociones.

Deje que corran sus lágrimas. A algunos de nosotros nunca se nos enseñó a llorar. Tenemos miedo de dejar salir las lágrimas. Muchos vivimos con temores y reservas sobre el llanto. Podemos llorar para adentro pero nunca para afuera. Una forma de vencer esto es a través del proceso de desarrollar lo que se llama «llanto programado». Esta no es una actividad de una sola vez sino algo que la persona puede utilizar en varias ocasiones, especialmente durante los primeros meses después de una pérdida importante.

Escoja una habitación en su casa que tenga cierto valor sentimental para usted. Va a necesitar pañuelos de papel, un grabador y fotos de la persona que perdió, haya ocurrido esto a través de un rompimiento de novios, divorcio o muerte. Es mejor si se hace por las noches.

Baje las luces un poco y descuelgue el teléfono para evitar las interrupciones. Encienda el grabador con los cassettes o una estación de radio que tenga música suave con pocas interrupciones. Según la tristeza la va golpeando, siga pensando en su pérdida. Mire cualquiera de las fotos que le ayuden a recordar lo que una vez tuvo o podría haber tenido. Recuerde los momentos positivos e íntimos. Exprese en voz alta lo que está sintiendo; no ponga restricción a sus lágrimas.

Algunas veces ayuda poner una silla vacía enfrente y hablarle a la silla como si la persona estuviera ahí. He animado a personas a hablar con Dios en voz alta acerca de sus pérdidas. Las lágrimas y las palabras pueden expresar sentimientos de tristeza, depresión, soledad, enojo, dolor, temor y frustración.

Pero recuerde, en medio de los sentimientos y su expresión, su sanidad y recuperación están teniendo lugar. Según empiece a sentirse mejor, permita que ocurra la sanidad. Enfóquese en los sentimientos y pensamientos positivos que surjan, y expréselos en voz alta. Luego separe todos los recordatorios y símbolos de sus lágrimas. Comparta su experiencia con una amiga confiable o escríba todo en un diario.[4]

Cuidado con la negación. Esta es una reacción comun. En muchas pérdidas, nuestra respuesta inicial es: «¡Oh, no! No puede ser cierto. ¡NO! ¡Estás equivocado!» Esto es normal, pero algunos optan por permanecer en esta etapa y nunca enfrentar su pérdida. Afligirse implica trabajar a través de varias formas de negación. Primero lo aceptará en su cabeza, después en sus sentimientos y finalmente ajustará los patrones de vida para reflejar la realidad de lo que ha sucedido. No se mantenga en su negación porque el precio es más alto que lo que querrá pagar.

Seguir adelante, desprenderse del dolor

Pregunta:
¿QUE HACER CUANDO ME SIENTO ADHERIDA A MI DOLOR?

Respuesta:
Algunas veces las personas se adhieren a su dolor. Parecería como que el dolor pasa a ser parte esencial de la persona. ¿Qué puede

hacer cuando le sucede esto? Las siguientes sugerencias pueden ayudarla. Ellas podrán ayudarla a tomar control de la situación. Al menos podrá verse haciendo algo por el problema.

1.- *Trate de identificar qué es lo que no tiene sentido para usted acerca de su pérdida.* Quizás sea una pregunta vaga sobre la vida o sobre el propósito de Dios para usted. O pudiera ser una pregunta específica: «¿Por qué tenía que pasarme esto a mí ahora, en este momento crucial de mi vida?» Pregúntese: «¿Qué es lo que más me esta molestando?» Lleve una pequeña libreta de notas con usted durante varios días para anotar los pensamientos según surjan.

2.- *Identifique las emociones que siente diariamente.* ¿Está experimentando tristeza, enojo, pesar, «ojalás», dolor o culpabilidad? ¿Hacia dónde están dirigidos los sentimientos? ¿Ha disminuído la intensidad de los sentimientos, ha aumentado durante los días anteriores? Si sus sentimientos son vagos, el identificarlos y nombrarlos disminuirá el poder que tienen sobre usted.

3.- *Establezca los pasos o acciones que está tomando para ayudarse a salir adelante y sobreponerse a su pérdida.* Identifique lo que ha hecho en el pasado que la haya ayudado, o pídale ayuda a un amigo confiable.

4.- *Esté segura de que está compartiendo su pena y pérdida con alguien que pueda escucharla y apoyarla durante este tiempo.* No busque personas que la llenen de sus «consejos» y opiniones. Busque aquellas que tengan empatía y puedan manejar sus sentimientos. Recuerde, su viaje a través del dolor nunca será exactamente como el de otra persona; cada uno de nosotros es único. No deje que otros la hagan sentir encerrada.

5.- Quizás ayude encontrar a alguien que haya experimentado una pérdida similar. Leer libros o historias acerca de aquellos que han sobrevivido a experiencias similares puede ser práctico.

6.- *Identifique las características positivas y aquellas fortalezas que la han ayudado anteriormente.* ¿Cuáles de esas la ayudarán en este momento de su vida?

7.- *Dedique tiempo para leer los Salmos.* Muchos de ellos reflejan la lucha por las pérdidas humanas, dando el consuelo y la seguridad que viene de la misericordia de Dios.

8.- *Cuando ore, comparta su confusión, sentimientos y esperanzas con Dios.* Asegúrese de estar en los servicios de adoración de su iglesia, ya que la adoración es un elemento importante en la recuperación y la estabilización.

9.- *Piense dónde quiere estar en su vida dentro de dos años.* Anote algunos de sus sueños y objetivos. Si usted «sueña» y se propone ciertas metas, esto puede ayudarla a darse cuenta de que se recuperará.

10.- *Familiarícese con las etapas de la pena.* Luego conocerá qué esperar y a qué no podría atreverse debido a lo que esta experimentando.

11.- *Recuerde que comprender su pena intelectualmente no es suficiente.* La comprensión intelectual (comprender y entender cabalmente lo que uno está sintiendo y pasando) no puede reemplazar la experiencia emocional de vivir a través de este tiempo difícil. Una cosa es la mente, otra los sentimientos. Tiene que ser paciente y permitirle a sus sentimientos que alcancen a su mente. Espere cambios de humor, recuérdese a sí misma a través de notas puestas en lugares obvios. Este humor oscilante es normal.[5]

Factores en la duración de la pena

──────────── **Pregunta:** ────────────

¿CUANDO SE VA EL DOLOR DE UNA PENA?
¿CUANTO DEMORA?

Respuesta:

¿Cuánto demora el dolor en irse? ¿Cuánto voy a tardar en recuperarme? ¿Cuándo se irá la pena? No puedo decirle. Son muchos los factores que están involucrados. No obstante la incertidumbre, bien sabemos que en el caso de la muerte de un ser querido pueden aplicarse las siguientes aproximaciones.

Si la muerte fue...

... natural, aproximadamente dos años.
... accidental, tres años.
... suicidio, cuatro años.
... por homicidio, cinco años.

La muerte de un hijo toma mucho más tiempo. Esté consciente de que cuando la intensidad de su pena empiece a descender, esta regresará con la misma intensidad como a los tres meses del suceso. De igual forma en la fecha aniversario de la muerte. Otra vez, es normal lamentarse.

Su pena seguirá a algo del patrón. Me gusta como Richard Exley describe el proceso de lamentarse. El le llama «Las olas de penas». Estas olas de penas van y vienen. Experimentará tiempos de intenso dolor seguidos por períodos de relativa calma. Después la ola vendrá otra vez, y una vez más llorará. De repente la ola se va otra vez, por lo que podría pensar que finalmente ha vencido su pena. Por supuesto que no. Este es sólo otro «período de descanso», antes de reanudar su «trabajo con la pena».

«Mientras la pena hace su trabajo sanador, usted empezará a notar algunos cambios sutiles. Cuando la ola del dolor aparece no llegará muy lejos ni se quedará mucho. Los tiempos de pena se acortarán y serán menos intensos, mientras que sus tiempos de descanso se harán más largos y renovados.»[6]

No deje que otros le digan lo que debe hacer con el lamentarse por cierto tiempo. Muy pocas personas son expertas en lamentarse. Pero usted puede estar mucho mejor equipada para ambos, para manejar las pérdidas en su vida y para ministrar a otros por su propio estudio. Podría animarla, si ha sufrido una pérdida reciente, que busque y se una a un grupo de recuperación de dolor, haya sido por divorcio, muerte, o por cualquier tipo de pérdida seria. Si está anticipando la pérdida, busque apoyo. Aquellos que sobreviven a las pérdidas son los que permiten a otros ayudarlos a través del proceso.

Ministrando a otra persona afligida

——Pregunta:——
¿COMO PUEDO MINISTRAR A UNA PERSONA AFLIJIDA?

Respuesta:

Aquí hay algunos pasos que usted puede tomar para ministrar a otras personas aflijidas.

Acepte lo que ha pasado y cómo la persona esta respondiendo. Puede tener su propia perspectiva de lo que la persona debe estar haciendo o como debe estar respondiendo. Revise sus expectativas. Usted no es la otra persona y no es una autoridad en las respuestas.

Acepte a la persona afligida y dígale que sus sentimientos son normales. Ella puede disculparse por sus lágrimas, depresión o enojo. Escuchará comentarios como: «No puedo creer que todavía estoy llorando por eso. Lo siento». «No sé por qué aun estoy tan enojada. Fue injusto dejarme ir de ese trabajo después de 15 años. Sé que no debía estar enojada, pero supongo que lo estoy verdaderamente. Me parece tan injusto».

Sea una animadora aceptando los sentimientos. Dele el regalo de enfrentar sus sentimientos y expresarlos. Puede hacer declaraciones como:

«No quiero que te preocupes porque lloras delante mío.Es muy difícil sentir esta tristeza y no expresarla con lágrimas. Puede que me encuentres llorando contigo a veces.»

«Espero que sientas la libertad de expresar tu pena con lágrimas delante mío. No me sentiría apenada o enojada. Sólo quiero estar aquí contigo.»

«Sería más preocupante si no te viera . Tu llanto me dice que lo estás manejando de una forma saludable.»

«Si yo hubiera experimentado lo que estas pasando, me sentiría como abriendo mis ojos y dejando que las lágrimas se derramaran. ¿Te has sentido alguna vez así?»[7]

En cada pérdida tendrá que: 1) descubrir la situación personal y las necesidades de la persona aflijida; 2) decidir qué esta dispuesta a hacer por ella, dándose cuenta de que no puede hacerlo todo –ni debe–; y finalmente, 3) haga contacto con ella y ofrézcale hacer las tareas más difíciles de las que haya escogido. Si rechaza su oferta, sugiérale otra. Los trabajos específicos podrían incluir alimentar las mascotas, cocinar o llevar los alimentos, trabajos en el patio, hacer llamadas telefónicas difíciles, obtener la información necesaria referente a los grupos de apoyo o al nuevo empleo, proporcionar transportación, estar disponible para llevar recados, etc. En algun momento, podría ser práctico darle a la persona un libro de apoyo sobre pena y pérdida.

Alguien, ya sea usted u otra persona interesada, tendrá que ayudar a la persona aflijida a realizar varias tareas. Estas son especialmente aplicables en la pérdida de un ser querido y serán realizadas en un período de tiempo.

Ayude a la persona aflijida a identificar las pérdidas secundarias y a resolver cualquier asunto inconcluso con la persona que ha perdido. Para muchas, estas pérdidas nunca son identificadas o lamentadas. Esto podría ser la pérdida de un rol, de la unidad familiar, del sustento de la familia, de la vida social, etc. Algunas veces decir en voz alta lo que una persona aflijida nunca dijo o tuvo la oportunidad de decir al difunto ayuda a completar algunos de los asuntos no terminados.

Ayude a reconocer que además de aflijirse por la pérdida de la persona, el dolor tiene que ser experimentado para cualquier sueño, expectativas o fantasías que tenía para la otra persona. Esto es algunas veces difícil o pasado por alto, ya que los sueños o expectativas generalmente no son vistos como pérdidas puesto que nunca existieron. Aun así cada uno constituye una pérdida porque esos sueños tienen un alto valor.

Descubra lo que la persona aflijida es capaz de hacer y dónde puede faltarle fuerzas en sus habilidades de enfrentamiento. Ayúdela a manejar las áreas con las que está luchando. Anímela a las cosas positivas tales como hablar sobre la pérdida. Si hace algo no saludable –como por ejemplo evadirse, entregarse al alcohol o a la medicación excesiva– dele otra oportunidad.

Ya que la mayoría de las personas no comprenden la duración y el proceso de la aflicción, proporciónele información práctica concerniente a lo que está experimentando. Usted quiere normalizar su pena sin reducirla, pero también debe decirle que sus respuestas de dolor seran únicas. No debe compararse con nadie más. No la deje comparar en duración y cantidad de dolor con cuánto amaba a la persona.

Dígale que comprende que puede querer evitar la intensidad del dolor que esta experimentando actualmente. Su simpatía, comprensión y respeto harán mucho para ayudarla a conocer que su pena es normal. Anímela a pasar por el dolor de la pena. No hay forma de evitarlo. Si trata de evitarlo, explotará en cualquier otro momento. Quizás tenga que recordar que incluso con la intensidad actual del dolor, con el tiempo disminuirá.

Ayúdela a comprender que la pena afectará todas las áreas de su vida. Los hábitos de trabajo, la memoria, la duración de la atención, la intensidad de los sentimientos, la respuesta a los patrones maritales estarán todos afectados. Esto es normal.

Ayúdela a comprender el proceso de la pena. Comprender que sus emociones variarán y que ese progreso es errático le ayudará a aliviar el sentimiento de que no está progresando. Ayúdela a planear con anticipación las fechas significativas y los días feriados. Ayúdela a hablar sobre sus expectativas para sí misma y a evaluarlas, esté siendo o no realista.[8]

Lecturas recomendadas

- Chesser, Barbara Russell. *Because You Care*. Dallas, TX: WORD Inc., 1987.
- Exley, Richard. *When You Lose Someone You Love*. Tulsa, OK: Honor Books, 1991. Este libro abarca el rango completo de pérdidas y puede ser utilizado como las bases para los grupos de recuperación para afligidos.
- Kuenning, Delores. *Helping People Through Grief*. Minneapolis, MN: Bethany House Publishers, 1987. Este libro le proveerá de muchos capítulos prácticos y una intensa bibliografía en cómo ministrar a otros en dolor.
- Wright, H. Norman. *Recovering from the Losses of Life*. Tarrytown, NY: Fleming H. Revell, 1991. Este libro contiene un capítulo de cómo ministrar a aquellos en dolor.

Notas

1.- Therese A. Rando, *Grieving: How to Go on Living When Someone You Love Dies* (Lexington, MA: Lexington Books, 1988), adaptado de las pp. 18, 19.

2.- Ibid., adaptado de la p. 19.

3.- H. Norman Wright, *Recovering from the Losses of Life* (Tarrytown, NY: Fleming H. Revell, 1991), adaptado de las pp. 42, 43.

4.- Ibid., adaptado de la p. 50.

5.- Ibid., adaptado de las pp. 76, 77.

6.- Richard Exley, *When You Lose Someone You Love* (Tulsa, OK: Honor Books, 1991), pp. 49.

7.- Wright, *Recovering from the Losses of Life*, pp. 182, 183.

8.- Ibid., adaptado de la pp. 195.

ASUNTOS DE PADRES

Capítulo 23

LOS PROBLEMAS
DE SER PADRES

Mejorando las habilidades de los padres

Pregunta:

MIS HIJOS ME ESTAN VOLVIENDO LOCA.
AYUDEME A MEJORAR COMO MADRE

Respuesta:

La mayoría de los padres se preguntan si están siendo buenos padres. Mi pregunta en respuesta es: «¿Cuál es su criterio de ser una buena madre o un buen padre?» «¿Cuál es su medida?» Confío en que no lo medirá por cuán bueno salga su hijo en términos de moral, de educación superior o que esté casado o no. Eso es tan arriesgado como ponerse a merced de su comportamiento y su libre albedrío.

Lo que puede hacer para mejorar sus habilidades de madre es: 1) aprender tanto como pueda acerca de ser un buen padre o madre; 2) enfrente y tome en sus manos cualquier asunto de su pasado o de su matrimonio que pudiera interferir con ser un buen padre; y después 3) ame y disfrute a sus hijos en vez de preocuparse por su realización. Busque en las Escrituras para dirección acerca de la paternidad y examine otras fuentes.

Ayude a sus hijos a madurar

——— Pregunta: ———
¿COMO CRIAR HIJOS RESPONSABLES Y MADUROS DE UNA FORMA CARIÑOSA?

Respuesta:

Nuestro trabajo como padres es autorizar a nuestros hijos a madurar. La madurez puede implicar muchas cosas. Podría definirla como la habilidad de contribuir para bien de las demás personas de una forma positiva y constructiva. Quizás esto está mejor ilustrado en 1ª Tesalonicenses 5:11, donde se nos enseña a «animarnos unos a otros y a edificarnos unos a los otros». Queremos que nuestros hijos crezcan sabiendo cómo amar y servir a las personas y cómo ayudarlos en su crecimiento.

La mayoría de los niños no desarollan las características de la madurez por sí solos. Deben «ser autorizados» a madurar a través de la guía de sus padres. Jack y Judith Balswick describen bien el concepto de autorización:

> «Los padres que hacen clara esa autorización ayudarán a sus hijos a ser personas competentes y capaces, quienes en consecuencia sabrán autorizar a otros. Los padres que autorizan estarán comprometidos activa e intencionalmente en varias profesiones –enseñar, guiar, cuidar, dar el ejemplo– lo cual equiparará a sus hijos para ser individuos seguros, capaces de relacionarse con otros. Esos padres ayudarán a sus hijos a reconocer las fortalezas y el potencial interior, encontrando las formas de realzar estas cualidades. La autorización del padre es la afirmación de la habilidad de un niño para aprender, crecer y ser todo lo que se supone que debe ser como parte de la imágen de Dios y su plan creativo.»[1]

El amor paternal permite la autorización en vez de incapacitar al niño. Cuando un padre se aferra a un hijo demasiado fuerte es porque generalmente esta satisfaciendo sus propias necesidades en vez de las de su hijo. Los padres controladores inutilizan a sus hijos con comentarios «para ayudar» como «Déjame hacerte esto. Es muy difícil para tí». Algunos padres hablan por el niño o terminan sus oraciones. Pero estas respuestas dadas por el padre o la madre hacen inútil al niño. El, a menudo piensa que «mamá y papá no creen que soy capaz de hacerlo solo». El amor paternal afirma la suficiencia del niño y lo autoriza a madurar, igual que Dios afirma nuestra suficiencia en Cristo y nos da autorización para madurar en El.

¿Cómo autorizar a nuestros hijos a alcanzar la madurez? Debemos utilizar cuatro técnicas: 1) decirles; 2) enseñarles; 3) participar; y 4) delegar. Cada una de ellas se relaciona con los diferentes niveles de edades de los niños y requiere un estilo diferente de comunicación paternal.[2]

Como cambiar su estilo paternal

Pregunta:

¿COMO PUEDO SER UNA MADRE
MAS EFECTIVA CON MIS HIJOS?
MI ESTILO PATERNALISTA NO ESTA
FUNCIONANDO BIEN. ¡AUXILIO!

Respuesta:

En su excelente libro, *Legacy of Love* (Legado de amor), Tim Kimmel enfatiza la necesidad de establecer un proyecto para el carácter de su hijo. Su pregunta básica es: «¿Tiene un plan para construir el carácter de su hijo?» Kimmel cree que construyendo el carácter de su hijo está dejándole una herencia de amor.

En *Legado de amor* Kimmel va a los detalles explorando y extendiéndose en cada rasgo del carácter. Es el mejor desarrollo del tratamiento del carácter que jamás haya visto. Si quiere ayuda adicional en esta área, le suguiero que trabaje a través de este libro.

Tiene que hacer un proyecto hecho a la medida de cada niño, el cual contemple la flexibilidad suficiente para las alteraciones a lo largo del camino. Y siempre tiene que recordar: El mismo libre albedrío que se le permitió a Adan y a Eva para hacer sus decisiones equivocadas aún existe dentro de cada niño. A pesar de lo mucho que usted haga, sus hijos pueden elegir no estar de acuerdo con su proyecto.[3]

Tal vez ahora usted pueda encontrarse queriendo desarrollar el proyecto para su hijo, pero hay algunas «costumbres viejas» en el camino. Como muchos padres, quizás haya caído involuntariamente dentro de un patrón de paternidad que ahora aprecia como no ideal –o hasta incluso perjudicial– para su hijo. Entonces se pregunta: «¿Adónde llegaré? ¿Cómo puedo cambiar?» El cambio es posible. Aquí hay algunos pasos que le ayudarán a llevar a cabo los cambios en su estilo de paternidad.

1.– *Identifique por escrito cómo quiere que sea su patrón paternal y qué quisiera ver ocurrir en su hijo.* Este paso funciona mejor cuando ambos, usted y su esposo, están unidos en el esfuerzo. Después que haya escrito sus respuestas individualmente, comparta sus planes con otros. Comprométanse a ayudarse uno al otro a seguir este nuevo plan, manténganse responsables y oren uno por el otro todos los días.

2.– *Comunique su nuevo plan a su hijo.* Siéntese con su hijo e infórmele acerca de sus objetivos para su vida. Explíquele tanto como sea capaz de comprender acerca de cómo puede esperar que responda bajo este nuevo enfoque. Algunos padres le han llamado a esto la «sesión de realineamiento» porque le da nueva dirección a la vida familiar.

Es importante que durante esta sesión le asegure a su hijo su amor por él, y que está comprometida a trabajar por lo mejor para su vida. Una madre se expresó de esta manera: «Te amo y aprecio esta relación. Soy felíz de que seas mi hijo. Y también quiero y es muy importante para mí ser una buena madre. Tú mereces lo mejor».

Si esta trabajando para cambiar un mal patrón paternal –como ser demasiado estricta o legalista– describa su viejo patrón en términos simples para que su hijo lo comprenda. Puede decir: «Ha habido tiempos cuando he sido demasiado estricta contigo y no he escuchado lo que querías o necesitabas. Algunas veces he estado más preocupada en lo que creía que era apropiado en vez de lo que era mejor para tu crecimiento».

Es importante que también le diga cómo se sintió respecto a su actuación en el pasado. Reafírmele a su hijo que él no es responsable por la manera en que lo trataba. Puede decir: «La forma en que te traté no era la manera en que quería hacerlo. Es difícil para mí admitirlo, pero sé que posiblemente te hice la vida difícil». Si necesita disculparse o pedirle perdón por acciones o palabras específicas, este es el momento de hacerlo.

También pídale a su hijo que comparta con usted cómo se sintió bajo su viejo estilo maternal. Después pregúntele cómo se podría sentir bajo el nuevo enfoque que le ha descrito. No lo presione por una respuesta inmediata; puede necesitar tiempo para pensar. Después pídale que ore por usted en su nuevo intento.

3.– *Aplique su nuevo plan.* Para ayudar a empezar lea su nuevo plan escrito en voz alta cada mañana y cada tarde por treinta días. Durante un mes, evalúe su progreso al final de cada semana –primero usted, después con su esposo o con una amiga confiable. No espere cambios inmediatos en usted ni en su hijo. Todos cambiamos gradualmente, pero el crecimiento constante –aunque sea lento– tiende a ser más permanente.[4]

Para la aplicación de los patrones paternales serán necesarios la disciplina y el entrenamiento. Ustedes deben ayudar a sus hijos a establecer un conjunto de valores y principios válidos que puedan utilizar para conducirse en la vida. Los valores tienen que ser interiorizados.

En el *cuadro uno* vemos los tres posibles patrones de disciplina para los niños. Los tres números 0, 12 y 18, indican las edades según crecen hacia la adolescencia.

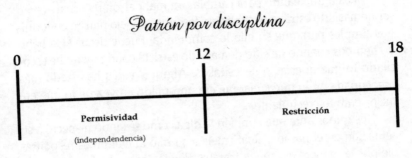

Patrón por disciplina

En el *cuadro dos* vemos que durante los primeros doce años los padres han utilizado un patrón permisible de crianza. Sin embargo, cuando el niño llega a la adolescencia los padres ven los cambios y problemas que ocurren en esta edad. Se alarman y se preocupan y por primera vez en la vida del niño y empiezan a imponer restricciones e intentan mantener el control. Es allí cuando se encuentran con resistencias y conflictos. Su adolescente no ha sido acostumbrado a este nuevo patrón. Es extraño para él y no piensa renunciar a su libertad.

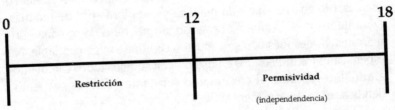

En el *cuadro tres* el patrón es a la inversa. Los padres han estado restringiendo (en el buen sentido) durante los primeros doce años utilizando las técnicas y metodos apropiados. Cuando el niño se hace un adolescente le permiten más libertades y más independencia porque el niño es capaz de aceptarlas y puede valerse por sí mismo.

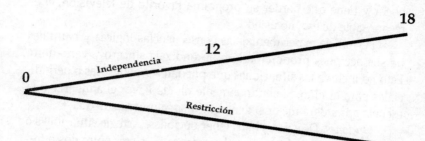

El tercer ejemplo (cuadro tres) da una mejor explicación de este proceso que el segundo. Algunos padres siguen el segundo demasiado de cerca, debido a que han sido muy estrictos durante los primeros doce años. Después, súbitamente, le permiten al niño mucha libertad. El cuadro tres indica que ésto es un proceso gradual, mixto, que incluye tanto las restricciones como el enseñar al niño a ser responsable. Gradualmente se le permite más y más libertad e independencia mientras él indique que es capaz de comportarse y funcionar por sí mismo. El buen padre ha aprendido cómo «dejar ir» y «dejar crecer». Pero este es un proceso paso a paso.

Enseñe valores a sus hijos

——— Pregunta: ———
QUIERO QUE MIS HIJOS TENGAN
BUENOS VALORES. ¿QUE CONSEJO PUEDE DARME?

Respuesta:
Su objetivo es ayudar a sus hijos a establecer un conjunto de valores y principios personales. Puede hacerlo de varias formas.

Responsabilidad. Enseñe a sus hijos a ser responsables por lo que hacen. La culpa no puede caer sobre otros. Si reprueba un examen porque no estudió, la culpa no es del maestro que tomó el examen o hizo preguntas difíciles. Si no cumple con alguna regla del hogar y tiene que perder su programa favorito de televisión, él es responsable de eso, no usted.

Permitirle experimentar las consecuencias lógicas y naturales de sus acciones proporciona un aprendizaje sincero y verdadero. Esto no incluye las situaciones que puedan ser peligrosas o perjudiciales para el niño. Si continuamente olvida llevar el almuerzo a la escuela aprenderá mejor si tiene que ir sin almuerzo un día.

Opciones. Deje a sus hijos tener opciones. Arregle situaciones o dé instrucciones en las cuales él sea capaz de elegir entre dos o tres alternativas. Esto le permite a usted continuar controlando la situación y sugerir las posibles opciones. Pero también ayuda a su hijo entender que tiene voz y voto en el asunto. También le enseña que tiene que aceptar las consecuencias de su elección.

Dele razones. Explíquele las razones de las reglas y normas cuando sea lo suficientemente grande para comprenderlas. Pero cuando se las explique, no se envuelva en argumentos. Todavía usted es el padre. Simplemente está compartiendo el por qué tiene que hacer lo que usted le ha ordenado. Es difícil para él interiorizar su propio sistema de valores a menos que el conozca los «por qué» de las reglas y las regulaciones.

Enséñele que, aunque quizás no acepte todas las razones dadas, es mejor para él y para otros que las obedezca. Más tarde verá el valor, pero al menos dígale por qué debe hacerlo.

No contradicciones. Pregúntese: «Mis acciones personales, contradicen ¿lo que estoy tratando de enseñarle?» Si usted le dice: «Felipe, no me hables jamás en ese tono de voz», pregúntese si él aprendió a hacer eso de escucharlo de usted misma. Si dice: «Jamás mientas», ¿la ha escuchado distorcionando la verdad de alguna manera?

Amor. Amelo cuando lo discipline. El niño es más abierto a su guía y ayuda cuando se sienta con él y lo ama, después que la disciplina haya sido administrada.

Establecer las reglas para los niños

———— Pregunta: ————
¿COMO ESTABLECER LOS LIMITES CON MIS HIJOS? ¿NECESITO UN CONJUNTO DE REGLAS?

Respuesta:

Cualquier sea la regla que ponga a sus hijos, estas tienen que seguir cuatro principios básicos.

La regla debe ser definible. Si es bien definida, él sabrá instantáneamente cuando la haya roto. Las reglas deben ser presentadas tan específicamente que ambos, usted y él, sepan lo que verdaderamente significa cada una.

Algunos padres no son tan explícitos como debieran ser y esperan que sus hijos sean adivinos. Muchos padres han dicho: «Bien, él ya debería saber qué es lo que quiero decir». Si usted le dice que no puede salir hasta que su cuarto esté limpio, esa es una regla pésimamente definida. Limpiar el cuarto para él puede ser cerrar la puerta y dejar el lío adentro. Pero si le dice que arregle su cama, tire la basura y cuelgue sus ropas en los percheros, entonces se está acercando más a una regla definida. Tiene que estar dispuesta a «vivir» describiendo tareas, y no puede exigir nada más o menos que su realización completa.

La regla debe ser razonable. La regla debe tornar el ambiente, al final, verdaderamente más confortable para el niño. Cuando él sigue la regla está realizando una función normal, necesaria. Asegúrese de que sea una regla que el niño sea capaz de cumplir.

La regla debe hacerse cumplir. Cada vez que una regla es establecida, prevea que puede llegar a romperse. A la mayoría de los niños les gusta probar las reglas. Si no puede hacer cumplir una regla siempre, no puede esperar que el niño la cumpla. ¿Cómo sabe si una regla debe hacerse cumplir o no? Usted tiene que ser capaz de averiguar fácilmente si una regla ha sido rota o no.

La regla debe ayudar a desarrollar los valores internos y el control. La regla al final ayudará al niño a ser una persona independiente, responsable. Debe ser tanto para beneficio de los padres como del niño y de otros.

Enseñe a los adolescentes

────────── **Pregunta:** ──────────
¿COMO PUEDO AYUDAR A MI ADOLESCENTE A NO METERSE EN PROBLEMAS SIN TENER QUE ANDAR CONTROLANDOLO?

Respuesta:
Si tiene un adolescente considere las siguientes sugerencias:

1.– Deben establecerse tiempos regulares para la discusión familiar. Pueden tener lugar a la hora de cenar, mientras van para la escuela o regresan, durante una caminata después de cenar o en cualquier momento que pueda establecer un patrón. También significa estar dispuesto cuando él tiene una necesidad que compartir.

2.– Dígale a su adolescente que quiere saber lo que él tiene que decir. Esto significa que habrá momentos cuando no dará su opinión ni contará su experiencia en el asunto sino que solamente escuchará. Puede considerar que algunos de sus pensamientos estén equivocados (el puede pensar lo mismo de alguno de ustedes). Usted puede querer «ponerlo en el buen camino», pero a menos que lo deje expresar sus ideas sin temor de ser interrumpidas, él bien aprenderá a «no decir nada». Es difícil permanecer callada cuando su adolescente mantiene puntos de vistas contrarios a los suyos. La mayoría de los padres quieren que los adolescentes acepten sus ideas y opiniones. Y aun para desarrollar su habilidad de pensamiento, necesitará aprender a explorar ideas y creencias. Puede que no esté de acuerdo con lo que él dice, y tiene el derecho de explicar su punto de vista opuesto, pero ambos pueden discutir las opiniones calmadamente, en un tono de voz apropiado, con cortesía del uno hacia el otro.

3.– Establezca límites de comportamientos pero no de opiniones. Quizás esta sea la instrucción más difícil de cumplir para los padres sin llegar a ser demasiado amenazador. La libre expresión de las opiniones con las reglas apropiadas de cortesía es uno los objetivos saludables hacia el que una familia puede trabajar. El esfuerzo creará una atmósfera en la cual las personas aprenderán a escucharse unas a otras.

4.– Sobre todo, anime a su adolescente. Todos necesitamos ser animados. Necesitamos saber que somos aceptados, que valemos para los demás y que nuestros esfuerzos (no necesariamente los resultados) serán reconocidos y apreciados. Afírmelo por quién es como persona.

5.– Su adolescente necesita ser responsable por lo que hace. No lo deje culpar a otros por sus acciones. Recuerdo una situación cierta noche cuando un joven de 17 años llegó a la casa una hora después de lo establecido. Ambos padres estaban todavía levantados. Sólo lo miraron con una expresión de asombro mientras entraba. El empezó a decir: «Lo siento, llegué tarde, pero a ese estúpido automóvil se le acabó la gasolina». Sin embargo, a mitad de camino se paró, sonrió y dijo: «No. Llegué tarde porque me olvidé de echarle gasolina al auto. Yo soy el culpable». Los padres le sonrieron y uno de ellos dijo: «Gracias, apreciamos que nos digas eso». Y no dijeron nada más. No tenían que recordarle que pusiera gasolina al auto la próxima vez. El aprendió a través de su experiencia. Su comentario demostró los beneficios de algunos momentos de discusión bien empleados con sus padres mientras estaba creciendo.

6.– Un principio similar al anterior es que su adolescente tiene que aprender a aceptar las consecuencias de lo que hace.

Permitirle experimentar las consecuencias lógicas y naturales de sus acciones proporciona una sincera y vedadera situación de aprendizaje. Un amigo mío me dijo de un procedimiento que había funcionado bien en varias familias con adolescentes cuando los hijos salían. Cuando la hija de este hombre salía se la esperaba en su casa a cierta hora. A los 15 años tenía que estar a las 11:00 hs; a los 16, a las 11:30 hs; y a los 17, a las 12:00 hs. Se hicieron algunas excepciones en ocasiones especiales. Ella sabía que si llegaba media hora tarde, tendría que compensar esa media hora viniendo 30 minutos más temprano la próxima vez que saliera. Ya fuera 5 minutos o una hora, la tardanza tendría que ser compensada en la próxima salida, independientemente de la ocasión que fuera. Hizo falta muy poca discusión; la regla estaba establecida con sus consecuencias naturales y todos sabían cuál era.

7.– Como se sugirió al principio, deje optar a su adolescente. «Alberto, tendrás que hacer una decisión. Puedes ir a casa de Jorge esta noche a trabajar en su motocicleta y después arreglas la puerta del garaje mañana por la noche. Decide y estaré de acuerdo con tu decisión». Muchos encuentros potencialmente explosivos entre los padres y los adolescentes pueden ser calmados si confrontara a su adolescente con varias opciones posibles. Algunas veces el adolescente puede tener una alternativa adicional, la cual puede ser una posibilidad válida. Usted tendrá que decidir si permite esta alternativa o no.

Lecturas recomendadas

• Kimmel, Tim. *Legacy of Love*. Portland, OR: Multnomah Productions, 1989.
• McKean, Paul, y McKean, Jeannie. *Leading a Child to Independence*. San Bernardino, CA: Here's Life Publishers, 1987.
• Narramore, Bruce. *Help, I'm a Parent*. Grand Rapids, MI: Zondervan Publishing House, 1979.
• Scott, Buddy. *Relief for Hurting Parents*. Nashville, TN: Thomas Nelson Publishers, 1989.
• Simmons, Dave. *Dad, the Family Counselor*. Wheaton, IL: Victor Books, 1991.
• Simmons, Dave. *Dad, the Family Coach*. Wheaton, IL: Victor Books, 1991.
• Simmons, Dave. *Dad, the Family Mentor*. Wheaton, IL: Victor Books, 1992.
• Wright, H. Norman. *Power of a Parent's Words*. Ventura, CA: Regal Books, 1991.

Notas

1.– Jack O. Balswick y Judith K. Balswick, *The Family* (Grand Rapids, MI: Baker Book House, 1989), p. 103.
2.– H. Norman Wright. *Power of a Parent's Words* (Ventura, CA: Regal Books, 1991), pp. 42,43.
3.– Ibid., p. 57.

4.– Ibid., adaptado de las pp. 60–62.

Capítulo 24

TEMAS DELICADOS DE LA PATERNIDAD: ENOJO, FRUSTRACION, REBELION, DROGAS

Lidiando con el enojo y la frustración

Pregunta:

¿QUE HACER CUANDO ME ENOJO? A VECES
ME SIENTO TAN FRUSTRADA QUE LO UNICO
QUE QUIERO ES GRITARLES, CASTIGARLOS
O SACARLOS DE MI VISTA PARA SIEMPRE...

Respuesta:

Vamos a enfrentar algunas realidades. Usted va a estar frustrada, irritada, decepcionada y enojada con sus hijos en algún momento en sus años de paternidad.

En su libro, *In Love and Anger: The Parental Dilema* (Amor y enojo: el dilema paternal), Nancy Samalin describe la situación:

«Los padres se asombran de que pueden ir de la relativa calma a la total frustración en pocos segundos. Un huevo sin probar o el jugo derramado en el desayuno puede cambiar una mañana calmada en una discusión. A pesar de las buenas intenciones de los padres, la hora de acostarse se hace la hora de la guerra, los alimentos terminan en llanto y la comida apenas probada, y el paseo se empeora con gritos llenos de tensión. Cualquiera que sea la fuente, con frecuencia experimentamos el enojo paternal como un encuentro con nuestro yo. Incluso nunca supe que tenía tal carácter hasta que tuve hijos. Era demasiado espantoso que esos hijos que amaba tanto, por quienes me había sacrificado tanto, pudieran producir tales sentimientos de rabia en mí, su madre, cuya primordial responsabilidad era alimentarlos y protegerlos.»[1]

El enojo y la frustración ocurren generalmente cuando sus hijos le están causando problemas o no están a la altura de sus expectativas. Aceptar y reconocer la frustración y el enojo es saludable. Decir: «Un buen padre no siente ésto», es peligroso. Cuando está pensando en lastimar a sus hijos y estas ideas persisten, su frustración ha alcanzado una etapa crítica. Esto es un aviso. Es fácil cruzar la línea del abuso físico. Ahora está en el punto donde definitivamente necesita ayuda profesional.

Don Westgate, director ejecutivo de «For Kid's Sake», una organización dedicada a prevenir el abuso infantil, ha desarrollado este interrogatorio para ayudarnos a descubrir si debemos buscar ayuda para el enojo o no.

1.-¿Se siente insuficiente como padre y piensa que no tiene todo el conocimiento que necesita para el desarrollo del niño?

2.-¿Tiene la autoestima baja?

3.-¿Se está enojando más, y con mayor frecuencia?

4.-¿Alguien le ha dicho que sus reacciones disciplinarias son irrazonables?

5.-¿Cree que rara vez su hijo satisface sus expectativas o se pregunta si las mismas son muy elevadas?

6.-¿Se siente aislada y deprimida?

7.-¿Ha dejado marcado alguna vez a su hijo?

8.-¿Fue usted una niña abusada?

9.-¿Imagina alguna fantasía sexual con su niño?

10.-¿Se imagina lastimando a su niño y piensa que podría sentirse bien haciendo ésto?

Si marcó una o dos de las preguntas no quiere decir que necesariamente su enojo está fuera de control. Pero si marco más de dos, o si marcó algún número del 7 al 10, sería sabio para usted hablar con su pastor o un terapista cristiano profesional. Hacer eso la ayudará a lidiar más efectivamente con su enojo.[2]

Usted tiene la opción de cuán lejos vaya su frustración y cómo pueder lidiar con ella, sólo por elegir qué hacer con su enojo.

Escucho a madres decirme una y otra vez: «Norman, no quiero hablarle abusivamente a mis hijos, ¡pero algunas veces me invade y se desenfrena! Hay un límite de lo que puedo aguantarles. Verdaderamente amo a mis hijos, pero algunas veces no los tolero. ¡He tenido incluso ideas de estrangularlos! Eso me asusta. No se qué hacer para cambiar».

A menudo respondo con la pregunta: «Cuando se siente frustrada y enojada con sus hijos, ¿en qué se concentra, en cómo se comportaron y en lo que usted dijo o en cómo le gustaría que se comportaran?»

Las madres generalmente contestan: «Oh, estaba meditando en su mal comportamiento y en mis comentarios destructivos. Los revivía una y otra vez y me aporreaba a mí misma por lastimarlos».

¿Se da cuenta que enumerando sus fallos se está programando para repetirlos? le pregunto.

Generalmente las mamás reponden con miradas burlonas. Pero es cierto. Cuando uno pasa mucho tiempo pensando en lo que no debería haber hecho, refuerza el comportamiento negativo. Volver a dirigir su tiempo y energía hacia la solución hará la gran diferencia en cómo se comunicará con sus hijos. ¡Concentre su atención en cómo quiere responder a sus frustraciones y experimentará el cambio![3]

El enojo que siente es el resultado de estar frustrada. La frustración es una de las tres causas principales del enojo, las otras son el temor y el dolor.

El primer paso en este punto es empezar a anotar el enojo que sólo tenga que ver con sus hijos. Identifique la frecuencia, la intensidad y la duración del enojo con cada niño. Lo que está haciendo es identificando algunas de las situaciones que producen su enojo. Conozco a padres que advierten a sus hijos con la frase: «Esto es un gatillo, y estás a punto de apretarlo». Cuando escuchan la frase, han aprendido a ceder. Después siguen estos pasos:

1.- *Establezca un programa de responsabilidad.* Encuentre a alguien con quien pueda compartir sus luchas paternales y la frustración, desarrollando una relación de responsabilidad. Busque una persona que esté dispuesta a orar con usted y a verificar regularmente para ver cómo lo está haciendo.

También debe ser sincera y responsable consigo misma y con su esposo respecto a los cambios que quiere hacer. Tome una hoja de papel y responda por escrito las siguientes preguntas. Después comparta sus respuestas con su esposo o con la persona que ore:

- ¿Cómo se siente cuando se frustra? Sea específica. ¿Cómo se siente cuando se enoja? Algunas personas disfrutan su frustración y enojo. Esto les da una inyección de adrenalina y una sensación de poder.¿Se ha sentido alguna vez así?
- Cuando está frustrada, ¿quiere mantener controladas sus respuestas o ser espontánea? En otras palabras, ¿quiere decidir qué hacer o simplemente dejar que sus sentimientos la lleven donde quieren ir? Si va por sus sentimientos, ¿cómo será capaz de cambiar?
- Si quiere mantener el control, ¿cuánto tiempo y energía estará dispuesta a invertir para que esto suceda? Para que

ocurra el cambio, el nivel de motivación tiene que permanecer constante y elevado.

•Cuando algo que su hijo hace le molesta, ¿cómo le gustaría responder? Sea específica.

2.- Utilice la Palabra de Dios para estabilizarse. Anote cada uno de los siguientes versículos en una tarjeta separada: Proverbios 12:18; 14:29; 16:32 y Efesios 4:26. Añádale otras Escrituras que descubra que se relacionan a la frustración y el enojo. Lea estos versículos en voz alta mañana y noche por un mes. Esté preparada para el cambio.

3.- Planee por adelantado. Sólo será capaz de cambiar si planea el cambio. Sus intenciones pueden ser buenas, pero una vez que la secuencia de frustración-enojo se desate, su habilidad para pensar claramente es limitada.

Identifique por adelantado lo que quiere decir a su hijo cuando empiece a sentirse frustrada. Sea específica. Aquí hay algunas posibles expresiones que puede utilizar:

«Estoy muy enojada ahora.»

«Necesito tomar un descanso para pensar y orar por lo que estoy sintiendo antes de decidir lo que voy a hacer.»

«Es difícil para mí concentrarme cuando estas gritando y tirando las cosas.»

«Me gustaría estar tranquila.»

«Estoy decepcionada y dolida porque me mentiste.»

«Estoy exhausta, necesito paz y tranquilidad ahora.»

«Me alegraría ayudarte después de cenar.»

«No me gusta cuando me hablas de esa manera.»

Anote sus respuestas y léalas en voz alta para usted y para su pareja de oración. En mi oficina de consejería a menudo tengo clientes practicando sus nuevas respuestas conmigo, y yo hago el intento de contestarles como la otra persona. Practicando conmigo son capaces de reafirmar sus declaraciones, eliminar su ansiedad o sentimientos de inquietud y ganar confianza en su nuevo enfoque. Su esposo o su pareja de oración podría ayudarla de esta forma.

4.- *Aplace las reacciones.* Empiece a entrenarse para demorar sus respuestas verbales y de comportamiento cuando reconozca que está frustrada con su hijo. Los Proverbios repetidamente nos amonestan a ser lentos para la ira. Tiene que retrasar sus respuestas si quiere cambiar alguna costumbre de palabras de enojo que haya cultivado a través de los años. Cuando permitimos que la frustración y el enojo sean expresados sin estorbos, son como una locomotora incontrolada. Atrápelos antes que cobren velocidad, así puede cambiar el rumbo y dirigirlos correctamente.

Una manera práctica de cambiar la dirección es utilizar una palabra clave. Cuando sienta que la frustación y el enojo surjan en usted, cálmese y recobre el control diciéndose a sí misma algo como, «detente», «piensa», «control», etc. Utilice una palabra que la ayude a cambiar el engranaje y poner su nuevo plan en acción.

5.- *¿Por qué tiene que frustrarla ésto?* Uno de los enfoques que a menudo sugiero a los padres para difundir la frustrante lucha de poder con sus hijos es éste: Mentalmente dele permiso para involucrarse en el comportamiento que la frustra. Por ejemplo, su pequeña Susana siempre deja la puerta de atrás abierta cuando sale a jugar, y ésto la irrita. Más de una vez le ha gritado enojada: «¡Susana, regresa ahora mismo y cierra la puerta! ¡No te has criado en el campo!» Con frecuencia la pelea por la puerta le ha arruinado la mañana a ambas.

La próxima vez que Susana deje la puerta abierta, dígase a si misma: «No sé por qué Susana deja la puerta abierta, pero no voy a dejar que eso me arruine el día. Si ella quiere dejar la puerta abierta, le doy permiso para hacerlo. Sé que hay una razón para ello, y es importante para mi descubrirla. Será una experiencia de aprendizaje para Susana y para mí mientras tratamos de resolver este comportamiento».

El enfoque de *dar permiso* calma su frustración y le da tiempo para aplicar un plan sensato.[4]

6.- *Descubra la particularidad en el estilo de aprendizaje y en la personalidad de su hijo. Adapte sus respuestas y su nivel de frustración disminuirá.* No puede responder a cada niño de la misma forma e incluso si tiene un solo hijo, sus respuestas tienen que ser adaptadas y refinadas para ajustarlas al niño. Esto es lo que quiere decir Proverbios 22:6: «Entrena al niño en el camino que debe ir (y manteniendo su don individual o inclinación), y cuando sea viejo no se apartará de él» (paráfrasis del autor).

Asegúrese de leer el libro, *The Power of a Parent's Words* (El poder de las palabras de los padres), el cual de una manera práctica detalla bien este asunto.

7.- *Cuando hable con su hijo sobre el problema, no sea predecible.* Si usualmente grita, hable calmada. Si generalmente se para, ahora arrodíllese. Asegúrese de captar su atención. Hable suavemente, ponga su mano suavemente sobre el hombro del niño, mírele a los ojos y hable suave y amablemente. Sea específica. Concentre la charla en lo esencial. Haga la expresión de su enojo descriptiva, exacta y directa al tema; no varios temas, sino uno solo. ¿Cuál es la conclusión? ¿Qué es negociable y qué no lo es? ¿Usted lo sabe? ¿Lo sabe su hijo? Además, mantenga sus reglas, normas y expectativas estables. Si cambia de aquí para allá su hijo estará confundido.

Pregúntese: «¿Cuál es mi motivo? ¿Qué quiero lograr? ¿Cómo puedo utilizar esta situación para comunicar mi amor y mi preocupación, para acercarnos más, para fortalecer los lazos de confianza y para ayudar a mi hijo a aprender?» Su objetivo debe ser comunicar su enojo de tal manera que su hijo sepa que aún lo ama, lo valora y que tiene significado ante sus ojos. Los padres que reaccionan agresivamente ante el enojo de sus hijos son más propensos a hacer declaraciones negativas y críticas que comuniquen a sus hijos que no son valiosos ni amados. Antes de responder, pregúntese: «¿Cómo puedo reconocer los derechos, valores e intereses de mis hijos? ¿Cómo puedo responder en una forma que los estimule? ¿Cómo puedo ayudarles a ser más responsables?»[5]

8.- Tome descanso de los niños. Toda madre necesita tiempos

de descanso. Reclute a su esposo para que cuide a los niños y así poder salir sola o con sus amigas. O si es madre soltera, pídale a una amiga que la releve de vez en cuando. Busque otra madre y túrnense para cuidar los niños de una y otra.

Lidiando con el niño rebelde

------------ **Pregunta:** ------------

NO SE COMO MANEJAR EL COMPORTAMIENTO DE MIS HIJOS. SE COMPORTAN MAL CONSTANTEMENTE

Respuesta:

Las razones por las que un niño o un adolescente se comporta mal son varias. Muy a menudo la culpa cae sobre los padres. A pesar de los defectos del hogar, el niño es responsable de su comportamiento. Usted puede tomar acción en el problema haciendo algunas cosas antes y durante los tiempos difíciles.

Estoy suponiendo que está intentando crear una atmósfera saludable, cariñosa, libre de tensiones en su hogar. También estoy suponiendo que ha excluído todas las bases físicas de estos problemas.

Establezca las reglas

Las reglas que establezca tienen que estar claramente definidas y expresadas en el idioma del niño a su nivel de entendimiento. Desde el principio, es práctico tener a mamá, papá y al niño sentados y repasar las reglas, explicar el propósito y aclarar cualquier mal entendido. Dígale a su hijo que cree que es capaz de cumplirlas. Escriba las reglas y haga que todos las firmen, indicando que la entendieron y que están de acuerdo. Si hay violación, entonces todos pueden echar un vistazo a las reglas otra vez.

Puede enfocar las violaciones de dos formas: 1) Puede manejar la infracción en el momento que ocurra, diciendo: «Me gustaría que tomaras algún tiempo y consideraras cuáles crees que podrían ser las consecuencias». Involucre al niño en el proceso. O 2) puede discutir por adelantado los beneficios de cumplir las reglas. El niño pronto puede aprender que hay más beneficios por cumplir que por desobedecer. Puede que no le guste pero el propósito no es disfrutar las reglas.

A pesar del enfoque que utilice, la firmeza por parte de ambos padres es importante. Se requiere acción inmediata y hablar lo mínimo.

Enseñe responsabilidad

Enseñe a su niño a edad temprana el concepto de la responsabilidad personal. Cualquier situación que cree, déjelo experimentar las consecuencias y que sea responsable de resolver el problema. Muchos padres actúan como consentidores y refuerzan el comportamiento que no quieren. Si su hijo deja el baño desordenado, la madre lo limpia. Por lo que el niño aprende a no molestarse en limpiar lo que ensucia. En su lugar, dele a sus hijos responsabilidades. Si deja las ropas sucias en el armario, puede ir sin ropas limpias. Si sus ropas no están disponibles cuando usted tiene el tiempo de lavado, puede esperar hasta la próxima semana para lavarlas o puede lavarlas él. Si el niño desordena, tiene que limpiarlo.

¿Severo? No del todo. Es simplemente enseñarlo a ser responsable. Conozco familias acomodadas con criadas que no obstante emplean tales reglas para sus hijos. Cada miembro de la familia necesita aprender el arte de «toma y daca». Una de las razones por las que los padres tienen problemas con sus hijos es que muy frecuentemente los padres son los que dan y su descendencia sólo toma.

Si su hijo abusa de sus privilegios, los perderá como parte de su consecuencia natural. Si su adolescente abusa de las leyes del tráfico y acumula violaciones, rapidamente pierde el privilegio de manejar. El estado le quitará la licencia. Si mal usa el automóvil, el teléfono, el televisor, pierde el acceso a estos artículos hasta que la confianza se reedifique.

Asegúrese de establecer las directivas por anticipado. Dele a su adolescente tiempo para considerar lo que el cree que debe estar contenido en el acuerdo y después deje que le presente sus sugerencias. Cuando haya finalizado, ambos padres y el adolescente lo firman y lo fechan, indicando su voluntad y compromiso de cumplir el convenio.

Aquí hay un ejemplo de acuerdo que ha funcionado con una joven de 15 años y sus padres. No estoy diciendo que todo padre deba utilizar este acuerdo, es sólo un ejemplo. Quizás pueda estar de acuerdo con algunas de estas estipulaciones y no estarlo con otras.

El acuerdo contiene restricciones y libertades. Tales acuerdos deben ser revisados cada seis meses para ver como esta funcionando y determinar que áreas deben ser revisadas.

Más de la mitad de las cosas en esta lista fueron sugeridas por la hija. La palabra «meticulosamente» fue añadida al número dos por los padres. El papá añadió el número tres, la cual fue la regla menos preferida por la joven, pero una de las que dijo que podría aceptar. La razón de la regla fue que muchas veces la radio distrae y esta muy alto el volúmen. La regla ocho indica la latitud y libertad por su experiencia manejando. Esta familia viajó mucho en el verano y sus padres querían que tuviera su propia experiencia al conducir en las diferentes autopistas, en los distintos tráficos y bajo distintas condiciones climáticas asi podría estar mejor preparada cuando lo hiciera por sí sola.

Acuerdo para conducir el automóvil

1.- Antes de usar el automóvil, preguntaré a cualquiera los dos padres si puedo usarlo y explicaré el propósito.

2.- Si quiero ir a algún lugar, mis tareas y mis prácticas de piano tienen que haber sido terminadas meticulosamente.

3.- Durante los primeros seis meses que esté conduciendo con mi propia licencia de conducir, no usaré la radio mientras manejo.

4.- Durante el curso escolar, se me permitirá manejar a la iglesia los miércoles por la noche pero no puedo llevar a nadie a la casa sin permiso previo.

5.- No le permitiré a nadie más utilizar el automóvil bajo ninguna circunstancia.

6.- Se me permitirá manejar 35 millas a la semana y después de eso tengo que pagar el millaje adicional.

7.- En ningún momento cargaré más de tres pasajeros.

8.- Una vez que haya recibido mi permiso para manejar se me permitirá manejar a la iglesia y hacer mandados locales cuando quieran Mamá o Papá. Ayudaré a manejar en los viajes largos en nuestras largas vacaciones bajo todo tipo de condiciones.

9.- No llevaré a nadie que me haga señas bajo ninguna condición ni aceptaré que nadie me lleve si tengo alguna dificultad con el auto.

10.- Lavaré el auto cada tres semanas.

11.- Al comenzar yo a manejar, el seguro aumentará, puesto que aumentan los riesgos. Pagaré la mitad del aumento del seguro y en caso de accidente asumiré la mitad de los costos del deducible.

Incluso antes de que este convenio fuera aprobado, la hija había ganado la mitad de lo que el costo del seguro aumentaría, para ayudar a pintar la casa. Algunos han preguntado sobre las consecuencias si se rompiera el contrato. El padre dijo que por dos razones había sido aprobado. Ellos como padres estaban dispuestos a poner confianza en su hija para ampliar lo que podrían esperar que cumpliera en el acuerdo. Si había violación, las consecuencias serían discutidas con ella y se le harían tres preguntas: 1) «¿Por qué piensas que lo hiciste?» ; 2) «¿Qué harás la próxima vez?»; 3) «¿Cuáles crees que deben ser las consecuencias por esta violación del acuerdo?» Ella podrá contestar haciendo dos o tres sugerencias y podrá tener tiempo suficiente para pensar, después seleccionaremos una.

Algunas veces su niño o adolescente hará amenazas para tratar de manipularla, tales como: «Voy a dejar la escuela», «Me voy a ir de casa», «Voy a suicidarme», «Voy a hacer algo que te va a entristecer», etc. No lo desafíe a que siga adelante y a que lo haga. Usted podría decirle: «Te amo y confío que no harás eso, pero no puedes seguir haciendo lo que estabas haciendo. Si haces tales acciones o continúas haciendo eso, estás escogiendo que optemos por lo siguiente...» ¿Ve dónde ha sido puesta la responsabilidad? No sobre usted, ¡sino sobre él!

Aprendiendo de sus hijos

——— Pregunta: ———
MIS HIJOS NO ME OBEDECEN
NI RESPETAN. ¿QUE PUEDO HACER?

Respuesta:
Cuando su hijo no la obedece o respeta, considere un nuevo enfoque escuchando lo que él tiene que decirle. He sido impresionado por el libro titulado *Relief for Hurting Parents* (Alivio para los padres dolidos) por Buddy Scott. Uno de sus conceptos es que nuestros hijos nos enseñan qué hacer y cómo responder a sus acciones. Esto puede ser nuevo para usted. Aquí hay algunos ejemplos, y note cómo las consecuencias se ajustan a la ofensa:

- Los niños que no podemos confiar en ellos cuando están fuera de nuestra vista nos enseñan que deben permanecer al alcance de nuestros ojos (supervisados más de cerca).
- Los niños que organizarán una fiesta en nuestra casa cuando estamos fuera nos enseñan que no podemos confiar en que se queden solos.
- Los niños que no podemos confiar en lo que ellos dicen nos enseñan que tienen que comprender que estaremos verificando casi todo lo que dicen.

- Los niños en los cuales no podemos confiar en que permanezcan sobrios nos enseñan que no se les puede permitir más manejar el auto .

- Los niños que dejarán decaer sus notas de la escuela nos enseñan que deberán ser supervisados más de cerca en sus estudios, ver menos televisión, jugar menos juegos de videos, y que ser controlados en la escuela más frecuentemente.

- Los niños que utilizarán su privacidad para maquinar cosas en contra de los valores morales de la familia nos enseñan que tendrán que tener interrupciones en su privacidad puesto que hay que mirarlos más de cerca.

- Los niños que utilizarán el teléfono en sus cuartos para conversar con grupos malos nos enseñan que no pueden hablar por teléfono en privado.

- Los niños que necesitan consejería nos enseñan que deben ser provistos de ella.

- Los niños que no han hecho ningún esfuerzo por acordarse del dinero del almuerzo nos enseñan que deberán aguantarse el hambre sin que los papás hagan un viaje extra a la escuela.

- Los niños que no han hecho esfuerzo por poner las ropas sucias en el cesto nos enseñan que deberán lavarlas esa semana.

- Los niños que no están tomando en serio sus tareas nos enseñan que deben aplazar sus propias actividades (los privilegios familiares) hasta que sus tareas esten completas.[6]

Estos conceptos deben ser explicados a su hijo. Los niños tienen el poder de hacer las cosas mejor por sí mismos y una vez que se den cuenta de eso, podrían tener un mejor comportamiento.

Un ejemplo de esto es el siguiente:

«David, tu madre y yo hemos tratado de clarificar lo que ha estado pasando en nuestro hogar. Piensa que tú eres un maestro y nosotros somos los que respondemos. Estamos respondiendo a lo que tú nos has estado enseñando con las actitudes y acciones que nos has estado mostrando.

»Ahora, ambos queremos lo mismo. Tú quiere más libertad y privilegios, y nosotros queremos esas mismas cosas de ti. Queremos ser capaces de confiar en ti a tal punto que podamos darte más independencia. Nuestros sueños todos estos años han sido criar hijos dignos de confianza.

»Como maestro, David, esta es tu opción. Si escoges enseñarnos a confiar en ti, responderemos de esa manera.

»Si escoges enseñarnos a sospechar de ti, responderemos haciéndote muchas preguntas y verificando todas las cosas.

»Si escoges enseñarnos a no confiar en ti, responderemos quitándote los privilegios, por lo que podemos supervisarte más de cerca y darte una nueva oportunidad de enseñarnos a confiar en tí otra vez.

»Haremos lo que sea necesario para que nos enseñes a hacerlo. Te prometemos que responderemos.»[7]

Andando con un mal grupo

------ **Pregunta:** ------
¿QUE PUEDO HACER CON MI HIJO
QUE ANDA CON UN MAL GRUPO?

Respuesta:
Si su hijo esta andando con relaciones nocivas, lea el capítulo 8 del libro de Buddy Scott, *Relief for Hurting Parents* (Alivio para los

padres dolidos). Una de las sugerencias de Scott es utilizar las siguientes expresiones: «Si estás involucrado con un amigo, toda nuestra familia está involucrada con ese amigo. Tenemos un estilo familiar unido. Por lo tanto, tenemos algo que decir acerca de quiénes son tus amigos».[8]

Si su hijo anda con un mal grupo, requiere un rompimiento inmediato y radical con esa persona o grupo. Tendrá que lidiar con las actitudes rebeldes y con el grupo que lo induce. No es fácil, pero es posible.

Manejando a un niño que miente

— Pregunta: —
¿QUE DEBO HACER SI MI HIJO NO VIENE POR LAS NOCHES Y MIENTE ACERCA DE DONDE HA ESTADO?

Respuesta:

Si su hijo no regresa por las noches, tome acción inmediata. Incluso no vacile en hablar con otros padres para descubrir quién está mintiendo a quién. Averigue dónde estaba su hijo, con quién estaba, y qué paso. Conozco a algunos padres que inmediatamente llevaron a su adolescente a la división juvenil del departamento de policía. Los padres pidieron a los policías que hablaran con su adolescente, que le dijeran de las consecuencias legales y compartieran algunas de las historias de horror de sus experiencias. Estoy plenamente de acuerdo con la técnica del impacto inmediato como esta. Lea el libro de Buddy Scott; el autor sugiere un enfoque particular para la mentira, el cual es aplicable a otros problemas también.

El adolescente que usa drogas

──────────── **Pregunta:** ────────────
MI HIJO ESTA USANDO DROGAS. ¿QUE PUEDO HACER?

Respuesta:

En cualquier momento puede llegar a descubrir que su hijo está envuelto en las drogas. El plan a seguir es la meta de la abstinencia total. Como ya usted se ha dado cuenta de que su hijo esta usando drogas, no podría mirar los indicadores acostumbrados. (Sin embargo, si no esta segura de que su hijo esté usando drogas, recomiendo encarecidamente que lea *Help Kids Say No to Drugs and Drinking* [Ayude a sus hijos a decir No a las drogas y al alcohol] por Bob Schroeder, y *Drug-Proof Your Kids* [Hijos que se resisten a las drogas] por Steve Arterburn y Jim Burns.)

Cuando usted, como madre, descubre el uso de drogas, se sentirá destruida, enojada con su hijo y con el que se las vende, y probablemente luche con algunos sentimientos de fracaso. El reaccionar a alguno de estos sentimientos con rabia no resolverá el problema. La intervención y el tratamiento son necesarios. Algunas veces sólo será necesario hablar con su hijo, pero en muchos casos la intervención profesional es necesaria.

Si va a intervenir, necesitará la ayuda de un consejero que conozca sobre el tema, quien este consciente de que el niño esté involucrado con las drogas (o el alcohol). También podría incluir a maestros, amigos o a otros padres. Acumule datos que reflejen específicamente el uso de drogas. Esto incluye la información concerniente de cuánto ha sido utilizado, cuándo, cuán frecuentemente, así como el comportamiento de su hijo durante la influencia. Todo esto es necesario para determinar el plan del tratamiento a emplear.

La intervención necesita ser programada en el momento cuando sea menos probable que su hijo esté usando la droga. Durante la intervención, pídale a su hijo que escuche cuando cada persona presente las evidencias del problema. Si uno de los participantes le dice a su hijo que tiene que ir al tratamiento y él se niega, las consecuencias tienen que ser presentadas. Resuelva tales consecuencias con el consejero por adelantado: desalojo de la casa; terminación de apoyo financiero; indisponibilidad de cualquier otro familiar de vivir con ellos; y cualquier otra consecuencia terrible que pueda compartir. Necesita saber que usted se refiere al *negocio* y que las conscuencias no son agradables. El tratamiento puede incluir las facilidades de paciente externo o el programa de pacientes internos. En la mayoría de los casos, es mejor empezar con un programa interno en un centro cristiano. Después de utilizar tales programas se necesita un fuerte programa de seguimiento. Consulte a uno de los centros de tratamiento para la información concerniente a la intervención. También podría llamar a los grupos de apoyo más cercanos a su área.

Lecturas recomendadas

• Arterburn, Steven, y Burns, Jim. *Drug-Proof Your Kids*. Colorado Springs, CO: Focus on the Family Publishers, 1989.
• Samalin, Nancy. *Love and Anger: The Parental Dilemma*. New York: Viking Penguin, 1991.
• Schroeder, Bob. *Help Kids Say No to Drugs and Drinking*. Minneapolis, MN: CompCare, 1987.
• Scott, Buddy. *Relief for Hurting Parents*. Nashville, TN: Thomas Nelson, 1989.
• Wright, H. Norman. *Power of a Parent's Words*. Ventura, CA: Regal Books, 1991.
• Wright, H. Norman, y Oliver, Gary Jackson. *When Anger Hits Home*. Chicago, IL: Moody Press, 1992.
• York, Phyllis, York, David, y Wachtel, Ted. *Tough Love*. New York: Bantam Books, 1993.

Notas

1.- Nancy Samalin, *Love and Anger: The Parental Dilemma* (New York: Viking Penguin, 1991), p. 5.
2.- Mark P. Cosgrove, *Counseling for Anger* (Dallas, TX: WORD Inc., 1988), p. 120.
3.- H. Norman Wright, *Power of a Parent's Words* (Ventura, CA: Regal Books, 1991), adaptado de la p. 122.
4.- Ibid., adaptado de las pp. 124-128.
5.- H. Norman Wright y Gary Jackson Oliver, *When Anger Hits Home* (Chicago, IL: Moody Press, 1992), adaptado de la p.186.
6.- Buddy Scott, *Relief for Hurting Parents* (Nashville, TN: Thomas Nelson, 1989), p. 47.
7.- Ibid., p. 50.
8.- Ibid., p. 71.

Capítulo 25

MADRES SOLTERAS

Enfrentándose con las presiones
de las madres solteras

Pregunta:

COMO MADRE SOLTERA, ¿COMO ME ENFRENTO CON LAS
PRESIONES DIARIAS Y MIENTRAS SER UNA BUENA MADRE?

Respuesta:

La palabra «enfrentar» parecería implicar el depender o sobrevivir.
Y podría ser que, como madre soltera, es así como se está sintiendo.
Estos son algunos pasos que puede seguir aunque sea responsable
de todo.

Acepte la realidad de que no puede hacerlo todo bien. Identifique lo que puede hacer y aprenda a dejar que algunas cosas se esca-
pen. Puede que tenga que aceptar un estandar más bajo en algunas
áreas en las cuales está acostumbrada a estar mejor. Haciendo eso,
se hace más generalista que especialista. Haga una lista y muéstrela
a otra persona que pueda ayudarla a manejar las tareas que no concuerdan con sus habilidades, o para las que no tiene mucho tiempo.
Haga una lista de las tareas que tiene que hacer a diario cada semana. Ponga prioridades y luego indique cuáles son esenciales y
cuáles no. Haga una lista de los trabajos que puede pagar por ellos

y cuáles sus hijos pueden aprender a hacer. Los adolescentes jovenes pueden aprender a cocinar y a lavar.

Mantenga un registro de lo que hace diariamente por una semana y luego siéntese con algunas amigas y escuche sus sugerencias de como ahorrar tiempo.

Para ayudarla a sobrevivir, usted necesita:

1.- Tiempo para descansar y relajarse, incluyendo algunos ejercicios.
2.- Tiempo fuera de sus hijos (de esta manera no los resentirá cuando este con ellos).
3.- Tiempo para las amistades. Usted no ha sido hecha para estar sin contacto humano –contacto humano adulto.
4.- Tiempo para el crecimiento –las lecturas, el estudio y las clases especiales caen en esta categoría.
5.- Tiempo para el sustento espiritual. Usted necesita la fortaleza que se obtiene por el orar, y tiene que insistir en hacer tiempo para el alimentarse continuamente de la Palabra de Dios.[1]

Después del divorcio

Pregunta:
NO QUIERO SER UNA MADRE SOLTERA,
Y TIENDO A DESQUITARME (SOBRE MI ENOJO
Y MIS PROBLEMAS DE ABANDONO) CON MIS HIJOS.
¿QUE PUEDO HACER?

Respuesta:
Algunas personas se sumen rápidamente en la vida de soltera. Van de las molestias del divorcio a los ajustes, y no tienen tiempo para lamentar su pérdida y penetrar poco a poco en sus variados sentimientos. Si usted cree que fue víctima en su divorcio, es normal que sienta enojo. Enfrente su enojo y desubra la verdadera causa. Está

dolida y se lamenta por lo que no sucedió. Posiblemente le gustaría que su ex esposo pagara una penalidad por lo que hizo. Su enojo también es una exigencia de ser escuchada, comprendida, respetada y tratada justamente.

Si quiere vengarse de su ex esposo, haga una lista de todas las cosas que le quiere hacer, enumere las consecuencias de lo que podría pasarle a usted y después háblele a Dios acerca de sus sentimientos de enojo. Tenga presente que mucho de nuestro enojo es generado por lo que nos decimos a nosotros mismos en nuestras mentes. Su conversación interior alimenta su enojo.

Para evitar desquitarse con sus hijos haga lo siguiente:

1.- Hágales un compromiso verbal de que no va a desquitarse su enojo con ellos. Déles el derecho de preguntarle (cuando este enojada) si su enojo está basado en algo que hayan hecho o en contra de su padre.

2.-Cuando su enojo empiece a surgir, pregúntese a sí misma qué está sintiendo y por qué.

3.- Cada semana establezca una cita con la tristeza para tratar con el dolor acumulado. Saque todos los sentimientos dolorosos y deshágase de ellos. Los Salmos son muy a menudo las reflexiones del dolor del autor. Escriba su propio salmo expresando su dolor, su deseo y el consuelo que Dios le da.

4.- Ponga en práctica los principios para reducir el enojo expuestos en *When Anger Hits Home* (Cuando el enojo golpea el hogar) por Gary Jackson Oliver y este autor.

Superando la culpabilidad

Pregunta:
¿COMO PUEDO SUPERAR MI CULPABILIDAD CUANDO MIS HIJOS FALLAN?

Respuesta:

La culpa suele llegar a ser una compañía frecuente durante el viaje de la paternidad, y son muchas razones la producen. Algunas madres solteras se sienten culpables porque han establecido normas de paternidad que nunca alcanzarán. Se convierten en víctimas de la mentalidad de «superpadres». También puede sentir culpa cuando no está a la altura de las normas de otros, ya sean reales o supuestas.

También puede sentir culpabilidad cuando hace lo correcto. Puede decirle que no a su hijo, el cual es el mejor paso que pueda dar, pero si el niño se enoja o es infeliz puede que usted no se sienta muy bien.

Una de las razones principales de la culpabilidad es la falsa creencia de que sólo los padres son responsables del comportamiento de los hijos.[2]

Usted puede hacer lo mejor que pueda en cómo guiarlos, proporcionarles una atmósfera lo más saludable posible pero aún tienen una naturaleza pecaminosa así como el libre albedrío. No podemos programar las decisiones y las opciones por ellos. Lo sé. He estado así como padre preguntándome por qué mi hija tomó una dirección particular en su vida.

Cuando se sienta culpable por el comportamiento de su hijo, hágase esta pregunta: «¿Dónde está la evidencia de que soy responsable por esto?» La mayoría de las veces, no hay evidencias. Si hizo algo, confiéselo a Dios y experimente su perdón. Y en algunos casos es apropiado confesarlo a su hijo.

Algunas madres solteras estan sumidas en el remordimiento pero como creyentes no lo tienen por la gracia de Dios.

Cuidado con los pensamientos negativos en su paternidad. Pueden paralizarla. Haga una lista de lo que sabe que ha hecho como madre que es positivo, a pesar de lo que otros hayan dicho. Una amiga mía, Marilyn McGinnis, escribió un libro práctico titulado, *Parenting Without Guilt* (Paternidad sin culpabilidad). En el describe cómo manejar y desafiar sus pensamientos negativos. Lea cada declaración y después escriba un reforzamiento positivo que pueda utilizar en lugar de esta.

ACUSACIÓN NEGATIVA

REFUERZO POSITIVO

-Mi hijo no estaría en drogas si hubiera sido una mejor madre.

-Quizás si hubiera hecho un mejor trabajo hablándole sobre sexo, mi hija no estaría embarazada.

-El matrimonio de nuestro hijo no habría terminado así si hubiéramos dado mejor ejemplo como padres.

-Si no hubiera vuelto al trabajo, mi hija posiblemente tendría mejores calificaciones.

-Nuestro hijo nunca hubiera sido manoseado sexualmente si no le hubieramos dejado pasar la noche con su tío.

-Nunca debí haber dejado a mi hijo usar el auto. Es mi culpa que tuviera ese accidente y que esté lastimado.

-No debí dejar a mi hijo solo en la casa. Si yo hubiera estado con el no se hubiera suicidado.

-De algun modo, fallamos con nuestra hija espiritualmente y ahora no esta yendo a la iglesia. Debimos haberla obligado a ira con nosotros, quisiera o no.

-Ahora compare sus respuestas con las de la siguiente lista.

ACUSACION NEGATIVA

REFUERZO POSITIVO

- Mi hijo no estaría en drogas si hubiera sido una mejor madre.

-El está teniendo un buen tratamiento y parece que va a estar bien.

-Quizás si hubiera hecho un mejor trabajo hablándole sobre sexo, mi hija no estaría embarazada.

-Le hablé del sexo tan francamente como pude. Ahora tenemos que enfocarnos en ayudarla a hacer una decisión correcta para el futuro.

-El matrimonio de nuestro hijo no habría terminado así si hubiéramos dado mejor ejemplo como padres.

-Tenemos un buen matrimonio. Peleamos de vez en cuando pero no dura mucho y siempre resolvemos el problema.

-Si no hubiera vuelto al trabajo, mi hija posiblemente tendría mejores calificaciones.

-Matemáticas ha sido siempre un problema para ella. Ahora, por fin, podemos pagar el tutor que necesitaba.

-Nuestro hijo nunca hubiera sido manoseado sexualmente si no le hubiéramos dejado pasar la noche con su tío.

-No tenímos razón para sospechar que su tío era nada más que una persona cariñosa, cuidadosa. Hemos empezado consejería para ayudarlo.

-Nunca debí haber dejado a mi hijo usar el auto. Es mi culpa que tuviera ese accidente y esté lastimado.

-Va a aprender a ser responsable. El accidente parece haberlo hecho actuar con más madurez.

-No debí dejar a mi hijo solo en la casa. Si yo hubiera estado con el no se hubiera suicidado.

-Ahora sé que había estado planeando esto por semanas. Estoy agradecida que supiera que lo amaba.

-De algun modo, fallamos con nuestra hija espiritualmente y ahora no esta yendo a la iglesia. Debimos haberla obligado a ira con nosotros, quisiera o no.

-Se desanimó de la iglesia hace años. Obligándola a asistir solo la habríamos hecho más rebelde.[3]

Lecturas recomendadas

• Richmond, Gary. *Successful Single Parenting*. Eugene, OR: Harvest House, 1990.
• Wright, H. Norman, y Oliver, Gary Jackson. *When Anger Hits Home*. Chicago, IL: Moody Press, 1992.

Notas

1.- Gary Richmond, *Successful Single Living* (Eugene, OR: Harvest House, 1990), pp. 94, 95.
2.- Marilyn Mcginnis, *Parenting Without Guilt* (San Bernardino, CA: Here's Life Publishers, 1987), adaptado de las pp. 17-24.
3.- Ibid., pp. 85-87.

DIVORCIO Y RECASAMIENTO

Capítulo 26

EL DIVORCIO
Y EL SEGUNDO
MATRIMONIO

¿ Esta lista para el segundo matrimonio?

───────── **Pregunta:** ─────────

SOY DIVORCIADA. ¿COMO SABRE
QUE ESTOY LISTA PARA EL SEGUNDO MATRIMONIO?

Respuesta:

Cuando trabajo en consejería prematrimonial con las parejas que han estado casadas anteriormente, solicito que ambos completen el programa de recuperación del divorcio, aunque el nuevo esposo nunca se haya casado. También recomiendo que una persona divorciada se tome de dos a tres años para los reajustes personales antes del segundo matrimonio. Después durante la sesión de consejería prematrimonial les doy algunas preguntas para que contesten.

¿Cómo se relacionó con su primer esposo? ¿En qué formas destructivas y constructivas se relacionaron? ¿Qué ha aprendido sobre sí misma desde que se divorció? Un patrón destructivo en el primer matrimonio surgirá en el segundo a menos que se haga un esfuerzo para identificarlo y se lo trate de resolver.

Divorcio y segundo matrimonio

Toda persona que se casa por segunda vez tiene una historia personal que contiene áreas lastimadas y áreas sensibles.

Recuerde, algunos de los dolores del pasado sólo serán sanados con una nueva relación. El período de recuperación de un divorcio generalmente toma de tres a cinco años. Necesita tiempo para lamentar su dolor y lidiar con la pérdida. Algunas de estas sanidades ocurren cuando se tiene la oportunidad de relacionarse con una persona nueva, y de una forma nueva. ¿En qué diferentes formas se está relacionando ahora con los hombres y cómo le gustaría hacerlo? ¿Cuánto tiempo debe dedicársele al antiguo esposo y/o sus familiares? El contacto es necesario por las finanzas, los niños, los negocios y los suegros. ¿De qué forma y cuán frecuente verá a su ex esposo o a sus familiares? Tales asuntos tienen que ser identificados para que ambos, usted y su nuevo esposo sepan qué esperar.

Los niños del primer matrimonio requerirán una mayor porción de tiempo y dinero. Dos normas absolutas a seguir son: no utilice a sus hijos para vengarse de su anterior esposo; y evite criticar a su ex esposo.

¿Cómo construirá un mundo de nuevos amigos? Cuando un divorcio tiene lugar, ocurre la pérdida de los amigos comunes. Desarrollar nuevas amistades juntos será la tarea principal para ustedes como pareja.

Describa como trató de resolver sus problemas en su anterior matrimonio.

¿Cómo se relacionó con su anterior esposo?

¿Cuáles eran las formas constructivas?

¿Cuáles eran las formas destructivas?

¿Qué persona le ayudó en su intento de resolver sus problemas? ¿Qué fue beneficioso y qué no lo fue?

Si hay niños del matrimonio anterior, decriba cómo decidió el plan de paternidad compartida y cómo se siente con ello.

Describa cuánto tiempo pasó pensando en su anterior esposo. Enumere sus pensamientos específicos.

Describa las comparaciones que haya hecho entre su anterior esposo y el futuro.

¿Cuán frecuente ve a su anterior esposo y con que propósitos? ¿Qué sentimientos experimenta en esas ocasiones?

Describa como confrontó y manejó sus sentimientos durante el rompimiento del matrimonio anterior.

¿Se ha terminado emocionalmente su matrimonio anterior?

¿Cómo ha intentado *reedificarse* a sí misma como individuo desde que se divorció? ¿Quién la ha aconsejado? ¿Qué libros ha leído? ¿Que clases ha tomado? Considere estas otras preguntas:

1.-¿Cuánto tiempo hace que terminó su anterior matrimonio?

2.-¿Quiénes fueron las personas que la apoyaron y ayudaron a través de este tiempo?

3.-¿Cómo se siente consigo misma ahora al compararse a como se sentía al terminar su anterior matrimonio?

4.-¿Qué ha aprendido desde que terminó su anterior matrimonio? (habilidades, cambios vocacionales, etc.).

5.-¿Qué ha aprendido de su anterior matrimonio que la ayudará en su nuevo matrimonio? Por favor, sea tan específica como sea posible. Puede incluir lo que ha aprendido sobre sí misma, sus necesidades, sentimientos, objetivos, su flexibilidad, la forma en que maneja las tensiones, la forma en que maneja el enojo de otra persona o las formas en que otras personas difieren de usted.

6.-¿De qué manera será capaz de ser una mejor esposa por lo que ha aprendido? ¿Puede pensar por lo menos en tres formas?[1]

El lado espiritual del divorcio

─────────── **Pregunta:** ───────────

¿ES ACEPTABLE QUE UN CRISTIANO SE SEPARE
O SE DIVORCIE? DIOS DICE QUE DETESTA EL DIVORCIO,
SIN EMBARGO LO PREVEE. ¿SI DIOS PREVEE EL DIVORCIO,
POR QUE LAS PERSONAS DICEN QUE EL DIVORCIO
ES PECADO? ¿DIOS TAMBIÉN LO DICE?

Respuesta:

Yo no le digo a las aconsejadas que se divorcien. La mayoría de los matrimonios pueden salvarse si ambos estan comprometidos en hacer el trabajo necesario. Pero el divorcio sucede. He recomendado la separación estructurada en algunos casos y en otros casos les he dicho a las personas que den un respiro a la relación. En algunos casos la separación es beneficiosa con el propósito de edificar el matrimonio. Pero tal separación necesita tener un límite de tiempo, incluyendo las salidas y encuentros estructurados entre la pareja.

La siguiente declaracion es la póliza escrita de un pastor para el segundo matrimonio, la cual yo creo que contesta la pregunta que estamos considerando aquí. Algunas sentirán que esta norma es muy liberal y otras que es demasiado estricta.

«Malaquías 2:14-16 indica claramente que Dios no esta a favor del divorcio. El quiere que el esposo y la esposa sean fieles, respetuosos y leales uno con el otro durante toda la vida. Por lo que El y el Cuerpo de Cristo se aflijen cuando una pareja decide divorciarse. Sin embargo, como el divorcio no cumple las normas de Dios, no es mayor pecado que cualquier otro. Este, como todos los pecados, es perdonado en la Cruz del Calvario a través del sacrificio expiatorio de Jesucristo. A través de su gracia muestra su compasión por los dolores de su pueblo.

»En el Cuerpo de Cristo está la reunión de los pecadores perdonados compartiendo la gracia y la sanidad de Dios. No somos personas perfectas con pasados perfectos. Somos de aquellos a quienes se nos ha mostrado la gracia, la misericordia y el perdón. Por esto tenemos que ser agentes de la misericordia y el perdón y no de juicio. Buscamos mantener las normas de conducta de Dios con compasión y sensibilidad, en lugar de legalismo e insensibilidad. Cada situación de divorcio es distintiva en sí misma y tiene que ser enfocada con entendimiento e integridad.

»Afirmo que el segundo matrimonio es apropiado al menos en las siguientes situaciones:

1.- Cuando el matrimonio y el divorcio ocurren antes de la experiencia de salvación.
2.- Cuando uno de los esposos es culpable de inmoralidad sexual y no esta dispuesto a arrepentirse y a vivir fielmente con su pareja.
3.- Cuando uno de los esposos no es cristiano y voluntaria y permanentemente abandona a su pareja cristiana.
4.- Cuando uno de los esposos somete al otro al continuo abuso físico, emocional y/o sicológico.
Otras situaciones de divorcio y segundos matrimonios tendrían que ser discutidas entre la pareja y yo con el fín de decidir si podría casarlos o no.»[2]

Sanar a los hijos adultos del divorcio

────────────── **Pregunta:**──────────────
¿COMO SANARME DEL DIVORCIO DE MIS PADRES
Y ASI NO REPETIR ESAS FALLAS EN MI VIDA?
¿TENDRE, POR NECESIDAD, UN MATRIMONIO ROTO
PORQUE SOY PRODUCTO DE UN HOGAR DESHECHO?

Respuesta:
Primero, hay una mala noticia concerniente a los efectos del divorcio en los hijos. Un estudio en 1987 resumió los efectos del divorcio en los hijos adultos de hogares deshechos. Comparándolos con los hijos de hogares íntegros estos adultos tendían a experimentar aumento en sus niveles de enojo, depresión, tristeza, pena, ansiedad, con respecto a las relaciones futuras, dificultad en manejar los recuerdos, susceptibilidad aumentada por las tensiones, sentimientos de vacío, ira incontrolable, preocupación, aislamiento, autoestima reducida, amargura y una sensación de que siempre tienen que ser así. Tienen más problemas al relacionarse con las personas, como poca satisfacción en el noviazgo, relaciones sexuales efímeras, mayor número de divorcios y dificultad de expresar y controlar las emociones.[3]

Los hijos del divorcio experimentan trastornos en sus vidas, así como abundantes pérdidas. Pierden los patrones paternales, el ambiente seguro y la realización completa de su futuro. También pueden perder algo de su niñez si son empujados a roles y responsabilidades de adultos muy temprano. Consecuentemente, tienen el riesgo de perder su habilidad de acercarse y de confiar en otros. Esta es la mala noticia.

Sin embargo, la buena noticia es que la esperanza y la sanidad son posibles. Millones de hijos adultos de divorcios son personas íntegras quienes han aprendido de la experiencia de sus padres y tienen matrimonios satisfechos.

¿Qué puede hacer? Primero, infórmese más acerca de sí misma y de su situación. Lea los dos libros recomendados sobre los hijos adultos del divorcio.

Rompa el patrón del divorcio

Decida no dejar que el divorcio de sus padres dicte su vida. Haga la siguiente declaración: «Voy a ser diferente. Mis padres eran divorciados y esto me impactó de una forma negativa, pero por la gracia de Dios seré sanada». Este es el primer paso en romper con aquella mentalidad de «víctima». He oído a muchas mujeres decir: «Posiblemente termine divorciada. Después de todo, mis padres lo eran». El divorcio para usted no es un factor predeterminante. Puede hacer algo por eso. Puede utilizar su dolor como una fuente de energía.

Algunas personas disfrutan manteniéndose «víctimas» porque sacan algo de ello. Decida cuánto tiempo seguirá pensando como una víctima y después rompa el patrón. Comparta con otros que ya no va a ser más víctima de lo que pasó. Declárese a sí misma libre. Para muchas mujeres, unirse a un plan de recuperación ha hecho la diferencia en sus vidas. Lamentar sus pérdidas es un elemento importante de su recuperación, así que un grupo de apoyo es valioso. La recuperación es un proceso largo y requiere energía, sinceridad y tiempo. Decida no ser una repetidora.

El divorcio: Como dar la noticia a los niños

Pregunta:

¿CUANTO DEBO DECIRLE A MI PEQUEÑO HIJO ACERCA DE LAS RAZONES POR LAS QUE SU PAPA SE FUE?

Respuesta:

Cuando el divorcio se hace inevitable, una de las tareas más duras es darle la noticia a los niños. La idea es que ambos padres le digan al niño las razones de su divorcio. Si los papás están presentes, tienen más chance de presentar un objetivo honesto. Los niños pueden dirigir las preguntas a uno de los padres específicamente y el tenerlos unidos ahí les dejará más claro que están de acuerdo en la decisión. Pero muy a menudo lo ideal no es posible.

La honestidad con su hijo es muy importante; explíquele tanto como él pueda comprender al nivel de su edad. No encubra los fallos de su ex esposo, pero tampoco proyecte una mala imágen. Su hijo necesita tener la seguridad de que él no es la causa por la que su padre se fue.

No haga comentarios resentidos, ni atribuya motivos, especule o juzgue los valores de su esposo. Hable con la realidad y conteste cualquier pregunta que el niño haga. Posiblemente su hijo quiera saber que pasará con él en este momento. Dígale y reafírmele tanto como sepa en este asunto. Recuerde que mientras más pronto se le diga la verdad a su hijo, más rápido puede empezar a lidiar con la situación y comenzar a sanar.

Volver a salir después del divorcio

——————— Pregunta: ———————
HACE DOS AÑOS QUE MI ESPOSO SE DIVORCIO DE MI. ¿POR QUE NO ME SIENTO COMODA CON LOS HOMBRES?

Respuesta:
El divorcio es uno de los traumas más difíciles que una persona pueda experimentar. Como divorciada ha tenido angustia, decepción, rechazo, soledad e insensibilidad. Estas son las respuestas típicas que las personas experimentan cuando sus parejas se van. Y una de las cargas que cada sobreviviente de una relación rota lleva es el residuo del temor por las relaciones futuras. Es fácil permitir que una experiencia interna contamine y paralice las futuras posibilidades.

El trauma de la pérdida de una relación de amor es una de las heridas más dolorosas, y el temor de amar otra vez es uno de los temores más grandes de la vida. Una parte de usted dice: «Voy a tratar otra vez». La otra parte grita: «¡No! No vale la pena el riesgo». El doloroso temor de revivir el pasado la paraliza para seguir adelante con una relación normal. Cada vez que piensa en ello y revive el temor en su mente, la limita y la hace dudar si invertir energía, amor y transparencia en una nueva relación de amor. ¿Verdad?

Entonces, ¿qué puede hacer? *Lamentarse, recuperarse y arriesgarse.*

Laméntese como si fuera una muerte.

¿Ha estado en algún programa de *recuperación* después del divorcio? Si no, por favor considere hacerlo. Si ya ha estado, quizás una segunda vez le ayudaría.

Riesgo, sobre todo arriésguese a una nueva relación. Pero antes de hacer algo más, quizás pueda ayudarle contestar algunas de estas preguntas:

¿Siente que se ha lamentado completamente por esa persona y que la ha dejado libre? (Si no, use los libros recomendados más adelante.)

Anote los sentimientos acerca de sí misma y de su ex esposo en este momento.

Anote diez veces su respuesta a la siguiente pregunta para identificar sus temores.

En una relación futura temo a...

Ahora tome cada temor y describa que hará para vencerlo. Decida cuándo lo va a hacer.

Describa qué es lo que hace que se sienta incómoda con los hombres. ¿Es algo de usted o algo de ellos lo que le causa la molestia? ¿Ha tenido alguna relación lo suficientemente estrecha para expresar y discutir sus temores con la otra persona? Cuando sale con un hombre, ¿espera sentirse confortable o incómoda? Esto podría ser una «profecía realizada». Comprendo que quiera tener cuidado. No hay una forma fácil; espere arriesgarse y enfrentar la incomodidad. No todo hombre es similar a su antiguo esposo.

Lecturas recomendadas

• Burns, Bob, y Whiteman, Tom. *The Fresh Start Divorce Recovery Workbook*. Nashville, TN: Thomas Nelson Publishers, 1992.

• Conway, Jim. *Adult Children of Legal or Emocional Divorce*. Downers Grove, IL: InterVarsity Press, 1990.

• Fassel, Diane. *Growing Up Divorced -A Road to Healing for Adult Children of Divorce*. New York: Pocket Books, 1991.

• Johnson, Laurene, y Rosenfeld, Georglyn. *Divorced Kids -What You Need to Know to Help Kids Survive a Divorce*. Nashville, TN: Thomas Nelson Publishers, 1992.

• Prague, Gary. *Kids Caught in the Middle* (Un interactivo libro de trabajo para adolescentes.) Nashville, TN: Thomas Nelson Publishers, 1993.

• Richmond, Gary. *The Divorce Decision*. Dallas, TX: WORD Inc., 1988.

• Swindoll, Chuck. *Strike the Original Match*. Portland OR: Multnomah Productions, 1980.

• Whiteman, Tom. *Innocent Victims -Helping Children Through the Trauma of Divorce*. Wayne, PA: Freshstart, 1991.

• Wright, H. Norman. *Recovering from the Losses of Life*. (Capítulo 10) Tarrytown, NY: Fleming H. Revell, 1991.

Notas

1.- H. Norman Wright, *The Premarital Counseling Handbook* (Chicago, IL: Moody Press, 1992), adaptado de las pp. 257-261.

2.- Ibid., p. 256.

3.- Kent Mcguire, «Adult Children of Divorce: Curative Factors of Support Group Therapy,» una investigación doctoral presentada por la Facultad de Sicología de la Escuela Rosemead, Universidad de Biola, mayo de 1987.

Capítulo 27

FAMILIAS DIFERENTES, UNIDAS

Cómo unir familias diferentes

—————— Pregunta: ——————
¿COMO PODEMOS UNIR NUESTRAS FAMILIAS?
NO SABEMOS QUE HACER.

Respuesta:

Usted esta usando y haciendo usar un nuevo vocabulario –palabras como madrastra, hijastro, hermanastros, familias reconstituidas o unidas. Nunca imaginó que ésto podría ser parte de su vida. Y tiene nuevas preguntas: ¿A qué llama la nueva madre o el nuevo padre? y ¿cómo maneja las visitas de los fines de semana, los sentimientos sexuales entre los hermanastros y las hermanas, las batallas por la custodia, etc.?

Un convenio

A menudo al matrimonio por segunda vez se le llama *convenio*. Usted se casa con la persona pero los niños son parte de cierto *acuerdo*.

Es posible que usted haya sido idealista acerca de la unión de las familias diferentes, pero después de algunos meses la realidad la golpea y si le sucede como a la mayoría de las mujeres:

1.- Dedicará mucho tiempo emparchando las heridas de los miembros de la familia fragmentada.

2.- Se horrorizará de que parte de los días feriados los pase con uno u otro hijo esperando que el padre anterior los venga a buscar.

3.- Tendrá tantos juguetes adicionales, frazadas, toallas y sacos de dormir en su casa que no sabrá que hacer con ellos.

4.- Algunos días se preguntará cuál niño es de cuál de los padres y de qué planeta.

5.- Rápidamente se cansará de ser la madrastra «mala».

6.- Más de una vez querrá que todos los niños pasen frente a un juez para que los discipline.

7.- Se cansará de escuchar a los niños decir: «Mi verdadero padre (o madre) decía que yo podría hacer...»

8.- Algunos días será amada y detestada al mismo tiempo.

9.- Esperará que Dios le dé a todos los padrastros/madrastras un castillo sin niños en el cielo.[1]

Los tuyos, los míos, los nuestros

Pregunta:

¿COMO PODEMOS FUNCIONAR COMO FAMILIA?
SIENTO QUE MIS HIJOS SON MIOS Y QUE LOS DE EL SUYOS.

Respuesta:

Generalmente toma de cinco a seis años para hacer de familias diferentes una verdaderamente unida. Lo «mío» y lo «suyo» no se hace lo «nuestro» en la ceremonia de bodas.

Es posible que usted espere lo inesperado de los hijos de su nuevo esposo durante los primeros meses y años. Sus respuestas pueden oscilar desde la aceptación a retraerse o a atacar. Los niños con frecuencia entran en la nueva familia con varios temores: temor de más pérdidas; temor de cómo los aceptarán; y temor de perderla también a usted, si otros aprenden a amarla. Temen a ser desleales, «¿A quién amo y cuánto la amo?» ¿Y si la verdadera mamá o papá está dolida/o o enojada/o por la relación con usted? Los niños pueden temer de perder el amor del padre con quién usted se esta casando. Quizás no quieran compartirlo.

Los hijastros entran en la relación con una serie de preguntas, que si se contestan ayudan al proceso de unión. Se preguntan: «¿Cómo debo llamar ahora a mi madrastra y podré llamarla diferente más tarde?» «¿Quién va a disciplinarme?» «¿Por qué no puedo hacer lo que estoy acostumbrado a hacer y por qué tengo que compartir?» «¿Voy a ser adoptado? ¿Por qué sí o por qué no?» Aprenden a vivir con más resentimientos que lo que usted cree. Los sentimientos resentidos pueden venir de la antigua esposa, de su nuevo esposo, de sus propios hijos, de su esposo, de los padres de su esposo, de usted y de los hijastros.[2]

Ser madrastra

Pregunta:

¿COMO LIDIAR CON MIS HIJASTROS?
¿COMO HAGO CONSTAR MI DERECHO
A DISCIPLINAR A LOS HIJOS DE MI ESPOSO?

Respuesta:

Quizás uno de los desafíos mayores es ser madre de los hijos de su nueva pareja. Tener normas a seguir lo hará más fácil. ¿Cuáles eran sus expectativas y fantasías en su relación antes de entrar en ella y cuáles son ahora? ¿Estaban claras? ¿Están claras ahora? Identifíquelas.

Tómelo despacio –son extraños teniendo que vivir como una familia. El padre no biológico tiene que funcionar como un amigo o una tía o tío por los primeros tres o cinco años para que ésto funcione. Y cuando el padre biológico esté ausente usted debe disciplinar como lo haría una persona que cuida niños ajenos. He visto muchos segundos matrimonios disolverse porque el hombre (sin ningún hijo) asumió inmediatamente el papel de disciplinador estricto con los hijos de su nueva esposa; naturalmente, ella se apresuraba a rescatar a sus hijos. Los conflictos aumentaron y pronto la esposa y los niños fueron polarizados en contra del nuevo esposo.

Algunas veces la madre quiere que el nuevo esposo la releve en su responsabilidad disciplinaria, pero eso es ponerlo en una posición injusta. Muchas luchas de disciplinas tienen que resolverse así: siendo demasiado estricto o demasiado indulgente; siendo perfeccionista (lo cual limita la flexibilidad y la espontaneidad); favoreciendo a unos niños y no a los otros; o retractándose si no se siente aceptada por los hijastros. Tiene que identificar sus propios temores, preocupaciones y las áreas en las cuales no se siente confortable, y discutirlas con su nuevo esposo. Decidan juntos qué hacer.

Recuerde, usted no puede desempeñar el papel del padre biológico no residente, pero tiene un papel paternal. Acepte la realidad de la antigua pareja y no intente competir con ella. Perderá. Prepárese para ser una intrusa si es su nuevo esposo el que tiene niños.

Vaya lento, juegue a menudo

Pregunta:

¿COMO HACEMOS LOS CAMBIOS Y ESTABLECEMOS
UNA NUEVA IDENTIDAD COMO FAMILIA UNIDA?

Respuesta:
Muchas cosas le causarán molestias dentro de su nueva familia y puede estar tentada a hacer cambios drásticos. No. Haga cambios lentos, pequeños. Concéntrese en edificar su relación como pareja. Hable de las tareas de la paternidad en términos de lo que esta funcionando y lo que no y busque apoyo reuniéndose con otras familias que hayan pasado lo mismo. Tenga siempre presente que las relaciones instantáneas no funcionan. Llevan tiempo.

Desarrolle una coalición paternal entre usted y su nuevo esposo. Trabajen juntos y estén de acuerdo en las reglas. Cuando tengan diferencias, resuélvanlas en privado –no frente a los niños. Conozco a algunas familias en las cuales los viejos y los nuevos padres se reúnen para desarrollar juntos un programa siendo consistentes y justos independientemente de la casa en que estén los niños. No buscan vengarse con los niños. Esto no quiere decir que las reglas serán las mismas en cada hogar. Por ejemplo, en un hogar al niño se le permite levantarse tarde o escoger lo que quiere comer. Refuerce sus propias reglas cuando los niños están con usted.[3]

Si tiene sus propios hijos del matrimonio anterior y su nuevo esposo también los tiene, no confunda a sus hijastros con los suyos. La relación y las respuestas serán diferentes. Puede aprender a amar a sus hijastros y a ser una buena amiga para ellos, pero no piense que algo anda mal en usted si no siente lo mismo hacia ellos que hacia los suyos. Quizás a veces haya reafirmado a sus hijos que sus sentimientos por sus hijastros no afectarán su relación con ellos. Hacer eso es muy bueno.

Desarolle una nueva identidad

En una familia mezclada, dos familias distintas con sus identidades propias se juntan para formar otra identidad. La gran pregunta es: «¿Cómo lo logramos?» ¿Construiremos una nueva identidad familiar? ¿Cómo?

1.- El primer paso en el proceso de unirse involucra aprender tanto como pueda acerca de cada miembro de la familia con el fin de lograr la aceptación mutua.

2.- Demuestre que el sistema de autoridad de la familia descansa en los padres y que ellos trabajarán juntos para establecer las reglas, los límites, las libertades y las directivas para los niños.

3.- Trabajen para desarrollar la identidad propia de la nueva familia a través de nuevos lugares para vacaciones, las actividades preferidas y los eventos únicos.

Una familia recién unida decidió celebrar la Navidad una semana antes para estar un día entero juntos. En vez de dividir el día entre la compleja red de los parientes políticos y otros familiares. Otra eliminó la controversia sobre cuál madre hacía el mejor pastel de cumpleaños mandando a hacer a una pastelería un pastel especial cada año, con diferentes formas y sabores. Este divertido ritual se hizo una tradición anual de la familia.

El hogar en que viven necesita convertirse en un nuevo hogar para la familia. Si fuera posible, empiece en una residencia totalmente distinta en la que ninguna de las dos familias haya vivido antes. Pero esto, por supuesto, puede ser caro. Si esta viviendo en la residencia de su antigua pareja, arréglela diferente para hacerla un nuevo hogar para todos ustedes. Permita que sea un proyecto familiar, utilizando las ideas de todos. Es posible que esto signifique hacer algunas decisiones poco prácticas y quizás costosas, pero ayudará a «exorcisar los fantasmas» del matrimonio anterior. Usted no quiere sentirse como una intrusa en su propio hogar y tener que ajustarse al estilo y a los muebles de su esposo. Recuerde, dónde vivir y cómo hacer su hogar es una decisión tanto emocional como lógica.

La familia ampliada es parte del proceso de unir la familia. Los nuevos miembros y los ya existentes tendrán que estar integrados. Las visitas, los regalos, las llamadas telefónicas, la correspondencia y los casetes ayudarán a llenar el vacío y mantener la relación viva.

Lecturas recomendadas

- Belovitch, Jeanne. *Making Remarriage Work*. New York: Lexington Books, 1987.
- Reed, Bobbie. *Merging Families*. St. Louis, MO: Concordia, 1992.
- Smoke, Jim. *Growing in Remarriage*. Tarrytown, NY: Fleming H. Revell, 1990.

Notas

1.- Jim Smoke, *Growing in Remarriage* (Tarrytown, NY: Fleming H. Revell, 1990), p. 92.
2.- Bobbie Reed, *Merging Families* (St. Louis, MO: Concordia, Publishing House, 1992), adaptado de las pp. 95, 97.
3.- Ibid., adaptado de las pp. 101-120.

Apéndice 1

PREGUNTAS IMPORTANTES
QUE LAS MUJERES
HACEN EN CONSEJERIA

Las preguntas contestadas en este libro son tan sólo una lista parcial de las enviadas en respuesta a nuestra encuesta. Entre las preguntas que recibimos –que eran más de 3.500– había una significante coincidencia. Fueron clasificadas las siguientes. Esto le dará una idea más completa de las preocupaciones de las mujeres que nos rodean. Compare esta lista con las preguntas hechas por los hombres en el apéndice 2.

- ¿Se supone que yo haga todo lo que mi esposo quiere? La Biblia dice «obedecer» al esposo.
- ¿Cómo puedo obedecer, someterme y amar a mi esposo cuando él está tomando poca o ninguna iniciativa para asumir el papel espiritual en nuestras vidas?
- ¿Cómo puedo ser una esposa sumisa y mantener mi identidad personal al mismo tiempo?
- Mi esposo no me ve como su igual. ¿Tengo que soportar eso?
- ¿Espera Dios de mi que sea sumisa a un hombre quien esta equivocado y no es respetable?
- ¿Tengo que someterme a mi esposo a pesar de lo que exija, a pesar de cómo se relacione conmigo, o a pesar de su condición espiritual?

- Mi esposo ha desarrollado ideas extrañas acerca de los alimentos saludables, la educación de los niños, la no utilización de medicamentos, etc., con las que no puedo estar de acuerdo. ¿Tengo que seguirlo en esto?
- ¿Qué hacer si mi esposo y yo no estamos de acuerdo en un asunto determinado?
- ¿Qué significa la sumisión bíblica en los años 90?
- ¿Cómo amar y perdonar a mi esposo cuando me ha maltratado verbalmente?
- ¿Por qué mi esposo es tan cruel conmigo y con los niños?
- Cuándo tenemos problemas en la familia, ¿por qué él siempre torna el problema hacia mí?
- ¿Por qué está tan a la defensiva cuando hago sugerencias?
- Tenía la esperanza de que podría experimentar una relación amorosa en el matrimonio. ¿Alguien puede conformarse con un trato horrible el 90 % del tiempo y llamarle «amor de casados»? En este momento estoy pensando, «¡quién necesita esto!»
- Estoy confundida. No sé qué quiero, no siento nada por mi esposo. Estoy cansada de ser su madre. ¿Puede ayudarme?
- Me he sentido como una «sonámbula» por varios años. Necesito que alguien me diga hasta qué punto son malos mis problemas. ¿Debo continuar casada o no? Estoy cansada de estar aferrada de nada.
- ¿Qué puedo hacer para recobrar el amor por mi esposo –como el que teníamos al principio de casados?
- ¿Por qué debo seguir luchando para hacer que mi matrimonio funcione cuando siento que estoy luchando sola?
- ¿Cómo puedo encontrar significado en la vida cuando estoy atrapada en un matrimonio con un hombre que no satisface mis necesidades?
- ¿Debo seguir con un matrimonio insatisfecho?
- ¿Cómo puedo lidiar con mi falta de sentimientos amorosos por mi esposo? No es que necesariamente estemos peleando, es que siento que ha abandonado su papel de esposo y es una persona diferente al hombre con quien yo pensaba que me había casado.

- ¿Cómo mantenerme enamorada de mi esposo?
- Ya no amo a mi esposo, pero no quiero el divorcio. ¿Qué debo hacer?
- Aunque esté bien con Dios y en la iglesia, ¿por qué Dios no hace que mi esposo me ame?
- No creo que lo vaya volver a amar. ¿Por qué debo continuar tratando de que funcione el matrimonio? (Ella no comprendió la naturaleza del pacto matrimonial).
- Estoy tratando pero no puedo ver que haga nada –principalmente porque no estoy lo suficiente interesada. ¿Cómo puedo lograr más interés?
- Ya no siento amor por mi esposo. ¿Espera Dios de mí que mantenga ésta relación, o puedo encontrar a alguien y ser feliz?
- ¿Podrá algún día aprender a ser sensible o la mayoría de los hombres son así?
- ¿Cómo puedo lograr que mi esposo me preste más atención?
- ¿Cómo puedo lograr que mi esposo se relacione conmigo en un nivel más personal?
- ¿Cómo puedo lograr que mi esposo se relacione conmigo emocionalmente?
- ¿Cómo puedo lograr que mi esposo pase más tiempo conmigo?
- ¿Cómo puedo lograr que mi esposo hable conmigo?
- ¿Cómo puedo lograr que mi esposo me trate de una forma más sensible?
- ¿Cómo puedo lograr la atención o el amor de mi esposo?
- ¿La mayoría de los hombres tienen problemas al comunicar sus sentimientos íntimos a sus esposas?
- ¿Cómo puedo lograr que mi esposo comparta sus sentimientos conmigo?
- ¿Cómo puedo lograr que mi esposo comprenda mis sentimientos?
- ¿Cómo puedo mejorar mi matrimonio?
- ¿Cómo puedo salvar mi problemático matrimonio?
- ¿Cómo recuperar el romance en el matrimonio?
- ¿Cómo podemos mejorar nuestro matrimonio?
- ¿Cómo podemos hacer nuestra realación más satisfactoria?

- ¿Cómo puedo cambiar a mi esposo y así poder vivir con el?
- ¿Cómo puedo cambiar para hacer feliz a mi pareja?
- ¿Cómo puedo lidiar con una forma específica del comportamiento frustrante de mi esposo?
- ¿Cómo puedo lograr que mi esposo sea más partidario de la disciplina, más enérgico, que esté más en el hogar?
- Mi esposo es muy posesivo de mi tiempo y no me permitiría hacer nada con mis amigas. ¿Por qué? ¡No comprendo!
- ¿Por qué mi esposo no compende mis necesidades de la manera que él espera que yo comprenda las de el? Especialmente las emocionales *versus* las sexuales.
- ¿Cómo continuar viviendo con un esposo que no cambia y en cambio yo sí lo hago?
- ¿Cómo lograr que mi esposo me trate con respeto en público?
- ¿Por qué yo noto problemas en nuestra relación pero mi esposo continúa diciendo que todo esta bien?
- ¿Por qué mi esposo ignora los problemas de nuestro matrimonio? El parece archivarlos pensando que si los ignora desaparecerán.
- ¿Cómo me las arreglo con mi esposo poco motivado? ¿Cuánto tengo que esperar para que mejore?
- Estoy resentida porque él no toma el liderazgo en el hogar. ¡Tengo que hacerlo todo!
- Quiero que mi matrimonio crezca, pero mi esposo no parece estar interesado. ¿Qué puedo hacer?
- Mi esposo se niega a tomar iniciativas en el hogar. ¿Que debo hacer?
- Mi esposo no muestra afecto. Nunca ayuda en nada en la casa. Tiene mal carácter.
- ¿Por qué no puede hacer nada en la casa? ¡Yo también trabajo!
- ¿Cómo puedo lograr que mi esposo quiera ir a consejería si él no cree que el matrimonio tiene problemas?
- ¿Cómo puedo lograr que mi esposo reciba consejería?
- ¿Cómo seguir creciendo y cuidando de mí si mi esposo se niega a buscar ayuda?

- ¿Cómo manejar nuestros conflictos maritales? La mayoría de las veces no parece que estamos en la misma «longuitud de onda».
- Dificilmente podemos hablar sin pelear. ¿Que hacer?
- ¿Qué hacer con un esposo que nunca esta en la casa (adicto a los deportes, al trabajo, etc.) y cuando esta en la casa, no se comunica y cuando lo hacemos peleamos?
- Ayúdenos a comprendernos mejor uno al otro –aprender a enfrentarnos mejor. Las discuciones nos sacan del control. Nunca logramos resolver nuestros problemas. Reñimos todo el tiempo.
- Mi esposo y yo peleamos. ¿Qué podemos hacer?
- ¿Cómo puedo ser independientemente saludable y tener una relación saludable también?
- ¿Cómo puedo estar satisfecha como mujer en la sociedad de hoy?
- ¿Cómo puedo desarrollar más independencia en mi vida?
- ¿Cómo puedo establecer relaciones lo suficientemente significativas para satisfacer mi necesidad interior de intimidad, amistad y afirmación?
- ¿Cómo puedo dar a otros y todavía satisfacer mis necesidades?
- Después que mi esposo ha tenido una aventura, ¿cómo confiar en él o en otro hombre otra vez?
- ¿Cómo puedo aprender a confiar y a perdonar a mi esposo cuando él ha destruído mi confianza con una aventura?
- ¿Cómo sobreponerme a los sentimientos amorosos por alguien que no es mi esposo?
- ¿Qué puedo hacer con mi atracción por otro hombre?
- ¿Puedo sentirme bien conmigo misma y aceptarme?
- ¿Cómo puedo aceptarme a mí misma y gustarme a mí misma, e incluso amarme a mí misma?
- ¿Cómo puedo vencer esos sentimientos de que valgo poco?
- ¿Cómo puedo respetarme a mí misma cuando he pecado?
- ¿Cómo vencer un sentimiento como el de fracaso?
- ¿Cómo dejar de compararme con otras mujeres y dejar de sentirme insuficiente?
- Me siento sola, poco valiosa y utilizada. ¿Seré alguna vez normal?

- Las Escrituras me dicen que ame a otros como me amo a mí misma. Las elecciones que he hecho dicen que no tengo amor por mí misma. ¿Cómo hacerlo?
- ¿Quién soy en el mundo de hoy con el movimiento feminista?
- ¿Quién soy, aparte de ser madre y esposa?

- ¿Por qué me siento...
  ...como una fracasada?
  ...siempre triste y sin energías?
  ...tan horrible?
  ...tan mal conmigo misma?
  ...tan culpable cuando hago algo para mi?
  ...tan sola, especialmente en la iglesia?
  ...tan basura?

- Mi autoestima esta muy baja. ¿Cómo levantarla?
- Mi hijo anda en drogas. ¿Qué puedo hacer?
- ¿Cómo sé si mis hijos usan drogas?
- Como pareja no estamos de acuerdo en cómo dirigir a nuestros hijos con respecto a la disciplina. Puede ser que yo sea muy suave, pero él es muy duro.
- ¿Cómo puedo lidiar con mis hijos? Mi esposo es tan pasivo que no tengo ayuda con la disciplina.
- ¿Cómo enseñar a mis hijos lo bueno y lo malo cuando mi esposo no establece límites y dice lo contrario de lo que yo digo?
- No sé como manejar el comportamiento de mis hijos. Se comportan mal siempre.
- Mis hijos no me obedecen ni me respetan. ¿Qué puedo hacer?
- Mi adolescente es rebelde y se comporta mal. ¿Cómo lidiar con los problemas y enfrentarme al abuso verbal?
- ¿Qué puede hacerse con el mal comportamiento de mis hijos? Andan con un mal grupo.
- ¿Qué puedo hacer con mi hija o hijo que me golpea cuando se enoja?

- Mis hijos estan fuera de control. ¿Cómo puedo controlarlos sin pegarles?
- ¿Qué debo hacer si mi hijo o hija no regresa a casa por la noche?
- Mis hijos me están volviendo loca. Ayúdeme a mejorar mis habilidades como madre.
- ¿Cómo sé si soy una buena madre o no?
- ¿Cómo puedo ser una madre más eficiente para mis hijos?
- ¿Cómo criar hijos responsables de una forma cariñosa?
- ¿Cómo establecer los límites con mis hijos?
- ¿Cómo puedo ayudar a mis hijos a no estar en problemas sin controlarlos?
- ¿Cómo lidiar con el enojo con mis hijos?
- Estoy teniendo pensamientos de lastimar a mis hijos. ¿Es esto normal?
- ¿Es normal que verdaderamente me enoje y me frustre con mis hijos?
- ¿Qué hacer cuando estoy tan frustrada con mis hijos que todo lo que quisiera hacer es gritar, pegarles o hacerlos desaparecer para siempre?
- ¿Cómo lidiar con las críticas de otros, incluyendo a mis padres y hermanos?
- ¿Cómo puedo lograr que mi esposo me oiga?
- ¿Cómo puedo lograr que mi esposo me escuche?
- ¿Cómo puedo lograr que mi esposo pase el tiempo hablando CONMIGO y no hablándome A MI?
- Cuando mi esposo viene del trabajo, quiero hablar con él. Sin embargo él quiere paz y tranquilidad. No parece que hablamos, sólo nos tiramos frases. ¿Qué puedo hacer?
- ¿Por qué somos incapaces de comunicarnos claramente?
- ¿Por qué aunque mi esposo me permite comunicar mis sentimientos (dolor, decepción, etc), aún siento como si el no me comprendiera o me oyera verdaderamente?
- ¿Por qué mi esposo parece amenazado cuando lo confronto por algún problema en la casa?

- ¿Cómo puedo comunicar mis necesidades y sentimientos sin que sean como un regaño, protesta o queja?
- ¿Cómo puedo comunicar mis necesidades de una forma que mi esposo las escuche?
- ¿Cómo puedo comunicarme sin explotar? ¿Cómo puedo explicar mis sentimientos sin que la otra persona explote?
- ¿Cómo puedo hacer a mi esposo más sensible a mis necesidades y sentimientos?
- ¿Por qué mi esposo no comprende mi necesidad de afecto, aprecio y comunicación?
- ¿Cómo puedo lograr que mi esposo me comprenda mejor como mujer?
- ¿Cómo puedo arreglármelas con la depresión o vencerla? Me siento mal estando deprimida.
- ¿Cómo puedo lidiar con mi depresión? ¿Terminaré suicidándome?
- ¿Cómo puedo deshacerme de la depresión con la que lucho constantemente?
- Estoy deprimida y llorando continuamente. ¿Cómo vencer mi depresión? ¿Cómo lidiar con una vida sin significado?
- Me siento atrapada y sola. No fui entrenada para ser ama de casa. La vida se me está pasando. ¿Me puede ayudar?
- Si soy cristiana, ¿por que no puedo evitar estar deprimida y ansiosa?
- ¿Es la depresión química o emocional?
- Después de lo que he hecho, ¿como puede perdonarme Dios?
- ¿Cómo puedo escuchar verdaderamente la voz de Dios para no pensar que estoy haciendo lo que El quiere y después tener resultados desastrosos?
- ¿Dios perdona y olvida mis errores pasados? ¿Me acepta y me ama Dios verdaderamente de la manera que soy?
- ¿Cómo puede ser glorificado Dios en medio de esta crueldad? ¿Qué paso con la «sombrilla protectora de Dios» si yo obedecía?
- ¿Cómo vemos el amor de Dios cuando parece que estamos constantemente atravesando pruebas?

- Si soy cristiana no debo estar sufriendo, ¿no es así? (O teniendo problemas.)
- Mi papá nunca me cuidó, ¿no es Dios igual? ¿Por qué esta Dios dejando o permitiendo que esto me suceda?
- ¿Cómo quiere usarme Dios? ¿Qué «regalos» tengo que ofrecer?
- ¿Por qué Dios me permite pasar por todo este dolor y esta pena?
- ¿Por qué Dios no hace algo? Pensé que si me esforzaba u oraba más, podría ser mejor.
- ¿Por qué esta Dios permitiendo que esto me suceda? ¿Por qué no interviene para hacer algo por el problema?
- Me siento alejada de Dios. ¿Me ha abandonado?
- ¿Cómo puedo estar segura de que Dios me ama?
- ¿Cómo puedo tener una experiencia con Dios, o es ésta experiencia de Dios?
- ¿Soy menos que las demás porque fui abusada sexualmente?
- ¿Fui culpable porque fui abusada?
- Quiero tener sexo saludable. ¿Cómo puedo vencer mis sentimientos de repugnancia? Fui abusada sexualmente cuando niña. ¿Cómo lidiar con los efectos del abuso sexual infantil?
- ¿Cómo puedo liberarme del daño de un viejo abuso sexual?
- ¿Cómo puedo expresar el enojo que siento por experiencias pasadas, particularmente aquellas que involucran el abuso físico, sexual y emocional?
- ¿Qué debo hacer? He descubierto que mi esposo está molestando a nuestros niños.
- ¿Verdaderamente tengo que volver al pasado a revolver toda la basura del abuso sexual de la niñez?
- ¿Cómo puedo enfrentarme con los recuerdos del abuso sexual de la niñez?
- ¿Hay algún beneficio al descubrir los sentimientos reprimidos o guardados?
- ¿Cómo puedo vencer la culpabilidad que aún siento como resultado de la experiencia de incesto en la niñez?
- ¿Cómo puedo confiar alguna vez en un hombre cuando he sido abusada?

- ¿Cómo perdonar a mis padres? ¿Aún tengo que honrarlos y obedecerlos?
- ¿Qué es el perdón y cómo puedo perdonar?
- Cuando me convertí al cristianismo, ¿por qué no se hicieron todas las cosas nuevas, incluyendo mi pasado?
- Ahora que veo cuánto cariño de madre perdí, ¿cómo puedo lograr satisfacer esas necesidades?
- ¿Cómo olvidar a alguien que se ama?
- ¿Por qué hay períodos en mi vida que no puedo recordar?
- ¿Cómo puedo cambiar los patrones poco saludables para no repetirlos en mi familia?
- ¿Cómo lidiar con los dolorosos asuntos de mi pasado (niñez) que estan afectando mi forma de vida hoy?
- ¿Seré capaz alguna vez de tener una vida familiar «normal»? Pienso que mi pasado me echó a perder para siempre.

- ¿Cómo puedo responder sexualmente cuando él es tan insensible?
- ¿Cómo puedo hacer que mi esposo reconozca las diferencias entre su sexualidad y la mía?
- ¿Cómo lograr que mi esposo me trate durante el sexo como una mujer con diferentes necesidades y no como un objeto sexual?
- ¿Por qué los hombres sólo piensan en el sexo? ¿Por qué los hombres quieren relaciones sexuales tan frecuentes?
- ¿Por qué los hombres parecen pensar que el sexo es el punto focal de la relación? Yo quiero intimidad de otras formas también.
- ¿Por qué el no comprende mi necesidad de romance y de excitación con el fin de que el coito me sea agradable?
- Mi esposo no esta interesado en el sexo. He hablado y hablado con él. El siempre espera que yo lo inicie. No puedo seguir. ¿Qué puedo hacer?
- Mi esposo dificilmente parece que va a volver a acariciarme y cuando lo hace, es solo una señal de que quiere sexo. Estoy muy enojada con él. ¿Cómo puedo satisfacer mis necesidades? ¿Cómo me las arreglo con mi enojo?
- Verdaderamente Dios no espera que yo viva sin sexo, ¿no es así?

- ¿Tiene la intimidad siempre que incluir o significar, actividad sexual?
- ¿Cómo puedo lograr que mi esposo sea más romántico y se de cuenta de que necesito una relación segura antes de ser sexy?
- No tengo interés en el sexo con mi esposo. El no comprende. ¿Me puede ayudar?
- ¿Cómo puedo lograr que mi esposo se fije en mi?
- ¿Cómo puedo lograr que vuelva el romance a nuestro matrimonio?
- ¿Quién establece las normas del comportamiento sexual normal? ¿Es correcto el sexo oral en el matrimonio?
- ¿Cómo puedo lograr sanarme del divorcio paternal para no repetirlo en mi vida?
- ¿Tendré por necesidad un matrimonio deshecho si soy producto de un hogar roto?
- ¿Cuánto debo explicarle a mi pequeño hijo las razones por las que su papá se fue?
- Hace dos años que mi esposo se divorció de mi. ¿Por qué no puedo sentirme cómoda con los hombres?
- ¿Tengo que estar casada con mi esposo quien me maltrata físicamente?
- ¿Cómo puedo cambiar el comportamiento abusivo de mi esposo?
- ¿Cómo puedo evitar ser la víctima en las relaciones con mi esposo?
- ¿Cuánto abuso físico tengo que tolerar?
- ¿Por qué estoy con un hombre que es abusador?
- ¿Cómo puedo lidiar mejor con la tensión?
- ¿Cómo puedo manejar la tensión del trabajo fuera, del trabajo en el hogar y del cuidado de los niños y del esposo?
- ¿Cómo lidiar con la tensión del trabajo y de la familia?
- Me siento agobiada. Sólo quiero encerrarme. ¿Cómo hacerle frente?
- ¿Cómo controlar la preocupación?
- ¿Cómo resistir la tentación de gastar dinero?
- ¿Cómo lidiar con la irresponsabilidad financiera de mi esposo?

- ¿Cómo lograr que mi esposo me ayude a planear un presupuesto y a cumplirlo? Dice que quiere un presupuesto, pero después va y gasta y gasta.
- Mi esposo gasta dinero en cosas que él quiere y cuando le pregunto dice que soy egoísta. ¿Por qué hace esto?
- ¿Qué digo cuando las personas me preguntan por qué no me he casado todavía? Soy feliz soltera.
- ¿Cómo lidiar con mis sentimientos sexuales como una mujer soltera y cristiana?
- ¿Qué hay de malo en el sexo prematrimonial?
- ¿Qué tiene de malo vivir juntos? Después de todo, nos amamos y somos más felices que la mayoría de las parejas que conozco.
- ¿Cómo lidiar con la persecución sexual en el trabajo? Me estoy cansando de la presión.
- Cómo madre soltera, ¿cómo puedo arreglármelas con las presiones diarias y todavía hacer un buen trabajo en casa?
- ¿Cómo puedo manejar todas las presiones y demandas de ser madre soltera?
- No quiero ser madre soltera, y tiendo a desquitarme mi enojo y mis problemas de abandono con mis hijos. ¿Qué puedo hacer?
- ¿Qué puedo hacer respecto a mis sospechas de que mi esposo no es fiel?
- ¿Cómo puede una esposa reconquistar a su esposo infiel?
- Después de varios años de matrimonio y varios niños, él esta viendo a otra mujer. ¿Cómo no lo vi venir? ¿Qué anda mal en mi?
- ¿Por qué mi esposo busca estimulación sexual dondequiera (pornografía, aventuras, etc.) cuando me tiene a mi?
- ¿Cómo ser paciente con el enojo de mi esposo?
- ¿Cómo manejar las emociones que surjen sin razón aparente? (No están relacionadas al SPM).
- ¿Cómo dejar pasar el enojo que siento?
- No puedo expresar enojo o llanto. ¿Puedo aprender a hacerlo?
- ¿Por qué me siento deprimida pero no enojada?
- ¿Cómo lidiar con mi esposo alcohólico?

- ¿Cómo se supone que una esposa cristiana viva en forma codependientemente con un alcohólico?
- ¿Qué puedo hacer cómo cristiana por mi matrimonio que no funciona debido al alcoholismo de mi esposo?
- ¿Cómo puedo, sin tratar de controlar, comunicar mis preocupaciones por las adicciones de mi esposo?
- Mis padres eran alcohólicos. ¿Cómo puedo comprender si esto me afectó a mi o no?
- ¿Existe algún hombre saludable en el mundo?
- ¿Cómo sé si este hombre está bien para mi?
- ¿Dónde puedo encontrar un hombre cristiano que esté comprometido con los valores y actividades espirituales como yo procuro estar? (La pregunta más común de la mayoría de las solteras).
- ¿Por qué me atraen los hombres que no me tratan bien?
- ¿Por qué siempre me enamoro del mismo tipo de hombre?
- ¿Cómo puedo llevar a mi esposo a la iglesia? ¿Cuánto tiempo tengo que esperar para que Dios salve a mi esposo? No puedo soportar su ateísmo por mucho más tiempo.
- ¿Cómo puedo lograr que mi esposo sea la guía espiritual de la familia?
- ¿Cómo lograr que mi esposo comparta mi fe y asista a la iglesia con nosotros?
- ¿Por qué mi esposo no tiene deseos de ser la cabeza del hogar en los asuntos espirituales?
- ¿Por qué los esposos/padres no toman el liderazgo espiritual, moral, relacional en el matrimonio y en la familia, especialmente con los niños?
- ¿Cuál es la mejor forma de tener un testimonio cristiano para mi esposo inconverso?
- ¿Tengo que sufrir porque mi esposo no camina con Dios?
- ¿Tengo que estar con un hombre que rechaza aceptar al Señor como su Salvador?
- ¿Cuál es la diferencia entre cuidado cristiano y permitir? ¿No es bueno ser un vigilante?

- ¿Cuál es la diferencia entre el verdadero cuidado bíblico y la codependencia?
- ¿Cuál es el equilibrio entre el dar saludablemente (especialmente entre los hombres y las mujeres) y la codependencia en una relación?
- ¿Cómo aliviar mis patrones codependientes de la necesidad de agradar a otros para sentirme bien conmigo misma?
- ¿Cómo manejar mi relación «codependiente» con mi esposo y mis hijos adultos?
- ¿Cómo puedo aprender a establecer fronteras que sean efectivas pero no controladas?
- Si no lo cuido, ¿quién lo hará? ¡Soy la única que le importa cómo funcionan las cosas en el hogar!
- ¿Por qué me siento tan responsable por mi esposo y por mis hijos adultos?
- ¿Es egoísmo establecer fronteras y alimentarme a mí misma? ¿Supuestamente debemos sacrificarnos por otros?
- ¿Cómo lidiar con los sentimientos que causa venir de un hogar no funcional?
- ¿Cómo puedo evitar repetir los mismos errores que cometieron mis padres? Me encuentro respondiendo a mis hijos de la misma manera frustrante que mis padres me respondían a mí.
- ¿Es posible romper la cadena de las familias no funcionales?
- ¿Cómo desarrollar relaciones significativas, positivas con los miembros de la familia?
- ¿Cómo lidiar con la realidad de que mi padre era distante, frio y poco cariñoso? ¡Me ha sido dificil ver a Dios como mi padre y orar!
- ¿Cómo puedo olvidar lo que ha causado dolor en mi vida?
- ¿Cómo recuperarme de la muerte de mi esposo o hijo?
- ¿Cuándo se va el dolor de una pena?
- ¿Qué hacer cuando me sienta atorada en mi dolor?
- Mis hijos adultos no estan valiéndose por sí solos. Los saque de la casa y los tengo en un apartamento. ¿Cuándo voy a dejar de criarlos?

- ¿Cómo puedo salvar mi responsabilidad cuando mis hijos fallan?
- ¿Cómo puedo decirle a mi padre que todo lo que quiero de él es que me acepte por quién soy y no por mis logros?
- ¿Cómo complacer (o cómo ¡desprenderme!) de mi padres controladores, posesivos? (En la mayoría de los casos se refiere a la madre).
- ¿Cómo separarme de mi controladora madre?
- Cuando sus padres todavía quieren controlarlo y usted tiene 35 años de edad, ¿qué hace?
- ¿Qué me ayudará a lidiar con el dolor y el rechazo que siento por mi madre?
- No parece que complazco a mi madre independientemente de lo que haga. ¿Cómo hacer que me entienda?
- ¿Cómo no permitir que los hombres me controlen verbal, emocional y sexualmente?
- ¿Cómo decir no o establecer límites en una relación sin sentirme culpable o ser rechazada?
- ¿Cómo no permitir que nadie se aproveche de mi? ¿Cómo defender mis derechos?
- Me gustaría ser enérgica sin enojarme o sin sentirme culpable después. ¿Qué puedo hacer?
- Hay muchas personas en mi vida que «obtienen de mí» pero dan muy poco en cambio. ¿Cómo lograr un equilibrio?
- Estoy confundida. ¿Cuál es la diferencia entre ser enérgica y ser agresiva?
- ¿Cómo puedo superar el comportamiento obsesivo? ¿Cómo puedo dejar de comer y tomar en exceso?
- ¿Cómo lidiar con el comportamiento compulsivo en mi vida? Esto incluye gastar dinero en compras, relaciones adictivas, etc.
- ¿Cómo puedo enfrentar mi esterilidad? No me siento una mujer completa porque no puedo tener hijos.
- Estoy luchando con un problema médico serio. Tengo cáncer. ¿Cómo enfrentarlo?
- Mi esposo se está muriendo. ¿Cómo seguir sola después de 40 años de matrimonio?

- ¿Estoy mal porque sufro de trastornos de ansiedad?
- ¿Cómo arreglarmelas con los ataques de ansiedad y de pánico que estoy experimentando?
- ¿Cómo puedo manejar mi relación con mi suegra? Ella parece interferir demasiado en nuestras vidas.
- ¿Cómo animar a mi esposo a llevarse bien con mis padres?
- ¿Cómo lograr que mi esposo me ponga antes que a sus padres en asuntos de hacer decisiones y de tiempo?
- ¿Cómo sentirme valiosa cuando estoy tan insatisfecha con mi peso y apariencia?
- ¿Por qué la imágen de mi cuerpo me define y qué puedo hacer con mi enojo por eso?
- ¿Cómo vivir con el trauma en mi vida por el aborto? ¿Cómo resolver la culpabilidad y la vergüenza que siento? ¿Cómo puedo perdonarme a mi misma? Sé que tengo que hacerlo, pero no puedo.
- ¿Puede Dios perdonarme por el aborto?
- ¿Dónde puedo aprender sobre el SPM y cómo explicárselo a mi esposo?
- ¿Hay una manera para que mi esposo comprenda mis emociones durante ese tiempo del mes?
- ¿Es correcto mirar o ver material pornográfico con el propósito de estimularse?
- ¿Es pecado la masturbación? Si lo es, ¿cómo manejar los impulsos y sentimientos sexuales?
- Estoy divorciada. ¿Cuándo sabré que estoy lista para volver a casarme?
- ¿Se les acepta a los cristianos separarse o divociarse?
- Dios dice que detesta el divorcio, pero El lo prevee. Si Dios prevee el divorcio, ¿Por qué las personas dicen que el divorcio es pecado? Detestan el divorcio. ¿Pero es justo llamarle pecado? ¿También lo es para Dios?
- ¿Cómo puedo enfrentar el deterioro físico y mental de mis padres?

- ¿Cuál es la responsabilidad del cristiano hacia sus padres ancianos? Me siento culpable. ¿Estoy sufriendo por causa justificada o porque estoy siendo manipulada?
- ¿Cómo lidiar con mis hijastros?
- ¿Cómo podemos funcionar como una familia? Siento que mis hijos son míos y los suyos son de él.
- ¿Cómo establecer mis derechos para disciplinar a sus hijos?
- ¿Cómo unir nuestras dos familias? Todo es un caos. No sabemos qué hacer. No parece que hay mucha ayuda para unir familias diferentes.
- Soy perfeccionista. No estoy segura si me gusta serlo. Pero es lo que sé. Aunque supiera como cambiar, me preguntaría si puedo dejar este estilo de vida.

Apéndice 2

PREGUNTAS IMPORTANTES QUE LOS HOMBRES HACEN EN CONSEJERIA

¿Qué preguntan los *hombres* en consejería? Junto con las preguntas a las mujeres, en una encuesta en 1991, le hicimos esta pregunta a 700 consejeros profesionales, ministros, consejeros laicos y trabajadores sociales.

Estas son algunas de las preguntas más importantes que los hombres hacen, las cuales recogimos de las respuestas a la encuenta.

- Siento mucho enojo y frustración y me desquito con mi familia. ¿Qué puedo hacer?
- ¿Cómo puedo manejar la frecuente tentación de estar envuelto en la pornografía? Cuando viajo, siempre hay disponible, y no hay nadie alrededor que me impida mirarla.
- Me siento siempre tenso. ¿Cómo puedo deshacerme de esta tensión y tener paz en mi corazón?
- ¿Cuándo olvidará mi esposa que la he lastimado y no lo utilizará en mi contra?
- ¿Cómo manejo las situaciones comprometedoras en el trabajo (ej., que me pidan ser deshonesto, tener que ser uno de los del grupo que promuevan lo ilegal, etc.).
- ¿Qué significa ser hombre y padre? Nunca tuve un buen ejemplo del rol en mi papá, pero ahora se espera que yo sea un buen esposo y padre.

- Parece que no puedo dejar de codiciar a las mujeres. ¿Hay alguna esperanza de que algún día me libere de esto?
- No tengo control alguno sobre mi carácter. ¿Cómo puedo aprender a dominarlo?
- ¿Cómo puedo controlar mi ira y mi enojo?
- Con la situación económica nacional ¡me siento atrapado! ¡No puedo salir ... tengo miedo! ¿Qué hago?
- ¿Qué puedo hacer cuando no estoy satisfecho con la situación de mi trabajo actual pero no veo forma de cambiarla?
- ¿Cómo puedo lograr que mi esposa me apoye como la cabeza de la familia en vez de socavar mi autoridad?
- Yo soy una persona callada -¿Por qué mi esposa siempre quiere que hable?
- ¿Por qué las mujeres son tan sentimentales? ¿Por qué no pueden olvidar y perdonar?
- ¿Cómo puedo encontrar significado y propósito en la vida cuando he perdido el trabajo que verdaderamente me gustaba?
- Si Dios es realmente un Dios que cuida, ¿por qué no contesta mis oraciones y me libra de este problema?
- Trabajo duro..., ¿por qué mi esposa no cree que la amo?
- ¿Por qué ella esta renunciando al matrimonio? No sabía que algo anduviera mal.
- ¿Por qué ella no puede aceptarme como soy? ¿Por qué trata tanto de cambiarme?
- Pienso que estoy pasando por la crísis de la media vida. ¿Qué quiere decir eso y cuáles son los síntomas?
- ¿Cómo puedo volver a confiar en mi esposa si ha mentido y ha sido infiel a nuestros votos matrimoniales?
- ¿Por qué no puede mi esposa simplemente ignorar los asuntos sin importancia y guardar sus crísis para las cosas más importantes?
- ¿Debo decirle a mi esposa sobre mi aventura (fue sólo una «canita al aire»)?
- ¿Por qué esta mi esposa dispuesta a bajar de peso para su reunión con los antiguos compañeros de la Enseñanza Media (o cualquier otra razón), pero no por mi?

- ¿Cómo puedo mantener la firmeza en las oraciones familiares?
- ¿Por qué mi esposa me obliga a tragarme la religión?
- ¿Cómo puedo lidiar con los continuos pensamientos y deseos sexuales?
- ¿Cómo puedo lidiar con los pensamientos restrospectivos, combatir los sueños y otros sintomas TPTE (Trastornos post traumáticos del estrés)?
- ¿Por qué es tan difícil para mi hacer y mantener una estrecha amistad?
- ¿Por qué ella no puede pensar como yo? ¿Por qué tiene que ser tan irracional y sentimental?
- ¿Por qué parece que tantos privilegios le han sido dados a la madre de mis hijos si ella ha sido la única que estaba «jugueteando» con otros hombres?
- Lucho por saber quien soy. ¿Qué me diferencia?
- No comprendo cómo piensan las mujeres y ella no me lo dice.
- ¿Quién entiende a las mujeres?
- ¿Cómo puedo hacer comprender a mi esposa cuán importante es mi trabajo para mi?
- ¿Por qué soy el único que se supone que debe disciplinar a los niños?
- Si lloro, las personas piensan que soy «flojo». ¿Cómo puedo expresar mi pena?
- ¿Cómo mostrarse confortable con alguien cuando uno tiene un profundo dolor?
- ¿Cómo puedo mantenerme en contacto con mis sentimientos?
- ¿Mi hijo es tan rebelde por el hecho de que no he sido un buen padre?
- ¿Cómo puedo mantener un buen testimonio en mi trabajo sin parecer fanático?
- ¿Por qué no puedo lograr que mi esposa crea que he cambiado?
- ¿Tengo que volver al pasado con el fin de ponerme bien (recuperarme)?
- ¿Por qué mi esposa no satisface mis necesidades sexuales? ¿No dice la Biblia que su cuerpo es mío?

- ¿Por qué mi esposa no me respeta, no me apoya, no me afirma, no me admira en lo que hago?
- ¿Cómo puedo hacer que ella comprenda que los hombres son diferentes y tienen diferentes valores y diferentes necesidades?
- ¿Por qué no puede ver que nunca podré sentir lo mismo por sus hijos que por los míos?
- Por favor, quiero que ayude a mi esposa a someterse a mí en todo sin hacer preguntas. ¿No es esto bíblico?
- ¿Por qué Dios me da este impulso sexual? ¿Cómo lo controlo?
- ¿Por qué o cómo las mujeres piensan de esa forma? Explique las diferencias entre los hombres y las mujeres.
- ¿Cómo usted equilibra la cristiandad y las exigencia del trabajo?
- ¿Cómo puedo salir de la aventura en que estoy envuelto cuando mis sentimientos aun están ahí?
- No importa lo que haga, nunca es suficiente para mi esposa. Estoy harto. ¿Qué puedo hacer?
- Las mujeres son tan difíciles de entender. Ella lo ve todo tan diferente. ¿Cómo puedo relacionarme con ella?
- Mi pasado promiscuo parece crear una barrera que me impide desarrollar una relación íntima con una mujer. Me gustaría casarme y establecerme, pero ¿cómo lidiar con el pasado?
- ¿Cómo puede un hombre comprender a una mujer? Constantemente estoy metido en problemas porque interpreto mal lo que las mujeres están diciendo verdaderamente.
- ¿Qué puede hacerse para mejorar las relaciones entre mi esposa y mi madre? Ambas piensan que la otra la detesta.
- ¿Qué anda mal en mí? Gradualmente he perdido mi habilidad para realizarme sexualmente de una forma que satisfaga a mi esposa...esto es desconcertante.
- Sé que trabajo demasiado y descuido a mi familia, pero no veo otra opción. ¿Puede ayudarme?
- Nuestra hija está teniendo problemas y mi esposa piensa que es por mi culpa. ¿Puede arreglárselas con mi hija y explicarle a mi esposa?

- ¿Cómo puedo controlar mi enojo ya sea en la forma activa o pasiva, ya que no lo utilizo de una forma destructiva?
- ¿Cómo puedo reducir mi tendencia a interpretar las cuestiones de las relaciones y los sucesos con las mujeres como que tienen un significado sexual?
- He tratado de llevar una vida recta, ¿entonces por qué Dios permitió que mi familia o yo sufrieramos (divorcio, muerte)?
- ¿Por qué Dios me permite luchar con la homosexualidad? ¿Cómo puedo cambiar?
- ¿Cómo puedo mantenerme financieramente en estos tiempos?
- ¿Por qué mi esposa no puede aceptarme como cabeza de familia?
- ¿Cómo puedo ayudar a mi esposa a ser más activa sexualmente?
- ¿Cómo poder ser fuerte y resistente, y aun delicado y cariñoso?
- Estoy harto de mi esposa controladora; ¿lograría usted que me dejara tranquilo?
- ¿Me puede ayudar a enfrentar a mis padres sin que se arruine mi relación con ellos?
- ¿Qué puedo hacer para aliviar la frustración y tensión en el trabajo? Mi jefe siempre quiere más.
- No estoy seguro si sigo queriendo a mi esposa. ¿Qué hago? No, no hay nadie más en este momento.
- Mi esposa y yo no estamos de acuerdo en la disciplina de los niños. ¿Como podemos resolver esto?
- Mi esposa gasta y gasta. ¿Qué puedo hacer?
- ¿Qué puedo hacer; qué hice mal? Mi esposa esta presentando la demanda de divorcio porque quiere más emoción en su vida. No lo reconsidera y yo tengo los niños.
- ¿Me puede ayudar con los ataques de ansiedad? Puede que me despidan de mi trabajo pronto, y perderemos la casa; los miembros de la familia necesitarán atención médica.
- ¿Cómo puedo decirle a una mujer que tengo herpes genitales? ¿Quién se casaría conmigo? ¿Hay grupos de apoyo?
- ¿Por qué a mi esposa no le gusta mi familia?
- ¿Por qué mi esposa no mantiene la casa como esta acostumbrada a tenerla?

- ¿Cómo puedo lograr que mi esposa me deje tranquilo por no ser un esposo adecuado?
- ¿Por qué las mujeres se desaniman sexualmente después de la ceremonia de bodas?
- ¿Por qué las mujeres son gastadoras de dinero?
- ¿Por qué las mujeres quieren saber todo lo que pasa en el matrimonio?
- ¿Cómo puedo construir la autoestima de mi esposa? ¿Por qué esta tan necesitada?
- ¿Verdaderamente tengo que mantener al niño y mantener una relación dolorosa con mi ex esposa que vive en otra ciudad, o podría simplemente olvidar el pasado y seguir adelante?
- ¿Cómo puedo ser responsable financieramente y todavía hacer lo que quiero?
- He trabajado día y noche para mi familia; ¿por qué ella se sigue quejando?
- ¿Por qué las mujeres creen que son tus dueñas después que se casan, no dejándote tiempo privado?
- ¿Por qué la mayoría de las mujeres quieren actuar como personas liberadas pero se vuelven conservadoras en el sexo. ¿La forma *puritana* es la única correcta?
- ¿Por qué mi esposa piensa que su familia tiene que ser primero?
- ¿Por qué mi esposa cree que sus valores y creencias religiosas son lo más importante para que aprendan nuestros hijos?
- Si Dios es todopoderoso ¿por qué necesito venir a ver a un terapista?
- ¿Cómo puedo expresar intereses y características que no se ajustan al estereotipo del «macho» sin ser clasificado y/u ofendido?
- ¿Por qué estoy tan solo? No creo que tengo problemas para establecer relaciones íntimas.
- ¿Cómo puedo discernir entre lo bueno y lo malo o lo saludable y lo no saludable que he acumuladado de mi familia de orígen?